谨以此书献给中国共产党成立 100 周年

石河子大学哲学社会科学优秀学术著作出版基金资助

牛文娟

◎ 著

树的眷恋

牛文娟新闻作品集

A Collection of news
and Reports By Niu Wenjuan

The
Promised
Land
of
Trees

中国文联出版社
http://www.clapnet.cn

图书在版编目（CIP）数据

　　树的乐土：牛文娟新闻作品集 / 牛文娟著. -- 北京：中国文联出版社，2021.11
　　ISBN 978-7-5190-4562-3

　　Ⅰ.①树… Ⅱ.①牛… Ⅲ.①新闻－作品集－中国－当代 Ⅳ.①I253

　　中国版本图书馆CIP数据核字（2021）第013400号

作　　者	牛文娟
责任编辑	王　斐
责任校对	胡世勋
装帧设计	任杰文

出版发行	中国文联出版社有限公司
社　　址	北京市朝阳区农展馆南里10号　　邮编　100125
电　　话	010-85923025（发行部）　010-85923091（总编室）
经　　销	全国新华书店等
印　　刷	三河市百福春印刷有限公司

开　　本	710毫米 x 1000毫米　　1/16
印　　张	27.25
字　　数	370 千字
版　　次	2021年11月第1版第1次印刷
定　　价	48.00元

版权所有·侵权必究
如有印装质量问题，请与本社发行部联系调换

树的乐土（自序）

在天山脚下，有一所生机勃勃的大学，石河子大学。

树，是石大人请来的客人。我不知道，第一个客人到来是什么时候，但我知道，她们从来到这里，就再也没有离开过。如果你和石大的一棵树交上了朋友，她一定会在原地等你。

石大有很多树，最使我动容的，是杏林区北门旁人行道上的一棵老树。

那是一棵很粗的老榆树，需要三个人拉手，才能围起来。那是我见过的唯一一棵长在路中间的树，所有的行人和车辆都绕着她走。为了提醒大家的注意，她的身上缠着一圈红白相间的标志带，像一位年逾古稀的老人，系着时髦的腰带。我甚至在揣想，当年在规划校区的时候，学校那些穿着军装的老领导们肯定为这棵树激烈地讨论过。最终，他们决定留下她。因为她同他们一起经历了石大最艰苦的岁月。他们希望，即使将来当他们都离开的时候，她依然能留下来。每次路过那里，看见她斑驳厚重的树皮，都会有一种温暖的感动。

这棵老树，不仅是那段光荣岁月的亲历者，也是石河子大学辉煌的见证者。1949年，石河子大学医学院的前身中国人民解放军第一兵团卫生学校在进疆途中诞生。1996年，包括医学院在内的四所高等专科院校合并组建成石河子大学；2004年，石河子大学通过教育部本科教学水平评估，并成为省部共建高校；2008年，成为"211"工程重点建设高校；2012年，成为教育部"一省一校"重点支持的高校；2016年，李克强总理在国务院常务会议上再次明确重点支持"一省一校"；2017年，入选国家双一流学科建设高校；2018年，被列入国家"部省"共建高校行列；2019年，入选第二批"全国党建工作示范高校"；2020年，获评"全国文明校园"……与共和国同龄，与人民军队同源，与兵团精神同根。校园里的老树，见证了石大史诗般的传奇。

这棵老树，还见证了一茬茬的小树在石大扎根、生长、繁茂。中区有杨树、榆树和白桦；南区有桂花树、松树、白蜡和苹果树；北区有白杨、山楂和槐树；东区有白蜡、槐树和榆树。石大的校园，是树的乐土。而这些树，也是石大最美的衣裳。春天开启时，她们羞怯地换上新衣，毛茸茸的嫩芽像小娃娃刚长出的头发；盛夏来临时，她们伸出臂膀，为过往的师生遮挡酷暑；秋天到来时，明亮的黄调子像梵高笔下的向日葵，那是生命的极致吧；落雪的时候，最适合画速写，似乎唯有冬日的晴空，才配得上她的枝桠。石大的树，迎来了一届届来自祖国四面八方的年轻人。我，也是其中的一个。

作为美术学2000级的首届本科生，我有幸领略了石大并校以来的风华。2004年毕业前夕，学校迎来了教育部本科教学水平评估。我当时还在校报编辑部实习，很幸运地被分到学校迎评新闻宣传组，随行当年的评估专家组副组长黄进教授做新闻报道。现在还记得，全校师生胸前必须佩戴校徽，学生的是白色，老师的是红色。当确定留校的时候，一枚鲜红的校徽发到我的手中。攥着红校徽，说不出的激动。

就这样，我留了下来。编辑部的老师，手把手教会我画版，教会我写各种稿件，教会我按相机的快门……那一年，学校顺利通过评估。我们在第一时间知道了好消息，并为之雀跃，及时进行报道。校报编辑部，就像一只报喜鸟，总会在第一时间报出学校的各种喜讯。

时间过得飞快。2008年，石大进入"211工程"重点建设高校行列，全校为之沸腾。次年，我顺利评上了编辑职称。2012年，我从一个4版的副刊编辑成长为2版的新闻编辑；2016年，在《光明日报》发表了画论文章和作品；2017年，通过了孔子学院总部/国家汉办公派出国选拔考试；2018年，作为公派汉语教师在海外孔子学院执教，并举办了首次个人中国画作品展；2019年，被哈萨克斯坦《今日丝路报》聘为专栏特约撰稿人；2020年，圆满完成了海外孔子学院的外派工作。我这棵石大的小树，和母校一同生长、繁茂。

十年树木，百年树人。漫步校园，石大的树在不经意间惊人地舒展和高大起来。风吹过，树像美丽而深情的绿海，这也是每个石大人永不凋谢的记忆和骄傲。树是土地的希望，石大是新疆维吾尔自治区和新疆生产建设兵团教育事业的希望。在天山脚下，石大人筚路蓝缕，砥砺前行，抒写着一个史诗般的瑰丽传奇。校园里的树，是这场传奇的见证者。

和校园里的树一样，作为石大校报的一名记者和编辑，我也亲历了石大2004年以来的变化和发展，用文字记录了校园内外新闻事件的点滴，并尽力以女性特有的敏感视角和细腻文笔赋予新闻文体一种知性的美。本书收录了消息、通讯、访谈、言论等206篇，以小见大，客观真实地反映了学校在人才培养、科学研究、社会服务、文化传承与创新等方面所做出的努力和贡献。

2021年，恰逢中国共产党成立100周年，石河子大学迎来并校25周年。谨将此书献给伟大的党和可爱的石大。感谢母校呵护我一路成长。

回想我出生的那年，父亲种下一棵树，让我和她一起长大。感谢父亲，感谢石大，让我没有胡乱地生长，没有杂乱的枝桠。尽管我还没有长成一棵参天大树，没有让你们引以为傲的身姿，但我在努力地生长，长成你们希望的模样。

本书能有幸在中国文联出版社出版，我要感谢朋友们的关心和支持，以及责任编辑的细致编校。其中，有些消息与同事合作，在此一并表示感谢。

牛文娟

2021年6月

目 录

树的乐土（自序） ··· 1

第一章 消 息

文学艺术学院数码音乐教室正式启用 ·· 1

兵团发改委副主任朱新祥来我校做兵团"十一五"发展规划报告 ········ 2

坚持科学发展观　走内涵建设道路　实现学校新的跨越式发展
我校第三届教职工代表大会第二次会议鼓舞人心 ······························· 3

文学艺术学院举办"向孟二冬老师学习"书画作品展 ··························· 5

我校与新疆西部牧业有限责任公司签署项目合作协议 ······················· 6

我校师生沉痛悼念孟二冬同志 ··· 8

新疆大学一行来我校参观考察 ··· 10

周生贵在我校党建暨思想政治理论研究会年会上强调：建立长效机制
推动党建与思想政治工作上新水平 ··· 11

中国高等教育学会年会两个分会在我校召开 ····································· 13

我校召开"实施教学质量工程深化教育教学改革"工作研讨会 ········· 14

我校举行庆祝第 22 个教师节暨合校 10 周年大会 ···························· 15

自治区发展改革委员会副主任吴强来我校做报告 ····························· 17

校办产业管理部博士后科研工作站授牌仪式隆重举行 ····················· 19

吉林大学考察团访问我校 ··· 21

我校聘任长江学者梁永超为特聘教授 …… 22

以科学质量观为目标　深化教学改革　我校启动"本科教学质量与教学改革工程实施方案"暨开展"学院本科教学评估工作"动员大会召开 …… 23

著名经济学家厉以宁教授来我校讲学 …… 24

我校开展新生入学教育　学院活动丰富多彩 …… 25

推进教学质量工程　全面提升人才培养质量　我校全体教职工共商教育教学改革发展大计 …… 27

中央十七大精神宣讲团与我校师生座谈 …… 29

兵团人事局局长为我校毕业生答疑解惑 …… 31

我校举行欢庆古尔邦节座谈会 …… 32

石河子大学第一次妇女代表大会隆重召开 …… 34

与奥运同行　展巾帼风采　我校举办庆"三八"妇女健身大赛 …… 36

我校第二届社团文化节拉开帷幕 …… 37

周至禹来校讲学 …… 38

首本国防生理论书籍发行　国防生积极开展学习 …… 39

周生贵在《区域空间信息综合应用关键技术在新疆兵团的示范》项目启动会上强调：确定一流目标为兵团信息化建设服务 …… 40

电影《孟二冬》开机仪式在我校举行 …… 42

何慧星在2009年学生工作会议上强调：深入学习实践科学发展观大力促进学生工作科学发展 …… 44

周生贵在2009年校党委工作会议上强调：改革创新科学发展全面推进我校党建暨思想政治教育工作 …… 45

让浓浓书香溢满校园——我校"读书周"活动受青睐 …… 46

两岸三校外国语言文学研讨会在我校召开　外国语学院7位教师做发言 …… 47

我校召开庆"五一"表彰大会 …… 48

我校开展系列活动纪念"五四"青年节……49

我校第八届田径运动会举行 三项校级纪录被打破……50

兵团校园专场招聘会在我校举行……52

我校毕业国防生入伍军事考核优秀率达95%……54

我校学习实践活动进入整改落实阶段……55

我校隆重召开第二届校友代表大会……57

我校举行"相约绿洲"60周年校庆文艺晚会……59

牢固坚持科学人才观 大力实施人才强校战略
我校人事人才工作会议召开……60

第十期团学干部培训班"理论与形势学习"课程结束……62

我校首届模拟联合国协会观摩赛举行……63

我校2009年新闻宣传工作打开新局面……64

王秋生教授为师生讲授"身心和谐之道"……66

我校国家社科基金重大招标项目研究进展顺利……67

2009年秋季人才交流会在我校举行……68

坎杂教授带领的科研团队成果转化成效显著……69

温情退"红包" 凸显一附院党风廉政教育成效……70

2010年文化素质教育学校春季班开学 天业百余名学员参加……71

中科院与新疆兵团文献信息服务合作洽谈会在我校召开……72

石河子国税局连续12年捐助我校学子 7名同学获资助累计3.36万元……74

流动图书馆 军民鱼水情……75

校党委副书记吴新平在我校2011年学生工作会议上强调：以生为本
以育人为中心 促进学生全面发展……76

俄语国家学员来校学习现代农业技术……77

"周大福奖学金"在我校设立 …… 78

中国工程院院士、华中科技大学校长李培根来访 …… 79

我校举行2011年度军训汇报表演大会 …… 80

大连大学党委书记王志强来访 …… 82

北京大学向石河子大学赠送纪念石 …… 83

许智宏院士受聘石河子大学客座教授 …… 85

庆"三八"展风采　教职工舞蹈大赛举行 …… 87

石河子大学与新疆天业集团校企合作2012年年会召开
建立校企联盟　促进深度融合 …… 88

第二届新疆大学生知识产权主题演讲比赛举行 …… 90

新疆高校本科教学状态与质量调研组来我校调研 …… 91

校友崔万志回母校感恩之旅圆满结束 …… 92

国家留学基金委杨新育一行来校指导工作 …… 93

2012年研究生毕业典礼暨学位授予仪式举行 …… 94

我校与"新华保险"共建三基地 …… 96

中国工程院院长周济来我校视察 …… 97

横滨国立大学校长来我校考察交流 …… 98

迎新侧记 …… 99

我校举行2012年度军训汇报表演大会 …… 101

科技部副部长陈小娅一行来我校视察调研 …… 103

我校荣获"热爱伟大祖国建设美好家园"主题教育活动先进集体
艾尼瓦尔江荣获先进个人 …… 104

兵团人事局局长、劳动保障局长校园行暨大学生创业、就业典型报告会
在我校举行 …… 106

全国人力资源市场高校毕业生就业服务周兵团人才招聘会举行
295家用人单位提供12000余个岗位…………………………………………108

未名山文化大讲堂开讲……………………………………………………………109

履行代表职能　助推学校发展　第四届教职工代表大会第四次会议
暨第四届工会会员代表大会第二次会议召开……………………………………110

未名山文化大讲堂第二讲开讲……………………………………………………112

我校与各单位签订2013年度计划任务责任书…………………………………113

中信建设有限责任公司副总裁刘桂根一行来访…………………………………115

兵团高校学习《中国共产党普通高等学校基层组织工作条例》
暨党建工作交流会召开……………………………………………………………116

第十二届田径运动会举行…………………………………………………………118

神奇的沙盘治疗……………………………………………………………………119

"第二届天山·西湖论坛"举行……………………………………………………120

我校留学生学生会成立……………………………………………………………122

我校与北京语言大学签订校际合作协议并参与组建协同创新中心……………123

上海合作组织—新疆兵团现代农业发展与合作研讨会在我校举行……………125

"我的中国梦"兵团第四届大学生艺术展演在我校举行…………………………127

我校推进创建全国文明城市工作…………………………………………………129

老中青"三代兵团人"共话兵团发展………………………………………………131

"弘扬科学道德，践行'三个倡导'，奋力实现中国梦"兵团报告会
在我校举行…………………………………………………………………………133

国家田径高级教练王燕鸣来校讲学………………………………………………135

学习贯彻十八届四中全会精神理论研讨会召开…………………………………136

我校举办新闻培训班………………………………………………………………137

我校总结表彰 2014 年人口和计划生育工作 ………………………………… 138

2014 年兵团高校毕业生就业服务周在我校举办 ………………………… 139

"科学与中国"院士专家巡讲团来我校做报告 …………………………… 141

国防生冬季体能测试优秀率达 90% ……………………………………… 142

我校加入教育部"易班"推广行动 ………………………………………… 143

实验室建设与管理委员会通过 26 个项目设备购置方案 ………………… 145

程曼丽做客未名山文化大讲堂 ……………………………………………… 146

"我们正青春"石河子大学"五四"颁奖典礼温情上演 ………………… 147

兵团新闻传播人才教育基地在我校揭牌 …………………………………… 149

"四强"专题教育启动 ……………………………………………………… 151

我校接受自治区普通高校就业指导工作督导评估 ………………………… 152

兵团绿洲生态农业重点实验室学术委员会会议暨学术年会举行 ………… 154

兵团优秀教师和辅导员先进事迹宣讲活动在我校举办 …………………… 155

"雪莲奖学金"落户石河子大学 …………………………………………… 156

我校召开学科建设工作会议 ………………………………………………… 157

华中科技大学对口支援石河子大学十周年暨 2015 同济医学周系列活动举行 … 160

校党委会专题研究思想政治教育工作 ……………………………………… 162

兵团第三师与我校商谈帮扶大计 …………………………………………… 163

兵团高校创新创业教师培训在我校举行 …………………………………… 164

何慧星在 2016 年宣传思想文化工作会议上提出
准确把握宣传思想文化工作的新要求 ……………………………………… 165

蒋庄德院士来访 ……………………………………………………………… 166

学生工作会议暨易班建设推进会召开 ……………………………………… 167

第五届教职工代表大会第二次会议暨第五届工会会员代表大会
第二次会议召开 …………………………………………………… 168

郭永辉作客未名山文化大讲堂　解读"文化+" ………………… 171

一附院入选国家首批基因检测技术应用示范中心 ………………… 173

第十五届田径运动会闭幕 …………………………………………… 174

崔万志励志演讲暨新书签售会举办 ………………………………… 175

新疆高校期刊服务"一带一路"建设研讨会在我校举行 ………… 176

文学艺术学院举办"文心艺苑"作品展献礼并校20周年 ………… 178

我校夺得自治区大学生田径运动会12金　团体总分第一 ……… 179

庆祝中国共产党成立95周年合唱比赛举行 ……………………… 180

第三届中国神话学与西王母文化研究年会暨新疆非物质文化遗产研究
高层论坛在我校举行 ……………………………………………… 182

第二届"全球化语境中区域文化与文学国际研讨会"召开 ……… 184

甘守三尺讲台　争做"四有"老师　庆祝第三十二个教师节表彰大会举行 …… 186

郭淑霞入选"全国优秀科技工作者" ……………………………… 188

石河子大学校友展示平台开通 …………………………………… 189

"两学一做"学习教育推进会召开 ………………………………… 190

兵团第九届文艺汇演在我校举行 ………………………………… 192

兵团宣讲团党的十八届六中全会精神报告会首讲在我校举行 … 193

校党委中心组进行第十二次集体学习 …………………………… 195

新疆第八届研究生学术论坛在我校举行 ………………………… 196

何慧星一行调研八师工业企业 …………………………………… 198

2016年援疆挂职干部座谈会召开 ………………………………… 199

兵团高校思想政治工作调研组来校调研 ………………………… 200

石河子大学五届三次"双代会"召开 …… 201
校党委中心组进行第四次集体学习 …… 204
何明作客未名山文化大讲堂 …… 206
兵团党委宣讲团在我校宣讲兵团第七次党代会精神 …… 207
我校与中科院新疆生态与地理研究所签署战略合作框架协议 …… 210
院级党组织换届干部调整工作启动 …… 211
兵团党委巡视组巡视石河子大学意见反馈大会召开 …… 212
张文杰荣获"枫叶杯"全国征文大赛一等奖 …… 214
图片新闻(芭蕾舞进校园) …… 215
石大民族民俗风情展又来了 …… 216
兵团"互联网+"大学生创新创业大赛落幕　我校囊括6项金奖 …… 218

第二章　通　讯

离休不离岗的共产党员
　　——记石河子大学离休干部刘成章 …… 223
在平衡中寻找快乐
　　——记我校科技标兵刘焕芳 …… 228
在"虚拟"空间收获现实的快乐
　　——记挂职干部、师范学院副院长赵国栋 …… 231
我所经历的改革开放 …… 235
母校，我心中最美好的记忆
　　——访中国农业科学院作物栽培与生理系副主任、农学84届校友李少昆 …… 238

勒石天山以铭志　饮水雪域更践行
　　——医学院第一附属医院挂职副院长王秋生教授援疆侧记……………241

戈壁上的迎春花
　　——记全国"三八"红旗手、我校教师罗昕………………………………246

撑起生命的希望，架起沟通的桥梁
　　——记援疆干部、我校医学院第一附属医院副院长汤小东………………249

爱管"闲事儿"的小保安………………………………………………………252

不简单的川娃子………………………………………………………………253

倾情奉献　传递大爱
　　——记挂职干部、食品学院院长张晓鸣教授………………………………256

科技助基层　大地写人生
　　——记兵团科技进步突出贡献奖获得者、我校小麦栽培专家王荣栋………260

宝钢教育奖背后的团队
　　——记新疆特色果蔬贮藏加工创新团队……………………………………264

嗨，你"微"了吗？
　　——广电系新媒体教学与实践新尝试………………………………………266

"他就是我的亲爷爷"
　　——记我校学生、第二届八师道德模范候选人马玉龙……………………268

"我是一棵树，只能在兵团生长"
　　——记医学院第一附属医院肝胆外科教授、外科学博士吴向未……………271

"只要有梦想，就会有希望"
　　——记我校优秀校友、传奇网商崔万志………………………………………275

让梦想飞翔
　　——我校学生闫箫与无人机的故事……………………………………………280

致力科研　服务兵团
　　——记"全国优秀科技工作者"、机械电气工程学院教授坎杂……………283

把鬼子赶出中国去
　　——我校离休教师白海峰的军旅生涯 ················ 286

提升石大化工学科　助力兵团工业发展
　　——"氯碱化工清洁生产与产品高值化"教育部创新团队科研成果介绍 ··· 288

农学院"玉芬爱农奖学金"颁发侧记 ······················ 292

红烛闪光　夕阳长存
　　——农学院《作物栽培学》老教授长期致力于教材建设 ········ 294

儿科就医难　手册来帮你
　　——一附院发放《儿科健康宣传手册》助患儿快速就医 ········ 298

上善若水　盈虚如月
　　——我校"水月汉韵汉服社"侧记 ····················· 300

传承六师亮剑精神　续写石大学子和校友风采 ················ 304

青春的速度
　　——记我校第15届田径运动会优秀运动健儿、护理14级刘洋 ····· 309

让民族团结之花撒满青春
　　——记我校医学院临床2011级学生艾科热木 ················ 312

"长大后我就成了你"
　　——记自治区教学能手、信息科学与技术学院教师高攀 ········ 315

图纸上绽放的马兰花
　　——记自治区教学能手、机械电气工程学院教师温宝琴 ········ 318

校友返校季　重温旧时光 ····························· 321

狭路相逢勇者胜
　　——记2016年自治区大学生CUBA篮球联赛冠军：我校男子篮球队 ··· 323

崇尚学术　追逐梦想　发力创新
　　——我校首届青年学术论坛发展侧记 ··················· 327

"地震了，医生你不害怕吗？" ·························· 330

走入田间地头的科研工作者
　　——记新疆农业科学院农业机械化研究所研究员、98届
　　农业机械化专业校友史慧锋 …………………………………………… 334

治理白色污染　还一片绿色世界
　　——记新疆农业科学院农业机械化研究所研究员、98
　　届农业机械化专业校友蒋永新 ………………………………………… 340

杏林翘楚　病理赤子
　　——我校病理学学科发展纪实 ………………………………………… 345

在志愿服务中收获快乐
　　——记石河子大学医学院一附院离退休志愿服务队 ………………… 350

"我想做个拉犁人"
　　——记兵团特聘专家、我校病理系教授张文杰 ……………………… 352

紧跟大时代发展步伐　推进信息化教学进程
　　——记我校混合式教学改革 …………………………………………… 356

扎根边疆育桃李　服务生产促发展
　　——记我校植物保护学科 ……………………………………………… 362

用青春铸就铁血警魂
　　——记我校优秀校友，新疆公安厅特警总队副主任科员、排爆手周彬 …… 367

殷殷援疆情　不解基金缘
　　——记援疆干部、石河子大学副校长王国彪 ………………………… 370

第三章　访　谈

完善管理机制　确保教学质量
　　——访教务处处长王维新 ……………………………………………… 383

"上帝爱我，就咬了我一口！"
　　——访优秀校友崔万志 ………………………………………………… 385

扬起心理健康之帆　驶向快乐成长彼岸
　　——访心理健康教育中心副主任毕爱红·················388

立足专业　做真正优秀的毕业生
　　——访研究生工作部（处）部（处）长高剑峰·················392

提升自我　圆满完成学业
　　——访教务处副处长潘晓亮·················396

第四章　言论杂文

那一瞬，我为之感动·················403

将危险挡在"门"外·················405

农村的孩子更要上大学·················407

青葱岁月　好书伴我成长·················409

高校是传承和弘扬中华优秀传统文化的阵地·················411

不能遗忘的女人·················413

树的乐土

牛文娟新闻作品集

第一章

消 息

文学艺术学院数码音乐教室正式启用

　　近日，文学艺术学院艺术系数码音乐实验室正式启用，实验室包括数码教室与录音棚。数码音乐教室共有学生用计算机24台，教师用机1台，主要用于计算机音乐的教学，学习Midi音乐制作及音频编辑，除此之外还可广泛应用到视唱、练耳、和声、配器等相关课程。录音棚可让学生将所学知识用到实践中，为学生的实际操作提供了平台。

　　据悉，数码音乐教学在我国的高校中尚属前沿学科，在西北高校中，我校的数码音乐实验室中设备堪称一流水平。

原载于2005年3月31日《石河子大学报》116期第2版

兵团发改委副主任朱新祥来我校做兵团"十一五"发展规划报告

日前,兵团发改委副主任朱新祥来我校做新疆生产建设兵团"十一五"发展规划报告。我校校长向本春主持了报告会。报告主要从三个方面阐述了兵团"十一五"规划的主要内容:1.科学的发展观与"十一五"规划;2."十一五"规划的大体框架;3."十一五"规划的几个亮点。特别是对"十一五"规划与以往规划的不同、"十一五"规划四大战略、农业产业化等方面做了重点说明。向本春也结合兵团经济和社会的发展及我校的发展做了发言。会后,朱新祥与我校领导周生贵、向本春、陈创夫、杨磊、郁兴德、吴越,以及各学院相关领导、部分相关部门领导及工作人员进行了座谈。

原载于2006年3月15日《石河子大学报》130期第1版

坚持科学发展观　走内涵建设道路　实现学校新的跨越式发展　我校第三届教职工代表大会第二次会议鼓舞人心

3月16日，我校第三届教职工代表大会第二次会议在校会堂召开。来自全校各学院、机关和直（附）属单位的200余名代表齐聚一堂，共议学校发展大计。会议由我校副校长、大会执行主席吴新平主持。

会上，校长向本春做了《坚持科学发展观，走内涵建设道路，为实现新的跨越式发展而努力奋斗》的工作报告。报告从①重点抓好先进性教育，加强党的建设；②注重学生创新能力培养，全面提高教学质量；③突出科技创新能力培育，科技工作实现多项突破；④坚持育人为本、德育为先，学生工作开创新局面；⑤深化内部体制改革，各项事业协调发展等5个方面对我校2005年的主要工作进行了回顾。

报告对我校"十一五"远景展望中关于全面提升办学水平、适度扩大办学规模、明显改善师资队伍、加强学科建设、提高科研水平等方面进行了阐述，并对我校2006年的工作提出了8项要求：1.深化教育教学改革，全面提升学生实践能力和创新能力；2.加强科技创新体系建设，全面提高自主创新能力；3.加快师资队伍建设步伐，全面提高教师队伍整体素质；4.牢牢把握素质教育主线，全面加强和改进大学生思想政治教育；5.加强学科建设，全面推进研究生教育；6.深化扩大对口支援成果，全面推进开放办学；7.持续优化办学环境，全面构建和谐校园；8.巩固扩大先进性教育成果，全面提高党的凝聚力和战斗力。

副校长郁兴德向大会做了《石河子大学2005年度财务预算执行情况和2006年度财务预算安排情况的报告》，对我校2005年度财务收支情况、

2005年度财务运行状况、2005年度财务运行存在的问题与不足，以及我校2006年收支预算编制情况进行了汇报。

大会还对第三届教代会第一次会议征集的104件议案办理情况进行了通报。其中，正式立案88件，已经办妥或基本办妥的有47件，占议案总数的53.4%，议案正在办理或计划着手办理的25件，占议案总数的28.4%，办理条件尚不成熟，短时间难以落实或无法落实的16件，占议案总数的18.2%。内容涉及本科及研究生教学管理、住房制度改革和住房分配、人事制度、学科建设、科技工作、后勤保障、校园基本建设及学校规划、行政管理等8个方面。3月16日下午，代表团分成8个小组展开讨论，就学科建设、师资培养、教师待遇、研究生教育、基础设施维护、管理体制改革、建设节约型校园等方面提出了许多富有建设性的意见和建议。

3月17日上午，会议代表193人齐集我校会堂召开反馈会，会议由校党委副书记、纪委书记、当日大会执行主席周爱鸣主持。会议一致通过了《校长工作报告》和《财务工作报告》。

校党委副书记何慧星在会上做了总结发言。他说，代表们以高度的热情和责任感为学校的发展谏言献策，并给予了极大的关注和支持，圆满完成了大会的各项议程。对于今后的工作，何慧星指出：一、抓落实。要目标明确，思路清晰，认真学习，领会精神，明确责任，真抓实干。二、抓人才。学校要发展，人才是关键，学校的各项工作都要依靠人才来完成。三、抓钱财。要加大工作力度，争取多渠道的筹集专项资金，控制支出，资金合理使用。四、抓制度。确保制度的严肃性和权威性。五、抓精神。要发扬军垦精神的优良传统，强调育人精神，以孟二冬教授"为人师表、品德高尚"的精神，加强师风、学风建设。六、抓机遇。要善于把握大局抓宏观，把握重点抓大事，争取抓住机遇，乘势而上。

校领导周爱鸣、陈创夫、吴越参加了大会。

原载于2006年3月31日《石河子大学报》131期第1版

文学艺术学院举办"向孟二冬老师学习"书画作品展

为进一步彰显孟二冬老师的先进模范事迹,加强学院教师师德师风建设和学生学风建设,3月14日,我校文学艺术学院"向孟二冬老师学习"书画作品展在校艺术楼大厅举行。副校长吴新平在开幕式上致辞。

作品展展出的油画、版画、招贴设计、素描等近30幅美术作品均由文学艺术学院的教师和学生自己创作而成。通过这些作品,可以深深体会到我校师生对孟二冬老师的敬爱之情。众多师生纷纷前来观看展出。作品展弘扬了孟二冬老师"为人师表,品德高尚"的崇高精神,积极宣传高尚师德和先进思想既营造了良好的氛围,也为活跃师生们的美术创作起到了积极的推动作用。

学院领导表示,希望借助此次书画作品展进一步加强学院教师师德师风建设,也希望老师们能学习孟教授为人师表、严谨治学、求真务实的精神,希望同学们学习孟教授甘于寂寞,潜心学问,刻苦钻研的精神,拒绝浮躁,一心一意学知识。

兵团工会主席蒋建勋,我校领导何慧星、周爱鸣,农八师石河子市工会主席景俊参加了开幕式并参观了作品展。

原载于2006年3月31日《石河子大学报》131期第2版

我校与新疆西部牧业有限责任公司签署项目合作协议

在兵团发改委及农八师石河子市的推动下，4月3日，我校与新疆西部牧业有限责任公司本着平等互惠、相互尊重的原则，签署了《草食动物用环保型中草药新制剂产业化示范项目》合作协议。

签字仪式上，我校副校长杨磊宣读了项目合作协议书。新疆西部牧业有限责任公司董事长徐义民和我校科技处处长谷新利分别就各自情况做了介绍，并表示双方要本着共同负责、风险共担做好今后的各项合作。

农八师师长、石河子市市长余继志说，协议的签署非常有意义，不仅是尊重知识、尊重科研的体现，更重要的是这项合作是以注重科技成果的转化、加强产学研结合、以加快区域经济发展、提高生产力为目的，对于树立打造绿色生态产品的理念，有效开发绿色有机农产品，促进师市、兵团乃至全疆新兴工业化都具有积极的意义。

我校校长向本春对协议的签署表示肯定。他说，在"十一五"期间，我校要进一步促进现有科技成果的转化，培养创新型人才，更好地为兵团、农八师石河子市服务。我校党委书记周生贵还就教师挂职、学生实习等方面提出了合作建议并达成协议。

新疆西部牧业有限责任公司董事长徐义民希望西部牧业可以为我校的师生提供良好的科研平台，我校能够派出科研人才进行科研活动，以实现资源共享。兵团发改委副主任黄智在发言中强调，石河子大学拥有雄厚的教学科研力量，西部牧业是新兴的乳品行业的新星，双方的合作，标志着兵团的新兴工业化的进一步发展；希望双方在产学研一体化的合作过程中，加强交流和沟通，互惠互利，实现双赢。

我校领导陈创夫、郁兴德及兵团发改委、农八师石河子市和我校相关学院、部门领导和专家近30人参加了签字仪式。

原载于2006年4月15日《石河子大学报》132期第1版

我校师生沉痛悼念孟二冬同志

4月22日，"全国模范教师"、全国"五一劳动奖章"获得者、北京市"教育系统优秀共产党员"、北大优秀教师标兵、我校终身教授孟二冬因患恶性肿瘤（晚期）医治无效，于当日1时20分在北京不幸逝世，享年49岁。得知孟二冬同志逝世的消息，我校副校长于鸿君及对口支援办公室有关工作人员随即赶往北京，前往孟二冬同志家里慰问。

4月23日上午，我校在艺术楼音乐厅举办孟二冬同志悼念仪式。大厅内摆满了鲜花和花圈，播放着2月24日在人民大会堂举办的孟二冬同志先进事迹报告会的现场录像，学校领导及数千名师生纷纷前来吊唁，向孟二冬同志道别。悼念仪式上，我校党委书记周生贵在悼词中说：孟二冬老师的一生是甘于淡泊、严谨治学的一生；是爱岗敬业、教书育人的一生；是无私奉献、乐于助人的一生。他留下的"板凳要坐十年冷，文章不著一字空"的励志之言已经成为我校宝贵的精神财富。他的为学之德、为师之德、为人之德、为志之德无时无刻不在激励、鞭策着广大师生。周生贵希望全体师生铭记孟二冬老师的事迹、牢记他的嘱咐、继续他的事业，为学校的发展做出贡献。

副校长吴新平说，孟二冬老师在我校执教期间，他严谨治学的精神，为人师表的楷模风范在师生中留下了深刻的印象，对孟二冬老师的悼念是全校师生发自内心的深切缅怀。得知孟二冬老师去世的消息，大家都非常悲痛。大家表示，要以孟二冬老师的精神促进学校的各项工作，真正为了做学问去学习，去研究。

悼念仪式后，中文系部分教师及孟二冬同志教过的学生参加了悼念孟二冬老师座谈会，追忆孟二冬老师上课的细节，感受孟二冬老师严谨治学的精神和甘于奉献的品质。

4月26日，我校领导和文学艺术学院的部分师生一同前往北京，参加孟二冬同志的追悼会，与孟二冬同志道别。

原载于2006年4月30日《石河子大学报》133期第1版

新疆大学一行来我校参观考察

4月25日,新疆大学校长安尼瓦尔·阿木提等一行12人来我校参观考察,主要就我校本科教学工作水平评估有关问题和事宜进行了座谈。在行政楼第五会议室,我校党委书记周生贵重点就学校近年来抓规划、抓质量、抓特色、抓服务、抓人才五个方面介绍了学校的有关情况。校领导陈创夫、杨磊分别就分管的教学工作和科技工作做了发言。两校就教育部本科教学工作水平评估中学生毕业论文、课堂教学、师资建设及解决问题的方案进行了探讨。

原载于2006年4月30日《石河子大学报》133期第1版

周生贵在我校党建暨思想政治理论研究会年会上强调：
建立长效机制　推动党建与思想政治工作上新水平

5月12日，在会泽区一阶教101室，我校党建暨思想政治理论研究会年会召开。校领导周生贵、向本春、何慧星、周爱鸣、吴新平及校机关、学院及院相关部门领导和工作人员等100余人参加了会议。会议由校党委副书记何慧星主持。

会上，副校长吴新平总结回顾了2005年党建及思想政治工作，并就党建和思想政治理论研究面临的任务，以及如何进一步规范完善党校工作等方面对2006年的相关工作做了安排部署。她希望广大思想政治工作者把握时代脉络，结合广大师生员工的思想实际，加强理论研究，不断取得新成果。

校党委书记周生贵在总结发言中，对我校党建和思想政治工作提出了要求。他强调：一要将党建与思想政治工作作为一门科学进行研究；二是党政工作者、辅导员和班主任、两课教师这三支队伍要在党建与思想政治工作中发挥重要作用；三要建立长效机制，切实推动党建与思想政治工作，将我校的党建与思想政治工作推向新水平。会上，校党委组织部部长陈伯圣宣读了《关于表彰校党建暨保持共产党员先进性教育理论研讨优秀论文的决定》，校党委宣传部部长李万明宣读了《关于表彰先进分党校和优秀党校工作者的决定》《关于表彰2005年度石河子大学思想政治工作研究会优秀分会和优秀论文的决定》。大会分别对获奖集体及个人进行了表彰奖励。获奖代表分别就各自论文做了交流发言。校领导周生贵、向本春、何慧星、周爱鸣、吴新平为获奖的集体与个人颁发了荣誉证书并合影留念。据悉，本次年会共收到党建论文81篇，思想政治教育理论研究论文170篇，是历年来最多的一次，论文在对策研究、应用研究的数量和质量方面有明显提高,广大干部师生参与党建和思想政治理论研究的积极性明显增强。

原载于2006年5月31日《石河子大学报》134期第1版

中国高等教育学会年会两个分会在我校召开

8月3日至4日，中国高等教育学会出国留学教育管理分会，引进国外智力工作分会2006年年会在我校隆重召开。"创新型国家建设与大学国际交流"是这次年会的主题。来自全国98所高校的近300名学者在两天的时间里，共同探讨中国高校如何"创新发展"及构建我国高校国际化创新人才的培养模式。此次会议，是两个分会历史上的首次联合召开。

兵团副政委王崇久，出国留学教育管理分会副理事长、自治区教育厅书记赵德忠，出国留学教育管理分会、引进国外智力工作分会会长、北京外国语大学校长郝平及我校校长向本春分别在开幕式上致辞。参会人员听取了周远清等有关专家和知名大学校长做的六场主题报告，并就坚持"三个一流"选派培养高层次创新型人才，进一步提高国家公派及单位公派留学效益等问题进行了分组讨论。

期间，校领导周生贵、向本春、杨磊与原教育部副部长、中国高教学会会长周远清，教育部国际合作与交流司司长曹国兴、国家外国专家局教科文卫专家司副司长陈化北等领导进行了座谈。针对我校目前发展中存在的问题，周生贵就学校师资不足、人才紧缺；重点学科起步较晚，项目申报不占优势；信息相对闭塞，对外交流与合作相对薄弱等方面做了发言。听取了学校的情况后，曹国兴对我校的发展提出了有建设性的建议和意见，国家留学基金管理委员会副秘书长杨新育表示，将对我校青年教师出国深造给予大力支持。

原载于2006年8月31日《石河子大学报》137期第1版

我校召开"实施教学质量工程深化教育教学改革"工作研讨会

7月18日至24日,我校召开了"实施教学质量工程、深化教育教学改革"工作研讨会。校领导周生贵、向本春、陈创夫、于鸿君及机关各部门、各学院领导和学科带头人、骨干教师百余人参加了研讨会。

研讨会分为学习交流、大会讨论和认识提高三个阶段。期间,参会人员听取了教育部高教司司长张尧学"关于高等学校教学质量与教学改革"的学术报告;华中农业大学副校长高翅教授的报告;校副校长陈创夫关于教育部"教学质量与教育改革二期工程计划"的有关精神和人才培养方案修订工作的汇报。校长向本春结合"中外校长论坛"的相关议题,做了"高等教育的本质要求与人才培养模式修订"的主题报告。与会人员围绕教学改革、教学质量、人才培养等问题分别开展了进一步深入地讨论。

针对教育改革与人才培养,校党委书记周生贵指出,新的人才培养方案修订必须要:正确认识和处理适应国际高等教育发展与适应社会需要的关系;正确认识和处理专业教育与普通教育的关系;正确认识和处理培养专才与通才的关系;正确认识和处理统一性与多样性的关系;正确认识和处理公共基础课程与专业课程的关系;正确认识和处理拓宽专业口径与突出专业特色的关系;正确认识和处理理论教学与实践教学的关系;正确认识和处理教师主导与学生自主学习的关系。

原载于2006年8月31日《石河子大学报》137期第1版

我校举行庆祝第22个教师节暨合校10周年大会

9月12日，阳光明媚，秋意醉人，年轻的绿洲学府，笑语飞扬，喜气盈盈。在校会堂，我校"第22个教师节暨石河子大学合校十周年庆典大会"拉开了帷幕。来自全国各地的校友、嘉宾和我校领导及机关部门、各学院领导与教师、学生代表、离退休老干部等计千余人参加了庆典大会。

中国高等教育学会会长周远清、北京大学校长许智宏、天津大学党委书记刘建平、华中科技大学党委书记朱玉泉、中国工程院院士刘守仁、自治区政协副主席蒋珊、兵团副司令员胡兆璋、兵团副司令员阿勒布斯拜·拉合木、原兵团副政委王贵振，以及兵团教育局、民政局、组织部、人事局的有关领导和援疆学科计划高校领导、疆内部分高校领导等应邀嘉宾等一起参加了庆典大会。中国高等教育学会、教育部高教司、教育部直属高校工作司、原国家发改委副主委刘江同志等单位和个人分别发来了贺信、贺电，表达良好的祝愿。

会上，我校党委书记周生贵代表校党委向百忙之中光临庆祝大会的各位领导和远道而来的各位大学校长、书记、各位嘉宾、各位校友等表示最热烈的欢迎和衷心的感谢，向全校师生员工及前来祝贺的教育界同仁致以节日的祝贺和最诚挚的问候。大会回顾了合校十年的发展历程，总结了合校十年的办学成果，并阐述了学校今后一个时期的发展目标和发展战略。

兵团副司令员阿勒布斯拜·拉合木代表兵团党委向我校全体师生员工表示热烈的祝贺，向长期工作在教育一线的广大教职员工致以节日的问候和崇高的敬意，向远道而来的各位来宾和校友表示诚挚的慰问。他说，庆祝第22

个教师节暨合校十周年的盛大庆典既是石河子大学的盛事，也是兵团的盛事。并充分肯定了我校合并十年来取得的令人瞩目的成就。对今后发展，阿勒布斯拜·拉合木提出了三点要求：一要坚持社会主义办学方向，办人民满意的大学。二要全面贯彻落实科学发展观，深化教育改革，提高办学水平。三要发扬开拓进取、敢于争先的精神，抢抓机遇，创建高水平教学研究型大学。

中国高等教育学会会长周远清代表教育部及部长周济对我校合校十周年表示热烈的祝贺。并在发挥学科优势，更好地实现融合及改变人才培养思维模式，充分发挥综合型大学的优势方面提出了希望。

北京大学校长许智宏，天津大学党委书记刘建平，校友代表、兵团团委书记徐秀芝和我校校长向本春分别做了发言。会议期间，部分参会人员参观了校史馆，部分参会人员分别与有关学院进行了座谈。中国高等教育学会会长周远清还做了"建设创新型国家与中国高等教育"的专题讲座。

原载于2006年9月15日《石河子大学报》138期第1版

自治区发展改革委员会副主任吴强来我校做报告

为了深入学习国家"十一五"规划的内容,进一步了解新疆经济社会发展情况,10月23日,我校特别邀请了自治区发展改革委员会副主任吴强博士来我校做了"中国'十一五'规划与新疆的发展与机遇"的专题报告。报告会由校党委副书记何慧星主持,校党委书记周生贵及机关全体工作人员、各学院领导及有关人员近200人聆听了报告。

报告介绍了我国国民经济和社会发展第十一个五年规划纲要的编制过程和主要内容,就我国"十一五"规划纲要始终贯穿"一条红线"、坚持"六个必须"、做到"六个立足"做了详细阐述。贯穿"一条红线",即以科学发展观统领经济社会发展全局;坚持"六个必须",即必须保持经济平稳较快发展,必须加快转变经济增长方式,必须提高自主创新能力,必须促进城乡区域协调发展,必须加强和谐社会建设,必须不断深化改革开放;做到"六个立足",即立足扩大国内需求推动发展,立足优化产业结构推动发展,立足节约资源保护环境推动发展,立足增强自主创新能力推动发展,立足深化改革开放推动发展,立足以人为本推动发展。

报告还围绕自治区以经济建设为中心,稳疆兴疆、强区富民这个中心任务,努力实现两个重大突破,实施四大战略,培育六大支柱产业体系,重点提升八项水平等方面,结合国家"十一五"规划,分析了新疆面临的重要发展机遇。

听完报告后,校党委副书记何慧星做了总结发言。他说,学校的发展离不开国家和地方经济社会的发展,我们要认真学习、领会国家及自治区

"十一五"规划，抓住机遇，将学校的发展融入国家和地方经济建设，为屯垦戍边服务，为兵团、自治区经济社会发展服务，努力开创石河子大学跨越式发展的新局面。

原载于2006年10月31日《石河子大学报》140期第1版

校办产业管理部博士后科研工作站授牌仪式隆重举行

经国家人事部批准，我校校办产业管理部于近日设立博士后科研工作站。11月23日，校办产业管理部博士后科研工作站授牌仪式隆重举行。工作站的设立旨在为校办产业管理部下属企业建立一个高层次的人才引进平台，帮助企业引进人才和培养技术与管理人才队伍，促进企业科技进步和提高企业市场综合竞争能力。

兵团党委组织部副部长、人事局副局长单玫主持了授牌仪式，并宣读了新疆生产建设兵团人事局文件《关于批准新疆天富热电股份有限公司、石河子大学校办产业管理部设立博士后科研工作站的通知》（兵人发[2006]72号），对博士后科研工作站的规范管理做了要求。

兵团党委常委、兵团党委组织部部长、人事局局长吕刚代表兵团党委、兵团党委组织部、人事局到会祝贺并做讲话。吕刚回顾了我国博士后工作的发展历程，以及现今兵团博士后科研工作站的基本情况。他说，石河子大学校办产业管理部博士后科研工作站的建立，标志着石河子大学的经济实力、科技水平、发展潜力，都达到了新的高度。在讲话中，吕刚充分肯定了石河子大学在兵团人才培养、科技发展等方面所做出的重要贡献。他希望在今后的工作中加强对博士后科研工作站的管理，充分利用好这个平台，发挥自身的优势，推动石河子大学、兵团的快速发展。

我校校长向本春在发言中代表校党委及全体教职员工向兵团党委，以及社会各界人士的支持表示感谢。向本春总结了我校目前基本科研情况，他说，博士后科研工作站授牌仪式的举行，标志着我校的科研水平又迈上了一个新台阶，具有极其重要的意义。在今后的科研工作中，我校要建立科学的配套管理机制，多出成果。

参加授牌仪式的还有兵团科技局、兵团发改委、新疆农垦科学院的领导和我校领导周生贵、杨磊、郁兴德、于鸿君，以及机关各部门、各学院领导及相关工作人员和部分学生。

原载于2006年11月30日《石河子大学报》142期第1版

吉林大学考察团访问我校

11月21日,吉林大学党委常委、农学部党委书记刘晓民一行6人来我校考察访问,主要就我校在学科建设、师资培养、招生就业、合校办学,学习践行"孟二冬精神"等方面进行交流。

座谈会上,校党委副书记何慧星代表校党委及全体教职员工对考察团的到来表示热烈欢迎。刘晓民代表考察团对我校的热情接待表示感谢,并介绍了吉林大学农学部的发展历史和基本情况。他说,农学部的前身是中国人民解放军军需大学,而石河子大学医学院前身是中国人民解放军第一兵团卫生学校,两校与军队都有着浓厚的"血缘"关系,希望进一步加强两校的交流合作。我校副校长陈创夫、有关部门及学院领导参加了会议,对有关问题做了发言和交流。校党委副书记何慧星在总结发言中说,一所好的大学必须要有优良的传统,在传统中提炼精华,不断提高自身的综合实力,有了这种精神,才能坚持不懈,将各项要求贯穿到工作中,实现全面发展,达到一种和谐。

来访期间,考察团一行参观了我校体育馆、绿洲生态实验室、校史馆和石河子市军垦博物馆、周总理纪念碑。

原载于2006年11月30日《石河子大学报》142期第1版

我校聘任长江学者梁永超为特聘教授

3月9日，我校举行特聘长江学者教授签约仪式，聘任中国农业科学院植物营养与肥料学科一级岗位杰出人才、农业部植物营养与养分循环重点开放实验室副主任、长江学者梁永超教授为我校特聘教授、省部共建绿洲生态农业重点实验室主任。

签约仪式上，校长向本春为梁永超教授颁发了聘书。他说，由教育部和香港李嘉诚基金共同实施的"长江学者奖励计划"为高校人才引进、培养和使用开辟了一种新模式，对于加快学校高层次人才队伍建设起到了重要作用。梁永超教授作为长江学者、特聘教授加盟石河子大学将成为我校创新人才培养和科技创新的中坚力量，在构筑学科大平台，聚集学术大团队，承担国家大项目，开展高水平自主创新研究等方面将发挥重要作用。受聘仪式上，梁永超表示，作为石大新的成员，要以兵团精神为动力、老军垦为榜样，与大家团结协作，以实际行动促进我校的学科建设，为学校发展尽力。

校党委书记周生贵代表校党委、校领导、石大全体师生员工表示了热烈的祝贺和诚挚的欢迎。他说，目前我校的师资队伍建设是关键，学科的发展需要领军人物，各学院要根据实际情况加大人才尤其是学科带头人的引进力度。各学院要搭建良好的平台，提供便利的条件，相关部门要提高服务水平，互相帮助，加强团队协作，齐心协力，朝着创新型团队、国家级重点学科的目标迈进。

签约仪式由我校副校长杨磊主持，校领导何慧星、陈创夫、吴越和有关部门、学院的领导及部分师生参加了签约仪式。

原载于2007年3月15日《石河子大学报》146期第1版

以科学质量观为目标　深化教学改革　我校启动"本科教学质量与教学改革工程实施方案"暨开展"学院本科教学评估工作"动员大会召开

3月20日，启动"本科教学质量与教学改革工程实施方案"暨开展"学院本科教学评估工作"动员大会在校行政楼第五会议室召开。校机关及学院相关部门领导近百人参加了动员大会。

副校长陈创夫主持会议并传达了《教育部、财政部关于实施高等学校本科教学质量与教学改革工程的意见》《教育部关于进一步深化本科教学改革全面体改教学质量的若干意见》和教育部部长周济在"质量工程"启动视频会议上的讲话精神。陈创夫说，各学院要结合文件和讲话精神认真学习，明确任务，发现问题，寻找不足，围绕深化改革展开大讨论，充分调动教职员工和学生的积极性。以科学质量观为目标，进一步修订人才培养方案，根据就业趋势拓宽专业口径；强化加强教学实践环节，提高学生的实践能力，加大教学的投入。

教务处处长王维新就《石河子大学本科教学质量与教学改革实施方案》的指导思想、建设目标、主要内容和任务等做了进一步的阐述，并对各学院的具体工作做了安排。

校党委书记周生贵在总结讲话中强调指出：第一、明确任务；第二、摸清家底；第三、明确目标；第四、保证投入；第五、注重建设；第六、优化管理；第七、深化改革；第八、创建特色，围绕提高教学质量，将有关精神进一步落实到各学院的实际工作中去。

日前，各学院结合会议精神，围绕评估整改要求，有条不紊地安排部署相关工作。

原载于2007年3月31日《石河子大学报》147期第1版

著名经济学家厉以宁教授来我校讲学

9月11日,全国政协常委会委员、全国政协经济委员会副主任、北京大学社会科学学部主任、北京大学光华管理学院名誉院长厉以宁教授在我校会堂做了《当前宏观经济形势与军垦经济》专题讲座。

厉以宁从就业问题、物价稳定问题、经济增长问题、国际收支平衡等四个方面,来阐述当前宏观经济形势,深入浅出地分析了问题产生的原因以及解决方法。他还阐述了对军垦经济、兵团经济发展的探索,肯定了军垦经济起到的积极的作用与优势,并提出通过加快资源转化资本、培养优秀企业家、开发新技术,适应当前市场经济转轨下新型经济发展。这场高水平的学术讲座使师生们进一步了解了当前宏观经济形势,更深入地认识了军垦经济,激发了石大师生作为兵团人的自豪感和认同感,会场上阵阵文明而热烈的掌声表达着石大学子对知识的尊重与渴求。

讲座由我校校长向本春主持,我校领导周生贵、何慧星、周爱鸣、陈创夫、杨磊、于鸿君、吴新平等与近千名师生一起聆听了讲座。

据悉,这是厉以宁教授第二次来我校讲学,此次一行还参观了148团彩棉,八师万亩葡萄园。9月12日,厉以宁一行又赴我校商学院做专题讲座《新世纪对管理人才的要求》。

原载于2007年9月15日《石河子大学报》155期第1版

我校开展新生入学教育　学院活动丰富多彩

新学期，我校尤其重视新生入学教育工作，专门召开会议部署任务、制定方案。会议由校党委副书记何慧星主持，各学院学办、机关等相关部门领导、人员参加。

9月1日至4日，我校各学院发挥自身优势，陆续开展丰富多彩的入学教育活动。师范学院召开了新生家长座谈会，并拟在9月底进行新生《学生手册》知识考试。文学艺术学院的活动涉及安全教育、适应教育、专业教育、心理健康教育等四个方面。学院根据各专业特色开展各种活动，美术系举办迎新生书画展，音乐系举办"师生同唱一首歌"迎新晚会，广播电视新闻学专业学生完成一部迎新专题片，加深了新生对本专业的了解。动物科技学院举办讲座介绍培养方案、课程设置及就业前景等专业知识，帮助学生了解专业背景、现状、发展前景，以及本学科专业特色、师资和科研等情况，促进新生以积极的心态投入学习。政法学院以"致学、致用、致高、致远"勉励新生。同时，发挥自身的资源优势，阳光旅游协会义务承担起新生校园导游的任务，带领各个学院的新生游览校园，受到好评。信息科学与技术学院利用网络加强新生教育，使得学院新生教育管理工作更加有效地开展。通过学生专业网站，将新生教育管理的一些难点、热点问题从讲台移到网络上，从辅导员、班主任反复讲解变成利用网络实现自我服务，从而效率大大提高。医学院新生教育着重从指导思想、工作理念、组织实施上做出宏观要求，突出特色、注重实效，将教育的时间延伸为一学年，形成全员育人、全程育人的长效机制。结合医学专业知识进行针对性的概念教育，向学生介绍国内外医学教育的发展现状、未来人才需求、近年就业形势等,以激发新生们的求知欲,较早树立理想,明确学习目标,增强紧迫感和危机意识。

  我校还组织新生参观了校史馆、军垦博物馆,学校的光辉历史与军垦精神,以激励和鼓舞着每一位新同学。新同学纷纷表示要谨记校风、校训,严守校规、校纪,以饱满的热情和良好的开端投入到大学生活中来。

        原载于 2007 年 9 月 15 日《石河子大学报》155 期第 1 版

推进教学质量工程　全面提升人才培养质量
我校全体教职工共商教育教学改革发展大计

中国共产党第十七次全国代表大会召开期间，我校师生欢欣鼓舞，精神振奋。结合胡锦涛总书记所做的十七大报告，10月19日，我校召开全体教职工大会，紧紧围绕增强质量意识、推进质量工程，在肯定以往教育教学工作取得成绩的同时，明确当前我校教育教学工作中存在的问题，不断更新教育观念，提高人才培养质量，实现我校跨越式发展。

会上，副校长陈创夫以《推进质量工程，增强质量意识，切实提高本科人才质量》为主题做了报告，并从三个方面进行了阐述：一是中国高等教育发展形势和我校本科教育定位；二是我校目前本科教学工作存在的问题和困难；三是进一步提高认识，推进质量工程、增强质量意识。

学院评估专家组组长姜悦平教授就我校2007年学院本科教学工作水平评估宗旨、概况、目前本科教学的基本状况做了汇报，着重指出了在发展规划及组织领导、专业建设、学科建设、课程建设和学术梯队、课堂教学等方面存在的问题。

校长向本春以"明确教师职能定位，推动教学改革"为主题做了总结发言。结合我校学院本科教学工作水平评估。他肯定了我校教师在高等教育事业中发挥的作用，也指出了在科研等方面的不足。他说，深化教育改革，提高教学质量要取得成效，必须要找到好的切入点，明确新形势下教师的职能定位及当代高等教育的教学观念与教学功能，形成新的教育理念，并在教学过程规范要求，切实推进教育教学改革进程。

会议由校党委副书记何慧星主持，校领导周爱鸣、杨磊、于鸿君、吴新平及各学院、机关部门近千名教职工参加了大会。

原载于2007年10月31日《石河子大学报》157期第1版

背景链接：2007年初，教育部下发了《关于实施高等学校本科教学质量与教学改革工程的意见》和《关于进一步深化本科教学改革全面提高教学质量的若干意见》重要文件，启动实施"高等学校本科教学质量与教学改革工程"，即"质量工程"。党的十七大报告中也明确提出：要优先发展教育，全面贯彻党的教育方针，坚持育人为本，德育为先，实施素质教育，办好人民满意的教育，提高高等教育质量，更新教育观念，深化教学内容方式、考试招生制度、质量评价制度等改革。高等教育教学的改革与发展被摆在了更加突出的位置。

中央十七大精神宣讲团与我校师生座谈

为推动兴起学习宣传贯彻党的十七大精神的热潮,根据中央要求,由中央宣传部会同中央有关部门,邀请党的十七大文件起草组部分成员和部分理论工作者,组成党的十七大精神宣讲团,到各地开展宣讲。

11月10日上午,中央十七大精神宣讲团成员、教育部党组副书记、副部长袁贵仁赴兵团做了学习党的十七大精神辅导报告。我校师生代表100余人在行政楼党校教室收看了报告会现场直播。下午,袁贵仁副部长一行莅临我校,并与我校师生就学习党的十七大精神进行了座谈。我校教师代表王维新、张凤艳,政法学院政治与行政学2004级学生代表袁宝华分别结合各自工作、学习情况,交流了各自学习十七大精神的体会。随后,我校党委书记周生贵就我校近四年来的师资队伍建设、大学生思想政治教育及对外交流与合作等七个方面做了汇报。北京大学校长助理、援疆干部、我校副校长于鸿君还就我校在对口支援工作中取得的成绩做了汇报。

听完汇报后,袁贵仁对石河子大学的发展和各项工作给予了充分肯定。他说:一是石河子大学毕业生就业率一直位于自治区首位并保持在90%以上,内地学生留疆率连续多年在50%以上,2005年达到70%。石河子大学学生毕业率和留疆率是个综合性指标,反映了大学四年本科教育教学工作做得扎实。全国的就业率是70%,石河子大学高出了20个百分点,对边疆院校而言非常难得。而内地学生留疆率连续多年在50%,又说明石河子大学吸引了全国的人才,为新疆培养了人才,充分体现了中央对口支援、共建支援新疆教育的精神。

二是石河子大学集中优势,发挥综合优势,承担了很多国家项目,如《准噶尔盆地南缘荒漠化生态系统恢复与重建技术研究与示范》《环新疆经济圈视角下新疆主体功能区建设与跨国区域协调发展研究》等课题具有全局性、战略性和前瞻性。说明石河子大学广大专家、教师在努力地按照中央要求，研究重大的实际问题和理论问题，为国家发展建设服务。

三是石河子大学45岁以下教师中硕士研究生比例由35%上升到72%，表明教师总体素质扎扎实实地提高，体现了石河子大学领导的卓越眼光和见识，把人才培养放在第一位，人才强校的理念很好。

袁贵仁代表教育部向在我校援疆的各位教师表示感谢，他希望石河子大学在现有成绩的基础上，继续深入学习十七大精神，贯彻科学发展观，继续坚持改革开放，以全局眼光和战略思维，把握好立足兵团、服务兵团的优势，提高高等教育教学质量，以满足兵团的需要来带动学校的发展。他表示，支持我校是中央发展西部教育精神的要求，教育部将在研究生招生、"十一五"西部重点建设高校经费上给予我校以有力支持。

兵团副司令员阿勒布斯拜·拉合木希望石河子大学继续坚持"育人为本、德育为先"的办学理念，把学习宣传贯彻十七大精神作为当前和今后一段时期内的首要任务来抓，并紧紧围绕兵团党委的中心工作，发挥我校生产大军、中流砥柱和铜墙铁壁的作用，为创建"全国一流、世界知名"的大学而奋斗，为全面建设小康社会提供人才和智力支撑。

座谈会后，我校师生纷纷表示，要以党的十七大精神为指导，努力工作和学习，为我校又好又快地发展做出自己应有的贡献。

原载于2007年11月15日《石河子大学报》158期第1版

兵团人事局局长为我校毕业生答疑解惑

11月17日,"全国人才市场第五届高校毕业生就业服务周系列活动——兵团人事局局长校园行"在我校会堂拉开帷幕。

兵团党委组织部(人事局)副部长(副局长)段德亮指出,本次活动旨在搭建学生与兵团各师、局人事部门交流的平台,让大学生了解最新的、优惠的人事政策,拓宽大学生的就业之路。农一师、农二师、农三师、农四师、农六师、农八师党委组织部(人事局)的领导分别介绍了各师的发展现状以及相关人事政策,表示非常欢迎我校毕业生前去就业、创业,并就毕业生关于人事政策的提问做了详细解答。

我校党委副书记、纪委书记周爱鸣主持会议并讲话,他说,高校毕业生是宝贵的人才资源和现代化建设的重要生力军,采取积极有效的措施使广大高校毕业生及时就业,对于落实科学发展观,保持经济又好又快发展至关重要。近年来,我校十分重视引导和鼓励毕业生到兵团基层就业,出台了一系列相关政策措施,取得良好成效。他鼓励毕业生到基层去,到祖国最需要的地方去,为兵团的屯垦戍边事业做贡献。

活动使我校毕业生了解了兵团人事管理情况和相关人事政策,加强了在人才培养及输送等方面的交流,同时使毕业生进一步了解了兵团屯垦戍边的光荣使命,加深了对兵团的感情,坚定了大学生到兵团基层单位去建功立业的决心。

原载于2007年11月30日《石河子大学报》159期第1版

我校举行欢庆古尔邦节座谈会

12月19日下午,行政楼第四会议室一片欢声笑语,暖意融融,我校欢庆古尔邦节座谈会在这里举行。机关、各学院、直附属单位的少数民族代表30人欢聚一堂,庆祝节日。

校长向本春做了发言。他说,民族师生是近年来大学取得较快发展不可缺少的重要组成部分,全校152位民族教师奋斗在教学、科研上,在各学院、各部门的工作岗位上,为学校的发展做出了很大的贡献,为大学这个多民族融合大家庭的和谐发挥了大作用。他希望少数民族师生发扬勤劳敬业的品格,在新的一年里努力工作,取得更优异的成绩。最后他也代表大学党委及各领导向我校广大少数民族师生致以最诚挚的祝福,希望他们度过一个欢乐,详和的新年。机关相关部门领导也参加了座谈,表达了对他们的节日祝福。

少数民族代表、食品学院党委副书记马玉江做了发言。他说,感谢大学对少数民族教师的关心与帮助,多年来对少数民族的关心不仅是生活上的,更有对事业、学习的帮助,学校制定了一系列的少数民族骨干教师培养计划,通过挂职锻炼、外出培训、学习等提高少数民族教师的整体素质。在学校,民族团结如一家,校党委、各部门都对少数民族教师的成长给予了很大的帮助,要在今后的工作中做出更好的成绩,回报大学、回报社会,促进校园和谐、社会和谐。动物科技学院维吾尔族女教师帕夏是浙江大学在读博士,是我校首位少数民族女博士。她表示自己所取得的成绩都离不开大学的支持与帮助,她会努力学习,取得更好的成绩,回馈学校。在古尔邦节这个盛大的节日里,衷心地感谢校领导,并祝全校师生节日快乐。

据悉，本次座谈会由大学工会主办，与以往不同，是首次以座谈的形式庆祝古尔邦节，加深了少数民族教师之间的了解，增进了友情，营造了浓厚的节日氛围。

原载于2007年12月31日《石河子大学报》161期第1版

相关链接： 古尔邦节，也称宰牲节、牺牲节、忠孝节。它与开斋节、圣纪并称伊斯兰教的三大节日，是我国维吾尔、回、哈萨克、乌孜别克、塔吉克、塔塔尔、柯尔克孜、撒拉、东乡、保安等少数民族共同的节日，世界各地的穆斯林在每年伊历12月10日庆祝古尔邦节。过节前，家家户户都把房舍打扫得干干净净，忙着精制节日糕点。节日清晨，穆斯林要沐浴馨香，严整衣冠，到清真寺去参加会礼。在新疆的哈萨克、柯尔克孜、塔吉克、乌孜别克等民族，节日期间还举行叼羊、赛马、摔跤等比赛活动。

石河子大学第一次妇女代表大会隆重召开

2月21日，随着庄严的国歌声，石河子大学妇女第一次代表大会在会堂学术报告厅拉开帷幕。大会的主题是：以邓小平理论和"三个代表"重要思想为指导，深入贯彻党的"十七大"精神，紧紧围绕大学的中心工作，团结和带领全校妇女，牢固树立科学发展观、进一步解放思想、开拓创新，努力提高大学各族妇女的素质，推进大学妇女事业健康、稳定、快速的向前发展，为构建"平安、优美、节约、文明"的和谐校园，为实现大学"十一五"规划奋斗目标而努力奋斗。

会上，兵团妇联主席龚继军代表兵团妇联向大会的召开表示热烈祝贺，并向石河子大学党委对于妇女工作的关心表示感谢。她指出了妇女委员会的作用及重要性，并对石河子大学的妇女工作提出了要求。

校党委书记周生贵代表校党委致辞，对大会的召开表示热烈祝贺，向出席会议的代表、向全校的妇女工作者致以亲切的问候和良好的祝愿。他肯定了在学校发展过程中，我校广大妇女同志在教学、科研、管理等各条战线上付出的努力，以及对学校各项事业发展做出的重大贡献，并希望在新的起点上广大妇女同志们不负重托、扎实工作，不断开创我校妇女事业新局面，为全面实现学校"十一五"奋斗目标做出更大的贡献。

校工会女工委主任王长英做了题为"认真学习贯彻党的'十七大'精神，服务大局 扎实工作 努力开创大学妇女工作新局面"工作报告。群众团体代表、校团委书记马智群代表大学工会、大学团委、大学文学艺术联合会、大学科学技术协会向大会表示祝贺，并宣读热情洋溢的贺词。

出席大会的还有石河子市妇联主席刘戈娜、我校领导向本春、何慧星、周爱鸣、陈创夫、杨磊、郁兴德、吴新平。正式代表110人、列席代表11人、特邀代表3人参加了大会，执行主席由大学离退休工作处处长岳新焉担任。

2月22日，石河子大学第一次妇女代表大会主席团成员审议并通过大会《选举办法（草案）》，讨论并通过总监票人、总计票人、监票人、计票人建议名单及《工作报告决议（草案）》，并由全体代表讨论通过。大会选举出石河子大学妇女工作委员会第一届执行委员会委员38名，主任1名，副主任两名。王长英当选为主任，岳新焉、孙桂香当选为副主任。大会执行主席由校学工部部长杨卫华、校工会副主席王长英担任。

副校长吴新平在闭幕式上代表校党委、学校全体师生员工对新当选的妇女工作委员会执行委员及我校第一届妇女工作委员会领导班子表示热烈祝贺，并提出以下几点希望和要求：1. 加强组织建设，为开创我校妇女工作新局面打下坚实基础。2. 加强学习，切实提高妇委会履行职责的能力。3. 做好服务，拓展妇委会工作的覆盖面和影响力。希望大家同心同德、与时俱进，扎实工作，创造我校妇女工作新局面，继续谱写石河子大学新的辉煌。

原载于2008年2月29日《石河子大学报》163期第1版

与奥运同行　展巾帼风采
我校举办庆"三八"妇女健身大赛

为庆祝 2008 年"三八"国际劳动妇女节和丰富教职工的文化生活，展现女教职工的风采，引导广大女教职工追求健康活泼的生活方式，以实际行动迎接 2008 年北京奥运会，3 月 7 日下午，由大学工会、妇女委员会主办的"与奥运同行　展巾帼风采"庆"三八"石河子大学妇女健身大赛在会堂拉开帷幕，来自各学院、直附属单位的 26 个参赛队伍表演了健美操、体育舞蹈等精彩节目。

我校党委书记周生贵，党委副书记何慧星，党委副书记、纪委书记周爱鸣，副校长郁兴德同机关各部门、各学院、各直附属单位的师生代表近千人一起观看了大赛。校党委副书记何慧星为大赛致辞，代表校党委向广大的女教职员工致以亲切的问候和崇高的敬意。

参赛选手们以旋动的舞姿赢得了在场观众的阵阵掌声。体育学院、成职教学院摘得本次大赛桂冠，文学艺术学院、科技学院等荣获二等奖，党群、政法学院等荣获优秀奖。评委打分期间，文学艺术学院、离退休工作处、计财处为大家表演了精彩的节目。健身大赛以健美操、体育舞蹈等形式，展现了我校教职员工健康、青春、充满活力的精神风貌，进一步浓厚了我校关注奥运、支持奥运的良好氛围。

原载于 2008 年 3 月 15 日《石河子大学报》164 期第 1 版

我校第二届社团文化节拉开帷幕

为弘扬奥运精神，营造奥运氛围，丰富校园文化生活，加强社团文化建设，在推动构建和谐校园的进程中更好发挥好社团的生力军作用，4月3日，由大学团委、关工委主办，大学社团联会承办的"七彩社团 青春石大 与奥运同行"第二届社团文化节在中区世纪广场隆重开幕。开幕式上，各个艺术团选送的节目形式多样，异彩纷呈，有歌伴舞、武术、乐器、舞蹈、相声等。其中，武术社团和墨缘书法协会表演的《中华韵》、漠北野驼户外社的车技表演、跆拳道协会的表演等都博得了在场观众的阵阵掌声。

校党委副书记何慧星、关工委常务副主任门登凯、中国移动石河子分公司副总经理陈建国，以及学工部、团委、教务处等相关部门领导出席了开幕式，并与数百名学生一起观看了演出。校团委副书记孙桂香代表团委致辞。

据悉，在4月至6月社团文化节期间，"迎奥运、爱兵团、爱石大"书法、绘画、摄影、雕塑、手工作品大赛，文学社团联谊会，校园定向越野赛，健康街舞大赛等一系列活动将展开，会充分展示各个社团的魅力与石大学子的风采。

原载于2008年4月15日《石河子大学报》166期第2版

周至禹来校讲学

应文学艺术学院邀请，4月25日，中央美术学院周至禹教授来我校讲学。

与美术系的师生们进行座谈后，周至禹做了"基础教学与理论实践"的讲座，就造型基础教育的理论、课程建设、教材建设等做了阐述，带给师生们"大艺术、大设计、大基础"的造型理念。此外，周至禹教授还面向美术系全体师生作了"基础与设计"专题讲座。

周至禹现为中国美术家协会、中国版画家协会会员，擅长版画。其作品：《黄河船夫曲》入选全国青年美展；《山凡》入选第七届全国美展；《我的太阳》入选全国第九届版画展；《山道弯弯》入选大陆青年版画展；《雷雨季节》获第十届全国版画展获铜奖。曾获鲁迅版画奖。出版有《形式基础》《思维与设计》《设计素描》等著作。

原载于2008年4月30日《石河子大学报》167期第2版

首本国防生理论书籍发行　国防生积极开展学习

近日，全军首本全面介绍国防生的理论书籍《中国国防生》出版发行。4月20日，我校举行了国防生发书仪式。新疆军区驻我校选培办主任苏宗义和校学工部部长杨卫华亲自为百余名国防生发送了该书，并就该书的重要价值、主要内容、学习方法等方面做了具体讲解辅导。

《中国国防生》全书25.3万字，被称为"引领国防生成才成长的人生指南和良师益友"。它的问世，结束了我国国防生队伍诞生9年以来无全面系统指导书籍的历史。

原载于2008年4月30日《石河子大学报》167期第2版

周生贵在《区域空间信息综合应用关键技术在新疆兵团的示范》项目启动会上强调：确定一流目标为兵团信息化建设服务

5月8日，国家科技支撑计划——《区域空间信息综合应用关键技术在新疆兵团的示范》项目启动大会在我校行政楼第五会议室召开。会议由兵团科技局高新技术产业化处处长秦新忠主持。

会上，兵团科技局局长田笑明介绍了项目的申报背景、项目对兵团农业现代化与信息化产生的重大作用，并就项目组织管理、经费管理、课题组之间合作等方面做了部署和要求。

该项目七个课题组负责人分别就课题实施方案、经费分配方案、2008年课题任务目标及参与分工单位做了汇报，使大家对项目有了更深入的了解。

作为项目主持单位，我校校长向本春说，该项目的启动有利于进一步提高我校科研水平，与各合作单位增进交流，在产学研方面上新层次。他表示，我校将做好组织协调，加强人力、物力支持和督导检查，确保项目按计划有序地实施。

项目合作单位中国科学院新疆生态地理研究所副所长雷加强、项目示范单位农八师石河子市副市长母隽、农十师副总农艺师王祯丽分别讲话，表示会对项目给予全力支持。

作为项目总负责人，我校党委书记周生贵指出，项目的实施对于兵团和石河子大学发展有重要意义和作用。就今后的工作，周生贵做了三点要求：一是确定一流的研究目标；二是按照实施方案，抓紧、抓早、抓实；三是按照要求，切实做好各项工作。

据悉，该项目由新疆生产建设兵团科技局组织，石河子大学主持，北京大学、中国科学院新疆生态与地理研究所、北京市农业信息技术中心、农八师及其莫索湾垦区团场、农十师及其185团共同参与，研究时间为2007年10月到2010年12月，项目总经费为2898万元。该项目的实施，可为兵团数字化建设提供空间信息基础设施，为兵团信息资源管理、信息资源共享交换、信息资源目录管理等提供服务，对兵团的农业现代化与信息化将产生巨大的推动作用。

原载于2008年5月15日《石河子大学报》168期第1版

电影《孟二冬》开机仪式在我校举行

12月16日，电影《孟二冬》开机仪式在我校举行，北京大学、浙江大学等高校援疆挂职干部和我校300余名师生见证了这激动人心的一刻。校党委宣传部部长张爱萍主持仪式。

电影《孟二冬》由北京大学文化产业研究院负责组织拍摄。影片将以纪录片的形式真实再现孟二冬这位教育工作者淡泊名利、无私奉献的崇高品德和高尚情怀。该片由担任国内首部以"两弹一星"为背景的情感大戏《情润无声》和影片《大树底下好乘凉》的制片人赵小玲担任总制片人，刚刚在第十八届法国奥贝尔维耶国际电影节上凭《剃头匠》摘得最佳导演奖的哈斯朝鲁执导本片，演员谭阳饰演孟二冬。

副校长吴新平在致辞时说，孟二冬精神孕育于燕园，升华于石大，传承和发扬孟二冬精神是石河子大学义不容辞的责任。拍摄电影《孟二冬》是对孟二冬教授光辉形象和高尚精神的又一次传扬和歌颂，石河子大学师生将积极配合完成这部重要的电影作品，为弘扬孟二冬精神做出应有的贡献。

摄制组主创人员表示，一定要尽全力把人们心中的这位英雄拍好，为新中国六十华诞献礼。北京大学支教教师代表李长龄也做了发言，表示要以孟二冬教授为榜样，继续他未完成的事业。

开机仪式后，文学艺术学院的师生表演了歌伴舞《最亮的星》，表达了对孟二冬老师的怀念之情。

原载于 2008 年 12 月 31 日《石河子大学报》179 期第 1 版

何慧星在 2009 年学生工作会议上强调：
深入学习实践科学发展观　大力促进学生工作科学发展

2月20日，我校2009年学生工作会议召开。

会上，我校党委副书记何慧星做了题为"深入学习实践科学发展观，大力促进学生工作科学发展"的讲话，对2008年学生工作做了回顾，并对2009年学生工作进行部署。

何慧星强调：2009年学生工作既要全面推进，又要重点突出、深入发展，按照"585"工作思路，即以人才培养为中心，以"四自四学会"全面发展为目标，以素质教育为主线，以学风建设为主题，以三个课堂为阵地；狠抓八项重点工作，即党建暨思想政治教育工作、安全稳定工作、就业工作、招生工作、心理健康教育工作、助学工作、团学工作、文化素质教育工作；贯彻"五个坚持"，即坚持三个课堂同时抓，坚持教育、教学、管理、服务相结合，坚持解决思想心理问题与解决实际问题相结合，坚持加强基层建设，坚持加强自身建设。

随后，学工部部长杨卫华、招生就业处处长李孝光、校团委书记马智群分别就2009年学工部（学生处）、招生就业处和校团委工作要点做了说明。

大会还对2008年学生就业工作先进集体、优秀学生工作者等先进集体和先进个人进行了表彰。

原载于2009年2月28日《石河子大学报》180期第1版

周生贵在2009年校党委工作会议上强调：
改革创新科学发展　全面推进我校党建暨思想政治教育工作

3月6日，我校2009年党委工作会在会堂召开，会议的主题是：以邓小平理论和"三个代表"重要思想为指导，深入学习落实科学发展观，认真贯彻党的十七大、十七届三中全会及第十七次全国高校党建工作会议精神，推进党的建设及思想政治教育创新发展，为实现学校又好又快发展提供坚强的政治保证。大会由校长向本春主持。

校党委书记周生贵做了题为"改革创新　科学发展　全面推进我校党建暨思想政治教育工作"的讲话，部署了今后党建和思想政治教育工作的主要任务，对2009年党建和思想政治教育工作提出要求：一是要认真总结经验，准确把握形势，增强做好党建及思想政治教育工作的责任感和使命感。二是要扎实抓好学习实践科学发展观活动，推动学校又好又快发展。三是要坚持改革创新，全面推进党建及思想政治教育工作。

周生贵强调，今年是我校步入"211工程"重点建设的第一年，是学校发展的关键一年，任务重，大事多，我们要以这次会议为契机，全面学习实践科学发展观，以改革创新精神加强和改进党的建设，加强和创新思想政治教育工作，为实现学校新的跨越发展、为建设高水平教学研究型大学而努力奋斗。

会上，校党委副书记何慧星传达了兵团2009年组织人事工作会议精神，党委副书记、纪委书记周爱鸣传达了第六届兵团纪律检查委员会第二次全体会议精神，副校长吴新平传达了兵团2009年宣传思想文化工作会议精神。

原载于2009年3月15日《石河子大学报》181期第1版

让浓浓书香溢满校园——我校"读书周"活动受青睐

为迎接第14个"世界读书日",在全校营造热爱读书、勤于读书、善于读书的氛围,4月23日,我校"读书周"活动开幕。期间举办了"最佳读者"评选、"我心目中的图书馆"有奖征文颁奖、春季图书展销,以及图书馆电子资源利用讲座等活动。

副校长吴新平指出,本届"世界读书日"是在我校实施新跨越发展计划,进入国家"211"工程重点建设高校行列大好机遇下,深入学习实践科学发展观,共建和谐校园的美好氛围中迎来的一个高雅、和谐的节日。她鼓励师生们多读书、读好书,吸纳先进思想和科技知识,弘扬优秀的文化精神,让浓浓书香溢满校园。

图书展销会吸引了众多师生。据悉,书展将持续一周,文史、医药及综合类的图书共计8000余册。师生们都可以翻阅、购买正版的打折图书。

原载于2009年4月30日《石河子大学报》184期第2版

两岸三校外国语言文学研讨会在我校召开
外国语学院 7 位教师做发言

5月9日至10日，由我校与北京大学、台北淡江大学三校共同首次主办的两岸外国语言文学研讨会在我校召开。来自北京大学、淡江大学、南京财经大学、厦门大学及疆内高校的30余位专家、学者应邀参加。

开幕式上，我校副校长刘东燕到会并致辞，他代表学校对参加研讨会的专家、学者，特别对来自宝岛台湾的朋友们表示热烈的欢迎，并介绍了石河子大学的建校历史、办学宗旨、对外交流与合作等基本情况。

随后，北京大学外国语学院院长程朝翔、淡江大学外国语文学院院长宋美教授和我校外国语学院院长刘意青教授分别做了发言。

研讨会分为5个专题小组，分别从文学、语言学、教学法、文化和翻译等多个方面进行了研讨，与会专家分别以"从外语学科发展看中国大学人文学科的发展""加拿大英语文学在中国""从类型学看日语格助词的特点"等为主题做了发言，内容涉及多语种，他们畅所欲言，交流了教学与科研中的成果与体会。

期间，我校外国语学院全体教师和部分学生参加了研讨会，7位教师也在研讨会上做了发言。

此次研讨会的召开正值我校进入"211工程"重点建设高校行列和校庆60周年之际，对于进一步加强我校与台湾的学术交流、东西部学术交流，以及推动我校外国语言文学研究都起到了积极的促进作用。

原载于2009年5月15日《石河子大学报》185期第1版

我校召开庆"五一"表彰大会

4月29日，我校工会在会堂召开庆"五一"暨2008年年终总结表彰大会，对2008年工会工作中表现突出的"先进基层工会""优秀工会主席""五好文明家庭"等23个先进集体和124名先进个人进行了表彰奖励。

会上，我校工会主席陈云飞做了"贯彻落实科学发展观，不断开创工会工作新局面"的报告，回顾了2008年工会的主要工作和取得的成绩，阐明了2009年工会工作的思路和重点。

副校长吴新平充分肯定了校工会过去一年工作所取得的显著成绩，并结合学校实际，对2009年工会工作提出要求：一是要正确认识我校当前形势，进一步增强新形势下做好工会工作的责任感和使命感。二是要坚持和完善以教职工代表大会为基本形式的民主管理制度，全面推进学校的民主建设。三是要切实加强自身建设，提升工会干部素质，提高工会工作水平。四是要以我校60周年庆典为契机，开展丰富多彩的文体活动，积极推进校园文化建设。

原载于2009年5月15日《石河子大学报》185期第1版

我校开展系列活动纪念"五四"青年节

今年是纪念"五四"运动90周年和共青团建团87周年,也是石河子大学建校60周年,我校团委以"弘扬爱国主义精神"为主题,广泛开展了丰富多彩的纪念活动和宣传教育活动。

5月1日,文学艺术学院承办的"最具魅力男女生歌手大赛"拉开了系列纪念活动的序幕。政法学院开展了主题团会、模拟法庭大赛等活动,倡导青年学子们发挥专业优势,增强法制意识教育,理性爱国;动物科技学院通过知识竞赛,让学生重温历史,感受新时代下的"五四"精神;医学院以歌曲、舞蹈、话剧等形式多样的表演,展现大学生弘扬"五四"运动的热情;体育学院举办了第四届"纪念'五四'运动90周年展体院学子风采"体育文化艺术节;师范学院以纪念"五四"运动为主题,面向师范学院全体学生征集原创书画作品,经评比选拔出了一批主题鲜明的优秀作品进行展出。

系列纪念活动营造了积极向上、热烈浓厚的节日氛围,增进了青年学子的社会责任感,坚定了他们奋发成才、报效祖国的决心。

原载于2009年5月15日《石河子大学报》185期第1版

我校第八届田径运动会举行　三项校级纪录被打破

绿州学府迎华诞,体育健儿展风采。5月21日,我校第八届田径运动会开幕式在田径场隆重举行。可容纳12000余人的田径场内座无虚席,群情激动。

校领导周生贵、何慧星、周爱鸣、张法林、李鸣、刘东燕,校关心下一代工作委员会常务副主任门登凯,新疆军区驻我校国防生选培办主任苏宗义和各位嘉宾出席开幕式。

我校副校长、体委主任刘东燕致开幕词。他希望运动员顽强拼搏,赛出水平;希望全体裁判员、工作人员忠于职守,公平公正裁判;希望全体师生遵守纪律、文明观赛,以奋发向上、敢于争先的良好精神风貌和优异的竞技成绩向新中国和学校60华诞献礼。

兵团教育局(体育局)纪检组长郝丽萍代表兵团教育局(体育局)向大会表示热烈的祝贺,并传达了国家教育部、体育总局、共青团中央在重庆召开的全国亿万学生阳光体育推进会的会议精神,希望石河子大学以新的高度、新的思路和新的举措抓好高校体育工作、取得战略性突破和实质性进展,把全民健身运动推上新台阶。

随后,国防生、离退休工作处、护士学校和体育学院表演团队献上军体拳、秧歌扇、健美操和跆拳道表演等精彩纷呈的节目,赢得观众的阵阵欢呼,把现场气氛渲染得十分热烈。

经过激烈角逐,5月23日,我校第八届田径运动会闭幕。女子乙组铁饼运动员黄丽敏同学、男子乙组400米运动员王飞同学、男子乙组4×400米接力的体育学院07级分别打破学校运动会纪录。医学院、体育08级和商学院分别获得学生甲组、学生乙组和教工组第一名。体育学院等13个单位获最佳组织奖，政法学院等10个学院被评为精神文明单位。

  刘东燕在闭幕式上致辞时说，第八届运动会顺利完成了各项赛事，取得了运动竞技和精神文明的双丰收。他希望广大师生把本次运动会中焕发出来的勇于争先、顽强拼搏、团结协作、顾全大局的精神，投入到日常的学习和工作中去，为把石河子大学建成区域性高水平大学而不懈努力。

原载于2009年5月31日《石河子大学报》186期第1版

兵团校园专场招聘会在我校举行

6月5日,兵团校园专场招聘会在我校医学院活动中心举行。农七师人事局、兵团建工集团、正大集团公司、中基公司等77家单位参加本次招聘,提供了农学、园艺、种子质检、农机、财会、动物医学、工程管理、机械制造、水利工程、给排水等专业860个岗位。截至招聘会结束,我校千余毕业生入场求职,共达成意向430份,现场签订协议46份。

参加此次招聘的单位多为民营企业和农牧团场,记者采访了部分招聘单位的负责人。"石河子大学学生素质很好,能吃苦,靠得住,与其他高校学生相比要好很多。"农八师133团的负责人何伟向记者介绍道。从2004年算起,他们已经连续5年到石河子大学招聘毕业生了。他还表示,之所以对石河子大学毕业生情有独钟,最重要的是学生能够迅速地转变观念,下团场之后能够迅速地适应团场的工作环境,而且能与连队职工打成一片。有的学生已经到团场担任团委书记等职位了。

石河子汇康有限责任公司负责人表示:"我们虽然是民营企业,但效益比较好,石河子大学的毕业生素质方面都可以达到我们的要求。学生毕业后到民营企业也会有好的发展,而且学生现在就业最重要的是贴合现在经济发展的实际。"

我校招生就业处处长李孝光表示,"学校采取了一系列的政策措施来促进就业,组织大、中、小型的招聘会为同学们提供便利,但是最主要的还是学生要结合实际,转变就业观念。"

据悉,在全球经济危机的影响下,加上全国毕业生人数的增多,就业形势进入了最艰难的时刻。经过我校多方面的努力，截至目前我校就业情况基本与去年持平。

原载于2009年6月15日《石河子大学报》187期第1版

我校毕业国防生入伍军事考核优秀率达 95%

6月9日，兰州军区政治部选培办副主任杨波率考核组一行6人来校，对73名毕业国防生进行入伍军事考核。

考核内容包括俯卧撑、仰卧起坐、3000米跑、100米跑、双腿深蹲起立等5个科目。经过考核，我校毕业国防生合格率达100%，优秀率达95%。其中，土木05级潘国庆、谭彬，数学05级刘刚，计科05级赵军，机制05级潜威，电信05级辛凯鹏等同学取得满分的好成绩。

杨波对国防生们的表现给予充分肯定。他说，通过考核，看到石河子大学国防生的整体精神面貌非常好，军政素质高，处在兰州军区签约各高校的前列。他感谢石河子大学对兰州军区依托培养工作的支持，希望进一步做好国防生培养工作，为部队输送更多的优秀人才。

原载于2009年6月15日《石河子大学报》187期第2版

我校学习实践活动进入整改落实阶段

6月19日，我校"学习实践科学发展观活动"校领导班子分析检查报告评议及第二阶段总结暨第三阶段动员大会在会堂学术报告厅举行。校领导周生贵、向本春、何慧星、周爱鸣、陈创夫、郁兴德、张法林、吴新平、郑旭荣、刘东燕出席大会。大会由校长向本春主持，我校党员群众代表、党代表、人大代表、政协委员、专家学者、基层单位代表、教师学生代表，离退休代表和副处以上干部参加。

校党委书记周生贵介绍了《石河子大学领导班子贯彻落实科学发展观情况分析检查报告（评议稿）》的形成过程和内容，要求大家客观、公正地给予评议。

校党委副书记何慧星宣读了《石河子大学领导班子贯彻落实科学发展观情况分析检查报告（评议稿）》，报告围绕贯彻落实科学发展观的主要成效及存在的突出问题、主客观原因分析以及今后努力方向、总体思路和主要措施等内容做了介绍，并就如何进一步按照科学发展观的要求，切实加强领导班子建设提出具体要求。

周生贵在总结讲话中指出，石河子大学学习实践活动第二阶段有五个特点：一是始终坚持学习宣传教育，打牢学习实践活动理论基础。二是始终坚持发扬民主，深入查找问题开好民主生活会。三是始终坚持实事求是原则，形成高质量的分析检查报告。四是始终坚持贯彻群众路线，扎实搞好群众评议。五是始终注重实践特色，工作学习两促进。

周生贵强调，在学习实践活动第三阶段要重点抓好制定整改落实方案、集中解决突出问题、完善体制机制三个环节，其主要任务是针对征求意见、分析检查报告和群众评议中反映的问题，认真制定整改措施，明确整改重点，落实整改责任，形成实践成果。结合学校工作实际，周生贵对整改落实阶段工作提出四点要求：高度重视整改、加强组织领导、加强督导检查、保持实践特色。他希望各单位按照校党委的要求和部署，坚持高标准、严要求，团结一致，齐心协力，以饱满的工作热情，认真负责的工作态度，细致严密的工作作风，扎扎实实做好整改落实阶段的各项工作，确保学习实践活动圆满成功。

最后，与会代表共142人对《石河子大学领导班子贯彻落实科学发展观情况分析检查报告（评议稿）》进行了评议，校学习实践活动工作领导小组将根据评议情况进行重新修订。

原载于2009年6月30日《石河子大学报》188期第1版

我校隆重召开第二届校友代表大会

9月11日,我校会堂气氛庄重而热烈,石河子大学第二届校友代表大会在这里隆重召开。来自五湖四海的校友重返母校,共叙师生情谊。

贵州省副省长谢庆生、兵团原副司令员胡兆璋、兵团原副政委王贵振、自治区政协原副主席蒋珊等近400名校友及我校领导周生贵、向本春、郑国瑛(原校长)、何慧星、张法林、吴新平、郑旭荣、刘东燕,机关相关部门和学院领导、师生代表参加了大会。会议由校友会常务副会长门登凯主持。

我校校长、校友会会长向本春做校友会第一届理事会工作报告,回顾了石河子大学校友会成立五年来,校友工作取得的可喜成就以及今后校友工作的思路。向本春表示,今后校友会将把为学校建设发展服务、不断提高校友工作质量和水平作为工作目标,希望广大校友一如既往地关心支持石河子大学校友工作,继续发挥重要作用,为校友会的发展、校友基层组织建设献计献策。

大会选举产生了石河子大学校友会第二届理事会理事,通过了石河子大学第二届校友会名誉会长名单。在石河子大学校友会第二届第一次理事会议上,选举产生了新一届校友会常务理事、校友会会长、常务副会长、副会长、秘书长,通过了校友会副秘书长名单。大会还对"寻访石大校友"活动先进集体和个人进行了表彰。

校党委书记周生贵做总结讲话时充分肯定了石河子大学校友会自2004年成立以来发挥的重要作用,并代表校党委对广大校友工作者和广大校友付出的辛勤努力表示衷心的感谢。他说,第二届校友代表大会是在我校庆祝建校

60周年的重要时刻召开的一次重要会议，具有十分重要的意义，希望校友会工作继续充分发挥引领作用、凝聚作用、宣传作用、纽带作用，为学校发展做出贡献。

原载于2009年9月15日《石河子大学报》190期第1版

我校举行"相约绿洲"60周年校庆文艺晚会

9月11日晚,我校会堂座无虚席,鲜花装扮的舞台美轮美奂,跃动的荧光棒和热烈的掌声回荡整个演出现场,一支欢快的舞蹈《激情鼓舞》拉开了我校60周年校庆文艺演出的序幕,近千名嘉宾、校友和在校师生一同分享这节日的盛会。

晚会分为"开拓""耕耘""展望"3个篇章,有舞蹈、合唱、配乐诗朗诵、歌舞、音乐舞蹈快板等形式的15个节目,其中北京大学献上了女声独唱《祝福祖国》,我校校友也登台献艺。整场晚会气氛热烈,从60年前在共和国开国的炮声中高擎红旗一路西进,到改革开放的春风中百花怒放、姹紫嫣红,再到如今我们站在前辈的肩膀上瞭望明天,一个个独具匠心、精彩纷呈的节目让现场观众思绪联翩,感慨万千。

晚会上,兵团原副政委王贵振代表校友表达了对母校的无限情思和美好祝愿;荣获"建校功勋奖"的老教师们收到了鲜花和最热烈的掌声,整场晚会气氛热烈而温馨。全场观众沉浸在欢乐的海洋里,尽享这场丰盛的文化大餐。

原载于2009年9月15日《石河子大学报》190期第1版

牢固坚持科学人才观　大力实施人才强校战略
我校人事人才工作会议召开

10月30日，我校近年来首次人事人才工作会议在会堂报告厅召开。校领导周生贵、向本春、周爱鸣、陈创夫、郑旭荣、刘东燕，及机关、学院相关部门领导、教师代表200余人参加了会议。会议由副校长陈创夫主持。

校长向本春做了《牢固坚持科学人才观大力实施人才强校战略　努力开创人事人才工作新局面》的报告，从采取超常规政策和措施加快师资队伍建设进程，努力扩大师资规模满足大学发展需要，引进和培育高层次人才促进教学科研上层次，加强人事工作管理营造优良人才环境等四个方面总结了我校近年来人事人才工作取得的成绩。

针对当前和今后一段时期人事人才工作，向本春要求：牢固坚持科学人才观，大力实施人才强校战略，主要从强化人才核心价值、加强教师实践能力培养、探索教师分类管理、加大人才引进力度、加大教师培养力度、深化人事制度改革等六个方面实施。他希望各单位以此次会议为契机，牢固坚持科学人才观，积极实施人才强校战略，进一步解放人事工作思想，重新思考和定位新时期人事人才工作的新任务和新举措，不断开拓创新，为把石河子大学建设成为西部先进、区域一流、国际知名的有特色、高水平大学，努力开创人事人才工作新局面。

大会表彰了在人事管理工作中表现突出的先进集体与个人，考勤管理工作先进个人。校党委副书记、纪委书记周爱鸣宣读了表彰文件，参会校领导为获奖者颁奖。获奖代表李长龄、剡根强、薛振西、谢平分别做发言，就各自所在学院人才引进与培养工作的措施与成效、取得的成果及考勤工作做了汇报。

人事处处长吕德生对《关于教师参加社会实践教育的实施办法》《关于实施教师岗位分类管理的办法》两个讨论材料做了简要说明，参会人员进行了分组讨论。四个讨论组分别就参加基层实践教育锻炼的途径与安排，管理措施及政策支持，教师岗位分类管理的基本原则、要求及政策保障等方面建言献策。

校党委书记周生贵做总结讲话。他说，本次人事人才工作会议是我校发展的关键时期召开的一次重要会议，内容丰富，主题突出。针对会议讨论的问题，周生贵提出两点建议：第一，根据同志们的意见和建议，进一步修订两个材料，并积极付诸实施；第二，在具体运作过程中，要根据具体情况，具体安排工作，稳妥推进，切忌"一刀切"，要在形式上多样化。最后，他希望同志们更加理解、支持人事人才工作，希望同志们更加重视人事人才工作，希望同志们用心做好人事人才工作。

原载于2009年10月31日《石河子大学报》192期第1版

第十期团学干部培训班"理论与形势学习"课程结束

为适应新时期下共青团工作的新形势、新发展,我校第十期团学干部培训班举行。

10月25日,为期1天的团学干部培训班"理论与形势学习"结束。我校校长向本春、校党委副书记何慧星、关工委常务副主任门登凯、兵团团委学少部副部长孙杰、党委宣传部部长张爱萍、学工部部长杨卫华、团委书记马智群、党委宣传部副部长桑华、心理健康中心主任周生江,围绕"团学干部基本素质与修养""团学干部工作方法与艺术""六个问什么"等9个专题展开精彩演讲,分别为近千名团学骨干举办了讲座。

据悉,本期培训还包括专题调研、创新实践研讨、分享交流、总结表彰等几个方面内容,坚持普遍与重点培养相结合、理论培训与实践研讨相结合、组织培养与自主教育同伴教育相结合的原则,积极探索讨论式、互动式、案例式、探究式等模式,采取分类别、分层次的培养方式,针对共青团、学生会、学生社团、班级工作的不同需要,科学设置课程,促进团学干部队伍建设科学发展上水平。

原载于2009年10月31日《石河子大学报》192期第1版

我校首届模拟联合国协会观摩赛举行

10月25日,我校首届模拟联合国协会观摩赛在会堂学术报告厅拉开帷幕。

观摩赛流程设有主席发言、主席点名、设定发言名单、设定发言时间、与会国代表发言、动议、表决、有组织性磋商等环节,完全模拟联合国会议。所有参赛同学均用英语发言。

据悉,我校模拟联合国协会于近日成立,开展"模拟联合国"活动旨在让参与者了解联合国事务,提高综合素质,学习调研、写作、磋商、谈判等技巧与知识,造就复合型国际化人才。

原载于2009年10月31日《石河子大学报》192期第1版

我校2009年新闻宣传工作打开新局面

11月6日,我校庆祝第十个中国记者节暨新闻宣传工作总结表彰大会在会堂学术报告厅举行。副校长吴新平与新华社、中国教育报、新疆日报、兵团日报、晨报·北疆新闻、石河子电视台等媒体记者欢聚一堂,共同庆祝节日,并为我校2009年"新闻宣传贡献奖""新闻宣传奖""新闻宣传工作先进个人""优秀教工通讯员""优秀学生通讯员"等54名新闻宣传工作者颁奖。

党委宣传部部长张爱萍宣读了《关于表彰石河子大学2009年优秀新闻工作者的决定》和2009年"宣传兵团好新闻奖重大影响力奖"获奖者名单;新华社新疆分社兵团支社副社长刘宏鹏等3人获"新闻宣传贡献奖",新疆日报记者井波等4人获"新闻宣传奖"。

党委宣传部副部长桑华宣读了《关于表彰石河子大学2009年新闻宣传工作优秀通讯员的决定》。王胜利等10名同志获"优秀教工通讯员"称号,李翠芳等31名学生获"优秀学生通讯员"称号。

新华社新疆分社兵团支社副社长刘宏鹏表示,今后将进一步加强与石河子大学的联系,多写一些有重大影响力的报道,为宣传石河子大学,宣传兵团做出积极的贡献。

副校长吴新平指出,2009年我校新闻宣传工作在注重策划意识,凸显新闻宣传实效、把握宣传思路,抓好主题活动宣传、加强外宣意识,扩大学校知名度和美誉度、抓好队伍建设,提升新闻宣传队伍水平等方面取得了显著成绩。2009年,学校在新华每日电讯、新华网、光明日报、中国教育报、中央电视台、中央人民广播电台等国家级、省级、地市级媒体发表和播发有关石河子大学新闻近600篇（条），比2008年发稿多出100余篇（条）。

吴新平希望全校新闻工作者与通讯员要增强新闻意识、加强深度策划、强化精品意识、提高全员宣传意识，在全校教职员工与媒体共同努力下，集思广益，群策群力，使2010年新闻宣传工作再上新水平。

11月5日至6日，我校还举办了2009年第二期新闻写作培训班，新华社新疆分社兵团支社副社长刘宏鹏，兵团日报社副总编辑焦慧，兵团电视台新闻中心主任曾治，我校党委宣传部副部长桑华分别以《新闻人物报道探析》《新闻事实的选择与写作》《电视新闻报道的策划与创新》《高校形象与新闻宣传》为主题，从自身事新闻宣传工作经验出发，结合实例，深入浅出地阐述了怎样捕捉新闻点，写出优秀的新闻稿件，做好新闻宣传工作。通讯员们深受启发，收获颇丰。

原载于2009年11月15日《石河子大学报》193期第1版

王秋生教授为师生讲授"身心和谐之道"

11月12日，北京大学第一人民医院教授、我校医学院一附院副院长王秋生在会堂学术报告厅以"身心和谐之道"为主题做了讲座，我校领导何慧星、张法林、吴新平、刘东燕，机关及学院相关部门领导、各学院师生300余人到场聆听。

他从"何谓健康""身心如何和谐""中华文化与健康""中医养生与健康"等几个方面入手，引经据典、妙语连珠，分析东西方医道异同，深入浅出地讲授了身心和谐之道。他现场传授了简易养生保健之法，表示愿为师生们做医导，为大家的健康导航。

我校副校长吴新平主持讲座，并深情点评。她说，感谢王秋生教授为大家做的讲座，这既是健康之道，又饱含人生哲理，更是对边疆、对石大师生的深厚情谊。在她的倡议下，大家将最热烈的掌声献给王秋生教授，也献给所有的挂职干部。

原载于2009年11月15日《石河子大学报》193期第2版

我校国家社科基金重大招标项目研究进展顺利

11月15日，国家社科基金重大招标项目《环新疆经济圈视角下新疆主体功能区建设与跨国区域协调发展研究》研讨会在我校行政楼第五会议室召开。

新疆维吾尔自治区原体改委副主任、自治区专家顾问团杨苏民顾问，新疆大学原党委书记、国务院特贴专家、博士生导师鲍敦全教授，新疆社会科学院原院长、国务院特贴专家王栓乾研究员等10位专家与我校课题组成员、相关学院青年教师、研究生参加了研讨会。

校党委书记周生贵代表学校向各位专家表示感谢。他说，《环新疆经济圈视角下新疆主体功能区建设与跨国区域协调发展研究》是我校首次承担的国家社科基金重大招标项目，石河子大学有信心，也有决心做好，希望各位专家充分发表意见和建议。

课题组首席专家、我校副校长、北京大学校长助理于鸿君代表课题组做了课题研究情况的基本说明。他阐述了立项之后的总体进展、研究思路、所遵循的原则、研究内容和目前的主要研究结论。

听取汇报后，专家组认为项目视角新颖，具有创新性，对新疆未来发展具有前瞻性，并针对视角的高度、主体功能区的划分、报告的框架与结构调整等方面各抒己见，建言献策，提出了大量宝贵的建设性意见和建议。

原载于2009年11月30日《石河子大学报》194期第1版

2009年秋季人才交流会在我校举行

11月28日，在我校举行的2009年秋季人才交流会上，以兵团企事业单位为主的230余家用人单位提供了4500多个就业岗位，5000余名大学生人参加了交流会。据统计，招聘会现场我校1000余名毕业生与用人单位达成就业意向，有近50人与用人单位签订就业协议。

"这次人才交流会给我提供了很好的平台，相信我一定能在这里找到理想的工作。"来自商学院审计专业的维吾尔族毕业生阿尔祖古丽高兴地说。据了解，招聘单位目前对机电、水利建筑相关专业的毕业生需求量相对较大。我校机械电气工程学院330余名毕业生中，截至目前已有80余人与用人单位签订就业协议。

又讯 11月27日，"自治区、兵团人事局局长、劳动社会保障局长校园行暨大学生创业导师报告会"在我校会堂召开。

巴音郭楞蒙古自治州、阿克苏市、农五师、农八师石河子市的人事局、劳动和社会保障局领导代表用人单位发言，鼓励优秀毕业生到各师、团场及连队建设边疆，实现人生梦想。随后，农六师宏远美食城总经理高建云、86团蔬菜花卉大棚种植户易学梅、104团蔬菜站副站长郭凌云、石河子市银龄养老院院长孔令嫒等四名创业者做了精彩的报告，她们从各自的奋斗经历讲起，用朴实无华的语言告诉在座大学生毕业前如何规划自己的未来、怎样尽快适应新的工作岗位，赢得了现场大学生的阵阵掌声。

原载于2009年11月30日《石河子大学报》194期第1版

坎杂教授带领的科研团队成果转化成效显著

2006年以来,机械电气工程学院坎杂教授带领的科研团队在科技成果转化中立足服务于地方经济发展,并有多项研究成果实现转化,服务于兵团农牧团场,取得了明显成效。

科技部农业科技成果转化资金项目"加工番茄酱后籽皮分离设备的中试"的实施解决了番茄制种行业中籽皮分离完全依靠人工、生产效率低、劳动强度大的问题,配套设备只需2个劳动力,每小时可分离原料350kg以上,目前设备已在石河子天园科技有限公司、新疆中粮屯河石河子分公司、新疆昌吉市丰乐种业有限责任公司等单位投入使用。

兵团科技攻关计划项目"加工番茄自动分选检控系统及关键机构研究"研制出的番茄色选机通过了兵团鉴定,并被列为石河子大学与天业集团合作的重点示范项目之一,在石河子天业番茄制品有限公司改造生产线1条,投入生产试验。目前,该项目已获批科技部农业科技成果转化资金项目。

近年来,该团队注重与企业的交流合作,他们与农八师原132团农机修造厂合作研制的"棉花自卸拖车"已成为与采棉机配套的棉花运输主要装备,广泛用于生产一线,并于2008年获兵团科技进步三等奖;与石河子天佐种子机械有限公司联合研制的"柔性棉种磨光机""重力式种子清选机"已经成为棉种精选加工的关键设备,并远销到土库曼斯坦,其中"柔性棉种磨光机的研制项目"2009年荣获兵团科技进步三等奖。

原载于2009年11月30日《石河子大学报》194期第2版

温情退"红包" 凸显一附院党风廉政教育成效

"手术进行得很顺利,请放心。"随着医学院第一附属医院心胸外科主任朱佳龙的话语,几位患者家属长长地松了一口气。正在这时,两位工作人员来到他们面前,自我介绍道:"我们是医院纪检工作人员,接到心胸外科主任朱佳龙报告,说你们给他送了红包,本应当时退还的,因担心患者心理有顾虑,怕影响手术效果,所以等到术后退还,这是全部金额,请签收。你们要相信医护人员的医德,不送红包他们也会全心全意对待每一位患者的。"患者家属面色有些尴尬,在工作人员的悉心解释下,他们打消疑虑,签收了"红包",脸上露出了微笑。

据了解,今年一附院医务人员共上交"红包"112人次,总金额达8.81万元。从2004年起,医院结合实际,严抓医德医风建设和职业道德教育,并建立了医德医风奖惩制度。2006年,医院全面实行"岗双责制",全面落实纠风目标责任书,大力开展患者满意度测评工作,并将测评结果刊登在纪检纠风审计简讯中,督促医护人员在注重医疗质量的同时,提高服务质量,改善服务态度。

医院党委副书记、纪委书记苏树平表示,今后医院将不断加强职业道德建设,增强医护人员的廉洁自律意识,用精湛的技术和优质的服务为患者解除病痛,让患者更加满意。

原载于2009年12月31日《石河子大学报》196期第1版

2010年文化素质教育学校春季班开学 天业百余名学员参加

3月20日,我校2010年文化素质教育学校春季班开班典礼在会堂学术报告厅举行。

我校300余名学子和天业集团100余名青年团员欢聚一堂,共同参加文化素质教育学校春季班开学典礼。学校党委宣传部部长、国家大学生文化素质教育基地办公室主任张爱萍主持了开学典礼。

天业集团党委委员、天业股份公司董事长侯国俊说,自天业集团和石河子大学结成战略性合作伙伴关系以来,双方在人才培养、教学科研等方面的合作进一步全面展开,更好地发挥和利用了各自的优势与资源,共同推进了兵团文化和兵团经济的繁荣发展。他表示,此次活动不仅会提高天业职工的艺术修养,也将进一步推进校企合作的深入发展。

我校党委副书记何慧星表示,希望文化素质学校培养更多综合素质优秀的人才,促进校园文化建设结出累累硕果。他强调,学员们不仅要懂得欣赏艺术,而且要亲手创作艺术作品,为校园、为社会创造出美的价值,使自己成为具有高尚人格、丰富知识、高雅品位和素质优秀的人。

天业集团摄影班新学员代表钟丽娟说,文化素质教育学校为天业集团职工创造了有利的学习条件,丰富了职工的文化生活。

据悉,此次培训为期3个月,结业后学校将举办大型主题作品展,以期汇报成绩,交流经验。今年文化素质教育学校开设有国画、版画、书法、音乐等7个班,其中,天业集团学员参加了书法、美术和摄影3个培训班。

原载于2010年3月31日《石河子大学报》199期第1版

中科院与新疆兵团文献信息服务合作洽谈会在我校召开

5月10日，中国科学院国家图书馆馆长张晓林一行赴我校参观考察。下午，中科院与新疆兵团文献信息服务合作洽谈会在我校召开。

中科院国家图书馆、中科院新疆分院领导与石河子大学、塔里木大学、新疆农垦科学院就资源共享、人才培养、交流合作、科技援疆等方面进行洽谈，并达成初步合作意向。兵团党委、兵团副秘书长刘建波主持洽谈会。

我校校长向本春代表校党委对张晓林一行表示热烈欢迎。他介绍了我校的概况和图书馆信息建设的基本情况，并希望中科院国家图书馆能给予石河子大学支持与帮助。

张晓林表示，今后，中科院国家图书馆要将文献信息资源共享、人才培养等方面纳入合作领域，把科技信息服务变成生产力，切实推动兵团经济社会发展。

最终，双方初步达成合作意向：一是国家科技服务平台文献管理中心将在兵团建立服务平台；二是中科院将对兵团两校一院免费开通"中国文献"、"专利分析平台"及联合目录系统，并将两校一院纳入文献传递体系，免费开通单位与个人注册账号，提供网上参考咨询服务；三是将免费提供农业、科技方面的信息，并提供系统建设方面支持；四是中科院可派专家来为两校一院进行大范围培训，两校一院工作人员可免费赴中科院参加内部培训，并建立合作机制，设立访问学者等。

兵团科技局党组书记、局长田笑明充分肯定了信息在推动兵团科技发展中的重要作用。他代表兵团科技局对中科院表示感谢，并表示，兵团科技局要全力为合作提供服务和支持。

我校副校长陈创夫、副校长郑旭荣及相关部门领导参加了洽谈。据悉，双方将进一步磋商，制定相关草案，并于6月中旬签订协议。

原载于2010年5月15日《石河子大学报》202期第1版

石河子国税局连续 12 年捐助我校学子
7 名同学获资助累计 3.36 万元

11 月 30 日，我校经济与管理学院会议室内温暖如春，会计 09 级陈丹青同学收到了石河子国税局稽查局干部们捐助的 2000 元现金，也收获了一份珍贵的温情与爱心。

陈丹青同学从小因家庭变故生活困难，但她从未放弃，以更加积极的心态面对人生，努力学习。生活的苦难磨炼了她，也造就了她坚韧的性格。她的故事感动了国税局稽查局的全体工作人员。

国税局稽查局局长潘晓明说：像这样优秀的学生值得去帮助，钱物可能只是杯水车薪，更多的是希望受助同学能以此为鼓励，不断努力，将来能顺利走向工作岗位，并将爱心回馈社会；也希望这份绵薄之力能感染和带动社会上更多的单位和个人，向贫困学子伸出友爱之手。

据悉，陈丹青是第 8 位受资助的同学。国税局稽查局党支部从 1999 年就开展了扶助住贫困大学生的捐资助学活动。我校经济与管理学院先后有 7 名同学获得资助，顺利完成学业，走向工作岗位。稽查局在机构变动两次，领导换任 3 届的情况下，坚持了 12 年的捐助活动，累计数额达 3.36 万元。全局干部中形成了一种责任感和使命感，为公益事业的推进树立了良好典范。

原载于 2010 年 12 月 15 日《石河子大学报》212 期第 2 版

流动图书馆　军民鱼水情

"没想到，石河子大学图书馆给我们送来这么多书，还有我最喜欢的军事和励志类图书，真是太好了。"一名战士难掩喜悦地对记者说。

在石河子市69233部队礼堂一侧的房间里，不久以前还是空荡荡的库房，现今摆放了整齐的书架，琳琅满目的图书让前来借阅的官兵欣喜不已。

2月25日上午，69233部队与我校图书馆签订共建协议，在部队建立"流动图书馆"。

据悉，我校图书馆与驻市部队始终把共建活动当作一件大事来抓，成立了专门的共建领导小组，制订详细的《军民共建协议书》，召开专题会议分析商讨双拥共建事宜，定期开展丰富多彩的共建活动，各项双拥工作开展得有声有色，受到了官兵的热烈欢迎。

原载于2011年3月15日《石河子大学报》214期第2版

校党委副书记吴新平在我校 2011 年学生工作会议上强调：
以生为本　以育人为中心　促进学生全面发展

3月29日，我校2011年学生工作会议在学术报告厅举行。会议回顾了2010年学生工作，重点部署了2011年学生工作。

校党委副书记吴新平讲话时指出，2011年学生工作要继续坚持以生为本，以育人为中心，以学生全面发展为目标，以素质教育为主线，以学风建设为主题，以三个课堂为阵地，推动学生工作再上新台阶。吴新平要求，全校师生要在校党委的正确领导下，同心同德、群策群力，努力开创学生工作的新局面，为把我校建成西部先进、中亚一流、国际知名，有特色、高水平的综合性大学而做出新的更大贡献。

学工部部长马智群，学工部副部长、招生就业处处长张小宾，学工部副部长林健，校团委副书记孙桂香等对相关部门工作要点做了说明。

会议对石河子大学2010就业工作先进集体、优秀学生工作者、兵团"五四"红旗团委、"第七届挑战杯"全国大学生创业计划竞赛获奖师生代表进行了表彰。

辅导员代表、农学院学办主任李智敏，就业工作先进集体获奖单位代表、医学院党委常务副书记黄鹏，兵团"五四"红旗团委获奖单位代表、机械电气工程学院团委书记王虎挺分别发言。

原载于 2011 年 3 月 31 日《石河子大学报》215 期第 1 版

俄语国家学员来校学习现代农业技术

6月13日,俄语国家现代农业技术培训班开班典礼在我校学苑宾馆举行。来自阿塞拜疆、吉尔吉斯斯坦、塔吉克斯坦、土库曼斯坦、摩尔多瓦等5个俄语国家的13名学员将参加近一个月的专业培训。

我校副校长李鸣在开班仪式上介绍了石河子大学概况,希望通过此次培训班的学习、交流与考察,使各位专家学员了解新疆及中国现代农业技术发展的现状与经验,同时促进领域内的交流与合作,增进友谊,互惠共赢。

学员代表Askarov Tarlan说,能有机会来中国的高校学习,深感荣幸,并引用中国的一句谚语"授人以鱼,不如授人以渔",感谢石河子大学能提供这次学习机会。

据悉,我校是新疆境内承担商务部援外培训项目的唯一高校。此次培训将理论与实践结合,通过讲座、考察等方式介绍农业先进技术,促进经验交流。

原载于2011年6月15日《石河子大学报》220期第1版

"周大福奖学金"在我校设立

6月24日,我校党委副书记吴新平与周大福集团中国营运管理中心人力资源部副总监、行政经理袁捷共同签署协议。根据协议,周大福集团每年奖励我校经济与管理学院学生30人,每人奖励5000元。

据悉,今年周大福在全国9所高校设立奖学金,华西区仅有石河子大学、兰州大学、四川大学3所高校。

原载于2011年6月30日《石河子大学报》221期第1版

中国工程院院士、华中科技大学校长李培根来访

7月5日，中国工程院院士、华中科技大学校长李培根一行访问我校，与我校校长向本春、党委常委郑勇、副校长代斌以及相关单位领导进行座谈。

向本春对李培根一行来访表示热烈欢迎。他对近年来华中科技大学对石河子大学在师资、学科建设等方面给予的帮助和支持表示感谢，并希望双方在今后加强科研项目上的合作。

李培根对石河子大学的热情接待表示感谢，介绍了华中科技大学近期的科研发展状况。他希望双方在今后合作中发挥各自优势，拓宽领域，深入合作，实现双赢。

据悉，华中科技大学自2005年对口支援石河子大学，在医学等领域内的师资建设及科学研究等方面给予了大力支持。

2010年，教育部启动新一轮团队对口支援石河子大学工作，华中科技大学位列其中。

原载于2011年7月15日《石河子大学报》222期第1版

我校举行 2011 年度军训汇报表演大会

9月10日，我校2011年度军训分列式、汇报表演在中区体育场举行，共有以学院为单位的21个方队5800余名受训学员参加。

我校领导何慧星、向本春、周爱鸣、吴新平、张法林、郑旭荣、夏文斌，兰州军区驻石河子大学选培办主任苏宗义、农八师石河子市人武部部长徐彦信、我校人武部部长李文凯，机关及各学院领导出席。

在庄严的国歌声中，汇报表演拉开帷幕。国防生持枪方队迈着整齐的步伐，伴着铿锵的口号向主席台走来，他们的脸上写满坚毅与荣光；体育学院警棍盾牌方队，在绿茵场上展示着他们"激情体育，永争第一"特有的风采；师范学院迎着朝阳的光辉，秉承着优良的院训；政法学院肩负神圣使命，迈着矫健的步伐……在汇报表演中，分别进行了男生军体拳汇报表演、单兵战术表演、警棍盾牌术表演，博得了阵阵掌声和喝彩。他们展示的不仅是精彩的表演、扎实过硬的基本功，更是参训新生们昂扬的斗志和雷厉风行的作风。

校党委副书记、纪委书记周爱鸣担任汇报表演总指挥，并做总结讲话。他充分肯定了全体受训同学取得的优异成绩，并代表校党委、校领导向奋战

在一线的兰州军区驻石河子大学选培办及国防生教官们表示诚挚的感谢；向坚守在训练场的学院领导及辅导员表示诚挚的问候；向顽强训练的受训同学们表示热烈的祝贺。

校党委书记何慧星、校长向本春分别向兰州军区驻石河子大学选培办、农八师石河子市人武部赠送锦旗。

据悉，担任此次军训任务的150名军政素质优良的教官全部从国防生中选拔。全体参训新生发扬部队的精神，以教官为榜样，严格要求，严守纪律，迎难而上，接受挑战，顺利地完成了训练科目，达到了预期效果，翻开了大学生活崭新的一页。

原载于2011年9月15日《石河子大学报》224期第3版

大连大学党委书记王志强来访

9月15日，大连大学党委书记王志强一行访问我校，双方签署了友好交流合作协议。我校党委副书记吴新平主持会议。

校党委书记何慧星代表校党委及全校师生对王志强一行表示热烈欢迎。他简要介绍了石河子大学的基本情况，并希望双方抓住机遇，深入合作，在发挥各自优势的同时，结出丰硕的合作成果。

王志强介绍了大连大学近年来的科研情况和取得的成绩，以及学科特点和优势。他希望双方在今后的合作中在科研等方面互帮互助，注重实效，取得双赢。

据悉，大连大学是我校第20所校际合作兄弟院校，友好交流合作协议的签署标志着大连大学与我校的合作正式拉开帷幕。

根据协议内容，双方将互派教师进行教学观摩、研讨和交流活动，并围绕科研工作或科研任务联合进行讨论和研究，根据实际情况联合申报各类科研项目。同时，双方将在学科建设、大学文化建设等方面的课题开展交流。

原载于2011年9月30日《石河子大学报》2251版

北京大学向石河子大学赠送纪念石

10月12日,北京大学向石河子大学赠送纪念石仪式在我校博学楼门前举行。北京大学常务副校长吴志攀和石河子大学校长向本春共同为纪念石揭牌。

吴志攀在致辞中表示,十载春秋,在双方的努力下对口支援工作取得了丰硕的成果,两校结下了深厚的兄弟情谊。纪念石的赠送是两校坚持科学发展的见证,是友谊的见证,也是携手奔向明天的见证。

向本春代表全体师生向北京大学的领导、老师和朋友们表示诚挚的感谢。他希望,千千万万的石大学子铭记北京大学对我们的真情援助,铭记北京大学与石河子大学跨越千山万水的宝贵友谊,铭记党和国家对边疆学子的关怀与期盼,并为之奋斗不息。

纪念石上"未名新柳绿天山"是北京大学校长周其凤亲自拟稿提笔书写,希望燕园的葳蕤细柳能够为天山脚下增添一抹新绿。"十年树木,百年树人"。"未名新柳"更意指两校在对口支援工作中做出突出贡献的优秀人才,必将为高等教育的发展,为东西部的和谐奋斗不息。这块纪念石将成为两校前行路上新的里程碑,见证两校共创辉煌、再立新功。

兵团教育局副局长戴井冈出席了仪式。我校副校长陈创夫、郁兴德、夏文斌,石河子大学原挂职副校长、北京大学法学院常务副院长李鸣及师生代表共同见证了两校合作、共建友谊长存的历史性时刻。

原载于 2011 年 10 月 15 日《石河子大学报》226 期第 1 版

许智宏院士受聘石河子大学客座教授

10月12日,我校授聘许智宏院士客座教授仪式在会堂学术报告厅举行,我校副校长陈创夫为许智宏院士颁发聘书。

当红色的校徽在许智宏院士的胸前闪闪发光时,全场爆发出热烈的掌声,我校生命科学学院300余名师生共同见证了这激动人心的时刻。许智宏向石河子大学赠送他的个人专著《燕园草木》和六株四合木试管苗。他希望以后能多来石河子大学做讲座,加强与师生的交流和友谊。

随后,许智宏院士做题为《当代生命科学、生物伦理和科学家的社会责任》的学术报告。他提及了生命科学学科的重要性,更多地分析人类目前面临的困难和挑战,谈及科学家的社会责任,希望同学们更加地热爱生命科学,并为之努力和奋斗,并从"为什么说21世纪是生命科学的世纪""生物工程""药物和工业原料的开发""能源植物的开发利用""生命科学引起伦理争论的研究领域""生物伦理的基本原则""科学家的社会责任"等七个方面进行详尽阐述。

听完报告后,生化与分子生物学10级研究生罗成华表示:"我们更加坚定对生命科学的热爱以及对人类社会的责任感,今后会更加努力地投入到专业研究中去。"

据悉，本次授聘仪式报告会拉开了新疆生物资源保护与利用研讨会暨"两岸三地"会议筹备会的序幕，近日将有多场精彩讲座陆续与师生见面。

原载于 2011 年 10 月 15 日《石河子大学报》226 期第 2 版

庆"三八"展风采　教职工舞蹈大赛举行

3月7日,我校庆祝"三八"国际劳动妇女节教职工舞蹈大赛在会堂拉开帷幕,参赛的24个节目均由学校各单位工会组队选送,身着各色服饰的女教职工和着轻快的声乐尽情舞蹈,舞出了她们独有的美丽,为舞台呈现了一抹亮丽。最终,后勤管理处、护士学校、继续教育学院、经济与管理学院4个单位荣获一等奖。离退休工作处也举办了"做靓丽女性·展和谐风采"联欢会,共庆"三八"国际劳动妇女节。

原载于2012年3月15日《石河子大学报》233期第1版

石河子大学与新疆天业集团校企合作 2012 年年会召开 建立校企联盟　促进深度融合

4月11日，石河子大学与新疆天业集团校企合作 2012 年年会在天能化工生产指挥中心召开。我校校长向本春、校党委副书记吴新平、副校长郑旭荣、副校长代斌和天业集团董事长张新力、总经理吴彬及双方相关部门负责人 50 余人参加会议，并观摩新疆天业集团三期化工项目。

新疆天业集团董事长张新力致辞时对向本春一行表示热烈欢迎，并就校企合作五年来所取得的成绩做了介绍。他说，2011 年新疆天业集团获得"全国企业 500 强"的荣誉，希望双方继续加强合作，互惠互利，为兵团第八师石河子市经济发展做出更大贡献。

我校副校长郑旭荣做了题为"携手并进，协同创新"的校企合作 2011 年工作总结：从不断完善合作机制，为校企合作提供保障；加强科研项目合作，积极搭建科技创新平台；开展企业人才培养与培训三个方面系统阐述了一年来校企合作取得的丰硕成果。

双方代表刘志勇、夏锐分别就各自所亲历的校企合作做了发言，介绍了科研团队、科研平台、科研项目和科研成果、人才培养等方面取得的进步。

我校校长向本春肯定了一年来校企合作在科研、人才培养等方面取得的成果，提出了"十二五"期间校企合作新思路，以及新时期双方合作的新高度、新内涵和新目标。他说，校企合作一年来，成绩突出、成果显著，取得了双赢，希望今后双方面对重大需求，形成校企联盟，促进深度融合，推动协同创新。

新疆天业集团董事长张新力指出，新疆天业集团和石河子大学都是在 1996 年成立的，双方共同成长，尤其是合作以来取得了可喜成绩，希望今后能进一步加强煤化工、屯垦人才培养两方面的合作，将校企合作推向新的、纵深领域发展。

会上，双方签署了《石河子大学—新疆天业（集团）有限公司2012年校企合作备忘录》，并在科技合作、人才培养、文化建设、"十二五"规划等方面达成合作意向。

2012年，双方将开展多方位、多层次的交流与合作，创建科技创新与科研成果转化的平台，石河子大学将切实为新疆天业集团的发展提供科技、人才、智力支持，积极推动校企中长期合作项目的立项和研发，加强在煤化工、节水灌溉、食品加工、信息处理等领域的科学研究与科技成果转化。在人才培养方面，双方继续探索校企合作培养人才的新模式，规范新疆天业集团屯垦戍边班的招生和管理，打造校园文化与企业文化相结合的精品。

原载于2012年4月15日《石河子大学报》235期第1版

第二届新疆大学生知识产权主题演讲比赛举行

4月24日,"培育知识产权文化 促进社会创新发展"第二届新疆大学生知识产权主题演讲比赛在我校报告厅落下帷幕。

本次大赛由自治区知识产权局、教育厅、兵团知识产权局、教育局共同主办,由石河子大学、石河子市知识产权局承办。兵团科技局局长黄斌、自治区知识产权局局长马庆云、自治区教育厅副厅长张建仁、兵团教育局副局长戴井冈、我校副校长代斌等领导参加活动。

该活动于3月下旬启动,目的是纪念第12个"4·26世界知识产权日",增强大学生知识产权意识,弘扬新时代大学生积极创新、勇于探索的精神。

经过选拔,来自新疆大学、新疆农业大学、新疆财经大学、新疆医科大学、新疆师范大学、石河子大学、塔里木大学、昌吉学院和新疆工业高等专科学校的8名选手进入决赛。经过激烈角逐,新疆农业大学的杨婷婷同学摘得桂冠,我校荣获优秀组织奖。

参赛选手仪表大方、主题突出、观点新颖、演讲流畅,充分展示了新疆大学生积极向上的风貌。通过比赛,普及了大学生们的知识产权知识,营造了良好的校园氛围,对于培养知识产权后备人才有重要意义。

大会还宣读了对2012年度优秀大学生发明创造专利获奖者的表彰决定,并进行颁奖仪式。

原载于2012年4月30日《石河子大学报》236期第2版

新疆高校本科教学状态与质量调研组来我校调研

为贯彻落实教育部《关于全面提高高等教育质量的若干意见》精神，进一步提升我区高校本科教育教学质量，5月28日至29日，以新疆财经大学副校长艾光辉为组长的调研组一行11人来我校调研。

会上，我校副校长郑旭荣做了《石河子大学本科教学状态与质量交流调研汇报》。他从石河子大学概况、本科教学状态与质量建设情况以及本科教学中存在的困难、问题与建议三个方面做了详尽阐述。希望自治区教育厅给予石河子大学更多学习、交流和研讨机会，推进学校真正融入新疆高校建设发展平台。同时，他希望自治区专家组在调研期间留下宝贵意见和建议，帮助学校不断提高本科人才培养质量。

调研组一行考察了信息科学与技术学院等学院的教学设施和实验室；分组召开了教师座谈会、民汉学生座谈会及紧缺人才专业座谈会；走访了教务处，赴师范学院等学院进行了综合调研；随机抽查了试卷、毕业论文、实验报告等教学文档，随机选听了7门课程课堂教学。

调研组经过充分讨论，对我校在本科教学状态与质量方面取得的成绩充分肯定并提出宝贵建议。

据了解，此次调研旨在通过新疆本科高校之间的交叉学习，促进各校互相学习、交流经验、共同研究探讨、整体推进新疆本科教育人才培养模式改革和质量建设的方法措施，提高人才培养质量。

原载于2012年5月31日《石河子大学报》238期第1版

校友崔万志回母校感恩之旅圆满结束

6月22日，在师生热烈的掌声中，"感谢石大 感谢恩师"石河子大学优秀校友崔万志事迹报告会在春晖堂圆满落下帷幕。这位淘宝传奇网商、蝶恋服饰CEO的感恩之旅圆满结束。

报告会上，崔万志饱含深情地讲述了在大学求学的美好回忆，以及毕业创业的艰辛历程。作为蝶恋服饰的CEO，他阐述了企业文化的理念，以及用人的标准等；作为校友和兄长，他勉励广大学子在创业的路途上奋发图强，并用感恩的心回馈社会。

回校期间，我校校长向本春、校党委副书记吴新平分别亲切接见了崔万志，并向他表示感谢。他们表示，母校将永远作为校友的坚强后盾和力量源泉，希望校友通过不懈努力取得更大成就，为母校增光添彩。

崔万志还与我校副校长郁兴德签订了校企合作协议，就建立实习基地、提供就业岗位等方面达成合作意向，并出资10万元设立了"崔万志励志助学金"。

崔万志说，从合肥到母校，我一路上用了13小时；可从毕业到现在，回归母校却走了13年。我在见证母校辉煌的同时，也激励着自身不断发展。如今，作为一名石大校友，愿尽自己绵薄之力来回馈母校。

经济与管理学院研究生魏春燕说，崔万志的事迹和成就感动了我们，更让人动容的是一种人格魅力，这种魅力是一种无形的力量，推动我们不断前行。

原载于2012年6月30日《石河子大学报》240期第2版

国家留学基金委杨新育一行来校指导工作

7月12日,国家留学基金管理委员会副秘书长杨新育一行赴我校考察,深入课堂,听外国语学院专业外语授课,并与校党委书记何慧星、对外交流与合作处等相关部门领导亲切座谈。

座谈会上,何慧星介绍了近年来我校的发展情况以及在学科发展、对外交流与合作,以及留学生培养等方面取得的成绩。他希望国家留学基金管理委员会能在公派留学、人才引进等方面对我校给予大力支持。

在听取了相关工作汇报后,杨新育对我校国家公派留学的各项工作给予肯定,介绍了现阶段国家公派留学的规模、类别、重点项目、"十二五"期间的发展规划;并针对西部高校的优惠政策以及国内其他高校公派留学的成功经验,对我校做好未来的工作提出了指导意见。

原载于2012年7月15日《石河子大学报》241期第1版

2012年研究生毕业典礼暨学位授予仪式举行

7月2日，我校2012年研究生毕业典礼暨学位授予仪式在会堂拉开帷幕。校长、校学位评定委员会主席向本春，党委书记、校学位评定委员会副主席何慧星，副校长、校学位评定委员会副主席陈创夫，党委副书记吴新平，副校长郑旭荣，副校长夏文斌等为16名博士、769名硕士毕业生授予学位、颁发学位证书。

大会宣读了《关于公布我校获得2011年度自治区优秀博士、硕士学位论文名单的通知》《关于公布石河子大学2012年研究生优秀学位论文名单的通知》《关于表彰2011—2012学年度优秀研究生的决定》以及《关于表彰郑丽玲等6名基层就业毕业研究生的决定》，并进行表彰。

向本春代表学校全体师生员工向获得学位的同学们表示最热烈的祝贺。他希望同学们永远秉承石大精神，努力成就事业，立志为民族振兴、国家富强而奋斗。无论在什么地方、什么工作岗位，都要将自己的所学报效于祖国和人民，为母校多争荣耀。

生命科学学院研究生导师马淼向即将毕业的同学们表示祝贺。他对同学们所取得的成就表示诚挚的祝贺。他希望广大毕业生在今后的道路上能坚守"明德正行，博学多能"的校训，刻苦学习，努力奋斗，青出于蓝而胜于蓝，争做时代的骄子。

经济与管理学院硕士研究生金殷表示，一定铭记母校的教导和恩师的叮咛，以坚定远大的理想励志前行，以孜孜不倦的精神求索探知，以锐意进取的激情投身工作，以艰苦扎实的奋斗成就人生。

据悉，在我校2012届毕业的硕士研究生中，有32名同学分别考取复旦大学、厦门大学、中山大学、上海交通大学等国内知名院校的博士研究生。毕业生共发表学术论文1003篇，其中在校刊上发表590篇，四大检索收录论文53篇，有50篇硕士论文被评为大学优秀硕士学位论文，3篇博士论文被评为大学优秀博士论文。研究生就业率高出自治区平均水平15个百分点。

原载于2012年7月15日《石河子大学报》241期第1版

我校与"新华保险"共建三基地

7月10日,新华保险新疆分公司总经理曲延文一行赴我校,与我校副校长郑旭荣及相关部门领导进行座谈,签订"石河子大学与新华保险新疆分公司签订合作框架协议书",并为"教学实习基地""青年就业创业见习基地""人才培养基地"成立揭牌。

根据协议,新华保险新疆分公司将为我校学子提供实习岗位和实习补助,并为实习学生提供安全适合的实习环境、工作安排和实习指导人。石河子大学将为新华保险新疆分公司推荐输送相关专业优秀毕业生就业,开设相关专业培训。

郑旭荣说,石河子大学的发展离不开社会、企业的支持。他希望通过建立基地为平台,双方广泛地开展合作,共同发展。

曲延文介绍了近年来新华保险所取得的成绩、近期发展目标,以及对人才的需求。他希望双方能够提升合作的层次与水平,拓展新局面。

原载于2012年7月15日《石河子大学报》241期第1版

中国工程院院长周济来我校视察

8月5日，在兵团副司令员宋建业的陪同下，中国工程院院长周济来我校视察指导工作，并与我校领导何慧星、向本春、郑旭荣、代斌等在第五会议室进行座谈。

我校党委书记何慧星主持座谈会，并对周济一行到来表示热烈欢迎。他说，石河子大学所取得的成就离不开教育部的支持和老领导的关心。石河子大学一定不负众望，在取得更好发展的同时，为兵团区域经济的发展做出更大贡献。

我校校长向本春介绍了石河子大学的光辉历程和重大发展成果，并从院系设置、师资队伍、学科建设、科学研究、人才培养等方面介绍了学校近年来取得的成就，以及"十二五"期间学校发展的战略思路。

周济说，石河子大学近年来的发展和取得的成绩使人振奋。他强调，石河子大学作为地处兵团的"211"高校，要抓住当前的重要发展机遇，与兵团发展、社会需求以及国家发展相结合，加强中国特色社会主义城镇化建设的研究，努力形成自身办学特色。

宋建业希望石河子大学借助对口支援的历史机遇，主动作为，追求办学内涵和特色，履行兵团使命，树立强烈的兵团意识和责任感，坚持服务新疆、服务全国。

周济一行还参观了神内食品研究开发中心，并提出了建设性的意见和建议。

原载于2012年8月31日《石河子大学报》242期第1版

横滨国立大学校长来我校考察交流

8月8日，日本横滨国立大学校长铃木邦雄一行访问我校，并与校长向本春、学院及机关相关部门领导在行政楼四会议室进行座谈。

向本春对铃木邦雄一行表示热烈欢迎，他从我校的历史沿革、办学理念、师资队伍、学科建设、人才培养、交流与合作等方面向来宾作了介绍。他希望通过座谈，双方能就可合作的领域进行广泛交流。

铃木邦雄对石河子大学的热情接待表示感谢，并对两校间的合作充满期待。他介绍了横滨市的历史与发展，并就横滨国立大学的发展简史、办学目标及指导方针、办学标准、教学情况、师资队伍、对外交流以及留学生教育向大家作了介绍。

随行的日本宇都宫大学副校长石田朋靖从学校规模、办学历史、院系设置、科学研究以及国际合作等方面向大家介绍了宇都宫大学，并表示希望在今后与石河子大学在农业技术及环境保护等学科展开合作。

原载于 2012 年 8 月 31 日《石河子大学报》242 期第 2 版

迎新侧记

8月的新疆秋高气爽,瓜果飘香。28日至29日,石河子大学迎来了全国各地的6270名新生。校领导何慧星、向本春、陈创夫、吴新平、张法林、郑旭荣等亲临迎新现场,慰问一线的迎新师生,并与新生家长握手、亲切交谈。

为了保证新生入学工作顺利进行,我校积极筹划,专门成立了迎新工作领导小组,组长由党委副书记吴新平担任。8月26日晚至29日晚,学校派出工作组奔赴乌市火车南站、石河子火车站、汽车站接待新生,并在东南中北4个校区分别设置了多个志愿服务点和办公点,为新生办理户口、"绿色通道"、保险咨询等业务,学工部、各学院、后勤、保卫部等单位迎新师生守候在一线,全方位为新生服务。

"请问现在火车晚点,学校是否有人接站?""如何办理助学贷款?"等疑惑困扰着每个新生朋友。我校"2055660"学生服务热线的开通运行及时而有效。在新生接待期间,校学生会干部24小时值班,热情地接听新生们的来电。

截至目前,已有200余名新生通过"绿色通道"顺利入校。为了让新入校大学生进一步了解新疆和学校,增强对学校的荣誉感和自豪感,学校还将组织新生参观校博物馆、兵团军垦博物馆及校园、市区。新生教育期间,学校将开展新生理想信念教育——百名教授谈人生系列活动,并首次增设"大学生生命观幸福观教育""大学生网络思想政治教育平台应用"课程,组织了班主任和高年级200余名大学生干部对新生开展适应性团体辅导,旨在加强大学生人文思想教育,帮助新生尽快适应大学生活。

另外，今年学校将延长新生军训时间，共13天，除了往年队列练习、会操表演等传统项目外，增加了拉练、内务整理等内容。

据了解，为了做好迎新工作，各学院各显"神通"，通过家长座谈会、邀请校友返校做专题报告进一步深化新生教育。

在迎新的队伍中，绿苑区农学院的"阵容"颇为"强大"。据悉，该院13个班的班主任均由博士担任。在迎新工作之前，博士班主任接受了系统的学习培训，以便更好地为新生服务。

医学院的迎新现场显得格外有秩序，新生家长们坐在单独的休息区域内，看着孩子办理各种手续。学会独立，这是医学院给新生上的第一课。

一位远道而来的家长洗去灰尘，接住一名同学递过来的毛巾，露出会心的笑容。水利建筑工程学院成立了雷锋服务站，为新生及家长免费提供饮用水、雨伞、宾馆餐饮信息等服务。

校园里，一个拿着喇叭的女生吸引了笔者的注意，发现不时有新生加入她身后的队伍。原来，为了让新生很快地熟悉生活和学习的环境，政法学院阳光旅游协会派出了40名会员为全校师生义务讲解，游览校园。

学校的全方位举措营造了浓郁的迎新氛围，使6270名新生及家长深深感受到全校师生的热情。

原载于2012年8月31日《石河子大学报》242期第3版

我校举行 2012 年度军训汇报表演大会

"热爱祖国、无私奉献、艰苦创业、开拓进取……"9 月 15 日，嘹亮的口号在中区田径场响起，我校 6500 余名新生冒雨参加 2012 年度军训汇报表演大会。

校领导何慧星、向本春、陈创夫、周爱鸣、张法林、郑旭荣和兰州军区驻石河子大学选培办主任苏宗义大校、农八师石河子市人武部副部长葛亚毓上校及我校各学院、机关部门领导出席汇报表演，并向军训工作先进集体、优秀辅导员、优秀教官颁发锦旗。

分列式中，伴随着雄壮的解放军进行曲，持枪方队、警棍盾牌方队、师范学院方队等 22 个方队正步走过主席台接受检阅。他们昂扬的精神、整齐的队列、刚劲的步伐赢得了热烈掌声。

汇报表演中，男生军体拳、警棍盾牌术、女生军体拳、防爆队形、战术基本动作等 5 个课目分别展现了参训新生过硬的军事技能和昂扬的斗志。

校长向本春向兰州军区驻石河子大学国防生选培办、农八师石河子市人武部赠送锦旗表示感谢。

校党委副书记、纪委书记周爱鸣检阅了军训方阵，并向完成各项军训科目的同学们表示热烈祝贺。他高度肯定了本次军训取得的成绩，并希望同学们在今后的学习生活中，坚持发扬在军训中养成的坚韧不拔的品质和团结协作的组织纪律观念，求实创新、开拓进取、砥砺成才。

法学 12 级谭锐说，军训结束了，但我们的大学生活才刚刚开启，今后要发扬吃苦耐劳、顽强拼搏的精神。

据悉，今年我校新生军训除了日常的军事训练，还增加了教唱军歌、内务卫生评比、警棍盾牌术训练、军体拳方阵表演等课目。

原载于 2012 年 9 月 15 日《石河子大学报》243 期第 1 版

科技部副部长陈小娅一行来我校视察调研

9月18日，科技部副部长陈小娅一行在兵团副司令员宋建业陪同下来我校视察调研省部共建国家重点实验室培育基地——新疆生产建设兵团绿洲生态农业重点实验室和化工绿色过程重点实验室。

我校校长向本春、副校长陈创夫在陪同陈小娅、宋建业一行考察调研时，对我校的基本情况做了汇报。

陈小娅对我校特色优势学科研究创新情况、基础科学研究情况以及今后的科研工作计划进行了调研，并给予充分肯定，提出了宝贵的指导意见。

期间，陈小娅一行还考察了新疆农垦科学院省部共建国家重点实验室培育基地——新疆生产建设兵团绵羊繁育生物技术重点实验室、农八师滴灌水稻与机采棉现场。

陪同视察调研的有国家科技部基础研究司副司长彭以祺、国家遥感中心主任廖小罕、国家科技部基础研究司综合与基础性工作处处长陈文君、兵团科技局局长黄斌、新疆农垦科学院院长王新华等。

原载于2012年9月30日《石河子大学报》244期第1版

我校荣获"热爱伟大祖国建设美好家园"主题教育活动先进集体　艾尼瓦尔江荣获先进个人

10月25日，兵团召开"热爱伟大祖国，建设美好家园"主题教育活动总结交流会，兵团副司令员、兵团党委宣传部部长成家竹出席会议并讲话，兵团"热爱伟大祖国，建设美好家园"主题教育活动领导小组表彰了18个先进集体和19名先进个人。我校荣获"先进单位"称号，农学院党委副书记艾尼瓦尔江荣获"先进个人"称号。校党委书记何慧星代表受表彰单位做典型发言。

何慧星说，石河子大学在"热爱伟大祖国，建设美好家园"主题教育活动中，坚持主题教育活动与民族团结教育相结合，主题教育活动与兵团精神教育相结合，主题教育活动与推进学校党建工作相结合，扎实开展工作，积极服务推动兵团、新疆跨越式发展和长治久安，取得了明显成效。

何慧星指出，石河子大学充分发挥自身优势，利用好讲座、报告等教育形式，将"热爱伟大祖国，建设美好家园"活动贯穿于师生学习生活中。石河子大学在主题教育活动中，还做到了与创先争优活动有机融合，通过改善管理制度，完善工作机制，初步实现了推动科学发展、促进校园和谐、服务师生员工、加强基层组织的目标。

按照中央部署,从 2010 年 6 月到 2012 年 10 月,中央四部委和自治区党委在新疆开展"热爱伟大祖国,建设美好家园"主题教育活动,历时两年半。2010 年 6 至 12 月是主题教育活动的第一阶段,主要围绕贯彻落实中央新疆工作座谈会精神开展;2011 年的重点是围绕庆祝中国共产党成立 90 周年开展;2012 年 1 至 10 月重点围绕迎接党的十八大胜利召开展开。

原载于 2012 年 10 月 31 日《石河子大学报》245 期第 1 版

兵团人事局局长、劳动保障局长校园行暨大学生创业、就业典型报告会在我校举行

11月23日,兵团人事局局长、劳动保障局长校园行暨大学生创业、就业典型报告会在我校会堂举行。

兵团党委组织部副部长、人事局副局长郭灵计参加报告会并分析了当前就业形势,解读了兵团相关政策。他说,十八大报告提出了推动实现更高质量的就业,这为高校毕业生指明了方向,同时也提出了更高要求,希望毕业生们拓宽视野,转变思路,努力创业就业,在新的岗位上奉献青春,实现人生价值。

兵团各师人事局局长、劳动和社会保障局代表发言,农五师党委组织部副部长、人事局副局长丁智勇,农八师劳动保障局副局长彭应龙分别介绍了所在师局的基本情况以及人才需求情况和人才引进政策。

随后,新疆天山派果品有限公司总经理、我校政法学院法学专业2007届毕业生毛建涛,新疆天康畜牧生物技术股份公司石河子分公司营销部经理助理兼销售二部经理、我校动物科技学院动物科学专业2008届毕业生王文亮和农五师八十四团六连党支部书记、指导员、我校农学院农学专业2011届毕业生关虎分别做了发言,表达了他们对母校的感激之情,并讲述各自创业、就业经历与成长历程,给在座的师弟师妹上了一堂生动、感人、实用的就业创业指导课,对同学们树立正确的创业就业观大有益处。

我校党委副书记吴新平主持会议并做总结讲话。她说,十年间,我校有近75%的毕业生留在新疆、兵团就业创业,希望同学们以学长为榜样,积极转变就业观念,发扬兵团精神,扎根基层、拼搏奉献,把个人价值与党和人

民的事业紧密结合在一起,用勤劳和智慧谱写自己壮丽的人生篇章,为新疆、兵团事业做出自己的贡献。

我校农业机械化及其自动化专业09级谭黄剑同学说,听完报告会,不仅感受到兵团、学校领导对毕业生创业、就业的关注,更被学长们感人事迹所打动,深受鼓舞,自己决心扎根边疆,到基层的广阔天地去实现人生价值。

原载于2012年11月30日《石河子大学报》247期第1版

全国人力资源市场高校毕业生就业服务周兵团人才招聘会举行　295家用人单位提供12000余个岗位

11月24日,"全国人力资源市场高校毕业生就业服务周新疆兵团人才招聘大会"在我校东校区田径馆举行。共有地方及兵团295家企事业单位,提供12000余个岗位,我校5000余名毕业生参加。

兵团党委组织部副部长、人事局副局长郭灵计,我校党委书记何慧星、校长向本春来到招聘现场,向用人单位了解情况,并与毕业生亲切交谈。

整场招聘会井然有序。毕业生与招聘单位有了充分的了解,达成了近千份签约意向。

农学院农学专业毕业生孙文龙签约了农五师84团。他对记者说:感谢学校给我们搭建了这次平台,给我们这次择业机会。我想留在兵团,到基层去,将所学回馈给团场的职工百姓。这样的人生选择,对我来说很有意义。

本次招聘会由兵团人事局、兵团劳动和社会保障局主办,兵团人才服务中心、兵团职业介绍中心、石河子大学承办,旨在为地方及兵团企事业单位招纳人才搭建平台,促进我校2013届毕业生顺利充分就业。

原载于2012年11月30日《石河子大学报》247期第1版

未名山文化大讲堂开讲

11月30日，北京大学国际关系学院教授朱锋应邀在我校会堂做了题为《当前国际局势与中国崛起的战略挑战》的讲座，拉开了石河子大学未名山文化大讲堂的序幕。校领导何慧星、吴新平、郑旭荣、郑勇、夏文斌、刘大锰及师生代表近千人聆听了讲座。这也是校党委中心组第十次专题学习的内容之一。

朱锋从中国周边的外交局势、中国对世界的看法的空前复杂和多样化、作为崛起中大国的特殊处境、新时期中国与世界的关系与改变等四个方面入手，图文并茂、生动鲜活地阐述了当面国际新格局和中国面临的外交挑战以及如何理性看待国际关系、怎样看待我们自己。对于当前国际形势，他呼吁应多样、多视角地看待、分析和判断。世界在发展，中国进步了，可我们的意识观念、行为举止是否能跟得上进步？讲座末尾，他的发问引人深思。

副校长夏文斌主持讲座。他说，朱锋教授用丰富的知识积累，帮我们认识当今的世界和中国。他用学者的真诚、独特的人文情怀与社会责任感，帮助我们打开了一扇新的大门。

现场互动环节，朱锋对师生的提问一一详尽解答。师生纷纷表示：受益匪浅，今后要用平和的心态看问题，用科学的视角分析问题、看待国际局势。

本次活动由党委宣传部、北京大学新疆研究生培养基地主办。

原载于2012年11月30日《石河子大学报》247期第1版

履行代表职能　助推学校发展　第四届教职工代表大会第四次会议暨第四届工会会员代表大会第二次会议召开

3月2日，我校在图书馆学术报告厅召开了第四届教职工代表大会第四次会议暨第四届工会会员代表大会第二次会议，230余名代表肩负全校教职工重托到场参会。他们认真聆听，积极讨论，履行代表义务。

上午，第四届教职工代表大会第四次会议暨第四届工会会员代表大会第二次会议在庄严的国歌声中拉开帷幕，副校长刘大锰主持会议，校长向本春做了《校长工作报告》（见二版），张文斌同志做了《校财务工作报告》，陈云飞同志做了《工会工作报告》。

校长工作报告以"抓落实促改革求发展向着有特色高水平大学建设目标继续迈进"为主题，从教育教学和人才培养、学科与专业建设、科技创新与社会服务、师资队伍建设、国内外合作与交流、精神文明建设与文化育人、体制机制改革、民生工程建设等八个方面对2012年工作进行了回顾和总结。

围绕2013年学校工作思路及主要工作安排，向本春在报告中提出：一是落实"十二五"规划目标，启动两项重大工程建设任务。二是落实教育教学工作会议精神，不断提高教育教学质量。三是优化学科布局，打造学科集群优势特色。四是推进协同创新进程，加大科技成果转化力度。五是深化人事制度改革，促进高水平人才队伍建设。六是加大开放力度，促进对口支援和国内外交流合作。七是推进文化建设，增强大学文化的育人作用和辐射引领能力。八是提升管理服务水平，提高师生员工学习生活质量。九是提升党建科学化水平，用优良的党风促教风、带学风、正校风。

随后，大会审议通过了《关于校长工作报告的决议（草案）》《关于校财务工作报告的决议（草案）》和《关于工会工作报告的决议（草案）》。

校党委副书记吴新平代表校党委做了总结讲话。她指出，与会代表肩负全校师生员工的嘱托，以强烈的使命感谈改革、论发展，他们的提案充分体现了教职员工的主人翁意识，对做好2013年的各项工作将起到很好的推动作用。

吴新平要求，一定要树立五种意识，求真务实，为实现学校发展目标努力奋斗。一是危机意识，作为"211"重点建设高校，我们看见发展的同时，也要看见与兄弟院校的差距。高等教育竞争日趋激烈，我们要在生源、师资、学科等方面树立竞争意识；二是机遇意识，近年来国家对高等教育和西部高校发展非常重视，我们要抓住机遇，顺势而上，抓住国家重点实验室建设、教育部与兵团"2011协同创新计划"等机遇；三是改革意识，不仅在学科发展和人才培养方面，政策改革、机制改革也很重要，这是一种趋势，大家要理解和支持；四是发展意识，改革的最终目的就是为了发展，要让个人发展与学校发展统一起来；五是责任意识，十八大报告指出，要把立德树人作为教育的根本任务，全校教师都要学为人师，行为世范，领导更是要如此，并且更要有人文关怀。

据悉，本次教代会在提案征集工作中首次开发使用电子提案系统，自2013年1月8日在校园网发布征集起，延长提案时间，将原来的集中提案改为实时提案，切实为师生员工服务，建立了长效机制。同时，本次大会议程紧凑，会风简朴务实，受到与会代表一致好评。

石河子大学四届三次教代会共收到提案41件，其中，有关教学科研方面15件，有关薪酬待遇方面5件，有关行政管理方面13件，有关基础设施建设方面6件，其他方面2件。截至目前，其中25件议案已经落实解决，占议案总数的61%；10件议案正落实解决，占议案总数的24.4%；6件议案待统一论证，条件成熟后择时解决，占议案总数的14.6%。

原载于2013年3月15日《石河子大学报》251期第1版

未名山文化大讲堂第二讲开讲

3月23日，由校党委宣传部、北京大学新疆研究生培养基地联合举办的石河子大学未名山文化大讲堂第二讲开讲。中国作家协会会员、兵团电视艺术家协会名誉主席、著名作家、我校校友韩天航在会堂做了题为《军垦文化与文学创作》的讲座。

韩天航从兵团军垦文化的形成、各种外来文化的冲突、多民族文化碰撞、自然条件对兵团人品格的塑造等几个方面入手，结合自己亲身经历，动情地阐述了兵团精神的内涵，以及军垦文化对文学创作的作用。他说，每一个兵团人都是一个传奇，兵团的故事滋养了他的灵魂。他愿意用笔去描绘兵团人的美、兵团人的崇高和伟大，以及兵团人创造的丰功伟业。

现场互动环节，韩天航对师生的提问一一详尽解答，使得现场师生不仅感受到了他对兵团的热爱，也使得他们对兵团精神有了更深刻的认识。

期间，校党委书记何慧星、校长向本春与韩天航亲切交谈。

原载于2013年3月31日《石河子大学报》252期第2版

我校与各单位签订 2013 年度计划任务责任书

4月2日，我校召开2012年度"十二五"发展规划纲要实施总结表彰暨2013年度计划任务责任书签约大会。校领导何慧星、向本春、陈创夫、郑旭荣、郑勇、马春晖、夏文斌、刘大锰、陈旭东和机关及学院相关部门领导参加了大会。

会上，校长向本春做了《石河子大学"十二五"发展规划纲要实施2012年度工作总结报告》，从学科与条件平台建设、人才培养与教学改革、师资队伍建设、科学技术创新、国际交流与合作等方面阐述了2012年度《石河子大学"十二五"发展规划纲要》（以下简称《规划纲要》）实施完成情况、以及深入推进实施的几项工作。

他指出，2013年是我校按照《规划纲要》确定的总体发展目标和"三步走"战略设想，全面启动"基础能力建设工程""综合实力提升工程"和四期"211工程"三大工程项目建设的开局年，希望广大教职员工以《规划纲要》为统领，在现有成绩的基础上，把握机遇、求真务实，为实现学校有特色、高水平大学建设目标而努力奋斗。

大会对2012年度《规划纲要》学院目标管理综合考评获奖单位进行了表彰。校党委书记何慧星、校长向本春与20个单位负责人签订了2013年度计划任务责任书。

　　何慧星在总结讲话时指出，本次会议是贯彻落实"十八大"精神、校第三次党代会精神以及教代会精神的重要会议。会议既总结了过去两年推进"十二五"的工作和成绩，又部署了今后的工作，更振奋了大家的精神。他要求：一是要实事求是，正确认识"十二五"规划对我校建设发展的推动作用；二是要总结经验，努力推动"十二五"战略目标顺利实现；三是要改革创新，确保学校各项事业又好又快发展。他希望，受到表彰的学院珍惜荣誉，不断进取，继续发挥模范带头作用，以更加积极的状态和更加努力的工作全面推进"十二五"规划，确保目标顺利实现。

　　据悉，本次奖项设置进行了改革，分为科研为主型学院、教学科研并重型学院、教学为主型学院等，起到了很好的激励作用。

原载于2013年4月15日《石河子大学报》253期第1版

中信建设有限责任公司副总裁刘桂根一行来访

4月7日，中信建设有限责任公司副总裁、中信建设南部非洲区总经理刘桂根一行在兵团商务局领导的陪同下赴我校访问，考察"安哥拉农业技术与农业管理培训中国研修班"进展情况。

座谈会上，我校国际教育中心从教学管理、生活管理、经费使用情况、存在的问题等几个方面，对安哥拉农业技术与农场管理培训中国研修班做了阶段小结。国际教育中心及农学院领导、专职班主任也做了发言。

刘桂根对我校表示感谢，短时间内能取得目前的成绩实属不易。他表示，会全力支持配合我校的教学活动，希望在双方通力配合下圆满完成此项培训任务。

据悉，本学期我校为该班开设7门课程，专业课程每周20学时，其中：实验课程6学时，汉语课程每周4学时，体育课程（主要教授太极拳及养生气功）每周4学时。教学地点安排在留学生公寓4楼教室，教室配备有多媒体教学设施，教师均具有农学院副教授以上职称。

原载于2013年4月15日《石河子大学报》253期第2版

兵团高校学习《中国共产党普通高等学校基层组织工作条例》暨党建工作交流会召开

5月24日，兵团高校学习《中国共产党普通高等学校基层组织工作条例》暨党建工作交流会在我校召开。

兵团党委组织部副部长鲁旭平，兵团党委宣传部副部长王瀚林，兵团教育局党组成员、副局长戴井岗和石河子大学、塔里木大学、兵团广播电视大学、兵团警官高等专科学校、石河子职业技术学院等相关领导，及相关单位30余名代表与会。座谈会由兵团宣传部副部长王翰林主持。

会上，戴井岗从四个方面传达了第二十一次全国高校党的建设工作会议精神：一是全面把握提高党的建设科学化水平总体要求；二是着力建设善于办学理校的高素质领导班子；三是切实加强高校思想政治建设；四是夯实高校改革发展稳定的组织基础。

《中国共产党普通高等学校基层组织工作条例》（以下简称《条例》）起草成员、北京大学党委组织部部长郭海做《条例》专题辅导。

石河子大学药学院党委、塔里木大学水利与建筑工程学院学生第三党支部、石河子职业技术学院旅游与经济管理分院党总支等单位分别做了主题交流发言。

下午，代表们分赴我校农学院、水利建筑工程学院、药学院，通过观看展板、听取汇报等方式，现场观摩了我校党建工作。

我校党委书记何慧星表示，石河子大学将把此次会议的成果充分运用到学校党建工作的实践中去，并具体抓好几项工作：一是加强党的思想建设，坚定党员理想信念；二是加强领导班子建设，提高领导干部的办学治校能力；

三是加强党的基层组织建设，夯实党建工作基础；四是加强党的作风建设，增强党员宗旨意识；五是加强党风廉政建设，营造风清气正的办学环境；六是认真抓好《条例》的学习宣传和贯彻落实。

鲁旭平总结讲话时充分肯定了近年来兵团高校在党建工作中取得的成绩和经验，深刻分析了目前高校党建工作所面临的新形式，并对于今后工作提出新的希望：一是要深入贯彻落实十八大精神，准确把握高校党建工作新要求；二是要全面贯彻落实《条例》，不断提高高校党的建设科学化水平；三是以改革创新精神，切实增强高校基层党建生机活力。他强调，加强和改进高校学生党建工作，是高校党建工作的基础工程，意义重大，影响深远。各高校要通过本次会议，深入贯彻落实中央领导同志的重要指示精神，学习借鉴推进学生党建工作的经验和做法，不断总结规律、积极探索创新，为全面提高高校学生党建工作质量、促进高等教育事业科学发展做出新的更大的贡献。

原载于2013年5月31日《石河子大学报》256期第1版

第十二届田径运动会举行

5月16日至18日，石河子大学第十二届田径运动会在中区田径场举行，全校共有21个学院1102名运动员参加了54个比赛项目，产生了56个团体和个人冠军。

经过激烈的比赛，医学院、商学院、机械电气工程学院、师范学院、农学院、政法学院分别获得了学生甲组团体总分第一至六名；实验场、医学院、商学院分获教工组团体第一至三名；体育学院12级夺得学生乙组团体总分第一名。药学院、政法学院、化学化工学院等12个单位获得精神文明奖；理学院、水利建筑工程学院、护士学校等10个单位获得优秀组织奖。本届运动会还增加了广播体操比赛，水利建筑学院和体育学院荣获一等奖。

原载于2013年5月31日《石河子大学报》256期第1版

神奇的沙盘治疗

1. "摸摸沙盘里的沙子，感受它的质地，想象着自己正和它融为一体。"咨询师对我们说。这是沙盘治疗的第一步。走进咨询中心，看着眼前的一切，感觉都是新奇的。

2. 看看眼前各式各样的模型——有房子、卡通人物、交通工具等。你可别以为它们是玩具，这是沙盘治疗必需的。在咨询师的指导下，我们的学生记者开始挑选自己喜欢的模型。

3. 将挑选好的模具摆在沙盘中，按照自己想象的世界任意摆放，构成自己喜欢的"小世界"。这很像小时候"过家家"的游戏。你可以尽情地发挥自己的想象和创造力。

4. 咨询师按照摆放的情况进行询问和分析，帮助我们了解自己的内心世界，并加以改善。原来，所摆放的模具都有特定的寓意的——代表我们潜在的想法。同学们，你心动了吗？

原载于2013年5月31日《石河子大学报》256期第3版

"第二届天山·西湖论坛"举行

西湖是杭州的名片,天山是新疆的胜景。6月8日,以"向西开放:文化建设与社会管理"为主题的"第二届天山·西湖论坛"在我校拉开帷幕。

兵团教育局副局长戴井岗对参会嘉宾表示热烈欢迎。他说,"天山·西湖论坛"是一个很好的文化交流、学术合作平台,本届主题十分契合国家向西开放重大战略部署和新疆区域经济社会发展的需求,十分契合当前兵团"三化建设"①和文化发展的需求。

我校党委副书记吴新平代表全校师生向参会嘉宾表示欢迎。她说,杭州师范大学和石河子大学的文化各具特色,两年来的合作渐入佳境,由两校联合主办的"天山·西湖论坛"以江南和新疆独特的文化底蕴为依托,立足区域、面向全国、放眼世界,已成为两校合作交流的重要成果,也是今后双方深化交流的合作平台。

杭州师范大学校长叶高翔致辞时说,"天山·西湖论坛"不仅促进了两校之间的交流合作,更推进了协作方式的创新,扩展了学术界的交流空间。本次论坛的主题是一个非常有吸引力、有希望的话题,是在首届论坛取得丰

---

① 兵团"三化建设":以加快推进城镇化、新型工业化、农业现代化。

硕成果的基础上，致力于从文明和文化的角度推动东西部协调发展的又一重要的学术活动。希望双方在不断地交流和接触过程中，互补互助、相互促进。

期间，论坛特邀中国社会科学院新疆发展研究中心理事长厉声与北京大学哲学系副教授沙宗平出席，并分别以"西域文化与西向'丝绸之路'文化""文化与社会：'和实生物，同则不继'——'向西开放：文化建设与社会管理'互动关系中文化视域浅议"为主题做报告。

随后，杭州师范大学赵定东教授、赵志毅教授以及我校郑亮副教授、政法学院教师孟红莉分别以"协调利益关系，转变发展方式""公民教育问题与对策""新疆非物质文化遗产研究的未来""新疆伊宁市维吾尔族城市居民的语言能力、语言使用与语言态度调查研究"为主题做报告。

我校副校长夏文斌以"向西开发与中国现代化"为题做报告。他的精彩演讲为本届论坛报告环节画上圆满句号。

"天山·西湖论坛"是在地方政府的指导与支持下，由石河子大学、杭州师范大学联合主办的区域性学术会议。论坛立足两校，面向全国，放眼世界，汇集国内外著名学者，以江南、塞北独特的文化底蕴为依托，致力于推动区域人文社会科学问题的研究，促进东西部的学术发展和社会进步，为区域的发展做出贡献。

"首届天山·西湖论坛"创办于2012年，每年举办一次，是联系杭州与石城的重要纽带，已有多名国内知名学者参加了这一学术盛会。

原载于2013年6月15日《石河子大学报》257期第1版

我校留学生学生会成立

6月5日,我校留学生学生会成立。

此次当选的留学生学生会主席哈亚特·斯坎达说:"非常荣幸可以成为第一届留学生学生会主席。我会在今后的生活中热心帮助同学,为加强留学生与学校之间的交流而奉献自己的力量。"

成立留学生学生会旨在促进学校与外国留学生之间的相互了解和信息交流,丰富留学生的文化、体育和学术活动,增进各国留学生之间以及与中国学生之间的交流、相互理解和友谊,为留学生的成长、成才服务。

校党委副书记吴新平和相关部门领导,以及来自巴基斯坦、印度等11个国家的205名留学生参加了大会。

原载于2013年6月15日《石河子大学报》257期第1版

我校与北京语言大学签订校际合作协议并参与组建协同创新中心

12月2日，我校副校长代斌率外国语学院、国内交流合作办公室一行三人参加了北京语言大学与石河子大学的战略合作签字仪式，并与国内相关院校就组建"中国周边语言文化协同创新中心"进行了座谈。

签字仪式在北京语言大学举行，北京语言大学党委书记李宇明、副校长曹志耘、戚德祥、校长助理张旺熹及相关部门领导参加了会议。北京语言大学将大力帮助我校阿拉伯语等小语种语言学科建设与师资培养，并进行联合培养小语种学生；我校将为北京语言大学在新丝绸之路语言文化研究中，提供支持。我校还参加了由北京语言大学牵头组建的"中国周边语言文化协同创新中心"的创建。

通过充分协商，我校与北京语言大学达成如下合作关系：我校在受邀参与"中国周边语言文化协同创新中心"建设工作的同时，为北京语言大学开展周边语言文化研究提供必要的支持。北京语言大学也将根据自身学科优势选派学科带头人和开展科研合作等方式，重点支持我校少数民族语言文学、阿拉伯语言文学、英语语言文学等专业和学科的建设，以及非通用语种专业的申报和建设工作。北京语言大学通过选派教师到我校授课讲学、接收我校教师或管理人员进修、招收我校教师在职攻读博士学位等方式，帮助我校提高相关学科专业教师的能力和学历层次。两校就促进研究生教育和联合培养人才等方面进行探讨，不断加强两校学生的交流，北京语言大学将接受我校推免研究生及本科生插班的学习。两校将共同致力于促进学术和文化繁荣，共同促进学校管理水平的提高。

广东外语外贸大学、广西大学、内蒙古大学、西藏大学等我国周边高校一同参加了与北京语言大学共同组建"中国周边语言文化协同创新中心"签字仪式。该中心立足睦邻、戍边两大使命,实现中国周边语言大数据、中国周边"关键语言""中华文化周边传播""丝绸之路使者"等工程。我校作为周边高校将与国内相关高校就周边语言文化进行协同创新。

原载于2013年12月15日《石河子大学报》265期第2版

上海合作组织—新疆兵团现代农业发展与合作研讨会在我校举行

9月4日，上海合作组织—新疆兵团现代农业发展与合作研讨会在我校图书馆5楼学术报告厅拉开帷幕。研讨会邀请到我国农业部相关部门领导，哈萨克斯坦、吉尔吉斯斯坦、乌兹别克斯坦农业部官员，兵团、自治区农业、畜牧业等部门领导，兵团各师、农垦科学院、塔里木大学领导，我校领导何慧星、向本春、代斌，以及相关学院专家参加。兵团副秘书长周国胜主持会议。

会上，我国农业部副部长牛盾致辞。他阐述了当前我国农业发展现状和中国特色农业现代化道路。他指出，兵团肩负着屯垦戍边使命，通过努力，兵团已被打造成为现代农业生产基地。他为兵团人在这片热土上取得的成绩感到骄傲。对于当前国家制定打造的"丝绸之路核心带"和新疆的地理优势，他提出五点建议：一是坚持区域经济农业合作纳入"丝绸之路核心带"；二是建立完善区域农业合作机制，加大区域合作建设；三是加强区域农业交流合作和上合组织的交流；四是支持新疆积极参与农业合作，支持国内合作；五是鼓励企业间合作交流，促进现代农业发展。

上海合作组织成员国塔吉克斯坦共和国农业部副部长泽瓦尔绍耶夫代表上合组织发言。他介绍了目前塔吉克斯坦共和国与新疆及兵团开展的合作项目。他希望今后在设施农业和蔬菜方面加强交流合作。

兵团副司令员孔星隆代表兵团向参会嘉宾表示感谢，并简要介绍了兵团与兵团农业的基本情况。他指出，加快农业现代化建设是履行兵团使命的必然要求，是三化同步推进的必然要求，也是支援兵团先进生产力示范区的必然要求。他阐述了推进兵团现代化农业发展的目标与思路，以及重点工作。

他希望，兵团积极参与合作与交流，加大推进力度，争做排头兵，为现代化农业发展而奋斗。

新疆农垦科学院陈学庚院士、石河子大学吕新教授、兵团农业局副局长赵福义分别就"新疆兵团农业机械化现状与发展趋势""兵团农业信息技术发展与未来""新疆兵团现代畜牧发展面临的形势与展望"做了专题报告。

企业发言环节，天业集团黄耀新副董事长介绍"新疆天业膜下滴灌技术在中亚推广情况"；新疆西部牧业股份有限公司徐义民董事长介绍"西部牧业乳业及牛羊肉产业发展情况"。

与会代表一行还参观了天润乳业、西部牧业、正大养鸡场、兵团棉花信息化高新节水示范区及高标准农田建设等地。

原载于 2014 年 9 月 15 日《石河子大学报》277 期第 1 版

"我的中国梦"兵团第四届大学生艺术展演在我校举行

施展艺术才华，彰显青春风采。9月23日，在兵团成立60周年之际，由兵团教育局主办、石河子大学承办的兵团第四届大学生艺术展演活动在我校拉开帷幕。展演活动分为艺术作品展和文艺汇演。

兵团教育局副局长明炬，兵团党委宣传部副部长杨武军，兵团团委副书记黄大伟，我校党委书记何慧星，我校副校长夏文斌，塔里木大学副校长闫祥林，兵团教育局高教处副处长郑麟，八师石河子市教育局局长、石河子职业技术学院党委书记孙力军，兵团警官高等专科学校团委副书记秦少杰出席展演活动。

艺术作品展参展作品围绕"我的中国梦"主题，从石河子大学、塔里木大学、兵团警官高等学校、石河子职业技术学院四所学校推荐的200余幅作品中选出的100幅入选作品，分为国画、版画、书法、篆刻、摄影、设计6项。文艺汇演中，石河子大学、塔里木大学、兵团警官高等专科学校、石河子职业技术学院共表演了器乐演奏《红旗颂》、双人舞《戈壁情缘》、音诗画舞《援疆情》、话剧《大漠无悔》等14个精彩节目，展示了兵团各高校大学生的艺术才华。

明炬代表兵团教育局、兵团大学生艺术展演组委会向承办此次活动付出辛勤劳动的石河子大学师生表示衷心感谢。他希望兵团高校在加强教学科研工作的同时，能够将艺术教育、人文素养教育放在重要位置，培养出更多心智健全、情感充沛的有用之才。

何慧星代表承办学校讲话。他说，展出的艺术作品让我们也看到了当代大学生的较高的文化艺术修养和综合素质，希望兵团高校培养出更多的艺术新人，创作出更多充满活力、充满时代气息的艺术作品，打造出层次更高的校园文化精品、艺术精品，为繁荣兵团文化艺术发展做出积极的贡献。

据悉，全国大学生艺术展演活动每3年举办一次，是我国目前规格最高、规模最大、影响最广的大学生艺术盛会。本届艺术展演活动由教育部和天津市人民政府共同主办。在历时一周的展演活动中，将有来自全国各省（区、市）的7000余名高校师生汇聚天津，在声乐、器乐、舞蹈和戏剧等艺术表演比赛及美术作品展览、青春大舞台、大学校长美育论坛等活动中一展风采。

原载于2014年9月30日《石河子大学报》278期第1版

我校推进创建全国文明城市工作

9月19日,我校在会堂召开创建全国文明城市工作推进会。八师石河子市市委常委、常务副市长孙常青,八师石河子市党委宣传部副部长、师市新闻出版局副局长严萍,我校党委书记何慧星,副校长夏文斌,机关及学院相关部门领导师生代表200余人参加会议。

孙常青介绍了从2002年石河子创城工作以来取得的成绩、背景和存在的问题。他表示,石河子大学是创城工作的主体之一,希望石大师生发挥表率作用,携手共同努力。

随后,严萍以"践行社会主义核心价值观,让向上向善的力量勃勃生长"为主题做了宣讲,主要内容为怎样在我校开展践行社会主义核心价值观的社会舆论宣传。

何慧星在总结讲话中指出,本次会议使我们了解了创城的背景、意义、作用以及主要工作和措施,使我们有了更深入的认识。他说,创城工作涉及很多方面,针对目前发现的问题,各单位要切实行动起来,自查自纠,切实推动创城工作进展:一是提高思想认识;二是加强自身建设;三是加大宣传力度;四是抓好督查整改;五是形成创建合力。

夏文斌主持了会议并做讲话。他说,本次会议有几个方面的作用:一、再认识,石大要与石城共同成长,共同认识;二、再动员,针对死角一起行动;三、再行动,时间紧迫,要以志愿服务队和文明督察队形成合力,为文明城市的创建共同努力。

据悉,全国文明城市每3年评选一次。自2011年起,石河子市通过3年努力迎来了此次评审,是新疆唯一一个提名城市。为了扎实推动学校文明单位创建工作,各学院、部门通过举办创建知识竞赛、主题班会等多种形式,为石河子市创建全国文明城市贡献力量。

原载于2014年9月30日《石河子大学报》278期第1版

老中青"三代兵团人"共话兵团发展

9月26日,由我校党委宣传部主办的"三代兵团人"共话兵团发展座谈会在行政楼5会议室举行。座谈会邀请到老中青三代兵团人代表发言,共话兵团发展。

兵团第一代女拖拉机手、82岁的金茂芳老人回忆了当年作为山东女兵初进新疆时的艰辛,以及第一代军垦人扎根边疆、建设兵团的苦与乐。她说,同学们今天的幸福生活来之不易,希望同学们能将兵团精神传承下去。

国家教学名师、全国五一劳动奖章获得者、石河子大学农学院曹连莆教授回顾了当年农学院建校时的情况和学校的发展,回忆了那时单纯的师生情谊。在艰辛的岁月里,学校培养出大批栋梁之材。他说,兵团精神就是井冈山精神的延续,希望同学们牢记使命,为石大梦的实现尽绵薄之力。

我校(原石河子农学院)畜牧专业82届校友、新疆农垦科学院院长王新华研究员,(原石河子农学院)农机系农机化专业85届毕业生、全国优秀教师、"开发建设新疆奖章"获得者、机械电气工程学院副院长坎杂教授,(原石河子农学院)农机系农机化专业91届毕业生、马克思主义学院党委书记梁红军副教授分别作为中年一代兵团人发言。他们结合自身经历讲述当年艰苦岁月的师生情谊,表示今后会在各自领域内发挥所长,为兵团发展多做贡献。

我校药学院药学专业 2003 届毕业生、国家"千人计划"专家联谊会会员、德国哈勒大学博士、药学院李迎春副教授，我校政治学与行政学 13 级本科生王兆华和水利工程专业 11 级本科生彭婷等同学，作为青年一代兵团人发言。李迎春说，她成绩的取得离不开母校的支持。海外求学期间，她因为牢记兵团精神，才做到了异常勤奋。

我校副校长夏文斌在总结发言中指出：一、担当，在老一辈兵团人身上体现了担当，他们朴实的话语就是兵团精神最好的诠释；二、大爱无疆，老一辈兵团人传递着智慧和能量，这就是大爱；三、心怀感恩，同学们要学感恩，感恩父母、老师和社会。

本次座谈会上，老中青三代兵团人畅谈兵团精神，为兵团发展建言纳策，是一次很好的总结和梳理。我们要牢记使命，再次前行。

原载于 2014 年 9 月 30 日《石河子大学报》278 期第 2 版

"弘扬科学道德，践行'三个倡导'，奋力实现中国梦"兵团报告会在我校举行

10月15日，由中国科协、兵团党委主办，兵团科协、石河子大学承办的"弘扬科学道德，践行'三个倡导'，奋力实现中国梦"兵团报告会在我校举行。

中国科协党组成员、中国科技馆馆长束为出席并致辞，兵团党委常委、副司令宋建业主持报告会。我校党委书记何慧星、副校长代斌、校长助理王国彪与兵团科协、新疆农垦科学院、八师相关部门领导出席，企业和科研院所科技工作者、我校师生代表近千人参加。

束为在致辞中表示，党的十八大提出实施创新驱动发展战略的重大布局，科技工作者作为先进生产力的开拓者和先进文化的传播者，要准确把握当代中国科学家的历史使命、历史责任和历史担当，自觉把个人价值追求同国家富强、民族振兴、人民幸福紧密联系起来，在实施创新驱动发展战略中，发挥引领作用。

报告会上，钱学森先生之子、上海交通大学"钱学森图书馆"馆长、高级工程师钱永刚，我国空间技术专家、神舟号飞船首任总设计师、中国工程院院士、国际宇航科学院院士戚发轫，我国板壳结构理论的开拓者之一、暨南大学原校长、中国工程院院士刘人怀，分别做了题为《钱学森的科学报国精神》《中国载人航天工程和载人航天精神》《百年追梦·科技兴国》的报告。他们分别从不同角度、多层次、多维度讲述了我国科技探索和发展史、阐述了我国老一辈科学家舍小家为国家，自觉践行社会主义核心价值体系、弘扬科学道德、勇攀科技高峰的崇高精神和光辉事迹。他们指出，只有沿着前辈科学家们的道路，记住历史，坚守科学道德，坚持创新，不

畏艰险，扎扎实实，脚踏实地，用勤劳的双手托起伟大的"中国梦"。他们饱含深情，从不同的角度讲述了我国科技工作者弘扬科学道德的崇高精神和奉献国家科技事业、为实现中华民族伟大复兴的中国梦不懈奋斗的先进事迹。

宋建业指出，科技是国家强盛之基，创新是民族进步之魂。我们要切实增强责任意识、紧迫意识、机遇意识，大力推进创新兵团建设，为实现"中国梦"和建设兵团做出更大贡献。他提出三点要求：第一，在新一轮科技革命和产业变革的今天，我们要切实增强责任意识、紧迫意识和机遇意识，大力推进为创新兵团建设、为实现"中国梦"、建设美好兵团贡献自己更大的力量；第二，兵团的科技工作者一定要牢记老一辈科学家崇高情怀，做勇攀高峰的开拓者；第三，兵团各级科协组织要牢记服务科技人才的职责使命，做繁荣事业的推进者；兵团各级党政要牢记创新驱动发展的重大战略，为做好创新兵团当好组织者。

"这场报告会真的太精彩了，让我们知道了科学家们背后的故事。老一辈科学家真是太不容易了！他们为祖国发展废寝忘食、呕心沥血，筚路蓝缕。在今后的学习、工作中，我会以他们为榜样，不断严格要求自己。"2011级动物科学专业朱江虹会后这样感慨。

据悉，报告会已经巡回在全国25个省市举办了32场，社会反响强烈。

原载于2014年10月15日《石河子大学报》279期第1版

国家田径高级教练王燕鸣来校讲学

10月17日，国家田径高级教练、中国人民解放军八一体工大队跳高主教练王燕鸣赴我校，并以《关于青少年训练（田径）的一些感想和体会》为题做报告。我校体育学院、竞技体育运动学校领导和师生代表到场聆听，体育学院学术报告厅内座无虚席。

他的报告中阐述了选才的重要性、管理的重要性、训练内容，以及训练中涉及到的一些具体问题。他指出，教练员的思路决定运动员的成绩。在训练过程中，细节决定成败，规范性是最重要的。他还举了很多八一队因材施教的实例，绘声绘色的讲述使师生们听得津津有味。

我校参加报告会的教练纷纷表示，讲座带来全新的训练理念，让我们认识到规范性和系统性的重要。在今后的训练中，我们会努力争取更好的成绩。

王燕鸣是文职级别三级。他1987年毕业于北京体育大学运动系，毕业后进入解放军队当跳高运动员，1991年从事跳高教练工作。执教期间所带运动员多次获得全国冠军，共培养出男女跳高健将10名，为解放军队做出了较大贡献。

原载于2014年10月31日《石河子大学报》280期第2版

学习贯彻十八届四中全会精神理论研讨会召开

11月20日,我校召开学习贯彻十八届四中全会精神理论研讨会。会议由党委宣传部、绿洲社会经济与屯垦研究中心、石河子大学中国特色社会主义理论体系研究中心联合承办,近百名师生代表参加。

研讨会上,马克思主义学院张勇、政法学院王新艳、绿洲社会经济与屯垦研究中心万朝林、经济与管理学院刘追等10位教师,分别就"法律道德基础的审视""加强国际社会中的刑法合作""我国民法典的编撰""兵团法制建设的困境与突破"等为题做发言,内容涉及法治与德治、人治与法治、立案审查变更为登记的思考、环境法、知识产权法等方面。讨论内容紧密围绕依法治国展开,发言教师结合各自研究领域积极讨论,与会师生受益匪浅,反响热烈。

副校长夏文斌主持会议并做总结讲话。他说,研讨会有很强的政治性,大家围绕十八届四中全会精神做了跨学科的讨论,学术含量很高,希望老师们身体力行、多出成果,为学校的理论建设做出努力。

原载于2014年11月30日《石河子大学报》282期第1版

我校举办新闻培训班

11月18日,我校举办2014年新闻培训班。党委宣传部联合文学艺术学院广播电视新闻系邀请中国日报驻新疆记者站副站长崔佳、中国工商时报驻疆记者站站长金炜,分别为各学院、直附属单位、机关部门教工通讯员、学生记者和广电系师生做了专场讲座。

《中国日报》驻新疆记者站副站长崔佳以《深度报道———在路上》为题,回顾了自己亲身经历。她从发现故事,由想法到核心、人的故事,以小见大、赢得采访对象的信任、抓住读者、好故事在路上五个方面讲述了怎么去写一篇好的深度报道。同时她鼓励有志于从事新闻行业的学生,要多注意平时积累,多写多练,为今后发展打好基础。

中国工商时报驻疆记者站站长金炜以《用创新镜头为新疆肖像》为题,通过比较同一新闻事件不同媒体的报道配图来告诉同学们创新的重要性。他从如何理解好的新闻图片、新闻摄影的现状、视觉语言表现力、怎么拍摄新闻照片等方面告诉大家平时多注意积累提高新闻敏感性、学会总体策划,拥有创新意识。

广播电视系2011级学生王春兰说:"今天老师们展现了很多我们不知道的东西,他们用自己的亲身经历做实例,生动有趣,让我们更乐于接受。这对我们今后从事新闻工作会有很大的帮助。"

原载于2014年11月30日《石河子大学报》282期第2版

我校总结表彰 2014 年人口和计划生育工作

12月1日，我校在行政楼召开2014年度人口和计划生育工作总结暨表彰大会，计划生育领导委员会成员、各单位主管领导及计生宣传员参加了会议。校党委书记、计划生育领导委员会组长何慧星，副校长、计划生育领导委员会副组长马春晖等领导委员会成员为29个先进集体、13个先进个人进行颁奖。

计划生育领导委员会成员、校医院院长阿依肯做了《石河子大学2014年度人口和计划生育工作总结》。

何慧星对获奖单位和个人表示祝贺。他说，高校作为人才培养、科学研究、社会服务和文化传承与创新的前沿阵地，努力践行科学发展观，做好新时期人口与计划生育工作责任重大、意义深远。今年，我校人口与计划生育工作扎实推进，积极开展青春健康教育活动，非常有意义。希望进一步加强和重视人口计生工作，加强做好青春健康教育工作，促进我校人口和计划生育工作和谐有序的发展。

原载于2014年12月15日《石河子大学报》283期第1版

2014年兵团高校毕业生就业服务周在我校举办

为深入贯彻落实党的十八大和十八届三中全会精神，全面做好2015届毕业生就业工作，2014年全国人力资源市场高校毕业生就业服务周近日启动。12月5日至6日，由兵团人才资源和社会保障局主办，由兵团人才服务中心、兵团职业介绍服务中心、石河子大学承办的"2014年兵团人力资源和社会保障局局长、企业人力资源经理校园行暨石河子大学就业创业先进典型报告会"和"新疆兵团人才招聘大会暨石河子大学秋季专场招聘会"在我校举行。

12月5日在会堂举行的报告会上，兵团人力资源和社会保障局副局长高见、兵团第七师劳动和社会保障局党组书记杜新青、兵团第八师组织部副部长梁景飞、新华人寿保险股份有限公司新疆分公司人力资源部总经理孙杰出席，我校机关和学院相关部门领导、毕业生代表近千人参加。报告会由我校校长助理杨新泉主持。

新疆天业集团电石产业团委书记兼准东40亿立方米煤制天然气项目筹建办公室主管、石河子大学政法学院政治与行政学专业2010届毕业生李翠芳和石河子七合贸易有限公司总经理、石河子大学经济与管理学院工商管理专业2011届毕业生刘信君，作为大学生就业创业的先进典型代表分别发言。他们首先表达了对母校的深深感激，并详细地讲述了个人的求职经历、毕业后自己在工作岗位上的成长经历、以及艰辛而坎坷的创业经历，他们的分享为台下的数百名应届毕业生提供了宝贵的就业经验。

孙杰代表企业人力资源经理做了发言。他从现代企业的角度阐述了公司对大学生人力资源的需求，希望他们将理论与实践相结合，努力提高自己的综合素质，做到"德才兼备"，完善自我。

高见做了讲话。他现场宣讲就业政策，介绍就业形势，并希望大学生树立"先就业后择业"的就业观，努力适应形势，把握机会，为自己搭建更多的平台，实现自己的人生价值。

兵团各师人事局、劳动和社会保障局的代表，分别介绍了2015年的人才需求情况及引进政策。他们结合兵团时局，近几年的人才引进制度和人才管理制度等，为大学毕业生进行了生动细致的讲解，并为他们指明了就业的方向。

动医11级李江涛告诉记者，听完师哥师姐们的话深受启发和鼓舞。他决定从基层干起，到最需要自己的地方去成就一番事业。他希望将来有一天自己也能回到母校站上这个讲台。

12月6日，兵团高校秋季招聘会在我校东校区田径馆举行。此次招聘会吸引了疆内外140家用人单位参会，为本科生和研究生提供就业岗位5043个。我校5000余名毕业生参加了此次招聘会。现场签约73人，400余名毕业生与用人单位达成了就业意向。此次招聘会为毕业生和用人单位之间搭建了沟通交流的平台，加强了学校与用人单位的交流，为大学生创造了更丰富的实习见习岗位。

据悉，2014年我校共举办大型招聘会9场，仅10月和11月就为2015届毕业生连续举办了经管类、工科类、财经类3场专业型招聘会，为163家疆内外用人单位举办了专场招聘会。我校本科生年终就业率连续多年保持在90%以上，位居新疆高校前列。

本次就业服务周活动的主题为"发挥市场决定性作用，服务高校毕业生就业"，活动旨在通过现场经验分享、解答就业政策、提供就业指导等方式与学生进行交流，为2015届毕业生充分就业搭建一个良好的平台。

原载于2014年12月15日《石河子大学报》283期第2版

"科学与中国"院士专家巡讲团来我校做报告

12月22日,"科学与中国"院士专家巡讲团——科学道德主题报告会在我校会堂举行。物理学家、中国科学院院士、清华大学高等研究中心教授朱邦芬以《科研诚信——科研工作者的学术生命》为题做了报告。报告会由副校长代斌主持、兵团科协副主席王红德出席,我校研究生300余人参加。

朱邦芬从负责人的科研行为,科研诚信、导师和研究生的责任、数据处理、出版,学术规范问题的把握等几个方面做讲座。他说,求是、求真是科学研究的基本原则,也是诺贝尔奖获得者的道德规范。他列举了三类最主要的学术不端行为:伪造、篡改、抄袭和剽窃,并举出近年学界的实例进行讲述。他还讲述了王明贞、彭恒武、杨振宁、黄昆等物理大师的为人处事之正派、治学科研之严谨,并以此勉励同学们。他希望,同学们都要做有道德和有底线的人,要为国家、世界,人民做有意义的事情,要有所研究、发现和创新。

在互动环节,他认真回答同学们的问题,并希望面对复杂的网络环境,大家能够有自己的辨别与判断能力。大家纷纷表示,如此近距离地接触物理大家朱邦芬院士,不仅懂得了科研诚信的重要,还感受到他的谦和与严谨,受益匪浅。

原载于2014年12月31日《石河子大学报》284期第2版

国防生冬季体能测试优秀率达 90%

12月23日，我校北区操场上传来阵阵口号声——原来是国防生们正在进行冬季室外体能测试，皑皑白雪中，他们的迷彩绿格外显眼。训练科目有5000米长跑、100米冲刺等，合格率100%，优秀率达90%。为锤炼过硬身体素质，国防生在训练期间不怕苦不畏寒，充分展示了当代准军官的风采。

临床14级的徐博文同学对记者说，刚入校的时候3000米长跑很吃力，偶尔还会掉队，现在就不会了，而且没有一个同学掉队。通过训练，我们不仅锻炼了体魄，同学之间相互扶持、一起进步，也增加了友情，增进了凝聚力。

据悉，多年来石河子大学国防生在选培养办的带领下一直坚持冬训，"冰天雪地国防绿"已成为冬季校园中一道独特的风景线。

原载于2014年12月31日《石河子大学报》284期第2版

我校加入教育部"易班"推广行动

3月28日,由兵团教育局主办,我校承办的"易班"推广行动计划建设推进会在行政楼5会议室举行,上海易班发展中心主任朱明伦、北京九州云联科技有限公司总经理张凤波、中国工程院院士、东华大学副校长俞建勇一行赴我校座谈。兵团教育局副局长明炬出席并主持会议,兵团教育局高教处处长曲义勇,石河子大学、塔里木大学、石河子职业技术学院、兵团警官高等专科学校、兵团兴新职业技术学院的分管校领导及职能部门领导参加。

朱明伦介绍了"易班"的基本情况、组织架构、主要功能和主要成效。"易班"是全国共建,教育部下属"易班"发展中心承接技术开发、资源整合、运行服务、市场运作、管理培训等职能,以各省(自治区、直辖市)部属高校为单位。校级"易班"中心,由校党委领导任校"易班"建设领导小组组长,学工部部长任校"易班"发展中心主任,专职教师带领一批学生骨干组建"易班"学生工作站。"易班"的主要功能是思想教育、教育教学、生活服务和文化娱乐。

会上,东华大学学生处处长任晓杰做了《东华大学易班工作交流》报告,介绍了东华大学"易班"建设整体概况、特色工作、主题活动和主要成效。

北京九州云联科技有限公司张凤波介绍了秋波 ClassAir 系统和功能,阐述了如何开启智慧课堂,如何互动教学。在秋波 ClassAir 系统中,教师可以查看考勤、进行课堂互动、判定成绩、发布课程通知、查看学生留言等;学生可以签到、进行课堂互动、查看课程通知,以及参加校园活动等。教务后台中,可以查看课程统计、教师评价、课堂互动情况和大数据分析。

座谈会上，双方进行了交流和讨论，兵团各高校代表对具体实施的细节进行提问。我校党委常委、纪委书记陈旭东表示，将在兵团教育局的部署安排下，尽快实施推进计划实施，希望能够给予技术支持。朱明伦表示，秋波ClassAir系统可以免费提供给兵团各高校使用，并提供所有技术支持。

东华大学副校长俞建勇做讲话，并列举了东华大学易班推进成果。他说，"易班"具有时代特点，符合学生需求。在网络时代，可以将我们的工作转移到新的阵地上来。"易班"的推进，能促进高校发展，提高兵团人才发展质量。

兵团教育局副局长明炬对大家的到来表示欢迎。他说，必须充分认识当代大学生思想政治工作建设的重要性，推动"易班"建设，能够采用学生喜爱的方式，并凸显兵团高校特点和兵团特色。他指出，兵团高校"易班"建设思路，一是要依托"易班"发展中心，由他们提供服务；二是各个高校要建立分中心、交流平台，特色开发与应用。他希望，兵团各高校尽快开展推进建设，加强互联互动。各高校领导牵头，负责组成工作组，整合学校资源，指定推广计划和时间表。他强调，应以"易班"推广行动为契机，推动兵团教育信息化。

据悉，教育部"易班"是提供教育教学、生活服务、文化娱乐的综合性网上互动社区。该社区融合了论坛、社交、博客、微博等主流的Web2.0应用，加入了为在校师生定制的教育信息化一站式服务功能，并支持Web、手机客户端等多种访问形式。

原载于2015年3月31日《石河子大学报》286期第2版

实验室建设与管理委员会通过 26 个项目设备购置方案

4月10日，我校实验室建设与管理委员会召开会议，审议和通过了26个项目设备购置方案。

我校校长、实验室建设与管理委员会主任向本春，副校长、实验室建设与管理委员会副主任马春晖和项目承担学院主管领导、项目负责人参加会议。

会上，实验设备处处长翟桂红介绍了26个教学实验平台建设项目设备购置方案的论证程序、工作标准、原则性指导意见、跟进服务情况、设备购置方案审核情况以及校内公示情况。

随后，相关学院汇报了论证公示项目设备购置方案情况、专家审核反馈意见的修正情况。经过评审，会议通过了26个项目设备购置方案，决议26个项目进入设备采购程序。

向本春在总结讲话中指出，各学院应加强项目建设领导统筹，严格设备购置论证工作程序，紧紧围绕提升本科教学质量的目标，用好专项建设资金，切实改善本科教学条件，加快项目执行进程，服务本科教学。

原载于2015年4月15日《石河子大学报》287期第1版

程曼丽做客未名山文化大讲堂

4月26日，北京大学程曼丽教授做客我校，在会堂学术报告厅以"中国国家形象塑造的问题与对策"做讲座。

讲座中，程曼丽阐述了什么是国家形象，国家形象的界定以及他人塑造和自我塑造的区别。随后，她从西方媒体涉华报道及其变化、中国媒体国际传播建设、国家形象的塑造需要什么等三个方面进行了探讨，并结合实例与调查进行阐述。她还与师生进行了互动，就现在国际局势解答同学们的提问。

校党委副书记夏文斌总结时指出，程曼丽教授以开阔的视野，翔实的数据，深刻的分析，给我们就国家形象战略做了一场通俗易懂、内容丰富的报告，涉及到政治、经济、文化等方面，具有深厚的学术性、问题现实性和未来的启示性。

程曼丽是北京大学新闻与传播学院教授、博士生导师，兼任国家外文局对外传播研究中心高级研究员、国家突发公共卫生事件专家咨询委员会委员等职。

原载于2015年4月30日《石河子大学报》288期第1版

"我们正青春"石河子大学"五四"颁奖典礼温情上演

"有这么一个集体,他们是所有共青团员的家,这里的每一位,正值青春年华,充满张力,他们没有惊天动地的伟业,只有涓涓细流的默默付出。他们用一颗热忱的心,指引我们走向一段人生芳华……"当主持人饱含深情地读出颁奖词时,荣获2014年度五四红旗团委、先进团委获奖代表缓步走上舞台,这是由校团委举办的以"我们正青春"为主题的2015年石河子大学"五四"颁奖典礼的现场。

5月4日,我校会堂座无虚席。校党委书记何慧星,校长向本春,校党委副书记夏文斌,校党委常委、纪委书记陈旭东,校党委常委、组织部部长刘吉华,校关工委常务副主任张法林,机关部门领导各学院分管学生工作领导、团委书记等出席典礼,和近千名师生共同庆祝这个属于青春的节日。

何慧星代表校党委向全校团员青年致以节日的问候和祝愿,向在青春路上付出辛勤汗水也收获成长幸福的各级团学干部表示感谢。他说:听到你们中有人见义勇为,在路遇抢劫事件时挺身而出挽回百万元损失,我为你们点赞;听着2000余名新生在这个舞台上一遍又一遍地唱着'天山下,玛河畔',我为你们鼓掌;看到微信平台上一篇又一篇关于大学的文章刷爆朋友圈,你们对学校有着如此美好的情怀,我倍感欣慰。他希望,青年朋友们看护好自己的激情和理想,希望广大团学干部和团学青年心存感恩、敢于担当,博学慎思、勤学笃行,积极向上、自强不息。

颁奖典礼上,团干部、团员、团支部、寒假社会实践招生宣传、创青春、团委、青年五四奖章等获奖群体和个人依次登上舞台,聚光灯为他们亮起,高举的奖杯、证书是对他们最好的致敬。当主持人与他们进行对话交流时,他们的坚持、他们的信心,以及带给大家的暖暖正能量都深深感染着在场的每一个人。

团支书标兵李明轩说:"关注同学们的感受,做学生的知心朋友,让支部每一个成员都有归属感。"青年五四奖章获得者李迎春说:"要让人觉得毫不费力,只能背后加倍努力。"

"我志愿加入中国共产主义青年团,坚决拥护中国共产党的领导……"随着全场师生重温入团誓词,颁奖典礼落下帷幕。

原载于2015年5月15日《石河子大学报》289期第1版

兵团新闻传播人才教育基地在我校揭牌

6月30日，兵团部校共建新闻与传播专业签约揭牌仪式在我校举行，兵团党委常委、宣传部部长郭永辉为兵团新闻传播人才教育基地揭牌。

兵团党委宣传部副部长王运华、兵团教育局副局长明炬、兵团日报社总编王瀚林、兵团广播电视台副台长王安润、石河子大学党委书记何慧星、石河子大学党委副书记夏文斌、塔里木大学副校长张爱萍及广播电视新闻系百余名师生代表参加仪式。仪式由兵团党委、兵团副秘书长梁竞阁主持。

何慧星在发言中介绍了我校新闻与传播专业基本情况和为兵团、为新疆培养的新闻传播人才情况。他表示，今后学校将立足兵团经济社会文化发展需要，紧紧围绕社会稳定与长治久安，坚持办有特色高水平大学，建一流专业，按照部校共建要求及方案，从新闻与传播专业建设、师资引进、教学提升、应用研究和人才培养条件的改善等方面给予更多支持和保障。

张爱萍介绍了塔里木大学新闻与传播专业建设情况，表示今后将以此为契机，把塔大的新闻与传播专业建设好。王瀚林介绍了兵团日报社针对签约单位，在教育培训、人才培养等方面的方案，包括互派人员挂职、开设讲坛、派专职人员讲课、在兵团日报社建立学生实习基地等。王安润介绍了兵团广播电视台基本情况以及与签约单位即将开展的活动方案，包括接受签约单位实习生、互派人员学习、授课等方面。

郭永辉讲话时指出，兵团党委十分重视兵团新闻事业的发展，要求新闻媒体加强人才队伍建设，为兵团更好地发挥"稳定器、大熔炉、示范区"功能努力做出贡献。他要求：一是深化认识，扎实抓好部校共建这项战略任务、基础工程。二是把握方向，坚持以马克思主义新闻观教育为核心推进人才培养。三是密切合作，切实将部校共建各项工作落到实处。他希望，大家共同关心和支持部校共建工作，使新闻与传播专业在现有基础上取得长足发展，培养更多优秀新闻人才。他希望各位同学在校期间认真学习，早日成长为新闻战线的栋梁之材，为推进新疆社会稳定和实现长治久安奉献才智、贡献力量。

随后，兵团党委宣传部、兵团教育局分别与石河子大学、塔里木大学签署了三方协议。根据协议，三方将通过共建管理机构、共建精品课程、共建骨干队伍、共建实践基地、共建研究智库、共建屯垦戍边新闻传播研究基地等方式，为兵团新闻传播行业输送更多立场坚定、素质过硬、具有人民情怀和责任担当意识、熟练掌握现代传媒技术的新闻专门人才。

部校共建工作是中宣部、教育部为深入实施"卓越新闻传播人才教育培养计划"联合推出的一项创新举措，其根本目的就是为党的新闻事业培养有正确政治立场和扎实专业基础的卓越新闻传播人才，造就兵团需要的、能用的高素质的新闻队伍后备军。

原载于2015年6月30日《石河子大学报》292期第1版

"四强"专题教育启动

8月31日,我校召开会议对在全校处级以下党员干部中开展"强党性、强法治、强责任、强基层"专题教育(以下简称"四强"专题教育)进行部署安排,标志着我校"四强"专题教育正式启动。

校党委书记何慧星就"四强"专题教育提出以下要求:一是要充分认识"四强"专题教育重要意义,切实增强思想自觉和行动自觉。二是要准确把握"四强"专题教育目标任务,确保专题教育取得实效。三是要认真落实方法措施,确保专题教育不虚不空不偏不走过场。四是要加强组织领导,切实做到专题教育与日常工作两手抓、两促进。

何慧星指出,要在"四强"专题教育中发挥党员先锋作用,发掘基层优秀党员,切实服务全校师生。各部门要结合自身工作实际进行指导,体现创新和特色。各单位、各学院尽快制定相应的方案,尽快部署,尽快启动。

校党委常委、组织部长刘吉华就贯彻本次会议精神,提出几点意见:一是提高思想认识;二是各单位要及时安排部署;三是要做好统筹协调,和当前工作紧密结合。

9月15日,校机关党工委召开专题会议部署"四强"专题教育工作,标志着机关"四强"专题教育正式启动。

原载于2015年9月15日《石河子大学报》294期第1版

我校接受自治区普通高校就业指导工作督导评估

10月29日，我校接受了自治区普通高校就业指导工作督导评估。以自治区教育厅副厅长张国辉为团长的自治区普通高校就业督导评估组一行8人通过"听""谈""查""看""访"等形式，听取了就业指导工作汇报，查阅了档案材料，分别召开了教师和学生座谈会，实地查看了就业办公室、就业信息平台建设、就业招聘面试场地、职业生涯发展个体咨询室，走访了经济与管理学院和机械电气工程学院。

上午，自治区普通高校就业指导工作督导评估石河子大学汇报会在行政楼举行。我校校长向本春做了《以就业市场为导向 践行屯垦戍边理念 为区域经济社会发展服务》——石河子大学2015年就业指导工作督导评估报告。他从对就业指导工作的思想重视、迎评部署、主要做法、经验特色、整改措施等5个方面做了汇报。他表示，自治区开展高校就业指导工作督导评估，对进一步促进我校毕业生就业指导工作的改革与创新，构建更科学的就业指导工作体系，提高毕业生就业指导工作整体水平具有重要意义，也是全面推动我校就业工作的一次难得的发展机遇。

下午，评估团成员对我校就业工作情况进行讨论，并召开督导评估结果反馈会。张国辉副厅长代表评估团对我校就业指导工作做了反馈。评估团专家一致认为，石河子大学认真贯彻落实国家和自治区关于就业工作"三到位"和"四化"要求，长期以来，坚持"立足兵团，服务全疆"，就业导向明确，工作体系完善，就业机制健全，工作扎实有力，特色鲜明，成效显著。张国辉表示，本次评估根据《新疆维吾尔自治区普通高校就业指导工作督导评估体系（试行）》的标准，希望学校能进一步加大对就业指导工作的支持，查缺补漏，以评促建，不断提高就业工作质量和服务水平。

校党委书记何慧星表示，评估团领导、专家对我校就业指导工作成绩的肯定是对我们的鼓励和鞭策，专家的宝贵意见和建议是我校需要加强并将重点开展的工作。他表示，学校将以此次自治区普通高校就业指导工作督导评估为契机，继续发扬在教育教学方面的传统特色和优势，深化教育教学改革、创新人才培养工作、提高人才培养质量，形成招生、培养和就业的良性循环机制，真正达到"以评促建，以评促改，以评促管，评建结合，重在建设"的评估目的，更好地践行"以兵团精神育人，为屯垦戍边服务"的办学特色，成为屯垦戍边、建设边疆的重要人才培养基地。

副校长郑旭荣及招生就业处、研究生工作部、教务处、学工部及各学院主管学生工作院领导参会，会议由校党委常委、纪委书记陈旭东主持。

原载于 2015 年 10 月 31 日《石河子大学报》296 期第 1 版

兵团绿洲生态农业重点实验室学术委员会会议暨学术年会举行

11月4日至6日,新疆生产建设兵团绿洲生态农业重点实验室第二届学术委员会会议暨学术年会在我校举行。我校校长向本春出席,并向中国农业大学李召虎教授、中国农业科学院棉花研究所喻树迅院士、华中农业大学张献龙教授、中国农业大学彭友良教授、南京农业大学姜东教授等15位委员授聘书。

座谈会上,委员们对实验室规划与建设、实验室管理、研究方向凝练、人才培养与引进等议题讨论并形成了学术委员会会议纪要,指导今后实验室建设方向与重点工作。

向本春对各位委员表示热烈欢迎,他介绍了大学的发展历程、大学文化、师资队伍、人才培养、学科平台、科学研究,以及交流与合作等几个方面。他表示,会采纳各位专家的意见,明确目标,整合资源,纳入学校的发展目标和工作规划,按照国家级重点实验室要求,加大实验室建设力度。

兵团绿洲生态农业重点实验室主任朱龙付教授汇报了实验室的人员组成、科研经费、实验室总体目标与定位,以及实验室主要研究方向和工作进展等内容。

学术交流活动中,李召虎、姜东、彭友良等五位教授分别就近期研究成果做了报告,有利于今后加强交流合作,形成更好的学术氛围,增进学科间交叉融合,促进实验室建设。

原载于2015年11月15日《石河子大学报》297期第2版

兵团优秀教师和辅导员先进事迹宣讲活动在我校举办

11月9日，由兵团教育局主办的"弘扬兵团精神践行社会主义核心价值观立德树人"优秀教师和辅导员先进事迹宣讲活动在我校举行。

期间，塔里木大学人文学院辅导员张煜辉、兵团兴新职业技术学院德育办主任万永成、石河子大学药学院学办主任姜汪维三位教师，分别讲述自己的亲身经历和身边的故事。他们用正面的教育去引导学生，用正确的方式去教育学生，使在场师生代表深受感动和启发。

兵团老教授协会常务副会长张法林带队并讲话。他说，十八届五中全会进一步强调要全面贯彻党的教育方针，落实立德树人的根本任务，加强社会主义核心价值观教育，培养德智体美全面发展的社会主义建设者和接班人，同时提出提高高校教学水平和创新能力，使若干高校和一批学科达到和接近世界一流水平。把立德树人作为教育根本任务，是教师的光荣使命。在兵团广大的教师队伍中，涌现出一批批优秀教师，他们对教师工作满怀热爱，是每一位教师学习的榜样。

塔里木大学、兵团警官高等专科学校、兵团兴新职业技术学院、石河子职业技术学院和我校相关部门领导及百余名师生代表参加了活动。

原载于2015年11月15日《石河子大学报》297期第2版

"雪莲奖学金"落户石河子大学

11月17日,石河子大学2015年雪莲奖学金颁发仪式在图书馆学术报告厅举行。红云红河集团新疆卷烟厂党委书记、副厂长白九重,我校党委副书记夏文斌等领导出席,并为20名获奖学生颁发了奖金,为200名学子发放了行李箱。

白九重希望,"雪莲奖学金"和旅行箱能给同学们温暖的陪伴,大家带着新疆卷烟厂全体员工爱心的陪伴收获知识,建设大美新疆。

夏文斌代表大学向对方赠送了捐赠证书。他说,爱、感恩和奋斗是本次活动的关键词。他希望同学们被爱鼓舞,让爱释放和传递下去。

据悉,本次活动是"雪莲奖学金"首次落户石河子大学,依据评选要求,产生20名候选人,每人5000元,共计10万元。

原载于2015年11月30日《石河子大学报》298期第2版

我校召开学科建设工作会议

12月11日至12日，石河子大学学科建设工作会议在会堂召开。校领导何慧星、向本春、陈创夫、郑勇、代斌、刘吉华、王国彪出席，各学院、直附属单位、机关部门的相关领导和教师代表200余人参加会议。

会上，校长向本春做了题为"调整结构，优化机制，朝着一流学科建设目标奋进"的工作报告（以下简称《报告》）。向本春说，这次会议是在全校上下认真贯彻落实党的十八大和十八届三中、四中、五中全会精神，以及中共中央、国务院关于《统筹推进世界一流大学和一流学科建设总体方案》，站在即将过去的"十二五"与即将到来的"十三五"两个五年规划交接之际召开的一次具有十分重要意义的大会。

《报告》回顾了六年来石河子大学学科建设取得的成绩、存在的问题和面临的机遇和挑战，进一步明确了学科建设的总体要求，并从如何加快推进一流学科建设的转型发展步伐，加强创新人才培养和学科人才队伍建设，加强统筹协调，提高学科协同创新效能，以及如何扩大开放办学，稳步推进学科国际化进程作了深入分析和阐述。

向本春希望，全校师生在兵团党委的正确领导下，牢固树立并切实贯彻"创新、协调、绿色、开放、共享"的发展理念，坚定信心、团结一致，聚焦、聚神、聚力地扎实工作，真正把学科门类齐全的数量优势转变为学科内涵发展和争创一流的资本，进一步促进学科交叉融合，为实现学校"三步走"战略目标的"石大梦"汇聚强大的正能量，为创建我校一流学科和有特色的高水平大学目标而努力奋斗。

会上，张旺锋教授、张金利教授、谷新利教授、邹泓副教授分别代表作物栽培学与耕作学、应用化学、预防兽医学、病理学与病理生理学等四个优秀自治区重点学科做了经验交流，并就学科建设成果和经验做了汇报。

副校长陈创夫对《关于加强学科建设和全力打造一流学科的若干意见》做了说明。副校长代斌宣读了《关于表彰"211工程"三期重点学科建设项目优秀团队、优秀校级PI和突出贡献个人的决定》和《关于自治区"十二五"重点学科验收优秀学科给予表彰的决定》，参会领导为获奖单位和个人颁奖。

期间，参会校领导分赴各个学院、机关部门参加分组讨论。大家畅所欲言、建言献策，对《报告》《关于加强学科建设和全力打造一流学科的若干意见》，以及《石河子大学学科发展建设分析报告》进行了分组讨论。

农学院、动物科技学院、医学院、经济与管理学院、机械电气工程学院、食品学院、政法学院、师范学院、机关职能部门代表分别做了分组讨论汇报。代表们一致认为，此次会议是一次让全校上下转变思想观念、提高思想认识的大会，是认清形势、振奋人心、鼓舞士气的大会，校长报告主题鲜明、重点突出、思路清晰、观点新颖。学院代表还从学院学科建设现状和"十三五"学科发展的角度提出了建设思路，对学校在加强学科顶层设计上提出了建设性的意见和建议；机关职能代表从学校的顶层设计出发，提出了加强学科布局建设和全面加强学校综合改革的新思路。

校党委书记何慧星总结讲话时强调，开好这次会议对于进一步加强学科建设工作、提升办学质量和办学水平、早日实现学校第三次党代会确定的"三步走"战略目标具有十分重要的意义。就如何贯彻好本次学科会议精神，何慧星强调：一是提高认识，全面理解学科建设的内涵及重要性。二是统一思想，积极应对学科建设的新要求、新变化。三是突出重点学科，提升学科建设水平。四、突出特色，提升学科竞争力。五是分类管理，全面提高管理服务水平。

何慧星指出，从"平原"走上"高原"攀爬上学科"高峰"是一个厚积薄发的过程，需要不断地深化认识，奋发有为，全校师生要坚定信心、理清思路，按照既定的路线图脚踏实地地奋斗，努力把我们的认识成果、思想成果变成现实，开创我校学科建设工作新局面，为建设一流学科共同努力奋斗。

原载于2015年12月15日《石河子大学报》299期第1版

华中科技大学对口支援石河子大学十周年暨 2015 同济医学周系列活动举行

12 月 2 日至 3 日，华中科技大学对口支援石河子大学十周年暨 2015 同济医学周系列活动在我校举行。华中科技大学副校长兼同济医学院党委书记、院长陈建国，教育部、卫生部医学教育政策咨询委员会委员文历阳一行 20 人，与我校副校长陈创夫、党委常委郑勇出席。

郑勇表示，十年来，华中科技大学同济医学院极大地促进了我校医学人才培养质量、科学研究水平、社会服务能力以及师资队伍建设提升。面向未来，石河子大学医学教育将一如既往地为提高西部地区医学人才培养、医学科学进步、医疗卫生事业发展，以及提高新疆各族人民身体健康和医疗保健水平做出更大贡献。

医学院院长、第一附属医院院长彭心宇以《聚焦重点，引领带动，推动我院医学教育事业跨越式发展》为题，做了"华中科技大学对口支援 2005-2015 年工作总结"。报告从五个方面阐述了对口支援工作成效，以及下一阶段对口支援的重点工作。

我校医学院教师代表庞丽娟作为华中科技大学博士毕业生优秀代表发言，讲述了对口支援对她个人成长以及对学科发展的帮助。她曾在导师的帮助下，通过中美联合培养模式赴美学习，通过努力申报并获批中组部"青年千人计划"新疆项目。

陈建国说，华中科技大学对口支援石河子大学的十年，很实、很真、很有成效。友谊已经融入两校的血液之中，并在不断加深和升华。我们以石河子大学取得今天的成就而骄傲，华中科技大学也以能贡献一分力量而自豪。他希望，石河子大学抓住国家启动建设一流大学和一流学科的机遇。华中科技大学将继续在学科专业建设、师资队伍建设、教育教学与人才培养、新专业申报、科学研究、国内外合作与交流等六个方面加强对口支援工作。

陈创夫回顾了对口支援十年来的重要成就，对华中科技大学的无私支援表示感谢。华中科技大学以师资队伍建设和人才培养作为重点，开展了成效卓越的对口支援工作，对石河子大学跨越式发展起到关键作用。

在医学院"十三五"规划论证会上，华中科技大学的领导和专家对《石河子大学十三五发展规划纲要》提出了意见和建议。陈建国表示，一定要紧抓机遇，制定战略发展规划，人才是切入点，科学研究是抓手。

在2015同济医学周系列学术讲座中，华中科技大学李和教授、冯占春教授、李红钢教授、魏晟教授分别就《HAP1调节胰岛β细胞胰岛素分泌的机制》《论医药卫生体制改革中的政府与市场的作用》《精浆游离RNA特征及用于男性不育的研究》《医学科研设计与数据分析》做报告。

教育教学系列讲座中，文历阳教授做了《教育医学认证工作的实践和启示》报告，厉岩教授做了《临床执业医师分阶段考试实证研究》报告。

在临床医学专业课程融合改革实践探讨会中，我校医学院汇报了开展临床医学专业课程融合的研究与实践情况，专家解答了相关疑问，并提出了意见和建议。

10年来，华中科技大学共接收我校63名教师和管理干部交流学习和挂职，培训中层干部34人次，以各种形式接收180余名教师攻读博士学位，聘任我校16名教师担任兼职博士生导师。今后，华中科技大学将重点支援学院与学科专业建设，包括专业认证等方面；将进一步加强师资队伍建设，少数民族计划、骨干教师、导师培训等工作；教育教学与人才培养上，将继续实施教师培训计划，实现资源共享，做好紧缺急需的专业人才培养和本科生插班学习；将推进新专业申报及建设工作，提高研究生培养质量水平。将进一步开展科学研究项目合作，共建研究基地和研究中心；将进一步加强国内外合作与交流，以及管理干部的培训工作。

原载于2015年12月15日《石河子大学报》299期第2版

校党委会专题研究思想政治教育工作

12月28日，我校召开党委会专题研究思想政治教育工作，校领导何慧星、向本春、夏文斌、郑旭荣、郑勇、代斌及各个调研组成员参加会议。

会上，校党委宣传部部长桑华汇报了2015年思想政治教育工作调研整体情况、做法与经验、面临的挑战和存在的问题，以及具体建设举措。思想政治工作第一、第二、第四、第五调研组分别做补充发言，马克思主义学院党委书记梁红军对"两课"情况做汇报。

校党委副书记夏文斌从如何深刻把握新形势下石河子大学思想政治教育工作的矛盾，思想政治教育工作如何抓实抓细做了阐述，他希望，将马克思主义学院工作纳入党委工作、思想政治教育工作和学科建设工作中来。

校党委书记何慧星说，立德树人是学校的根本任务，思想政治教育工作是重中之重。他要求，学校上下要高度重视，充分发挥兵团高校优势，了解思想政治教育工作的目的、内容和形式，将专业教育和思想政治教育工作放在同等重要的位置，贯穿于教学科研和学习生活全方位，激发思想政治教育工作体制机制的活力，要建立高素质的辅导员队伍，同时创新思政教育方式方法，进一步加大投入力度。

校党委副书记、校长向本春主持会议并做总结讲话。他要求，要提高对思想政治教育工作重要性的认识，提高思想政治教育工作的针对性，提高思想政治教育工作的时效性。

原载于2015年12月31日《石河子大学报》300期第1版

兵团第三师与我校商谈帮扶大计

3月11日，第三师图木舒克市党委副书记、师长程广田一行来访我校，与我校校长向本春、副校长陈创夫等就结对帮扶工作座谈。

期间，向本春介绍了石河子大学的基本情况，回顾了两年来的对口支援工作，希望把下一阶段的工作做实做好。他表示，石河子大学将树立高度的大局意识和政治责任感，帮扶红旗农场加紧土地盐碱化治理，同时要加大对贫困户的帮扶的方法和途径探索，形成长效机制。

程广田感谢石河子大学两年来给予的帮助，高度肯定和赞扬了医学院三批医疗队在五十一团开展的医疗帮扶工作、科技特派员、专家教授开展的科技服务和培训以及师范类学生双语支教工作。他希望，下一阶段的帮扶工作能够有总体规划，重点帮扶，帮助红旗农场脱贫和团场扩建。

近两年，我校通过选派挂职干部、专家教授、实习支教生和科技特派员等进行帮扶工作，圆满完成了对口支援工作计划，提高了当地教育、医疗卫生、农牧业发展，促进了三师的经济发展、社会稳定和产业结构调整，充分体现了石河子大学服务社会、服务兵团的功能。

原载于2016年3月15日《石河子大学报》301期第1版

兵团高校创新创业教师培训在我校举行

3月12日,兵团高校创新创业教师培训在我校会堂学术报告厅举行。我校相关领导、学生工作者及兵团兴新职业技术学院、石河子职业技术学院代表参加活动。

本次活动由兵团科技局、教育局组织,兵团科技局副局长韩文胜、兵团科技局高新处处长苏胜强、兵团教育局高教处副处长郑麟出席。

我校副校长王国彪致辞,他介绍了当前国家大众创业、万众创新的重大战略部署背景,以及兵团高校大学生创业的重要性。他希望,各位老师抓住难得的学习机会,将学到的新理念运用于实践,启迪大学生创新创业,推动大学生更高质量的就业。

本次培训邀请到中国创新创业大赛资深实战培训导师、创赛训练营创始人、深圳创赛项目中心主任杨宪东,创业诊断师、清华 X-LAB 未来生活创新中心联合创始人、副秘书长赵鑫为大家做主题讲座。他们分别就各自的创业成长历程,结合案例进行讲述,带给大家全新的创业理念,使大家耳目一新,深受启发。在互动环节,他们为青年创业教师进行了答疑解惑,教会他们如何在有效的时间内尽快成为大学生创业的指引者和陪伴者。

原载于2016年3月15日《石河子大学报》301期第2版

何慧星在2016年宣传思想文化工作会议上提出准确把握宣传思想文化工作的新要求

3月30日,我校2016年宣传思想文化工作会议在图书馆学术报告厅举行,校党委书记何慧星、党委副书记夏文斌、纪委书记陈旭东参加会议。

夏文斌主持会议,并总结了2015年石河子大学宣传思想文化工作,对2016年的宣传思想文化工作进行了部署安排。陈旭东宣读了《关于表彰2015年度精神文明建设工作先进集体、先进个人的决定》《关于表彰2015年新闻宣传工作先进集体和先进个人的决定》,与会领导分别为先进集体和先进个人颁奖。精神文明先进集体代表、生命科学学院和新闻宣传先进集体代表、经济与管理学院分别发言,做经验交流。

何慧星做总结讲话,向先进集体和先进个人表示祝贺,肯定了学校2015年宣传思想文化工作,并就2016年宣传思想文化工作提出要求:一是统一思想,充分认识大的背景形势对宣传思想文化工作的新要求;二是围绕中心,服务大局,着力抓好宣传思想文化工作;三是加强领导,把握好新形势下宣传思想文化工作的总体要求。

何慧星指出,当前形势发展对宣传思想文化工作提出了新挑战和新要求,面对新局面,希望大家准确把握新形势新任务对宣传思想文化工作提出的新要求,牢固树立政治意识、大局意识、核心意识、看齐意识,在学校党委的领导下,努力开创我校宣传思想文化工作的新局面。

原载于2016年3月31日《石河子大学报》302期第1版

蒋庄德院士来访

3月27日至28日，全国人大常委、全国人大环境与资源保护委员会委员、陕西省科协主席、中国工程院院士、西安交通大学教授、博士导师蒋庄德一行访问我校，以《信息化与制造业的深度融合——中国制造2025》为题作了报告，并与我校机关及学院领导、教师代表座谈。

报告会上，蒋庄德从制造业的重要地位和作用、我国制造业的发展现状、我国制造业发展所面临的挑战、中国制造2025、传感器与制造装备的应用研究等五个方面对《信息化与制造业的深度融合——中国制造2025》做阐述，并重点解读了"中国制造2025"的内涵，尤其是信息技术与制造技术深度融合这一主线。他提出，"中国制造2025"是动员全社会力量建设制造强国的总体战略，并详细阐述了"中国制造2025"的宏伟蓝图。

来访期间，我校党委书记何慧星与蒋庄德就"一带一路"背景下高校的战略发展进行交流。蒋庄德希望石河子大学发挥地理优势，加强中亚文化研究，同时加强国际化进程。何慧星表示，希望双方能加强院际交流和合作，在机械制造等专业实现精准对口支援，助力我校新型应用型、复合型人才的培养，更好地为边疆服务。

原载于2016年3月31日《石河子大学报》302期第1版

学生工作会议暨易班建设推进会召开

3月18日,我校2016年学生工作会议暨易班建设推进会在图书馆举行。校纪委书记陈旭东,校党委常委、组织部长刘吉华,兰州军区驻石河子大学国防生选培办主任苏宗义大校参加了会议。

陈旭东以《求真务实 科学发展 推动我校学生工作再上新台阶》为题做了报告。报告指出,2016年学生工作将围绕人才培养这一中心工作,创新性地开展学生教育管理服务工作:一是坚持立德树人思想引领,加强改进大学生党建和思想政治教育工作。二是加强平安校园建设,深入持久地开展民族团结教育工作。三是以规范管理、加强培训为重点,打造坚强有力的学生工作队伍。四是创新招生工作思路,努力提高生源质量。五是加强就业创业指导,稳步提升就业质量。六是以易班推广行动计划为契机,加快学生工作信息化建设。七是完善学生资助体系,充分发挥助人与育人双重功能。八是充分发挥综合防治体系效能,深入推进心理健康教育工作。九是深化思想引领和成长服务,增强大学生对团学组织的归属感。十是着力提升国防生综合素质,培养新型高素质军事人才。十一是提升校友工作服务质量,凝聚校友发展母校。

刘吉华部署了易班建设工作,他希望全校师生能共同关心、支持易班建设工作,力争将易班建设成为集思想性、知识性、趣味性、服务性于一体的综合平台。

大会还表彰了2015年"学生工作先进集体""优秀学生工作者""就业工作先进集体和先进个人"。学生工作先进集体代表食品学院和就业工作先进集体代表商学院分别做了经验交流。

原载于2016年3月31日《石河子大学报》302期第1版

第五届教职工代表大会第二次会议暨第五届工会会员代表大会第二次会议召开

春日的石大校园，生机勃勃。4月8日至9日，我校第五届教职工代表大会第二次会议暨第五届工会会员代表大会在图书馆召开。校领导何慧星、向本春、夏文斌、陈创夫、郑旭荣、郑勇、马春晖、陈旭东、刘吉华、孟卫民、王国彪，以及来自各学院、直附属单位、机关部门的师生代表参加了大会。

在庄严的国歌声中，第一次全体会议拉开帷幕。校长向本春做了题为"凝神聚力，攻坚克难，努力开创学校改革与发展新局面"的工作报告。他指出，在校党委的正确领导下，学校各项事业稳中有进，办学水平全面提升，完成了全年主要目标任务。人才培养、科学研究、社会服务和文化传承与创新等事业都有新的突破和成绩。

他代表学校领导向全体师生员工和支持关心学校发展的各级领导、社会各界表示崇高的敬意和衷心的感谢。

报告回顾了"十二五"时期工作与基本经验，认为过去五年，学校发展成绩显著，发展速度空前。"十二五"规划确定的主要发展指标完成率达到90%，17项指标实现零突破。学科专业建设迈上新台阶、人才培养工作取得新成就、科技创新实现新突破、师资队伍建设取得新成效、国内外合作交流开启新格局、办学条件持续改善、党的建设不断改进和加强。报告还提出了"十三五"时期我校发展形势与思路。

向本春对2016年主要工作做部署。他强调，今年是实施"十三五"发展规划的启动之年，是推动学校转型发展的开局之年，也是学校深化改革、开启"三步走"战略高位发展新阶段的关键之年。在全面贯彻落实《石河子大学党委 2016 年工作要点》的基础上，要做好编制完善和全面实施"十三五"发展规划、统筹规划和全面推进一流学科建设、深入落实大学章程、举办好并校 20 周年纪念活动、"一省一校"工程建设等 17 个重点工作。

向本春说，2016 年是我国进入全面建成小康社会决胜阶段的开局之年，恰逢我校合并成立 20 周年，是具有历史意义的一年。他希望，大家团结一致、凝神聚力、抢抓机遇、锐意进取，努力完成 2016 年各项工作任务，实现"十三五"良好开局，为建成西北地区一流地方综合大学而努力奋斗。

副校长郑旭荣做了《2015 年校财务工作报告》，报告就 2015 年财务预算执行情况做了分析，并就 2016 年财务预算（草案）的总体思路、总体原则、总体安排和保障措施做了介绍。副校长陈创夫做了《石河子大学"十三五"发展规划纲要（草案）》的说明，工会主席潘建广做了《2015 年工会工作报告》。

期间，各代表团会议中，7 个代表团分组审议了《2015 年学校工作报告》《2015 年校财务工作报告》，并对《石河子大学"十三五"发展规划纲要（草案）》进行讨论。与会代表畅所欲言、献计献策。

大会主席团会议中，主席团成员讨论了《关于审议通过 2015 年学校工作报告的决议（草案）》《关于审议通过 2015 年校财务工作报告的决议（草案）》《关于审议通过石河子大学"十三五"发展规划纲要的决议（草案）》。各代表团团长结合各团讨论情况对三个决议（草案）提出修改意见，并审议通过了 3 个决议（草案）。

第二次全体会议中，各代表团团长分别发言。他们一致认为："校长工作报告"思路清晰、严谨务实、实事求是、催人奋进；"财务工作报告"数据翔实、内容丰富，学校的财务管理是科学的、运行良好，支撑了学校的整体运行发展；2015 年，工会主动作为，增强了师生主人翁意识，搭建了师生交流平台。代表们表示，《石河子大学"十三五"发展规划纲要（草案）》定位准确，目标科学合理，勾画出了美好蓝图，必将引领学校更快更好发展。经过讨论，代表们一致同意通过以上报告，并就学校的人才培养、科学研究、科技服务等方面也提出了宝贵意见和建议。

大会表决通过了《关于审议通过2015年学校工作报告的决议（草案）》《关于审议通过2015年校财务工作报告的决议（草案）》《关于审议通过石河子大学"十三五"发展规划纲要的决议（草案）》。提案工作组做了2015年教代会提案落实情况的说明。大会还举行了"十二五"规划实施学院工作综合考评2015年度表彰和"十二五"终期表彰，并对获得2016新年晚会优秀组织奖的单位进行了表彰。

校党委书记何慧星在总结讲话时说，本次大会顺利完成了各项议程，开得很成功，更是一次求真务实的大会、民主进步的大会、团结奋进的大会，统一了思想，认清了形势，明确了任务，坚定了信心，凝聚了力量，为2016年乃至"十三五"时期工作的开展奠定了坚实的基础。

何慧星指出，2016年是国家全面建设小康社会决胜阶段的开局之年，也是我校制定实施"十三五"发展规划的开局之年，是推动学校转型发展、深化改革的关键之年，也是继往开来、承前启后的一年，是具有历史意义的一年，至关重要。对于如何做好今后的工作，他提出几点建议：一是在回顾工作中坚定信心决心，全面开启新的未来、创造新的辉煌。二是在准确把握大势中赢得机遇，力争"十三五"起好步、开好局。三是在狠抓落实中体现优良的作风，确保2016年和"十三五"目标顺利实现。

何慧星表示，任何艰难险阻都挡不住石河子大学前进的步伐。他希望，全校师生以必胜的信心和决心，凝心聚力、奋发进取，为并校20周年献上大礼，为建设有特色高水平西北地区一流地方综合大学而努力奋斗。

原载于2016年4月15日《石河子大学报》303期第1版

郭永辉作客未名山文化大讲堂　解读"文化+"

4月22日，我校会堂学术报告厅座无虚席，庆祝石河子大学并校20周年暨未名山文化大讲堂第二十四讲开讲．兵团党委常委、宣传部部长郭永辉做了一场题为"关于'文化+'的几个问题"的精彩讲座。

校领导何慧星、夏文斌、陈旭东、刘吉华，机关及学院部门领导、师生代表聆听了报告。

"国民之魂，文以化之；国家之魂，文以铸之。"郭永辉以一段铿锵有力的吟诵作为讲座的开场。他对"文化+"概述和涉及"文化+"的几个问题做了阐述，包含"文化+"概念的提出与构建，"文化+"本质含义，"文化+"广阔空间，"文化+"自觉自信，"文化+"与市场，加强文化资源整合、推动"文化+"最大化，以及推进"文化+"必须兼顾经济和社会两个效益。

他指出，"文化+"是文化更加自觉、主动、深入地向经济社会各领域的渗透，并使事物更加科学、理性、规律性地可持续地蓬勃发展。他列举了第一师十四团胡杨林通过"文化+"变成新的特色旅游地等实例，生动地阐述了"文化+"的深刻内涵、广阔空间和现实功能。他还系统阐述了"文化+"与"互联网+"、供给侧结构性改革，工匠战略之间的关系，使在场师生耳目一新，深受启发。

校党委书记何慧星感谢郭永辉给石大师生带来的这场文化大餐。他表示，文化是民族之魂，高校作为文化单位，更应该增强对"文化+"的认识，并起到引领作用。也要通过文化+互联网+教育，不断提升文化层次和水平，增进文化内涵，并落实到行动和实干中来。

文学教育15级研究生毕瑞说："讲座让我和同学们大开眼界，结合到兵团，我看到了新疆丰富、多元的文化空间，如何因地制宜地运用"文化+"打造特色兵团文化，是我感兴趣的方向。"

座谈会上，校党委副书记夏文斌就马克思主义学院发展提出了五个方面的问题：一是作为第一学科，在整体的学校教学规划设计上侧重不够；二是学院的老师结构、数量以及质量不够，缺乏领军人物，影响力不够；三是老师对新疆、对兵团的了解不够，下基层的动力不足；四是学院存在重科研、轻教学的倾向；五是在运用"文化+""互联+"提升教育教学质量上不够。

他根据以上问题给出了七个建议：一是从兵团的角度，希望能够提供课题、资金的支持；二是从学校党委的角度，希望对第一学科加以支持；三是将常态化的教师下基层任务纳入教师考评体系中；四是期望兵团能重点支持中国特色社会主义体系研究中心；五是期望加大人才引进力度；六是期望建立常态、可持续接纳师生调研的基地；七是期望在进一步提升教师的"互联网+""文化+"能力上，提供新技术的平台支持。

文学艺术学院党委书记王立昌就学院在新闻专业上面临的问题做了说明：一是新闻专业的实践性教学较为薄弱，在人才培养上面临问题；二是人才培养的层次低，没有新闻专业硕点，缺乏平台。他还就这些问题的解决提出了设想，即可以在石大成立虚拟的兵团新闻传播学院，在此基础上，通过建设精品课程，提升人才培养质量，加强对兵团舆情分析研究，打造兵团新闻人才的培训基础。

郭永辉表示，针对石河子大学马克思主义学院和文学艺术学院新闻专业在建设上面临的问题，兵团将对石河子大学和塔里木大学进行调研，落实部校共建协议，以适应新常态下新疆和兵团事业发展的要求。

原载于2016年4月30日《石河子大学报》304期第1版

一附院入选国家首批基因检测技术应用示范中心

近日,国家发改委下发了《国家发展改革委办公厅关于第一批基因检测技术应用示范中心建设方案的复函》,正式批复全国建设 27 个基因检测技术应用示范中心。我校医学院第一附属医院成为兵团唯一入选全国基因检测技术应用示范中心的医疗机构。

国家发展改革委组织开展基因检测技术应用示范中心建设,旨在大力发展基因检测技术,开展推广应用有利于提高出生缺陷疾病、遗传性疾病、肿瘤、心脑血管疾病、感染性疾病等重大疾病的防治水平,加快我国生物产业和健康产业发展,全面提高人口质量。

我校医学院第一附属医院作为兵团医疗、教学、科研工作的中心,对示范中心的申报和建设高度重视,并积极推进。示范中心的成功入选将大力推进该院基因检测技术水平的不断提高,将为边疆各族人民的医疗保健事业发挥更大的作用。

原载于2016年4月30日《石河子大学报》304期第2版

第十五届田径运动会闭幕

5月14日，石河子大学第十五届田径运动会闭幕。经过3天的激烈比赛，商学院、医学院、经济与管理学院依次获得学生甲组团体总分前三名，体育学院2015级获得学生乙组第一名。实验场、商学院、经济与管理学院依次获得教工组前三名。政法学院、马克思主义学院等12个学院荣获优秀组织奖。外国语学院、信息科学与技术学院等8个学院荣获精神文明奖。医学院和化学化工学院并列荣获大学生民族文化健身操大赛一等奖。

原载于2016年5月15日《石河子大学报》305期第1版

崔万志励志演讲暨新书签售会举办

5月11日,校友崔万志"不抱怨,靠自己——崔万志励志演讲暨新书签售会"在北区会堂举行。现场座无虚席,气氛热烈,师生代表对师哥的到来致以雷鸣般的掌声。

校党委常委、纪委书记陈旭东为崔万志颁发了"经济管理学院创新创业导师"聘书,并与其亲切交谈。

演讲中,崔万志回顾了自己小学、初中、高中、大学经历,向听众们展示了一个不屈服于命运的人,生动阐释了人生没有过不去的坎,抱怨没有用的道理。赢得了在座同学们热烈的掌声。从大学开始卖随身听,到毕业后摆地摊,开书店、网吧、超市、直到开网店,现在实体店遍布全国各地,崔万志总结了创业成功的三个因素:热爱,内心强大,不抱怨、靠自己。

汉文12级敬姣姣说:"虽然早有耳闻,但能够如此近距离地接触到师哥,内心很震撼。他的奋斗之路会一直激励我今后的学习和生活。"

会后,崔万志和同学们进行了互动,并进行新书签售。

原载于2016年5月15日《石河子大学报》305期第2版

新疆高校期刊服务"一带一路"建设研讨会在我校举行

5月20日,"新疆高校期刊服务'一带一路'建设"研讨会暨新疆高校学报学会三届二次常务理事会在行政楼5会议室举行。

全国高等学校文科学报研究会理事长、北京师范大学学报主编蒋重跃,新疆高校学报学会会长、新疆师范大学学报主编李建军,《人大复印报刊资料》副编审王金会,新疆高校学报学会秘书长、乌鲁木齐职业大学学报主编高旻,以及我校党委副书记、《石河子大学学报(哲学社会科学版)》主编夏文斌出席了开幕式。

来自新疆大学、新疆师范大学、新疆医科大学、新疆财经大学、喀什大学、新疆艺术学院、伊犁师范学院等新疆15所高校的19家学术期刊的领导与编辑代表40余人参加了会议。

夏文斌指出,学报是展示大学教学和科研成绩的重要平台,体现了学校的综合实力。近年来,《石河子大学学报(哲学社会科学版)》根据新疆兵团地域和传统的特色与优势,加强栏目建设,为区域建设与发展服务,学术质量与办刊特色得到提升。此次研讨,是为石大并校20周年献上的一份厚礼,希望大家加深合作交流,为"一带一路"提供更多高质量的文献和文章。

李建军致辞并做主题发言。他以新疆师范大学学报为例,认为专题策划上必须要有抢抓意识,要有对国家战略的敏感性。高旻认为,新疆高校学报要坚持互惠互利的原则,树立责任意识,包容共建,合作共赢。王金会指出,要分清学术热点、政治热点与社会热点,处理好学术与现实的关系。

蒋重跃做总结讲话,对新疆高校学报给予肯定。他说,新疆地区高校及学术期刊在服务"一带一路"建设方面负有重要的历史使命。他指出,办刊既要体现学术性,又要加强"一带一路"背景下特色栏目建设,拓宽视野,走特色研究之路,争做领域内的佼佼者,让学报工作更有价值。

原载于2016年5月31日《石河子大学报》306期第2版

文学艺术学院举办"文心艺苑"作品展献礼并校 20 周年

5月30日，文学艺术学院美术系2016届的毕业生们为母校并校20周年献上了一份特别的礼物——"文心艺苑"毕业作品展。119位同学历时半年的创作，230余幅作品展现在观众面前，包含国画、油画、版画、环艺等。展览分为两个展区，博学楼一楼大厅为艺术设计毕业展，三楼艺术展厅为美术学毕业展。

我校副校长马春晖参加开幕式，饶有兴致地观看了展出，并对本次展览给予高度评价。

兵团美术家协会副主席段保国教授致辞，祝愿同学们用画笔描绘更加广阔的未来。

国画专业王雪敏同学的创作是美术系的10位老师肖像画。她对记者说："四年的青春岁月，母校给我太多弥足珍贵的回忆，我把老师的形象画在纸上，也把他们记在心里。离别之际，我想把这份特别的礼物送给我的老师，我的石大。"

本次展览的策展人、我校美术家协会主席陈功军告诉记者，这是美术系近年来参展数量最多、种类最齐全、整体水平最高的一次毕业作品展，是美术系教学成果的集中展示，也是向大学并校20周年献礼。

原载于2016年5月31日《石河子大学报》306期第2版

我校夺得自治区大学生田径运动会 12 金　团体总分第一

　　2016 年自治区大学生、中学生田径运动会于 5 月 25 日 –5 月 29 日在我校举行，共有来自石河子大学、新疆大学、新疆农业大学、新疆师范大学、喀什大学和塔城地区、吐鲁番地区、巴州等地的中学共 26 个代表队 660 名运动员参加了此次比赛。

　　我校 49 名运动员参加了乙组 18 个项目的比赛。经过 3 天激烈的角逐，我校共取得了 12 枚金牌、22 枚银牌、9 枚铜牌和团体总分第 1 名的优异成绩，是有史以来获得奖牌总数最多的一次，也是历史性的突破。

原载于 2016 年 5 月 31 日《石河子大学报》306 期第 2 版

庆祝中国共产党成立 95 周年合唱比赛举行

6月24日，为庆祝中国共产党成立95周年，讴歌党的丰功伟绩，我校在会堂举行"永远跟党走"大型合唱比赛，共有23支参赛队参赛。

我校领导何慧星、向本春、郑旭荣、郑勇、陈旭东、刘吉华、孟卫民与近千名师生代表、参赛队伍一同观看比赛。

校党委书记何慧星致辞时，向辛勤工作在学校各个岗位上的共产党员表示崇高的敬意和亲切的问候。他回顾了从南湖红船到八一枪声，从井冈号角到长征壮歌，从抗日烽火到建国大业，从改革春风到小康蓝图，中国共产党从诞生之日起，所自觉肩负的实现中华民族伟大复兴的庄严使命。他表示，95年来，在党的正确领导下，我国教育事业取得了巨大的成就，高等教育更是得到了突飞猛进的发展。石河子大学的综合实力进一步增强，发展水平与速度迈上新的台阶。

何慧星说，石大人要用歌声表达对党的无比热爱，唱响时代主旋律，同全国各族人民一起庆祝我们伟大党的生日。新常态赋予新使命，新理念呼唤新作为。他表示，"十三五"规划已经启程，要扎实推进"两学一做"学习教育深入开展，在实现"中国梦"、谱写石大新篇章的实践征程中做出更大贡献，以实际行动向建党95周年和并校20周年献礼。

比赛上半场在动物科技学院参赛队一曲深情的校歌《母校，我永远的家园》拉开了序幕，机械电气工程学院演唱的《没有共产党就没有新中国》，唱出了党和人民群众的鱼水情；化学化工学院演唱的《中国共产党廉洁自律准则》《共筑中国梦》，得到了上半场比赛的最高分；体育学院参赛队队员一身绿色的着装，唱出了党员教师的青春激扬……比赛在下半场达到高峰，先是校机关党群代表队以《没有共产党就没有新中国》《保卫黄河》两首曲目刷新了上半场最高分，之后被校机关行政队的《没有共产党就没有新中国》《祖国颂》打破，但结果很快被医学院第一附属医院《没有共产党就没有新中国》《映山红》再次刷新。在现场如潮的掌声中，石大人用歌声缅怀历史、抒发情感、展望未来。在豪迈的歌声中，我们听到了中国共产党人95年来的一路风雨，一路高歌，一路坎坷，一路凯旋。在悠扬的曲调里，我们看见了95年来一幅波澜壮阔的画卷，一首撼古烁今的诗篇。

经过紧张激烈的比赛，特等奖由医学院第一附属医院代表队摘得，校机关行政代表队、党群代表队并列一等奖，化学化工学院、药学院、护士学院和继续教育学院联队、外国语学院、信息科技技术学院获得二等奖，三等奖由师范学院、体育学院、食品学院与马克思主义学院联队、机械电气工程学院、政法学院、实验场等代表队摘得。

原载于2016年6月30日《石河子大学报》308期第1版

第三届中国神话学与西王母文化研究年会暨新疆非物质文化遗产研究高层论坛在我校举行

6月18日至19日,第三届中国神话学与西王母文化研究年会暨新疆非物质文化遗产研究高层论坛在我校举办。

中国民俗学会副会长、青海省人民政府参事赵宗福教授,台湾师范大学中文系主任钟宗宪教授,台湾政治大学学务长高莉芬教授,以及来自北京大学、中国社会科学院、北京师范大学、中央民族大学等43所高校、科研单位的80多名学者参加。论坛由石河子大学、中国民俗学会、新疆天池管委会联合主办。

我校党委副书记夏文斌出席论坛开幕式并致辞。他说,神话是人类精神文化的童年,是不可企及的文化高峰,也是一个国家民族、历史、哲学的基础。神话的精神力量,融通现实,面向未来,对国家的发展有着重要的作用;作为一种神圣叙事,神话传承着民族精神和文化传统。研究新疆各民族神话必将促进不同民族文化之间的理解与互动,促进文明间的对话,促进新疆长治久安。

论坛共设置3个分论坛,分别围绕"西王母神话研究专题""中国神话研究专题""非物质文化遗产研究专题"展开了深入专业的研讨。分论坛:一是西王母神话专题,全面呈现了海峡两岸西王母神话研究的最新成果,我校新疆非物质文化遗产研究中心与天池管委会在西王母神话田野调查、保护与研究等方面保持了7年多的合作关系,2014年,西王母神话获批进入第四批国家级非物质文化遗产名录便是双方合作的典范;二是中国神话研究专题,研讨内容丰富,涉及神话主义、少数民族神话研究等方面的最新议题;三是非物质文化遗产研究专题，集中探讨了中国非物质文化遗产传承人群研修计划的理论与实践，石河子大学已经连续举办了三届新疆非物质文化遗产研究研讨会，成为新疆非物质文化遗产保护的中坚力量。

海峡两岸 80 多名学者还共赴阜康市参加西王母文化论坛。与会学者考察了哈萨克族民俗，参观了由石河子大学、天池管委会举办的"2016 年文化遗产日：中国非物质文化遗产传承人群研修计划·石河子大学首期哈萨克族毡绣布绣项目教学成果巡回展·天山天池站"的展览，并对天山天池西王母神话文化空间进行了实地考察。

原载于 2016 年 6 月 30 日《石河子大学报》308 期第 2 版

第二届"全球化语境中区域文化与文学国际研讨会"召开

6月25至26日,为了促进对全球化语境中的区域文化与文学的研究,由石河子大学主办,文学艺术学院承办,《石河子大学学报(哲学社会科学版)》编辑部协办的第二届"全球化语境中的区域文化与文学国际研讨会"在我校召开。

来自中共中央党校、中国社会科学院、北京大学、中国人民大学、四川大学、天津师范大学、重庆师范大学、贵州财经大学、新疆社会科学院、新疆大学、新疆师范大学、塔里木大学、石河子大学等近20所高校、科研院所的40余名学者参会。

我校文学艺术学院副院长郑亮说,在全球化时代,对区域文化与文学多样性展开研究,显现了研究视野的开阔与开放性,凸显了区域文化及文学的重要性和现实意义。石河子大学作为兵团人才培养和科学研究的高地,在文化传承与交流方面发挥着越来越重要的作用。

重庆市两江学者、重庆师范大学文学院周晓风教授在致辞中指出,新疆的地域文化与文学极具特色。深入研究新疆的区域文学,不仅可加深我们对这片土地上人民的理解,也可以为区域文化与文学研究提供极富建设意义的新鲜经验。

"一带一路"倡议的提出,为新疆区域文学研究提供了强大助力。中国社会科学院民族文学研究所刘大先副研究员指出,"一带一路"的倡议,提出了如何在共有历史和共通现实经验的基础上共享未来愿景的问题,如何既尊重文化多样性,又塑造一种新型的中国认同和中国人的共同目标。中国人民大学文学院杨庆祥副教授指出，新疆文学提供了丰富的观察视角和研究样本，其所能提供的阐释视野和言说空间已经超越了区域的范畴，意义深远。

新疆师范大学文学院刘长星，新疆社会科学院民族文化研究所晁正蓉副教授，国家一级编剧、石河子市文体局创作研究室主任肖帅，北京大学张凡博士、吴新锋博士，新疆大学人文学院和谈副教授，四川大学文学与新闻学院胡余龙，塔里木大学人文学院胡昌平博士，新疆大学人文学院王敏副教授分别做发言，并与我校师生展开了文学对话。

与会学者在会上也对西藏文学展开了讨论。中共中央党校文史教研部丛治辰博士、中国社会科学院文学研究所助理研究员徐刚博士做了发言。

此次研讨会的举办，对于促进疆内外中青年学者间的研究对话，推动兵团文化事业建设具有重要意义，对于进一步加强"一带一路"倡议背景下新疆现代文化建设，以及推动中国西部文学以及新疆文学的未来发展都将起到积极的作用。

原载于2016年6月30日《石河子大学报》308期第2版

甘守三尺讲台　争做"四有"老师
庆祝第三十二个教师节表彰大会举行

春播桃李三千圃，秋来硕果满绿洲。9月9日，我校在会堂召开主题为"甘守三尺讲台，争做'四有'老师"的庆祝第三十二个教师节表彰大会。校领导何慧星、陈创夫、郑旭荣、郑勇、马春晖、陈旭东、刘吉华、孟卫民，校长助理张文斌及校机关、各学院师生代表参加会议。

校党委书记何慧星代表学校向勤奋耕耘、辛劳工作的广大教师致以节日的祝贺，向为学校生存发展呕心沥血、恪尽职守的教职员工们表示最衷心的感谢，并对受到表彰奖励的教师表示热烈的祝贺。

何慧星指出，过去一年，我校教师认真贯彻落实国家教育方针、政策，积极投身到学校改革和发展的各项事业中，在各自平凡的工作岗位上，恪尽职守、辛勤工作，为学校的建设和发展，为高素质人才的培养，为新疆的社会稳定与长治久安做出了突出贡献，涌现出一批爱岗敬业、无私奉献的优秀教师和优秀教育工作者，塑造了石大教师群体的良好形象。国家繁荣、民族振兴、教育发展，需要造就一支师德高尚、业务精湛、结构合理、充满活力的高素质专业化教师队伍，需要涌现一大批好老师。同样，祖国边疆的长治久安、新疆社会的繁荣稳定、学校事业的快速发展，更离不开我们广大的教工作者。

何慧星强调：好老师要坚守理想，做潜心育人之师；好老师要修身守德，做品德高尚之师；好老师要甘于寂寞，做追求卓越之师；好老师要敬业爱生，做宽仁慈爱之师。在"十三五"新的发展机遇面前，全体教师传承我校的光荣传统，不断增强荣誉感、责任感、使命感，争做有理想信念、有道德情操、有扎实学识、有仁爱之心的好教师，为实现"石大梦"而努力奋斗。

大会还对2015—2016学年度获得兵团级以上荣誉称号先进集体和个人、石河子大学2016"我推荐，我评议身边好人"道德模范、2016年石河子大学师德标兵、优秀青年教师和优秀教育工作者、石河子大学2015-2016学年"优秀班主任""十佳班主任"和石河子大学2016年辅导员年度先进人物进行了表彰。

学生代表王安发言时，回忆了大学生活温暖的片段，为老师们献上了感人的节日祝福。获奖教师代表倪科社老师发表感言，表达了一线教师的心声和对学校、对全体教师的美好祝福。

表彰会后，与会领导与师生代表一起观看了我校道德模范的宣传片，感受石大道德模范的力量。

原载于2016年7月15日《石河子大学报》309期第1版

郭淑霞入选"全国优秀科技工作者"

日前,中国科协公示了第十四届中国青年科技奖入选者、优秀青年科技人才入选者、第七届"全国优秀科技工作者"入选者、"全国杰出科技人才"等四大科技人才项目,我校医学院教师郭淑霞入选第七届"全国优秀科技工作者"。

"全国优秀科技工作者"奖是中国科协面向广大科技工作者设立的奖项,主要奖励在一线从事科学研究、开发、推广、普及的科技工作者,激励广大科技工作者立足本职、敬业奉献、开拓创新、奋发有为,积极投身创新型国家建设,为实现"两个一百年"奋斗目标、实现中华民族伟大复兴的中国梦做出新的更大的贡献。该奖项每两年评选一次,获奖人数不超过500名。

郭淑霞对记者说:"入选第七届全国优秀科技工作者,不仅仅是对过去32年教学科研一线工作的总结,更是未来工作的开启。今后,我将继续带领团队在新疆慢性病防治、人群队列研究实践、高层次人才培养以及科研项目、高水平科研论文发表等方面继续前进,为学院改革与发展而努力奋斗。"

原载于2016年9月15日《石河子大学报》309期第1版

石河子大学校友展示平台开通

9月1日,石河子大学校友展示平台开通仪式在校史馆举行,校党委书记何慧星出席开通仪式并为校友展示平台揭幕。

何慧星说,校友展示平台的开通是一件非常有意义的事情,校友的风采既是学校历史发展的见证,更是对未来人才培养事业的启迪。他强调,校友是母校宝贵的资源,是创办高水平大学的重要依靠力量。各学院要认真收集、核对、完善自己学院的校友信息,充分发挥平台的作用,增进校友与母校的情感联系,充分发挥广大校友在学校人才培养、科学研究、服务社会和引领文化等方面的作用。

平台吸引了众多师生现场观摩、查询。一些校友通过操作触摸屏,查询到了当年大学时所在的班级及个人信息,图文并茂的展示让人欣喜不已。

今年是我校并校20周年,为回顾办学历史、展示办学成就,学校开发建设了校友展示平台。为此,自2015年12月起,在校友办和各学院的共同努力下,学校共收录我校自1949年至2015年石河子大学培养的本专科毕业生、成人教育、各种培训班共计2852个班级的14万9千条的校友信息,10万条校友个人档案学籍照片,565张班级合影,210个校友的班级活动照片,410位校友风采信息。同时收录了学校介绍、学院介绍、校友查询、校友风采、校友活动、校园风采,较为全面地展现了石河子大学的办学历程和石大学子的精神风貌。

原载于2016年9月15日《石河子大学报》309期第1版

"两学一做"学习教育推进会召开

10月10日,我校"两学一做"①学习教育推进会在行政楼第五会议室举行,校党委书记何慧星作重要讲话。各学院党委书记、校直(附)属单位党委(党总支)书记、机关党工委书记、各单位办公室主任以及学校"两学一做"学习教育协调小组成员参加会议,校党委常委、组织部部长刘吉华主持会议。

会议深入学习贯彻习近平总书记"七一"重要讲话和关于"两学一做"学习教育重要指示精神,按照中央、兵团党委近期一系列部署要求,认真总结交流工作,持续传导压力,研究解决存在问题,对我校下一阶段学习教育进行安排部署。何慧星指出,此次会议正值并校20周年校庆系列纪念活动圆满完成之际,是一次新的起点。活动对外扩大了影响力,对内增强了凝聚力,今后学校要用更多精力着力推进"两学一做"教育。

何慧星充分肯定了"两学一做"学习教育自今年4月启动以来取得的阶段性成效,主要特点是:高度重视,领导带头,以上率下抓落实;落实责任、传导压力,严督实导促保障;严格规范、完善制度,"三会一课"显常态;分类施策、丰富载体,学习教育全覆盖;以学促做、知行合一,学做并进见成效;立说立行、即知即改,把整改落实到位。

何慧星希望大家要清醒认识到,与中央和兵团党委的要求相比,我们的学习教育还存在一些值得注意的问题:学习教育进展还不够平衡,传导压力不到位,联系工作实际还不够紧,在学与做的结合上存在差距,对学习教育的分类指导抓得不够。

---

① 两学一做:学党章党规,学系列讲话,做合格党员。

针对今后的工作，何慧星提出五点要求：一是坚持思想引领，深入学习贯彻习近平总书记"七一"重要讲话精神，不断把"两学一做"学习教育引向深入。二是强化问题导向，把解决问题贯穿于学习教育的全过程，切实增强学习教育的针对性和实效性。三是夯实基层基础，充分发挥党支部的主体作用，进一步增强党组织和广大党员的创新活力。四是坚持服务大局，切实把学习教育成效转化为促进学校改革发展稳定各项工作的强大动力。五是强化组织领导，切实保障学习教育落到实处。

何慧星强调，"两学一做"学习教育不仅是新形势下加强党的思想政治建设的一项重大部署，更是一项打基础、利长远、管根本的重要工作。学校各级党组织都要认真梳理、协调推进，每一位党员都要苦练内功、齐心聚力，以高度自觉的责任担当和奋发有为的精神，不忘初心、砥砺前行，用扎实的"学"、务实的"做"，为推动学校各项事业健康发展做出更大贡献。

会上，师范学院党委、农学院党委、医学院第一附属医院党委、机关党工委分别做了经验交流。他们结合各自实际，交流了经验做法，有很好的启发作用，值得各单位学习借鉴。

原载于2016年10月15日《石河子大学报》311期第1版

兵团第九届文艺汇演在我校举行

10月25日,首届兵团艺术文化周系列活动——兵团第九届文艺汇演在我校会堂拉开帷幕。据了解,首届兵团文化艺术周包括兵团折子戏大赛、文艺汇演、美术书法摄影展、文化新地标展、电影电视剧展演等系列活动。10月25日至10月31日,第十师、第五师、石河子大学、第七师、第九师、第四师、第八师等分别在我校会堂献上精美的汇报演出。11月2日至4日还将举办话剧、豫剧展演活动。图为石河子大学专场"青春在这里飞扬"演出现场。

原载于2016年10月31日《石河子大学报》312期第1版

兵团宣讲团党的十八届六中全会精神报告会首讲在我校举行

11月14日,兵团宣讲团党的十八届六中全会精神报告会首讲在我校举行,兵团宣讲团成员、中央党校科研部副巡视员、兵团党委党校副校长洪向华(援疆)在我校会堂学术报告厅以《奋力开创全面从严治党新局面》为题,对党的十八届六中全会进行了解读。

校领导何慧星、向本春、夏文斌、郑旭荣、陈创夫、陈旭东、孟卫民,全校副处级以上领导、机关科级以上干部,各学院师生代表聆听了报告。报告会由校党委副书记夏文斌主持。

洪向华在报告中分析了十八届六中全会的主要特点:一是既合常理,又破常规;二是主题鲜明,重点突出;三是既重整体设计,又重微观操作;四是既重德法相依,又重宽严相济;五是既一脉相承,又与时俱进;六是成果丰硕,关系长远。他用鲜活的实例辩证解释了德法相依和宽严相济的作用,又将"一个不做""四个反对""七个不能""七个不得""十个不允许""十一个禁止""三十二个不准""四十二个必须"联系实践来论述。阐述了党的十八届六中全会取得的政治成果、思想成果和制度成果。他强调,党的十八届六中全会决定党的十九大在2017年下半年进行,是一件关系长远局势的大事。

洪向华的报告夹叙夹议,深入浅出,使与会师生进一步了解了十八届六中全会的精神实质,进一步把握了十八届六中全会的特点。回顾十八大以来的几次会议和变化,使师生们深刻地感受到十八届六中全会从严治党的严格、管用和变化之大。

师范学院党委书记蔡文伯表示,通过听取报告,对十八届六中全会从严治党的重要性有了更深刻的认识。作为学院领导,一定要发挥模范带头作用,做好表率,严以律己,积极投身教学、科研以及服务社会等各项工作。

学工部部长马智群表示,十八届六中全会开启了全面从严治党的新时代,作为学校基层教育工作者,"其身正,不令而从;其身不正,虽令不从",学生工作队伍需要进一步以六中全会精神为指导,不断加强队伍建设和作风建设,以高度的使命感和责任感为人才培养工作添砖加瓦。

生科16级母圆圆说,作为一名大学生入党积极分子,听取报告后更加坚定入党信念,一定会好好学习,打牢基础,从严要求自己。

报告会后,洪向华与我校师生代表进行了座谈,就师生提出的大学生入党、农村基层党建工作以及党章修订等问题进行了解答。

原载于2016年11月15日《石河子大学报》313期第1版

校党委中心组进行第十二次集体学习

11月22日,校党委中心组第十二次集体学习在第五会议室举行,校领导何慧星、向本春、夏文斌、郑旭荣、陈创夫、马春晖、陈旭东、王国彪以及中心组全体成员参加学习。

会上,校长向本春传达了自治区第九次党代会精神,党委副书记夏文斌领学了《关于新形势下党内政治生活的若干准则》,纪委书记陈旭东领学了《中国共产党党内监督条例》,并传达第八师石河子市第八次代表大会精神。

校党委书记何慧星讲话时传达了新疆维吾尔自治区党委副书记、新疆生产建设兵团党委书记、政委孙金龙调研学校时的讲话精神。

何慧星指出,孙金龙调研时对石河子大学建校60多年来,尤其是并校20年来的重大贡献给予了充分肯定。孙金龙政委表示,石河子大学兵团特色鲜明,发展势头强劲,是一所有着光荣传统和浓厚底蕴的高校,已经成为兵团的一张重要名片。同时,他对石河子大学人才培养、科学研究和服务社会等方面提出新要求,指出石河子大学应在文化认同上发挥独特作用。

何慧星要求,各单位要将十八届六中全会精神、自治区第九次党代会精神和孙金龙政委调研学校时的讲话精神结合起来认真研究领会,传达到每一位师生员工,抓紧贯彻落实。

原载于2016年11月30日《石河子大学报》314期第1版

新疆第八届研究生学术论坛在我校举行

　　一场瑞雪迎来了新疆第八届研究生学术论坛。11月18日，由新疆维吾尔自治区学位委员会、新疆维吾尔自治区教育厅共同主办，石河子大学承办的"创新驱动发展战略"，服务"一带一路核心区建设"主题论坛在我校双语培训中心举行。

　　自治区教育厅副厅长张国辉、我校校长向本春、校党委副书记夏文斌，及新疆大学、新疆农业大学、新疆医科大学、新疆师范大学、新疆财经大学、塔里木大学、中国科学院新疆分院、昌吉学院、伊犁师范学院、喀什大学及新疆艺术学院等兄弟院校的相关部门领导及师生代表参加了论坛。

　　向本春对各位师生的到来表示热烈欢迎。他希望，石河子大学的研究生珍惜机会，向全疆各高校同伴虚心学习，也希望参会的各高校研究生畅所欲言、各抒己见，加强交流、广交朋友，共同分享自己的经验与收获。

　　张国辉在讲话中指出，新疆研究生学术论坛是自治区研究生教育创新计划的重要组成部分，是研究生开展学术交流、培养创新意识和创新能力的重要途径和平台。他希望，本次论坛能够更加活跃新疆研究生的学术科研气氛，激发新疆师生的科研热情，更好地服务于新疆的发展与研究生的教育培养。

　　主题报告环节，夏文斌以《丝绸之路经济带与向西开放》为题做首讲报告。他从为什么向西开放谈起，结合具体事例，深入浅出地解读了向西开放的机遇与意义，向西开放的目标与任务，以及向西开放的原则、举措和路径，并不时与师生互动。医学院院长彭心宇结合自身临床实践，以《从肝囊型包虫病的创新研究看临床医学的发展问题》为题做了报告。

在分论坛中，理学、工学、医学、农学以及人文社科类 5 个领域的 60 名同学，针对各自的研究，做了精彩的主题交流，展示了广大研究生的科研创新能力以及最新研究成果。

我校副校长陈创夫在闭幕式上做总结讲话，指出论坛的闭幕不是一个终点，而是一个新起点。

论坛评选出 2 个优秀组织奖和 5 个分论坛优秀组织奖，以及研究生优秀论文一等奖、二等奖、三等奖共 248 篇。导师代表、我校李光明教授，获奖学生代表、新疆大学的博士李莎莎分别做了发言。

我校文学教育 15 级研究生毕瑞告诉记者，通过参加论坛，开阔了眼界，拓宽了知识面，增进了创新意识，对同学们来说是一次非常好的成长、进步机会。

据悉，自 2016 年 11 月 1 日启动以来，论坛共收到有效论文投稿 821 篇，经由相关专家初审、复审、最终选录 248 篇优秀论文编撰成集。本次论坛秉承了往届论坛的优秀传统，开设了新疆高校学位与研究生教育研讨会的创新板块，在新疆高校中形成了浓厚的学术氛围。

原载于 2016 年 11 月 30 日《石河子大学报》314 期第 2 版

何慧星一行调研八师工业企业

12月16日,我校党委书记何慧星、副校长王国彪在八师党委常委、副师长侯国俊和八师党委常委、副政委闫卫华的陪同下对八师工业企业产学研合作情况进行调研,并与企业负责人进行座谈。

何慧星带领调研组一行先后对鑫磊光电、西部宏远、天山铝业、大全新能源、新疆如意、西部牧业、天业集团共7所企业进行了实地考察,他们深入一线车间,与企业主管、技术骨干等进行交谈,对企业的基本情况、发展理念、最新成果以及需求作了详细了解。

座谈会上,双方总结了近年来校企合作所取得的丰硕成果,并根据企业发展所需的人才智力支持、科学研究、节能环保产业发展、产品深加工等领域的合作进行了探讨,并达成了合作意向。

何慧星阐述了新型工业化的特点,希望企业的发展能够顺应新型工业化的发展趋势,能够实现科技含量高、经济效益好、环境污染少等目标。他表示,对八师新型工业化充满信心,面对新形势和新要求,未来的合作要更积极和更深入地拓宽合作领域。他希望,通过双方共同努力,开创石河子大学与八师合作的新局面,做到相知、相助、相融、相辉。

侯国俊对长期以来石河子大学对八师工业企业发展的支持表示感谢和肯定。他建议,今后建立合作的长效机制并落到实处,有计划、有目标地实施,促进产业转型、升级,以及新产业培育。他希望,合作的范围能够更广泛、更深入,共创合作的新局面和新辉煌。

我校党办校办、国内合作交流办公室、科技产业处、计算机网络中心、化学化工学院、机械电气工程学院相关负责人参加调研。

原载于2016年12月31日《石河子大学报》316期第1版

2016年援疆挂职干部座谈会召开

12月26日，我校召开2016年援疆挂职干部座谈会，校领导何慧星、夏文斌、王国彪和各学院援疆挂职干部，以及相关部门领导参加座谈会。

农学院副院长朱龙付、食品学院副院长陶谦，以及理学院、信息科学与技术学院、水利建筑工程学院、政法学院、医学院第一附属医院等援疆挂职干部分别做发言。他们总结了一年来的成绩和基本工作情况，感谢学校和学院领导的关心，并结合亲身经历，就我校在人才培养、学科建设、科学研究中发现的问题提出了宝贵意见，言语之中饱含对学校的感情。

作为援疆挂职干部，副校长王国彪对一年来主管的科研等工作做了总结。他说，在并校20周年的系列学术活动中，共邀请十余位两院院士来校做报告，这是一个非常好的交流窗口和平台。他希望，科研项目要做实，项目的申报要可持续发展，做出真正的成绩和口碑。他希望，各位援疆挂职干部要站好最后一班岗。

校党委副书记夏文斌发言时表达了浓浓的谢意：一是作为援疆挂职干部的组长，感谢学校党委以及机关和学院部门领导对援疆工作的支持，搭建良好的平台；二是作为学校领导，对一批批的援疆挂职干部的无私奉献和各位结合实际为学校发展所提出的宝贵意见表示感谢。

校党委书记何慧星在总结讲话中表示，援疆挂职干部是石大的宝贵资源和财富，大家尽职尽责、尽心尽力，为大学、兵团和新疆做出了重大的贡献。何慧星代表大学党委向大家表示衷心的感谢。他希望，今后继续加强桥梁作用，长期坚持，建立常态化机制，使对口支援高校进一步交往、交流和交融。他要求，相关职能部门领导要高度重视援疆挂职干部所提出的建议，并落到实处。

原载于2016年12月31日《石河子大学报》316期第1版

兵团高校思想政治工作调研组来校调研

3月8日，兵团高校思想政治工作调研组一行在兵团党委宣传部副部长许先锋的带领下来校调研，听取我校思想政治工作汇报，并与师生代表座谈。

许先锋介绍了此次兵团高校思想政治工作调研的目的、重要性和主要内容。他强调，加强和改进高校大学生思想政治工作，是一项重大的政治任务和战略部署，此次调研主要是结合兵团实际和当前新疆意识形态领域斗争的特殊性，对大学生、教师，特别是青年教师思想政治工作中共性的问题进行了解。

校党委副书记夏文斌针对此次调研提纲的6个方面、27个环节，就石河子大学近年来思想政治工作的具体做法、存在问题及意见建议向调研组做了汇报。

与会领导和师生代表结合工作实际和学习情况，对石河子大学思想政治工作开展的情况、面临的问题和挑战以及对策措施发表看法，并从教师和学生、教育和教学层面，围绕如何强化思想理论教育和价值引领、如何发挥好哲学社会科学的育人功能、如何加强对课堂教学和思想文化阵地的建设与管理、如何加强教师队伍建设、如何推动高校思想政治工作创新等进行了讨论，并分析了工作中的困难和矛盾，提出了切实可行的解决办法、举措和建议。

据悉，调研组由兵团党委宣传部、组织部、教育局、统战部、编办联合组成。本次调研是为深入贯彻落实全国高校思想政治工作会议精神，系统总结近年来兵团高校思想政治工作成效，分析当前高校思想政治工作存在的问题，为召开兵团高校思想政治工作会议做准备。

原载于2017年3月15日《石河子大学报》317期第1版

石河子大学五届三次"双代会"召开

春日的石大校园,生机勃勃。4月8日,石河子大学第五届教职工代表大会第三次会议暨第五届工会会员代表大会第三次会议举行。校领导何慧星、代斌、郑旭荣、陈创夫、孟卫民、王国彪及全体代表参加。校党委副书记郑旭荣主持会议。

会上,校长代斌做了题为《贯彻兵团第七次党代会精神,加快建设西北一流大学步伐,努力开创学校各项事业新局面》的工作报告。

报告指出,2016年是"十三五"规划的开局之年,也是石河子大学合并成立20周年的纪念之年。一年来,学校认真贯彻落实党的十八大和十八届三中、四中、五中、六中全会精神、全国高校思想政治工作会议精神,自治区第九次党代会精神、学校第三次党代会精神,紧密围绕新疆社会稳定和长治久安总目标,努力开拓奋进、真抓实干,人才培养、科学研究、社会服务、文化传承与创新、民生保障、党的建设等各项工作都取得了明显成绩,实现了"十三五"良好开局。

报告对2016年工作做了回顾。2016年,我校思想政治工作针对性不断提高,人才培养质量稳步提升,科技创新发展势头良好,社会服务能力持续增强,文化引领能力不断提升,师资队伍建设扎实推进,国内外交流与合作不断深化,学科与专业建设再上台阶,战略发展规划有序推进,基础建设和民生建设持续加强,内部管理改革稳步推进,从严治党持续深入。

报告指出,并校20年来,特别是2010年以来学校风气明显改善、教职工收入明显提高、校园环境明显改善、办学声誉明显提升,各项事业快速发展,石河子大学已经站在新的历史起点上。我们应该清醒地认识到,新形势、新机遇对石河子大学工作提出了新要求、新挑战。

报告明确了 2017 年学校工作的指导思想以及基本思路，提出了 2017 年十二项重点工作：一是发挥兵团高校特殊作用，确保学校安全稳定和谐；二是坚持立德树人，提升人才培养质量；三是制定学校综合改革方案，完善内部治理结构；四是立足核心竞争，推进学科优化和一流学科建设；五是深化教育教学改革，提高教育教学水平；六是着眼创新驱动，加快构建"大科研"协同创新体系；七是提高社会服务水平，扩大社会影响力；八是传承中华文化，加强先进文化引领；九是坚持"引育并举"，打造高素质师资队伍；十是着眼开放办学，拓展国内外交流与合作；十一是围绕学校大局，做好支撑服务保障工作；十二是全面加强党的建设，确保学校又好又快发展。

代斌表示，2017 年是我校深入推进"十三五"规划的重要之年，也是制定学校综合改革方案关键之年，恰逢党的十九大召开，是具有历史意义的一年。新的起点，新的使命，只有奋斗才能赢得未来。让我们团结一致、凝神聚力、抢抓机遇、锐意进取，努力完成 2017 年各项工作任务，为建成西北一流大学，为实现新疆社会稳定与长治久安总目标而努力奋斗。

校党委副书记郑旭荣以《强化预算管理，完善内部控制，为学校稳定发展改革提供强有力财务保障》为题做了 2016 年石河子大学财务工作报告，回顾 2016 年财务工作，并对 2017 年财务重点工作及预算作安排。工会副主席郝攀做了《石河子大学五届三次工代会工作报告》。

七个代表团成员对校长工作报告和财务工作报告进行了热烈讨论和认真审议。大会表决通过了《关于审议通过石河子大学 2016 年校长工作报告的决议（草案）》和《关于审议通过石河子大学 2016 年财务工作报告的决议（草案）》，通报了《石河子大学五届二次教代会提案落实及五届三次教代会提案征集情况》。

代表们认为，校长工作报告全面客观、实事求是、突出改革、催人奋进。希望学校围绕新疆工作总目标和中央关于兵团深化改革部署要求，履行兵团高校职责使命，发挥兵团高校特殊作用，紧盯学校发展战略和"十三五"目标任务，凝聚全校师生员工的智慧和力量，坚持科学发展、转型发展、差异发展，努力完成2017年工作任务，以优异成绩迎接党的十九大胜利召开。

校党委书记何慧星总结讲话时指出，这次会议充分发扬民主，组织严谨、会风清正、程序严密，是一次团结奋进、求真务实的大会，是一次鼓舞斗志、催人奋进的大会。会议期间，各位代表认真履行代表职责，依法行使民主权利，体现了心系发展、关注改革、关爱民生的责任情怀，展示了奋发向上、团结进取的精神面貌。

围绕会议精神落实，何慧星提出三点意见：一是深化认识，突出重点，切实做好2017年各项工作。要立足一个"新起点"，牢固树立"一个总目标"，把握"一条主线"，聚焦"五个问题"，抓住"六大机遇"，做好"重点工作"，切实抓住"两个关键"。"重点工作"包括：要坚决确保安全稳定，要始终坚持立德树人，要全面谋划综合改革，要全面推进学科建设，要全面提升人才培养质量，要着力提升科研水平，要全面做好社会服务，要大力加强文化建设，要切实加强人才建设，要继续拓展国内外交流合作，要扎实做好校园建设，要全面加强党的建设。二是持之以恒转作风，坚定不移抓落实。要以明确分工抓落实；以严格督查抓落实；以过硬的作风抓落实。三是切实发挥"双代会"作用，认真履职尽责。

何慧星要求，各位代表要以高度的使命感和责任感，把这次会议精神传达到所在单位。广大教职员工对这次会议的关注度和期盼值很高，我们要有掌握、有体现、有传达、有回应。各基层党组织书记要组织学习讨论，把师生员工的思想和行动统一到学校改革发展的大局中来，激发和调动广大师生学习的积极性和热情。各位代表要坚持会期认真履职，会后继续履职。

何慧星希望，全校上下凝心聚力、同心同德、攻坚克难、奋发有为，为把石河子大学建成西北一流大学，为实现新疆社会稳定与长治久安总目标而努力奋斗，以优异成绩迎接党的十九大胜利召开。

原载于2017年4月15日《石河子大学报》319期第1版

校党委中心组进行第四次集体学习

4月18日，校党委中心组2017年第四次集体学习在行政楼第五会议室举行，校领导何慧星、夏文斌、郑旭荣、陈创夫、孟卫民、王国彪及其他中心组成员参加学习，校党委书记何慧星主持学习。

会上，何慧星传达学习了自治区党委书记、兵团党委第一书记、第一政委陈全国同志在兵团第七次党代会上的讲话精神，传达学习了兵团党委书记、政委孙金龙同志代表中国共产党新疆生产建设兵团第六届委员会所做的题为《坚决落实党中央对兵团的定位要求，履行兵团职责使命发挥兵团特殊作用，为维护新疆社会稳定和实现长治久安而奋斗》的报告和中国共产党新疆生产建设兵团第六届纪律检查委员会工作报告。

校党委副书记夏文斌领学了《新疆维吾尔自治区去极端化条例》，并传达了自治区高校思想政治工作会议精神。

何慧星做总结讲话时指出，石河子大学经过并校以来20年的奋斗，成为了新疆一流高校。站在新的起点，下一个20年，我们的目标是西北一流大学。面对新的奋斗目标，石大人人人有责：一是要认真学习好兵团第七次党代会精神，坚持把党代会精神内化于心、外化于行，把学习党代会精神与学习贯彻习近平总书记系列重要讲话和治国理政新理念、新思想、新战略结合起来；二是要大力宣传好党代会精神，充分发挥媒体舆论引导作用，采取多种生动活泼的形式，开展有声势、有深度的宣传解读，推动会议精神深入基层、深入人心、引领工作；三是要贯彻落实好党代会精神，用党代会精神统领和指导今后一个时期的工作，坚决把兵团党委的决策部署落到实处。他强调，要努力把石河子大学打造成民族团结模范校、兵团人才高地、兵团文化高地，为实现新疆社会稳定和长治久安总目标做贡献，以优异成绩迎接党的十九大胜利召开。

原载于2017年4月30日《石河子大学报》320期第1版

何明作客未名山文化大讲堂

4月26日，教育部社科重点研究基地云南大学西南边疆少数民族研究中心主任、云南大学特聘教授和博导、我校绿洲学者何明作客未名山文化大讲堂，以《创新民族团结和民族关系研究理念的方法和构想》为题，在政法学院报告厅为我校百余名师生做了一场精彩的报告。

何明从民族问题的提出、民族关系有效研究的前提、理论观念的转变、学术视角的拓展、研究方法的创新这五大方面入手，对当代各民族关系做了分析与解读。他从美国的"文化熔炉"现象谈起，论述文化的多样性，以"多元主义""族群边界""文明冲突"等民族理论与美国、欧洲等面临的民族问题做了细致的剖析。他的讲座理论联系实际，让与会师生体会到理论对于现实的预警和指导作用。

在谈到中国民族关系研究时，何明将民族社会学、人类学、心理学等多方面做了比较。他对民族关系的研究提出了一个思路，即事实的呈现、成因的解释、调适的设计。他强调，只有把事实呈现出来，才能想办法解决，一味地回避民族问题，问题永远不会得到解决。理论观念的转变也是现在民族关系面临的一个瓶颈，他以自己的调研经历讲述了这一道理。

针对学术视角方面拓展，何明从政治经济体系的宏观视角、关系主体的内在视角、信息传播的媒体视角全方位地分析了民族问题的发展，并提倡进行研究方法的创新，深化民族志方法、问卷调查精准化。

政法学院少数民族经济专业研究生李海东表示，讲座内容结合国际时事，拓宽了学术视野，并对深层次的民族关系问题进行剖析，对扩宽今后的研究视野有很大的帮助。

原载于2017年4月30日《石河子大学报》320期第2版

兵团党委宣讲团在我校宣讲兵团第七次党代会精神

5月3日，学习贯彻兵团第七次党代会精神兵团党委宣讲团报告会在我校会堂举行，兵团党委宣讲团成员、我校党委书记何慧星做报告。校领导代斌、夏文斌、郑旭荣、陈创夫、孟卫民和优秀青年教师、优秀教育工作者、师德标兵代表及近千名师生代表参加报告会。报告由校党委副书记夏文斌主持。

报告会上，何慧星全面、准确、深入阐释了兵团第七次党代会精神、党代会的重要意义和重大主题，以及兵团在以习近平同志为核心的党中央治疆方略指引下取得的重大成就、新时期兵团工作的指导思想和奋斗目标、发挥兵团特殊作用的部署要求等内容。报告内容丰富、图文并茂、深入浅出、联系实际，积极回应了广大师生员工的关切。

何慧星强调，兵团已经行进在新长征路上，我们要更加紧密地团结在以习近平同志为核心的党中央周围，在自治区党委统一领导下，切实将各级党组织和广大干部群众的思想、行动统一到兵团党委的决策部署上来，切实把大会精神转化为学校上下"坚决落实党中央对兵团定位要求，履行兵团职责使命，发挥兵团特殊作用"的坚强意志和具体行动，以更加坚定的信心、更加昂扬的斗志、更加务实的作风，决胜全面建成小康社会，切实履行兵团职责使命，充分发挥兵团特殊作用，撸起袖子加油干，为实现新疆工作总目标做出新的更大贡献，以优异成绩迎接党的十九大胜利召开。

何慧星希望，各级各部门要以此次报告会为契机，把本次党代会精神传达学习好、宣传好、贯彻落实好，进一步统一思想、提高认识，推动党代会精神入脑入心，真正做到深入学习、全面领会、准确把握、凝心聚力。

何慧星的报告有很强的针对性、生动性和实效性，在师生中引起热烈反响。大家纷纷表示，要深入学习党代会精神，切实把思想和行动统一到党代会精神上来，结合从严治党，全面贯彻到学校的各项工作中。要以更加坚定的决心、昂扬的斗志、务实的作风，积极发挥好高校的智力优势，更好地投身到发挥兵团特殊作用的伟大实践中。

报告会结束后，师生们来到讲台一侧，围着何慧星谈感受、提问题。针对石河子大学如何推动兵团文化发展繁荣方面的作用，何慧星认为：一是必须坚持社会主义办学方向。二是传承兵团精神、老兵精神。三是打造丰富多彩的校园文化阵地。四是增强文化传播力，送知识、送优秀文化下乡，辐射周边。五是加强文化体系和文化平台建设。六是深入开展兵团文化研究，多出优秀文化产品。

随后，何慧星与师生代表举行了座谈会，就如何贯彻落实党代会精神展开深入交流。党代会代表、医学院陈雪玲表示，作为一名教师代表参加兵团第七次党代会，倍感幸福，也感慨万千。她说，自己是兵团第二代，陈全国书记对兵团工作的肯定，不仅针对兵团现在，也包含对老一辈兵团人的认可。作为一名高校教师，今后要在工作岗位上努力工作，共同为石河子大学实现中亚一流的办学目标而努力。

教师代表、机械电气工程学院魏敏表示，听了何慧星书记的宣讲报告后，感到身上的责任重大，党代会的召开为今后兵团工作、学校工作指明了方向。今后应该充分发挥党员教师的模范带头作用，为人师表，进一步强化立德树人、教书育人的看家本领，关心爱护学生，为兵团和新疆社会发展培养优秀合格人才。

教育工作者代表、学工部马智群表示，何慧星书记的报告让人倍感振奋，自己是做学生工作的，自2002年起学校近60%的内地生源毕业生自愿留在新疆和兵团工作，将在兵团党代会精神的指引下，进一步加强教育引导，为新疆、兵团尤其是南疆培养更多下得去、留得住、干得好的优秀大学生。

教师代表、生命科学学院马淼表示，肩上的使命任重道远，要根据兵团第七次党代会的精神分析我们学校的优势，寻求切入点，为兵团的繁荣发展和新疆社会稳定做出贡献。同时，在兵团人口壮大的过程中，也要发挥高校的人才和专业优势，在南疆生态建设、生态城市建设方面有所作为。

教师代表、师范学院郭力华表示，结合当前新疆和兵团在南疆发展所面临的问题，正在思考如何利用我们的心理学等专业优势，做好思想政治教育和引导工作，这样可能效果会更加突出，会更加走心。

原载于2017年5月15日《石河子大学报》321期第1版

我校与中科院新疆生态与地理研究所签署战略合作框架协议

5月10日,中科院新疆生态与地理研究所所长雷加强一行来访我校,与我校校长代斌、副校长陈创夫等座谈,并签署战略合作框架协议。

代斌致欢迎辞时介绍了石河子大学的基本情况。他指出,双方都地处新疆,中科院新疆生态与地理研究所的主要任务是科学研究,石河子大学的主要任务是人才培养,更好地为国家服务是双方的共同目标。代斌希望,双方的新一轮合作应该站在一个新的起点,围绕科教协同、人才培养等领域开展更为广泛的合作。

雷加强介绍了中科院新疆生态与地理研究所的基本情况和重点工作。他表示,中科院新疆生态与地理研究所在中亚四国设立有分中心,从事生态农业等领域的研究。雷加强希望,未来双方可以拓展合作的领域,包括盐碱地治理、中亚生态环境研究、高层次人才培养等方面,服务丝绸之路经济带。

双方就下一步的合作事宜进行了磋商,并签署了《石河子大学与中国科学院新疆生态与地理研究所战略合作框架协议》和《石河子大学和中国科学院新疆生态与地理研究所联合开办"生物科学中科院菁英班"协议书》。

根据协议,双方将本着互惠互利、优势互补、资源共享、深化合作、共同发展的原则,在人才培养、科研合作、平台共建、资源共享、学术交流等方面广泛开展合作,并合作开办"生物科学中科院菁英班",联合培养人才。

原载于2017年5月15日《石河子大学报》321期第1版

院级党组织换届干部调整工作启动

5月11日，我校召开副处级以上干部大会，对院级党组织换届干部调整工作做动员，校领导何慧星、代斌、夏文斌、郑旭荣、陈创夫、孟卫民、王国彪参加会议。会议由校长代斌主持。

会上，校党委副书记郑旭荣宣读了《院级党组织换届工作人事安排政策》，校党委副书记夏文斌宣读了中央关于加强换届风气监督的通知。

校党委书记何慧星做动员讲话。他指出，自2011年干部三年任期调整、2012年院级党组织换届至今，学校的办学特色更加突出，综合实力明显增强，教育教学质量不断提高，学校声誉和社会影响力得到进一步提升。关于换届工作人事安排原则及政策，何慧星强调：一是坚持正确用人导向。二是选优配强班子正职。三是加强干部轮岗交流。四是合理设置班子职数。五是优化领导班子结构。六是重视干部职业发展和激励保障。七是进一步推进附属单位体制机制改革。

何慧星对于开展好院级党组织换届工作，提出了几点意见和要求：一是严格换届工作纪律，确保换届工作质量。二是加强换届风气监督，营造风清气正环境。三是积极展现良好心态，个人利益服从大局。四是正确处理好管理服务与专业学术的关系。

何慧星指出，这次换届工作是对各院级党委的考验，也是对领导干部的考验，希望各单位能经得起考验，要用高度的政治责任感、严格的组织程序、严肃的组织纪律来把这次换届工作做好。

原载于2017年5月15日《石河子大学报》321期第1版

兵团党委巡视组巡视石河子大学意见反馈大会召开

5月8日，兵团党委第十巡视组巡视石河子大学意见反馈大会在石河子大学会堂召开。兵团党委巡视工作领导小组办公室主任颜建新、兵团党委第十巡视组组长王春全、兵团党委第十巡视组副组长孙江霖和校领导何慧星、代斌、郑旭荣、陈创夫、孟卫民、王国彪，以及全校副处级以上干部参加会议。会议由校党委书记何慧星主持。

会上，王春全传达了自治区党委副书记、兵团党委书记、政委孙金龙，兵团纪委书记邵峰就本次巡视的相关讲话精神：一是领会中央精神，抓好政治巡视；二是正视存在问题，切实引起警醒；三是用好巡视成果，严肃督促整改。王春全指出，此次突出了政治巡视，坚持问题导向，边巡边改的工作原则，如期实现了兵团巡视全覆盖的目标。王春全表示，石河子大学党委对于存在的问题抱有警醒态度，在积极整改方面比其他单位好。

孙江霖代表巡视组反馈巡视意见。意见指出了石河子大学党委存在的问题：一是党的领导弱化的问题，二是党的建设缺失的问题，三是全面从严治党不力的问题。孙江霖代表巡视组就以上问题提出了意见：一是切实强化"四个意识"，进一步加强党的领导；二是深刻领会习近平总书记就高校党建工作做出的重要指示，加强对学校党的建设工作的领导和指导；三是坚持从严治党，强化"两个责任"落实；四是聚焦主业，加强监督责任落实。

何慧星代表石河子大学党委就如何贯彻落实孙金龙政委、邵峰书记的重要讲话精神，认真扎实抓好整改工作做表态发言：一是在思想上高度重视巡视组反馈的情况；二是在行动上积极落实各项整改任务；三是在效果上促进学校事业健康快速发展。何慧星表示，石河子大学党委领导班子有信心、有决心，在兵团党委的正确领导下，在巡视组的指导和帮助下，扎扎实实抓好整改落实。

最后，颜建新对石河子大学党委领导班子在巡视组工作上的支持、生活中的关心，以及对反馈工作的重视表示感谢，对石河子大学党委如何做好巡视组反馈意见的整改落实，提出了四点要求：一是在思想上要高度重视巡视中发现的问题；二是在行动上要严肃认真落实整改反馈的问题；三是推动学校党的建设、党员队伍建设，以党风建设带校风建设、教风建设、学风建设，创造良好的育人环境；四是要对每一个反馈问题逐条思考，抓好落实，做到真正的整改落实。

本次反馈大会的召开，是石河子大学认真总结、学习思考、改进工作的重要契机。会议对石河子大学加强和改进今后一个时期的工作具有十分重要的现实意义。

原载于2017年5月15日《石河子大学报》321期第1版

张文杰荣获"枫叶杯"全国征文大赛一等奖

5月13日,由国家外国专家局主办的"枫叶杯·第六届'我与外教'全国征文大赛"颁奖典礼暨以"国际师资队伍建设与国际化人才培养"为主题的全国第五届国际化人才之路论坛在北京大学举行。

我校兵团特聘专家、医学院教授、美籍华人张文杰的作品《我的兵团梦》荣获征文大赛一等奖。兵团外国专家局被评为"优秀组织单位"。论坛上,2016年诺贝尔化学奖得主斯托达特做了精彩演讲。

张文杰教授表示,很荣幸能与兵团结缘,并有机会讲述兵团的故事。因为深受兵团精神的感染,他希望自己也能做个"拉犁人",在兵团这片土地上默默耕耘。

据悉,本次大赛包含征文大赛、摄影展大赛,以及"外教中国"年度人物评选3个环节。征文大赛共收到全国31个省自治区直辖市的有效投稿5800篇,大赛活动组委会组织专家对来稿进行了严格、细致的评选,最终评选出征文类一等奖5名,二等奖10名,三等奖61名。

原载于2017年5月15日《石河子大学报》321期第2版

图片新闻（芭蕾舞进校园）

5月21日晚，由教育部、文化部、财政部主办，兵团教育局、石河子大学承办的2017年高雅艺术进校园——中央芭蕾舞团演出在我校中区体育馆举行。演员们用精湛娴熟的舞技为观众们奉献一场精彩的艺术盛宴，经典的《天鹅湖》、奔放的《男子四人舞》、勇猛的《撞击》、诙谐的《济公》、灵动的《军民鱼水情》……无不展示着演员们的深厚功底，散发出高雅艺术的独特魅力，现场观众掌声阵阵。据悉，此次高雅艺术进校园活动是中央芭蕾舞团首次走进新疆生产建设兵团和石河子大学。

原载于2017年5月31日《石河子大学报》322期第1版

石大民族民俗风情展又来了

精美的维吾尔族花帽,清甜可口的回族盖碗茶,曲调欢快的冬不拉……看,石河子大学的民族民俗风情展又来了!

5月24日下午,由我校团委主办的"三进两联一交友、民族团结一家亲"石河子大学第二届民族民俗风情展在中区世纪广场举行。活动在红红火火、喜气热闹的锣鼓表演中拉开序幕。此次展览的主体由主舞台区、展演展示区两部分构成。在主舞台区,展演呈现了汉族、哈萨克族、维吾尔族等6个民族的传统的节日风俗习惯。

在展演展示区,汉族、哈萨克族、维吾尔族、蒙古族、回族等8个展区融歌舞、器乐、书法、棋类、生活工艺品、食品于一体。师生可以和着音乐的律动跳萨玛舞,喝一口美味的马奶子,看看锡伯族头饰,亲手包一个粽子……此次活动真正做到了校内校外总动员,来自孟布拉克村的哈孜·哈吾坎大叔一家一大早就从沙湾山上出发,将自己的家———"毡房"搬到了校园,并特意为师生们准备了哈萨克的地道美食。蒙古族学生娜仁库的爸爸、妈妈及舅舅从塔城开车5小时来到学校,专门送来搭建蒙古包所需的材料。

中药16级的费纪玮表示,没想到能够近距离地感受民族特色,还可以走进哈萨克毡房,品尝传统美食。

校学生会副主席、生命科学学院14级王睿告诉记者,这次的民族民俗风情展无论是从规模还是形式上,都比第一次更加多元,有不同的民族美食可品尝,还有不同的民族乐器演奏等。

校团委书记孙桂香说:"在这个以和谐与包容为主旋律的日子里,各族师生共同歌唱、一起舞蹈，展现多彩的民族文化，将友谊之花洒满石大校园，这是对民族团结最好的诠释。"

此外，本次民族民俗风情展还组织了"手拉手民族团结一家亲"拔河比赛等一系列活动。

原载于2017年5月31日《石河子大学报》322期第2版

兵团"互联网+"大学生创新创业大赛落幕 我校囊括6项金奖

6月25日,经过两天的激烈角逐,以"搏击'互联网+'新时代 壮大创新创业生力军"为主题的"农行杯"第三届兵团"互联网+"大学生创新创业大赛角逐出各类奖项,落下帷幕。

兵团党委副书记、副政委孔星隆,兵团教育局党组成员、局长黎兴平,兵团教育局党组成员、副局长明炬,石河子大学党委书记何慧星,石河子大学校长代斌,塔里木大学副校长张爱萍,以及兵团各高校的领导观摩决赛,与参赛选手亲切交谈,并为获奖选手颁奖。

孔星隆讲话时代表兵团党委对所有获奖选手和团队表示热烈的祝贺。他强调,兵团党委、兵团高度重视创新创业工作,先后出台了一系列文件,加快发展众创、众扶、众筹等新型创新创业支撑平台,充分激发各类市场主体的创新创业新活力,促进各类要素资源聚集、开放、共享,提高资源的配置效率,支持和扶持大学生创新创业,加快形成兵团大众创新、万众创业的生动局面,为经济社会发展提供了强大动力。当今兵团迫切需要想创业、能创业、肯创业的年青人,青年大学生大有可为。

孔星隆对大学生创新创业工作提出了几点希望和意见：一是兵团大学生要志存高远，勇于创新创业；二是要发挥高校人才培养的主体职能，加快创新创业教育改革；三是要积极营造全社会支持大学生创新创业的环境氛围。

据悉，此次大赛共产生金奖6项，银奖8项，铜奖10项，并评出了最具人气奖、最佳商业价值奖和最具创意奖。其中，石河子大学的《掌控，让性别不再棘手》《加工番茄外部品质检测装置的企业的互联网运营》《基于人畜共患病POCT技术的智能手机App开发与云管理平台》荣获"最具商业价值奖"；石河子大学的《古丽女孩自媒体》《基于非遗传承人群的手工艺品在线销售网站》《互联网+龟兹游礼之文化衍生品开发与销售》荣获"最具创意奖"。

石河子大学摘得了6项金奖，其中：《掌控，让性别不再棘手》荣获大赛冠军；《古丽女孩自媒体》《互联网模式下新型稀土铝合金防腐涂料的应用推广》荣获亚军；《加工番茄外部品质检测装置的企业的互联网运营》《红花采收机的推广》《维药驱虫斑鸠菊提取物抗皮肤炎症乳膏剂》荣获季军。

本次大赛参赛项目主要包括"互联网+"现代农业、制造业、信息技术服务、文化创意服务、商务服务、公共服务、公共创意等几个方面，项目展示环节包括播放展示视频、项目汇报，以及与评委的互动等。

原载于2017年6月30日《石河子大学报》324期第1版

树的乐土
牛文娟新闻作品集

第二章

通 讯

离休不离岗的共产党员
——记石河子大学离休干部刘成章

在我校绿苑区 3 号塔楼里，住着一位普通的老共产党员，年过七旬仍然身体硬朗，精神矍铄。从 1989 年 8 月离休以来，他从小事做起，切实地为小区居民服务，关心国家大事，积极学习党中央出台的各项方针政策，担任小区的义务宣传员，为我校师生做了百余场的时事政治报告。这位可敬的老人就是刘成章。

一、3 号塔楼里的"好老头"

在我校绿苑区的居民区里，提起刘成章几乎无人不晓，大家还会亲切地补一句："就是那个刘老头，那可是个好老头。"这个"好老头"离休前是干部培训中心主任，机电学院教师。从 1989 年离休后，他先是摆弄上了花花草草，义务打扫周围的卫生，在 3 号塔楼前百十平方米的空地上，春季鸟语花香、夏季绿意盎然、秋季葡萄流蜜，冬季清洁宽敞。居民们在石桌旁谈天说地，其乐融融。这些设施和绿化，都是他亲自动手并张罗大家一起干的。为了让居民们的楼前有块健身的场地，他牵头全楼居民集资 4000 元钱修整地面，而他一个人就拿出了 2000 元。居民区里不仅仅要有硬件设施，邻里之间的团结互助、彼此相互了解和交流也是十分重要的；治安联防和应急措施，都需要有稳定和可靠的配合。他热心地担当起责任，与其他老同志一起，定期组织本楼居民座谈交流，互通信息，建立起较完善的互访互助体系。居民中哪一家有困难，马上就能找到帮手。居民们感到，在 3 号塔楼生活，大家亲如一家、舒心愉悦。人们常说，这一切都离不开刘成章这位"好老头"。

大家都觉得，和刘老头住在一起，踏实。每天清晨和傍晚，行人路过3号塔楼，都会看见他组织老人们跟着音乐做健身操锻炼身体，等老人们散去后，他再将录音机、磁带收好。他常说："作为一个共产党员，离休并不意味着离岗，要时刻牢记自己是共产党员，从小事做起，切实为人民群众服务。"

从1985年搬进楼里到现在，刘老头在这不足70平方米的小屋里一住就是20年。眼看校园里盖起了一幢又一幢的新楼，上中学的小外孙也需要更宽敞的学习环境，以自己的情况，是可以申请入住新楼的。然而，刘老头说，你看楼下的园子，那些花多漂亮，每年都有很多学生娃娃来照相，我走了，就没有人照料了，我不能走。

早在1996年3号塔楼就被石河子市文明办评为该小区第一栋"文明楼"。社区成立以来，刘成章老人更有了用武之地，2003年他被街道办事处评为"积极分子"，去年他又当选为居委会委员和老年协会会长，为支持31小区居委会工作，他捐赠了200元钱，用于开展小区的文化娱乐活动。

二、小黑板中的大事业

校医院西南角的丁字路口的一棵树干上，挂着一个很不起眼的小黑板，四开纸大小，上面工工整整书写着日期、及当天的天气情况，无论刮风下雨，日日更新。从1995年至今，十个年头了，从未间断。路过的师生们只要看一眼，便能在匆忙之中了解了当天的天气情况。这块小黑板便出自刘成章之手。

刘成章说："原先我在校园内散步，经常会遇到行色匆匆的教师向我询问当天的天气情况，原来很多教师都因为工作太忙而无法收看天气预报，于是我便产生了在校园的繁华处悬挂黑板书写天气预报的念头。"于是，他亲手制作了小黑板，悬挂在农学院教学主楼西侧和校医院西南处。起初的时候，有很多人不理解，认为这是在"出风头"，都觉得不会长久。然而，这块小黑板一挂就是十年。渐渐地，很多教职工都依赖上了它，而刘成章每天都按时收看电台的"天气预报"节目，然后更新小黑板的内容。冬天它告诉你"天冷防滑"，暑天它提醒你"防暑降温"，小小的一块黑板，情牵着每一个人的心。透过它，人们感受到一位慈爱老人浓浓的爱和人与人之间暖暖的情。冬天路滑，要格外小心，但有一次他还是不小心跌倒，腿痛得半个月无法行走。情急之下，小外孙自告奋勇，接过外公手中的粉笔，搬着小凳去书写天气预报，于是小黑板上便出现了稚嫩而又认真的字迹。小外孙和小黑板一起成长着，渐渐地比外公还要高了，再后来，冬天或者下雨时，都由小外孙来书写了。有时家人外出，刘成章就事先委托给别人，楼上老李，楼下老关，也都主动要求参加。这件便民的小事，不仅是刘成章的"大事业"，也成了大家争做的乐事。

提到这件事情，他只是很平静地说，其实只是一件微不足道的小事，任何人都可以做，只是我坚持了。退休之后很多学问都用不上了，但我还是共产党员，我只是想做一些对大家有益的事情，而且要保持共产党员的本色，必须要多接触群众，有群众监督，才会做得更好。然而，他的平静之中，我们却感到了一种崇高，这种崇高，只有真正的共产党员才能够拥有。

三、活到老、学到老的"刘老头"

常言道，老骥伏枥，志在千里。多年从事党的思政工作的刘老头也经常说：一个人要保持思想上不退步，要想适应形势发展的需要，就得学习、再学习。刘成章是这样说的，也是这样做的。十几年来，他坚持每天研读报刊杂志，特别是党报党刊，深刻领会党在新时期所制定的路线、方针和政策。凡是上级下发的各类文件、学习资料，他都仔细阅读，深刻领会，写出心得体会。离休以来，他一直担任离休党支部宣传委员，总支委员，带头认真学习党的十六大报告和十六届三中、四中全会精神，与大家交流心得体会。作为离休党支部委员，他还经常考虑如何提高组织生活的质量，改变学习方式。在本学年他向支委建议，在每次开支部会议之前，增添中央主要文件的学习，先后学过《反分裂国家法》《加强党的执政能力建设》《构建社会主义和谐社会》和《保持共产党员先进性教育》。他还将心得体会整理成笔记在离休党支部大会上做主题发言，引起了大家的共鸣。他的精神极大地感染了大家，我校机关、校医院和师范学院等单位还纷纷邀请他为教工演讲，均收到了很好的效果。

作为义务宣传员，为进一步做好工作，他充分利用各种宣传阵地。例如：办黑板报等。他除了每月定期出一次宣传党的政策和法规的板报外，还不定期的出一些配合形势教育的板报，开辟了各种专栏，如时事短讯：把国际国内重要新闻摘抄到黑板上；英雄颂：配合爱国主义教育，把一些英雄人物、先进事迹搬上黑板报；保健知识：把健康新概念、保健食疗摘抄到黑板报上，力求更加贴近群众的生活。作为一名中华人民共和国成立前参加革命的老党员，他从不在大家面前摆老资格，随时都以一名普通共产党员的身份要求自己，尽心尽力地为党的事业奉献着。

四、情系下一代的"慈爱老头"

渐渐地，刘老头成了名人，还被我校关工委聘为时事讲解员。他非常热爱这项工作，并经常用一句话："关心下一代是最好的老有所为。"来勉励自己，全身心的投入学校关心下一代工作。他常说：退休以后还能继续为学校教育事业尽点力，会使人精神愉快、心情舒畅。

原先的他本身就有一个习惯，就是非常关注国内外重大事件、国际风云变幻和了解我国在国际舞台上的地位，自从被学校关工委聘为时事讲解员后，他又开始了时事资料的积累。仅东欧剧变，他收集的资料就建成了门类齐全的时事资料库。为配合我校对学生进行思想政治工作，他的报告内容翔实，语言生动，每次报告会后，他总是会被听众围住，有些学生还专程到家里拜访，跟他探讨"知识经济""国际关系新格局""入世后的中国""如何构建和谐社会"等话题。多年来他累计做报告百余场，听众达千余人次。而所有这些活动，都是无偿的，对此他毫无怨言，总是有求必应。他说："能在自己的有生之年，把自己所学的知识传给下一代，让他们关心时事，了解国情，更加热爱党，热爱社会主义事业，珍惜今天的好时光，对我就是最大的回报了。"

他发挥余热、无私奉献的精神和突出业绩受到了上级党组织和群众的一致好评，被授予"兵团关心下一代工作先进个人"和"兵团老干部先进个人"荣誉称号。

"老夫喜作黄昏颂，满月青山夕照明。"叶剑英元帅充满豪情的诗句展现了一位无产阶级革命家的博大情怀，刘成章老人把它贴在房间里，激励着自己永葆共产党员的先进性。同时，我们也看到了一位老共产党员的风采，他用共产党员的标准严格要求自己，始终保持共产党员本色，牢记党的宗旨，一心为群众服务，以实际行动证明了"共产党员永不离休"的坚定信念。

原载于2005年8月31日《石河子大学报》122期第2版

在平衡中寻找快乐
——记我校科技标兵刘焕芳

翻开刘焕芳的履历,透过那些清晰的字迹,在一项项的科研成果和荣誉后,我不禁深深感觉到他的勤奋与执着。我仿佛看见了一个优秀的年轻学者清晰的身影和他身后一串执着的脚印。

生命有限,宽度无限

1981年,年仅16岁的刘焕芳考上了大学,他也是当年在家乡——伊犁农4师72团唯一一个考上大学的。他是父母的骄傲,也是乡亲们的骄傲。伊犁河水滋润着家乡的土地,也哺育了少年时的刘焕芳,源于对家乡的热爱,他填报了农业水利工程专业。当时,谁也没曾想到,这个黑土地里走出的少年,竟然在以后成为工程水力学方面的专家、学者。

1985年,刘焕芳从石河子农学院水利系毕业,1988年获武汉水利电力学院工学硕士学位,后留校任教,现在担任水利建筑工程学院副院长、硕士研究生导师,为兵团学术带头人,石河子大学"农业水土工程"重点学科学术带头人。

那时刘焕芳刚刚走上大学讲坛,教授的第一门课程是成人大专的《水力学》,他发现教材里概念题少,计算题多。一方面,他认真查阅了清华大学等国内著名的一些大专院校不同版本的《水力学》教材,根据教学大纲备课;另一方面,在郑国华和张开泉教授的帮助下,他收集了不同院校的水力学试卷和习题集,编写了《水力学概念及其练习》教学资料,共计4万多字,发给学生参考使用。在第一届《水力学》自治区高校成人统考中,考生的《水力学》通过率达 90%。

在为本科班学生教授《水力学》课程时，考虑到学生基础比较好，刘焕芳采用了减少例题分析，加强理论分析和研究方法的学习，并引入学科的最新成果，激发同学们专业学习的热情，注重培养学生分析问题和解决问题的能力。在给研究生授课中，《紊流力学》是一门结合专业发展前沿的理论课程，但目前国内还未有适合的教材，为了给研究生开好《紊流力学》课程，他主动同清华大学等高校博士生导师、工程院院士等老专家联系，请求他们帮助，并获得他们的大力支持，寄来了他们所著的教材及相关研究资料，为开好这门课程奠定了基础。

在致力于教学工作的同时，他还积极从事科研课题，解决设计单位、工程单位和管理单位提出的技术难题和工程问题。十几年来，他先后主持和参加了自治区水利厅等部门委托的 20 余项横向生产课题的研究工作。他和课题组成员一起加班加点进行模型的设计、制作、试验和报告编写等各项工作，解决了工程实际问题，培养和锻炼了年轻教师，为新疆及兵团的水利事业服务，并产生了较好的经济效益和社会效益。其中，他主持的自治区级科研课题《泥沙综合处理技术的应用》，创新设计的"涡管排沙式沉沙池"解决了水电站水轮机的磨损问题，并在新疆沙湾县金沟河水电站渠首工程中应用，年均产生经济效益 103 万余元，取得了很好的经济效益和社会效益。他的研究课题《自压软管微灌系统水力性能研究》为新疆大面积、低成本的农业节水灌溉提出了设计参数，为节水灌溉生产企业和兵团农、牧场种植单位提供了直接的计算依据；目前，该项研究部分成果被收录在兵团农业局、水利局联合下发的《自压微水头软管灌溉技术应用的意见(试行)》中，其理论研究对生产、工程实际有直接指导作用。

在成绩的背后肯定会有辛勤的汗水，刘焕芳之所以能如此的执着于自己的事业，是因为他觉得自己既然选择了，就要走好，尽自己最大的能力去做好。努力工作着，就是快乐的。他说："生命的长度是有限的，宽度却是无限的。"

为人师者，在平衡中寻求快乐

"一位好的导师比一所好的大学更重要"，刘焕芳老师的硕士研究生深情地说。3年的时间，他们从老师身上学到的不仅仅是水利学方面的知识，还有作为一名学者的责任与做人的品格。研究生做实验时，无论有多忙，他每天清晨总要到水利水工实验室察看实验的进程，解答试验中遇到的问题；研究生论文答辩，从开题报告到正文，他甚至为学生标注一个用错了的标点符号；水利大厅的地下水库在实验过程中会造成淤积，水泵损坏，减小库容量，影响实验进程，需要定时清理。他总是穿上胶鞋，趟着齐膝的冷水，摸黑带着学生们一起清理；在技术推广工作中，他多次带着学生赴工程实地指导设计、施工和观测。为了得到最真实的数据、最原始的资料，他通常顶着烈日，到工程现场进行技术咨询，就工程实际进行考察和研究，把自己弄得像个"泥猴"。

刘焕芳对学生要求严格是出了名的。一个硕士生考上了武汉大学的博士研究生，师兄师弟们聚餐祝贺，询问秘籍，这位学生坦言，你们有所不知，这3年我是在巨大的压力下生存、学习、进步的！谈笑之间，饱含着对老师的感激。

他是学生眼中的好老师，他是一个没有"架子"的领导，他是我校"十五"期间科技标兵，他还是妻子眼中的好丈夫，儿子眼中的好爸爸。节假日里和平时的闲暇时间，他经常会帮妻子做家务，买菜做饭。在笔者问及，事业和家庭哪个更重要时，他毫不犹豫地回答，一样重要！事业的发展离不开家人的支持与帮助，只有家庭和睦，一个人才会有愉悦的心情和充沛的精力投入到工作中，事业上才会有成绩。家庭和事业就像一根杠杆，要平衡，才会有快乐。

刘焕芳，是一位优秀的年轻学者，也是一个平常人，怀揣着一颗平常心，在平衡中寻找快乐的同时，用一颗炙热的心灵和赤子的情怀为石大的崛起、腾飞和新疆、兵团的水利事业默默地努力着。

原载于2006年6月30日《石河子大学报》136期第2版

在"虚拟"空间收获现实的快乐
——记挂职干部、师范学院副院长赵国栋

高等教育学博士赵国栋教授是北京大学教育技术系副主任、博士生导师,担任中国高校文科教育技术专业委员会秘书长,是中国开放式教育资源协会专家委员会成员。2007年11月,赵国栋作为挂职干部来到石河子大学,担任师范学院副院长,主要的任务是将教育技术的诸项研究成果结合实际情况进行推广。

初到石城,迎接赵国栋的是一场大雪。从小在山东泰安长大的他虽对雪并不陌生,但还是被这场塞北的雪所惊呆。他拿着DV在雪中拍摄,把影像发给在北京的家人和同事,大家都惊羡不已。他的挂职工作和生活的序幕,从这场美丽的雪开始……熟悉环境后,赵国栋开始了紧张有序的工作。初到教室,他意外地发现没有连接网络。这使从事教育技术研究的他很诧异,在网络化的信息时代,没有网络怎么能行。于是,最初的几个星期,他一直在学院、网络中心之间奔走。终于,网通了,但只是在他上课时所使用的两间教室。他心里沉沉的,要知道在现代高等教育机构中,网络应该发挥多大的功用啊。但随着对大学历史及发展的更多了解,他逐渐理解并释然,没有什么事情是一蹴而就的,尤其是地处边塞的这样一所高校,太不容易了。越是缺失越是需要更加努力,他感到肩上的责任更重了。

从师范学院开始，赵国栋细心考察了学校网络覆盖的现状与进程，伴着许多个不眠的冬夜，他在办公室的电脑前敲出了一份洋洋洒洒数万字的《石河子大学师范学院 E-learning 发展规划书》。规划书引起了校领导的重视。校长向本春认为赵国栋教授力推的"数字化教育"为创新学校教育教学模式起到了重要的促进作用。

随后，他投身到以师范学院为试点的石河子大学"数字化教育"实验室的建设中，北大教育学院为其免费提供了软件资源和技术服务。经过多方努力，"数字化教育"实验室于 2007 年底正式启用，包括虚拟学习系统(Virtual=Learning=System) 和 E-research 平台。这种虚拟的学习系统和平台可为高校实施 E-learning 提供强大技术支持。登陆师范学院网页，点击"数字化教育"实验室，你会看见这样一行醒目的字"作为教师，您只要具备基本的信息技能（打字、收发 E-mail 和上网等），就可方便快捷地在此平台上创建自己的网络课程！"

为了使全院教师能够熟悉系统和掌握全新的网络教学模式，"数字化教育"实验室举办了系列"混合式 E-learning"培训活动。师范学院专门成立了由赵国栋担任组长的培训筹备小组，他做了"信息时代的大学教学：E-learning 的理论与实践"等讲座，并悉心演示了 Moodle 教学平台的使用方法。他的认真与严谨，深深打动了全院上下每一位老师。通过近一年的努力，平台建设进一步完善，E-learning 技术进一步普及，"数字化教育"成为全院师生们教学环节中必不可少的一部分。面对如此成绩，他很淡然："做你能做的，给予比收获更容易快乐。"

除了科研任务外，赵国栋还担任了师范学院研究生及本科班的专业课目教学工作。一开始，教育 04 级本科班的同学都对这个北大来的博士副院长充满了好奇。但上好这门课实为不易：一方面，"信息技术与教育教学"——这个科目对于同学们来说是陌生的；另一方面，面临毕业的他们也在忙于找工作、做毕业论文。第一次上课，"全副武装"的赵国栋让同学们开了眼界——

笔记本式计算机、数码照相机、数码摄像机……基本能用的多媒体设备都背来了。接下来的54个授课课时，他每节课都早早到教室进行准备，每堂课基本雷打不动地点名，甚至"恐吓"同学，空课多不给学分。他的严谨与认真让同学们十分钦佩，教育04级的韩宁同学举了一个小例子：在数字化平台中的虚拟课堂中，每位同学都要上传一张个人数码图像，有的同学嫌麻烦，就推说没有，赵老师干脆把数码相机拿到教室，当场为大家拍摄。一时间，大家"谈赵色变"，上赵老师的课，都去得很早。

针对师范生将来要走向讲台，他在授课中强调教学与实践结合，使课堂成为学生们的课堂。他以师范学院"数字化教育"实验室为平台，创建了模拟课堂。在这个集体里，每一个同学都有一个用户身份，可以登录并对课程信息进行添加修改。他把学生进行分组，然后分配任务，备课、讲课由组内的同学合作完成，多媒体课件制作完成后，由各组同学演示讲授，全班同学一起听讲。他还将授课过程录制下来，通过网络上传到平台中，供同学们随时登陆相互学习、探讨。网络化的授课模式，使资源实现了共享，并提高了学习效率。同学们在学习过程中熟练掌握了各种软件的应用，互动的学习更提升了同学的自信心，慢慢的，大家都不"害怕"他了，他的文雅，他的严谨，他的博学，感染着每一个爱知识的人。

这些成绩的背后是艰辛的付出，付出的是告别妻儿的相思、远离家园的孤独，自身科研的牺牲。师范学院院长蔡文伯在接受记者采访时说："一年的挂职时间有限，但他付出的心血无限，赵国栋为师范学院师生带来了全新的教育技术理念，拓宽了信息渠道，规范了课程建设，提高了科研能力，使教育学科发展得到前所未有的提升。他投身边疆教育事业的热情与努力，感动和鞭策着我们每一个师范人。"

针对援疆教师群体远离故乡和亲人的共同点，赵国栋发挥自身优势，为大家建立了网上交流论坛。汶川地震后，援疆干部餐厅的服务员小杨姑娘在都江堰的老家遭受了重大的财产损失。他马上在论坛上倡议，为小杨姑娘捐款。大家纷纷伸出了援助之手，那些任期已满返回各自工作岗位的教师们也致电询问，慷慨解囊。很快，5000多元的爱心捐款就送到小杨的手中，这个纯朴的四川姑娘感动得泣不成声。

身为挂职干部，赵国栋深知自己作为北大和石大之间沟通枢纽和友谊桥梁的使命。2008年6月，北京大学对口支援石河子大学工作例会在北大召开，双方提出要将对口支援工作进行深化，从学校层面向学院纵深推进。北大教育学院与我校师范学院达成了协议，要组织一次大规模、高水平的博士团队来我校进行系列讲座。随后的几个月，赵国栋投入了全身精力精心组织策划这次活动。10月初，北京大学教育学院教授访问团在师范学院开展了为期3天的系列学术讲座，教育与人类发展系的骨干教师几乎全部出动，结合各自研究领域，从学者的视角深入浅出地阐述了高等教育学方面的经典案例、前沿动态以及最新研究成果。访问团成员们大多是第一次来新疆、来石大，他们为石河子大学的发展历史感动不已，纷纷表示将关注、支持教育学科建设，为北京大学对我校的对口支援工作出谋出力，更有教师表示有意向接替赵国栋的挂职岗位。

11月，赵国栋的挂职任期已满，要离开石河子大学了。用他的话说，希望这次活动给自己的挂职生涯画上圆满的句号，也让更多的同事了解石大，来石大，接过他的责任与热爱。

离别之时，我们感觉到一份沉甸甸的爱。就像赵国栋所说的，做你能做的，给予比收获更容易快乐。他在属于自己的"虚拟"空间中收获着快乐，更为石河子大学搭建着数字化教育的明天与希望。

原载于2008年10月31日《石河子大学报》175期第2版

我所经历的改革开放

李学禹 口述　　牛文娟 采访整理

1969年5月，兵团农学院（原石河子农学院前身）解散，我和部分教师一起被下放到农一师胜利十九场五连，在塔里木河南岸一个偏僻的农场，一待就是九年。

1978年，改革开放的春风吹到了西部边陲石河子。王震将军亲自批示，恢复与重建兵团农学院（原石河子农学院前身）。我于6月返校，在植物教研组任教。那时人们经常说的一句话就是"把失去的时间补回来！"教学设备不仅简陋而且陈旧不堪。农学系只招收了一个农学专业的民族班和植物保护汉族班，但这没有影响师生们教与学的热情。相反，大家的积极性很高，齐心协力搞教学，想方设法搞科研。

1984年至1989年，组织上把我从植物教研组调至教务处与科研处的领导岗位上。1989年生物基础部成立，1993年改为生物科学部，又改为生物工程部，虽然我一直当主任、党总支书记，但始终没有放弃教学和科研工作。因为我深知生物科学的发展与提高和促进农牧业生产、医药和教育质量的重要性。

教学方面，1989年之前，植物学、植物生理学与生物化学、遗传学、微生物学部分都分别是农学系的四个教研室，之后成立了生物基础部，1993年改为生物科学部。将生物类学科集中起来，包括动物学，有利于生物学科的提高与发展，但仅仅为农学、植保、园林、牧医的基础课程。我是1987年开始讲授农经硕士生的生态学，1988年协助魏国治教授指导硕士研究生，1992年独立招收研究生，1995年申请并经国家教委批准在我校设植物学硕士点，并开始招收植物学硕士研究生。

1996年，四所院校合并成为石河子大学，生物工程学院成立，我欣喜若狂，但心有顾虑。生物工程是进行基因工程范畴的教学和研究，根据我校生物专业当时的水准，似乎有些吃力。我将意见向校领导反映，但由于兵团教委已经上报国家教委，难以更改。2005年，大学重新划分学院，更名为生命科学学院，我这一颗悬着的心才放下。

几年来，学校不仅有了生物类专业，而且招生规模不断扩大，发展到现在2个专业8个班，在校生500余人；3个硕士点，硕士研究生200余人。学院教师结构也发生了很大变化，从改革开放初期没有硕士学位者，发展至现今有14位，博士学位10位。

科研方面，1979年，我返校的第二年在学院农业实验站正规化引种甘草。1987年申请并批准国家自然科学基金项目《甘草属植物生物学特性的研究和种质资源的保存》。另外，实现了甘草种子自然发芽率由4%~5%经浓硫酸处理达到90%~98%的高发芽率，为大面积种植甘草打下良好基础。我在1992年、1998年、2000年分别申请成功主持3项国家自然科学基金委项目。2004年支持和完成国家科技部新疆攻关课题《野生优质品种选育与栽培技术示范》的研究，选配一个优良甘草品种，建立了甘草生产基地，横向合作，受到上海企业家的支持与资助。另外还主持和联合自治区科委和兵团科委（科技局）四项重大项目。经过以上研究共发表论文70余篇，主编和参编学术专著7部，主编的《新疆极端环境植物种质资源的研究》已于2006年出版。

生命科学学院从1988年至1990年仅一项国家自然基金项目，资助21.5万元，2004年至2008年累计已主持与完成或进行的国家自然科学基金项目、教育部项目、国家科技部项目，973与863项目总计37项，另有3项国际合作项目，资助金额有的一个项目就500—1000万元。

我校生命科学学院从无到有，从小到大，从只给有关专业服务，到学科自身的发展，从培养大专班到本科班，从培养硕士生到博士生，生命科学学院的发展与我们祖国的腾飞和学校的发展是同步的，同样令人振奋、自豪。

现在走进生命科学学院，看见一间间设施完善的实验室，一个个充满朝气的青年学子，我不禁感叹：30年，生物学科和我们大学的发展已经不足以用"飞速"来形容，只有亲身经历过，才知道是怎样的一种巨变，而这一切都来自于改革开放。我祝福年轻学子青出于蓝胜于蓝，奋发图强，超越自我，为祖国多做奉献；祝福学校发展越来越好。

采访后记：采访结束，与老先生道别时，"人活着就是要有个精神，尽管四年前我因致命的口腔癌动过两次大手术。"他指着墙壁上挂的一幅照片对我说，"它一直激励着我，这棵紫薇树虽已枯老百年，却又发出绿叶，开出红花。"望着午后阳光里他炯炯有神的目光和眼角的皱纹，我不禁感叹岁月的无情。岁月无情，可她又是如此多情，因为她用最生动的笔墨记录了那一代知识分子们对这所大学、这片土地最无私的爱。他们不仅是改革开放的见证者，更是践行者，一代又一代师生用青春奏响的，是最动人的乐章。

原载于2008年12月15日《石河子大学报》178期第4版

母校，我心中最美好的记忆
——访中国农业科学院作物栽培与生理系副主任、农学 84 届校友李少昆

翻开李少昆的履历：从 1984 年毕业于石河子农学院农学系农学本科专业，到现今成为中国农业科学院作物科学研究所作物栽培与生理系副主任、研究员、博士生导师、石河子大学教授、兵团绿洲生态农业重点实验室学术委员会副主任，兼全国农业科技入户玉米首席专家——字里行间无不透露着他的勤奋与执着。

这个从农学院走出的学生，走在了全国玉米研究的最前沿，成为当之无愧的石大骄傲。

上本科时，农学院严谨的学风、教师们的乐于奉献，为李少昆打下了扎实的农学专业知识基础，良好的班风则培养了他的责任感。

毕业后，李少昆被分配到石河子农科中心棉花研究所，上班第 4 天就被派往海南做实验。

背着 18kg 的棉花种子，他转了六七次车，走了 15 天才到目的地，在两亩实验田里，翻地、播种、除虫、施肥，辛苦劳作。在海南的日子使他很快掌握了育种技能，锻炼了他独立工作的能力，而来自全国各地专家的指导让他收获颇丰。

1987 年，经过连续 3 年的努力，李少昆考取了母校的研究生，成为当年全校招收的两个研究生之一。他的导师是涂华玉教授，专业知识丰富，治学严谨，要求严格。3 年后，李少昆以优异的成绩完成了研究生学业，同时旁听了美学、文学等课程，拓展知识面。1990 年，他获得作物栽培学与耕作学

专业硕士学位，并留校任教。

当时的作物栽培学与耕作学是原石河子农学院的传统优势学科，自20世纪60年代成立起，在魏国治、涂华玉、李学禹、王荣栋、赖先齐、董志新、李蒙春等一批老教师的带领下，在新疆作物生理生态与栽培、耕作制度等诸多领域做出了大量开创性的工作，为新疆作物生产做出了突出贡献。李少昆秉承了老一辈教师的严谨科研态度和吃苦耐劳的精神，确定了玉米栽培学的研究目标。两年间，他采挖、研究了玉米根系200株。玉米的根通常可在地下长到两米多深，采挖的困难程度就可想而知。

天道酬勤。1993年，他作为学科带头人培养对象被派到中国农业大学攻读博士。在中国农业大学的第1年，除了上课，他所有的时间都泡在图书馆，查阅的作物光合作用的文献资料多达3000多篇。因为试验都是在农田里完成的，他晒得黑的像个农民。读博期间，他发表了十几篇专业论文。此外，他还按照学校要求，考察了北京高校的学科建设，思索着学校作物栽培学学科的发展。

1996年，李少昆取得中国农业大学博士学位回到母校。这一年，石河子大学合并组建。在深入分析本校农学专业优势与差距的基础上，为进一步发挥学校在作物栽培与耕作领域的优势，为使学科建设探索一条新路，经充分酝酿和筹备，1996年12月组织专家论证，1997年1月第1号文批准成立石河子大学新疆作物高产研究中心，任命李少昆为主任。高产中心成立后，确立了以改变教育观念为先导、凝练研究方向和专业特色为核心、优化人才培养模式为目标、加强师资梯队建设和教学科研条件建设为保障的工作思路，开展了一系列工作。

经过七年的建设，作物学学科及农学专业有了长足的发展，培养出了以张旺锋、吕新、危常州等为代表的一批优秀学科带头人，形成了特色鲜明的研究方向，承担了一批国家级重大项目，获省部级成果奖励18项，育成新品种10个，获专利3项，在国内外发表论文627篇，出版专著10部，科技成果转化创造经济效益10亿元以上。1999年作物栽培学与耕作学学科被评为农业部重点学科。2003年作物学学科被评为新疆维吾尔自治区重点学科,作物栽培学与耕作学获得博士学位授予权,成为大学首批博士点。同年,学校以新疆作物高产研究中心为基础,申请科技部省部共建国家重点实验室培育基地获得成功,高产中心更名为"新疆兵团绿洲生态农业重点实验室"。

2005年,《加强重点学科建设 全面创建品牌专业》教学成果荣获第五届国家级教学成果二等奖,是石河子大学成立以来首次获得该项殊荣。

"我的成长和发展的每一个脚步都离不开母校的支持与培养,作为高产中心建设的主要策划和参与人员,能为大学发展贡献一分力量,甚感欣慰。在母校学习和工作的每一天都是我心中最美好的记忆。"李少昆说。

原载于2009年9月15日《石河子大学报》190期第5版

勒石天山以铭志　饮水雪域更践行
——医学院第一附属医院挂职副院长王秋生教授援疆侧记

早在1994年，王秋生就受北大医院委派到新疆石河子大学医学院第三附属医院推广腹腔镜新技术。新疆特殊的山水大漠和浓郁的民族风情打动了他的心，边疆地区相对艰苦的医疗卫生环境也牵动着他的心。2008年，中组部选派第六批援疆干部，他主动报名并通过严格的选拔。同年9月，他作为北京大学医学部的首批援疆干部赴石河子大学医学院第一附属医院挂职副院长一年半。在他即将挂职期满之际，笔者采访了一附院主要领导。他们深情地表示，王副院长作为著名的腹腔镜微创外科专家，不仅在对口支援和医教研方面为医院做了大量卓有成效的工作，有力地促进了我院微创外科水平的迅速提高，在加强医患沟通、增强临床科研意识、促进医疗安全方面带来了很多新理念，而且将援助拓展到疆内20多家医院，填补了当地的微创手术空白二十余项。真正实现了他进疆时确立的"以天山之石砺志、饮雪山圣水践行"的援疆目标。

铺路架桥促合作挂职期间，王秋生在北京大学人民医院与石河子大学医学院一附院之间架起了一座新桥，扩大了北大与石大的对口支援内容。在北大医学人文研究院召开的第三届中美医师职业精神研讨会上，他为石大一附

院争取到五个免费参会名额。他还为创建石河子大学医学人文研究所积极建言献策，收集相关教材和资料，组织一附院开展医务人员人文素质现状的调研且已成文待发表。去年11月，他为一附院成功地高票申办到第八届全国消化内镜大会主办权。他努力推荐院领导和学科带头人进入中国医院协会临床技术应用管理委员会等学术机构。他还组织有关部门到北大人民医院考察医院共同体建设经验并积极促成双方主要领导探讨院际间援疆新模式，为深化援疆工作的开展打下了坚实的基础。

他还积极带队出访一附院协作单位，密切了院际联系、扩大了协作内涵。目前，他正随北京援疆医疗专家团积极奔波于哈密红星医院、奇台县医院、石大一附院和兵团医院的巡诊活动中。

精诚行医佑众生，《杏林古训》云：为医之道，贵在精诚。进则救国，退则救民。王秋生深知一名医生的社会责任，他认为一个人只有把自己与国家民族、乃至全人类的利益密切联系在一起才能使其人生价值最大化、最优化。此次援疆以来，他在一附院及疆内20余家医院成功地施行了200多台腔镜微创手术，包括腹腔镜结直肠癌根治术等20余种开拓创新性项目。

他非常注重与病人及其家属的沟通，体谅他们的切身感受。手术前，他都要亲自查看病人，用他卓越超群的医患沟通能力调动病人战胜疾病的信心和主观能动性，与病人家属充分沟通，确保医疗安全。为了安抚手术台上焦灼等待手术的病人，他会尽可能地在病人被麻醉之前进入手术室，此时与病人握握手都可以降低血压和心跳。手术之后，他还要查看病人的各项监测指标，甚至连氧气管内有无氧气也要亲自试一试。如果出差在外，就一定会打电话询问病人的情况。普外三科护士长康俊凤叹服地说："他查房时对病人亲切得就像老朋友，能很快打消病人的疑虑，取得他们的信任。"

手术中他就更加严谨认真。普外二科主任医师李志刚告诉笔者："王教授平时很平易近人，但上了手术台对各个环节的要求都很高，我们必须全神贯注、一丝不苟。"

授人以鱼不如授人以渔。如果说教师是人类灵魂的工程师，那么医生则是修复人体的工程师。医学院校附属医院里的医生教授们则是合二为一的特殊群体，他们在医院不仅要担负起救死扶伤的使命，还要教书育人，承担起教师的天职。在北京大学医学部3家综合性附属医院工作学习了25年的他对此深有体会，并为自己能成为这一特殊群体中的一员而深感自豪。

　　在一附院挂职期间，王秋生身体力行，从术前、术后病人的管理，到手术设计和手术设备器械的规范化使用，以及与手术室护士和麻醉师的密切配合都是他认真培训的科目。经他帮扶不到一年时间，普外科已有两三名医生能独立施行腹腔镜结直肠癌根治术了，他也十分欣慰地提前半年完成了他的中期援疆目标。普外二科副主任医师张剑权告诉记者："王教授特别注重病人资料的收集、整理，他录制的所有手术资料都毫无保留地提供给我们观摩学习。这对我们迅速提高帮助很大。"

　　王秋生出生在孔孟之乡，自幼耳濡目染，深受中华传统文化浸染。他将中华传统文化的精髓与医学人文精神结合悟出一套独特的"医道"。

　　他多次为我校师生做"身心和谐之道""医道与人文——漫谈医患沟通"等讲座。他深厚的人文底蕴和丰富的专业知识感染着每一个听众，发人深省。心内科副主任医师罗丽萍接受采访时感慨地说："医患沟通课向来很难讲，他能将医学人文与中华文化中的儒释道结合起来融会贯通，上升到更高的层面去讲解，让人受益匪浅。他不仅技术精湛，而且博学多才，纯朴真诚。我实在难以给他一个准确的评价，因为对他来说，再多的溢美之词都显得苍白。"

　　民族团结建奇功。援疆之初，王秋生就深知他们担负着维护民族团结的重任。"7·5"事件之后，他更是心系新疆各族人民群众，在维护民族团结方面发挥着一名北京专家教授独特的优势和作用。身为医生的他眼中只有病人，对各民族病人都一视同仁、平等关爱。经他诊治过的病人有汉、维吾尔、哈萨克、回等民族，很多病人常常用"北京专家亚克西、首都教授好着勒"

来赞扬他。喀什地区第一人民医院普外科主任医师林洋告诉笔者，王教授3次到喀什共诊治50余位少数民族病人。

此外，他还非常重视对民族医生的帮扶和培养。对此，普外三科哈萨克族副主任医师木拉提深有体会。他告诉笔者，王教授对他和其他民族医生都很关爱，手把手耐心细致地指导他们的手术。近一年多他的技术得到了极大的提升，他从心里感激王教授。自治区人民医院副院长克里木也深有同感，自从王教授3年前帮他们演示指导过3例腹腔镜食管裂孔疝修补胃底折叠术后，他们现已独立完成150多例。

艰难困苦，玉汝于成。2008年9月以来，王秋生不仅服务于一附院，而且将援疆活动拓展到自治区人民医院、新疆医科大学一附院等20余家医院。他积极开展会诊、手术演示和学术讲座，为广大病人和基层医护工作者服务，扩大了援助范围，提升了援疆水平。

基层医院的医疗设施及医疗水平大多相对低下，手术室的条件相对简陋，可王教授从不计较。用他的话说，艰难困苦，玉汝于成。越是在基层艰难的环境中越能激发人的潜能和创造力。他自行研制的"7"字拉钩(Seven-Upper)系列广泛地应用于上腹部和盆腔腹腔镜手术，不仅制作成本远低于国外同类产品，而且变硬牵引为软牵引，操作简便，提高了手术效率。他在农六师医院用残缺不全的腹腔镜胆囊切除器械加上他的"7"字拉钩成功地完成一例腹腔镜胃癌根治术。这些自制的手术器具不仅有助于施行多种微创手术，还大大节省了手术成本，减轻了病人的经济负担。

兵团卫生局局长王国建在接受记者采访时表示，王秋生教授在接受中组部和卫生部的派遣来到石河子大学后，不仅为挂职单位做出了突出贡献，他还用精湛的医术和广博的医学人文知识服务于整个兵团乃至全疆医疗卫生工作中，足迹遍布天山南北。他是一名兢兢业业、扎扎实实的好大夫。兵团卫生杂志将报道其事迹，并在兵团医疗卫生系统推广学习。

王秋生常说，医生必须胸怀感恩之心。因为医生所有的技能都是通过救治病人慢慢积累的，是病人用他们的鲜血、健康乃至生命培养了一代代医生，所以说病人是医生永远的老师和考官。

从王秋生的身上，我们不仅感受到了一个医者的仁心仁术和悲悯情怀，更感受到一个高级知识分子对边疆人民的深情厚谊和拳拳报国之心。

原载于2009年12月15日《石河子大学报》195期第2版

戈壁上的迎春花
——记全国"三八"红旗手、我校教师罗昕

罗昕，石河子大学机电学院机械工程系书记，副教授，硕士生导师，自治区"精品课程"《工程制图》负责人，石河子市"巾帼建功文明示范岗"负责人，石河子大学教学团队《工程图学》带头人，大学首批"青年骨干教师"、全国"三八红旗手"……翻阅罗昕的履历，你会被她的成绩所折服。这是一位什么样的"女强人"啊？带着揣测，在早春的清晨，我在机械电气工程学院绘图实验室见到了她——玫红色毛衫，微卷的刘海，一双带着笑意的眼睛，温柔中略带腼腆。

"我只是一位普通的一线教师，认真做自己该做的事情，上好每一堂课，努力做学生喜欢的老师。"面前是罗昕真诚的目光。

作为一名教师，她深爱着本职工作和自己的学生。为了给学生解答疑难，她会尽其所能。一次上机制专业的制图课时，她遇到一道读图题，无论怎么给学生讲解，仍有部分学生想不出空间的形状。为了让学生真正理解，她跑到菜市场买了一个萝卜将实物模型雕刻出来，再讲解时，学生终于明白了。

上罗老师的课，学生没有一个"翘课"的，也没有人会这样做。机制专

业 2006 级的李俊伟同学告诉笔者，罗老师每次都提前半小时到教室，准备仪器和绘底图，并在课前 10 分钟点名。刚开始一些调皮的同学受不了她的严格，但看到罗老师每次都能这么早来，也都自觉地跟着提前来上课了。

工程制图是一门非常严谨的课程，要求高，作业量大。罗昕要求学生绘大图要按国家标准绘图，线型分明，布图美观。每次上课前，她在黑板图的演示中率先做到尺规绘图，上课过程中再按国标规定边讲解边加深。改作业她也是拿着尺规批改，从不随意绘图。要知道，每个学生有 6 张大图，每次课后作业还有几张小图。一个大班有 100 多个学生，罗老师每次批改作业都要到深夜，第二天上课还要把作业中容易出错的地方重新给同学们讲解。罗老师在办公室对着几百张大图认真批改的情景，最调皮的同学都会心疼，而她执教 17 年来一直都如此。

对于考试不及格的同学，罗昕绝不留情。可在补考前，他们拿着课本去请教罗老师的时候，她比上课时讲授得还认真，他们从罗老师的严厉中体味到一份深深的爱。

作为《工程图学》教学团队负责人，罗昕的身上有太多的责任。学校有 5 个学院都开设了这门课程，每个学期有 2000 余学时。目前，团队中的大多数是教学经验缺乏的年轻教师，师资力量十分紧张。对于青年教师，她竭尽全力去帮助，很多刚工作的教师，都去先听罗昕一个学期的课程。她积极支持年轻的教师出去读博士，并牵头带领老教师多分担课程。"现在，我们这个团队中有 2 个博士了"，她满是欣喜地说。

在笔者问及为什么她自己不去攻读博士的时候，罗昕沉吟了一会儿，告诉笔者，在不久前的一次校级座谈会上，她看见一些年轻的博士们慷慨陈词，意气奋发，其实心底是很羡慕的。可转念一想，如果每个人都争着读博士，谁来给学生上课呢？她说，可能人人都想做拔尖的人，但有的人不一定适合。就像盖一座大楼，谁都想当塔尖，但如果没有地基，一切就无从谈起了。她愿意做最结实的地基，为了这幢大楼能建得更高、更漂亮。

记者问及事业的付出是否影响到家庭时，罗昕坦言，事业和家庭必须要找到一个平衡点，协调好两者之间的关系，两个人之间必须相互理解和付出。罗昕的爱人是院里的科研骨干，上中学的女儿成绩很好。他们家曾经被评为石河子市"五好家庭"。

罗昕，一位平凡的一线教师，为兵团的高等教育事业播洒着汗水，可平凡背后所蕴含的却是这样的不平凡。她将高尚的师德贯穿于工作始终，对学生严中有爱，身体力行，兢兢业业，踏踏实实。她不仅是最耀眼的旗手，更是戈壁上的迎春花，在料峭的春寒中美丽绽放。

原载于2010年3月31日《石河子大学报》199期第2版

撑起生命的希望，架起沟通的桥梁
——记援疆干部、我校医学院第一附属医院副院长汤小东

2010年3月，北京大学人民医院骨肿瘤科副教授汤小东作为一名援疆干部，开始了在石河子大学医学院第一附属医院的挂职副院长工作。

医 者

汤小东从事骨肿瘤专业工作10余年，师从著名骨肿瘤专家郭卫教授，曾在澳大利亚皇家阿德莱得医院进修骨肿瘤专业。他擅长四肢恶性肿瘤的保肢治疗、骶骨骨盆肿瘤的切除重建、脊柱肿瘤的外科治疗等手术，临床经验丰富。

作为一名医师，汤小东充分利用在骨肿瘤专业方面的知识和特长，弥补一附院在这方面的学科空白。他不仅开设专家门诊，参与科室查房，指导患者诊治，还亲自主刀及参加脊柱、四肢骨肿瘤及软组织肿瘤手术40余台。他还参加科内讲课，在兵团骨科年会做骨肿瘤相关专题演讲，积极参加"中华骨科学会成立30周年石河子义诊"等活动。

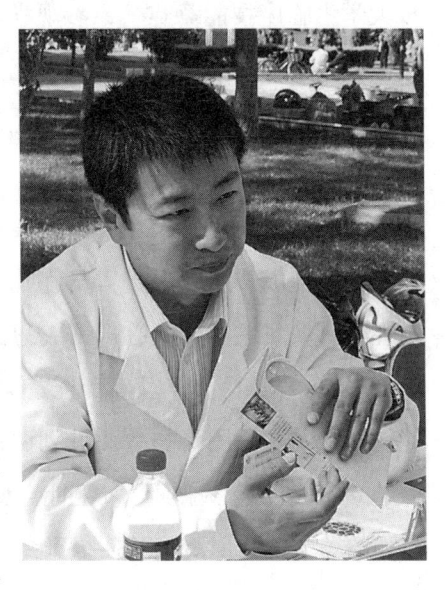

骨一科主任董金波说，汤小东对患者关爱有加，医术精湛，病人们非常

信任他。他年轻且有朝气，在他的带动下，整个科室的学习氛围特别活跃。

"忘不掉您查房时的微笑，忘不掉您对我的鼓励，是您精湛的医术和无微不至的关怀，让我忘记了疼痛，给了我生活的希望……"一位经他手术康复的患者这样动情地写道。

汤小东常说，作为一名医生，就是要为病人减轻痛苦，解决痛苦，提高生活质量，这是最根本的。这就是我对一个好医生的定义。

师　者

医学教育是一附院所承担的重要任务，其质量好坏不仅关乎教学水平高低，而且事关医院的长远发展。汤小东通过引进北京大学人民医院的成功经验，联合医学院，尽己之能提高一附院医学教育水平。

他先后联系组织一附院及医学院多位教师赴北京观摩"全国高等医学院校大学生临床技能竞赛"，参观学习北大人民医院教学过程；联合北大人民医院，申请教改科研立项；利用北大人民医院经验，建立健全一附院住院医师规范化培训内容；协助申请卫生部"西部人才培养计划"项目，为4名医务人员提供赴北京学习的机会。

临床及科研论文的水平和发表数量是医院医疗水平和科研能力的集中体现。为了提高一附院医护人员在临床课题设计、论文撰写方面的能力，汤小东在骨科做了题目为"临床研究思路的培养与论文撰写"的学术讲座，讲授循证医学、SCI论文撰写等课程。他作为答辩委员参加骨科硕士研究生答辩。他还参加了"兵团科技攻关计划课题""科技支疆项目"申报会，指导科研课题（"血清素在脑外伤加速骨折愈合中的作用研究"及"膝关节创伤性关节炎的关节镜微创治疗及临床研究"）的申报立项。

使　者

作为援疆干部，增进新疆与内地单位合作交流是他非常重要的工作内容。在汤小东的积极协调下，北京大学医学部团队来石河子大学参观访问，对石河子大学、医学院及医学的情况进行了详细了解，双方领导就对口支援等问题进行了广泛交流，并开展了学术讲座。

在北大人民医院与石河子大学医学院、一附院交流方面，他先后帮助联系两院医学网络项目及书写申请建议书，进行课题项目申请；促成北京大学人民医院与我校一附院，在医疗、教学、科研、医院管理方面达成对口支援意向，同时促成北大人民医院与一附院建立"区域医疗服务共同体"，组织医务人员参加医疗共同体远程教学会诊。

他积极帮助一附院组织承办由兵团卫生局和北京大学人民医院主办的"兵团卫生改革暨医院管理与医学论坛"活动，会议邀请接待了卫生部、中华医学会领导及北大人民医院专家团队来兵团访问授课；通过举办"健康大讲堂""骨科、眼科、妇产科专业论坛""医疗改革与医院管理论坛"，扩大了一附院在疆内的影响力，促进了一附院及兵团各级医院的管理与医学专业水平的提高。

石河子大学党委常委、一附院党委书记郑勇在接受采访时说，汤小东博士认真负责，积极推进全院的学科发展、科研水平以及对外交流。他用点滴的行动打动着全院上下，也践行着作为一名援疆干部的使命与荣光。

汤小东说："此次援疆对于我来说是一个很好的机会，学到了一些最基本的、最基层的病理东西。一方面是援疆，也是经验的互相交流，对于自己的发展、成长是一个非常有益的经历。可以说，是教学相长。既是压力，也是动力。另一方面，兵团精神感染着我，更激励着我，对于我今后的发展，是一种非常重要的动力。"

离别的时刻，汤小东告诉笔者，他忘不了边境线上的小白杨哨所，忘不了生活了500多个日夜的边陲小城，忘不了天山北麓的石河子大学……这段援疆经历，于他来说是人生中新的篇章，也将是弥足珍贵的记忆，值得一世珍藏。

原载于2011年8月31日《石河子大学报》223期第2版

爱管"闲事儿"的小保安

当你走进大学行政楼，看到一个稚气未脱的保安，准是淮博。如果你手里拿了东西进门不方便，他肯定会跑过去帮你开门。外来人员登记时，他又一丝不苟，透着一股认真劲儿。

自从行政楼的收发室迁到了中区1号楼，门卫室便成了小小"收发室"，经常帮老师签收邮件和快递，淮博每次都按照部门分类放置，确保没有疏漏。招生就业处的罗静说，有一次办公室有封到付邮资的函件，因为开会无法签收，他就直接帮着垫钱签收了。

有一次，计财处的老师加班，停放在办公楼侧面的自行车被盗了。这件事让淮博自责不已。"如果放在门口我能看见的地方，小偷就不敢偷了。"他说。第二天，他就打印了"禁止停车"的标识贴在老师丢车的地方。

有一次，笔者看见他拿着笔记本挨着办公室登记科室电话和人员名单。原来，行政楼因为办公室调整，他在统计最新的数据，以便于向来访者报出最准确的位置。

保安班长王伟告诉笔者，淮博去年刚从部队复员，身上有很多军人的优点，吃苦耐劳，乐于助人，纪律性很强。平时，如果同事有事找他顶班，他从来都不会说"不"字。

面对笔者，淮博腼腆地笑笑说："我真的没什么好说的，这些事情都是分内的事情，也都是些小事儿，我们年轻人多干点没什么的，只要方便大家，累点没关系，挺值。"

原载于2011年12月15日《石河子大学报》230期第1版

不简单的川娃子

题记：党课培训班里，有他坚定执着的目光；社团工作中，有他热情洋溢的汗水；知识海洋里，有他求知若渴的远航；火灾危情中，有他奋不顾身的身影。赵跃，用实际行动向我们展现了90后大学生的责任与担当。

赵跃，化学化工学院应用化学系2008级学生，2008年6月毕业于四川省巴中市第二中学，同年9月进入石河子大学化学化工学院学习。在近四年的大学时光中，赵跃始终坚持目标，不断充实自己，努力成为一名优秀的大学生。

赵跃参加了两次院级党课培训，成为一名入党积极分子；他和同学们共同组建了岿然社，担任第一任秘书长和委员长；高等数学期末考试，他获得全年级唯一一个满分；在校期间他多次获得奖学金，并荣获2010年度全国大学生年度人物入围奖。

虽然已经获得如此多的成绩，可2011年1月31日寒假一次突发事件，让人们再次认识了这位来自蜀地的川娃子。原来，赵跃家当地的一所居民楼因违规用电导致室内发生火灾，巨大的火舌不时地从窗口喷出，焦臭难闻的浓烟和炙热的空气让人无法靠近。赵跃恰好路过时听到哭喊声，可周围的群众心急如焚，因为室内使用天然气，还存放有易燃易爆物品，在大火燃烧的同时，持续的爆炸声也随之响起。更为严重的是，事主不在家中，房门紧锁，听说室内还有小孩不知下落。

因地理条件所致，火灾现场水源奇缺，但大火已经严重威胁着左右居民的财产和生命安全，赵跃意识到事态的严重性，等待消防车前来扑救根本不现实，在这种危急时刻，保护人民群众生命财产安全的强烈使命感和责任感油然而生。他来不及多想，迅速组织疏散附近居民，并不顾个人安危，第一个从爆炸后的窗户中攀爬进室内。

室内浓烟滚滚，熏得睁不开眼，身边的火焰烘烤的皮肤刺痛，头发也发出一股烧煳的味道。他瘦弱的身体随时都有可能经受不住，但此时时间就是生命，他来不及喘息，用衣物捂住口鼻，想尽快找到出口和孩子。因为爆炸，窗户玻璃基本都被炸碎，碎玻璃散落一地，铝合金窗框也已变形。当他打开房间大门，呼喊周围群众一同救火时，才发现身上已经多处受伤。但他丝毫没有留意，与相继冲入火海的人们一起，迅速切断电源，并努力寻找水源，迅速转移可能再次引发爆炸的易燃易爆物品。经过半小时地紧张扑救，火势最终被控制，听说孩子已被送离险境，赵跃这才放心地撤离火场。

开学后，他没向任何人提及救火的壮举，直到四川省巴中市巴中区鼎山镇党委、鼎山镇人民政府的书面表扬信寄到石河子大学化学化工学院后，大家才闻悉此事，并为这名在关键时刻能够挺身而出的优秀青年感动不已。

辅导员老师问他："这么大的事，你回校之后怎么没说？"赵跃依旧是那质朴的笑容，操着那口川味普通话："我觉得没必要，换成谁在那种情况都会冲进去的。"问他当时怕不怕，他笑着说："救火当时根本没时间去考虑，就想着快点把火给扑灭了，但事后想想，还真有点后怕呢，当时手上拿的都是易燃易爆的东西啊，呵呵，还好。"

"烈火是一场生死攸关的测试，生命是一道良知大爱的考验。在熊熊烈火中，他毫不犹豫地冲了上去，顶着灼人的烈焰，为人们讲述了什么是舍生忘死，什么是人间挚爱。"这是石河子大学精神文明建设指导委员会在颁奖典礼上给赵跃的颁奖词。赵跃见义勇为的壮举感动了全校师生。

　　赵跃说，荣获"石河子大学道德模范"的荣誉称号给自己更多的是鼓励，未来的路，我将一直坚定地走下去。

　　　　原载于2012年4月15日《石河子大学报》235期第1版

倾情奉献　传递大爱

——记挂职干部、食品学院院长张晓鸣教授

2011年9月新学期伊始，作为新一批挂职干部，江南大学食品学院副院长张晓鸣肩负着教育部的嘱托和江南大学的期望，风尘仆仆地来到祖国西部边陲的石河子大学，担任食品学院挂职院长。300多个日夜，他全身心地投入到对口支援工作之中，在学科建设、人才培养、教学与科研管理等方面做了大量细致而卓有成效的工作，赢得了上级领导和广大师生的赞誉。

凝练学科方向，培养科研团队

张晓鸣非常重视学科建设工作。他深知要想推动学科建设，首先要凝练学科方向。他借鉴江南大学的成功经验，结合食品学院的实际情况及"十二五"规划目标，在原有的三个研究方向的基础上，优化组合科研团队，调整创建了果蔬加工、畜产加工、食品生物技术、食品加工与配料四个研究方向，并将食品安全与质量控制方向设置为各方向共同参与建设的交叉研究中心。在此基础上，他与方向带头人签订了年度目标责任书和"十二五"目标责任书，进一步明确了方向带头人的责任和义务，实现了责、权、利的统一。

学院党委副书记陈玉说:"张晓鸣院长不仅为食品学院找到了学科的特色,指明了可持续发展的方向。他还用严谨的治学之风影响着全院教师,用全新的办学理念感染着全院师生。"

加强校企合作,促进成果转化

张晓鸣始终有个理念:以科研促进学科建设的发展。他利用节假日带领相关方向教师深入企业,了解企业急需的关键技术。基于新疆食品工业发展的需求,张晓鸣以内地高校对口支援石河子大学为契机,以及石河子大学本身具有的专业交叉融合的鲜明特点,积极组织并成功申报了兵团科技局所属的"新疆食品加工技术科技服务中心"。他还针对新疆优质食品资源及其加工副产物精深加工程度较低的现状,积极组织相关方向科研团队实施各级各类课题申报与研究工作,为全体教师举办国家自然科学基金的申报辅导报告。目前食品学院已从校外渠道成功申获各类兵团课题 6 项,国家食品科学与技术重点实验室开放课题 2 项,大学团队创新项目 1 项,其中有 6 项是由他直接组织或牵头申报成功的。通过这些项目申报和研究,进一步提升了食品学院科研团队凝聚力及对外合作研究的能力。

积极搭建平台,提升援疆水平

为进一步推动食品学院在学科发展、人才培养、科学研究与管理等方面的规范化,张晓鸣精心策划组织了骨干教师赴江南大学食品学院的交流活动。他还配合校领导及对口支援办就纺织工程专业本科生联合培养的工作,与江南大学达成了长期合作共识。特别值得一提的是,在他的积极协调下,经过双方校领导的沟通交流,以江南大学学科优势及其对口支援为契机,石河子大学作为参与单位,与江南大学、南京农业大学等核心单位一起共同申报国家"食品科学与安全协同创新中心"(2011 计划)。计划的实施大力推进了石河子大学与国内外知名高校及研发机构在食品加工技术研究领域的深度融合,不断提升食品学科发展的水平。

重视骨干培养，夯实学院基础

张晓鸣明白，要促进石河子大学食品学院可持续发展，不仅要授以"鱼"，更要授以"渔"。他常挂在嘴边上的一句话就是：我来食品学院没有带来任何东西，只是传递压力来了。当他了解到食品学院80%以上的教师都是40岁以下的青年教师，就提议学院成立青年教师联合会，以加强青年教师的合作与交流，浓厚学术氛围，更好地发挥青年教师在学院各项工作中的主力军作用。张晓鸣带头举办了食品学院博士系列讲座的首场报告会，营造了浓郁的学术氛围。为了能让年轻人得到更多的锻炼，张晓鸣还带着他们到上级科研主管部门和企业进行科研攻关项目交流与洽谈。每一细微环节他都严格把关和给予指导，时常起早贪黑亲自修改。特别是在申报项目时，年轻的博士们没经验，他勇于担当主答辩，使申报项目顺利通过。

食品学院青年教师陈国刚告诉笔者，在张晓鸣院长的言传身教下，他和同事积极参与学院的建设管理工作，提高了综合能力。他们从张晓鸣身上学到了一个教育工作者无私奉献的精神。

关心学生成长，引导学业方向

张晓鸣十分关心学院的人才培养，当他了解到新生中部分为专业调剂学生，普遍存在学业定位模糊、专业思想不稳定的状况，就主动要求给新生上第一课《导论》，让2011级新生对食品专业有了较为全面的了解和认识，增强了信心和坚定了目标。为了消除学生在选择专业时的彷徨，张晓鸣多次利用休息时间，到学生宿舍与同学们交流，答疑解惑，并与同学们就怎样学习、如何思考、提高学习效果等问题进行了交谈。通过他慈父般的循循善诱，同学们对自己的学业有了明确的方向和目标。

食品学院10级林志鹏同学说，张老师在学术上是一个"大腕"，但在同学们面前却特别谦和。他结合自身经历，描绘了食品专业发展的前景，为我们指明了努力的方向。

由于长期高强度工作，张晓鸣不慎在 5 月份腰肌劳损，严重到直不起腰来。但当病情稍好一些，他就马上投入到工作中，完全不顾自己身体病痛。

石河子大学副校长刘大锰说："这一年来，张晓鸣时刻铭记作为一名挂职干部的责任，将全部的心血用在学院的学科建设、人才培养、教学与科研管理等方面，取得了丰硕成果，为推动学院的发展立下了汗马功劳。"

离别之际，张晓鸣说："虽然我即将离开石河子大学，但是作为江南大学对口支援石河子大学的一名普通志愿者，将始终关注石河子大学食品学院的发展。一段援疆路，一世援疆情。只要石河子大学有需要我做的事情，一定尽己所能，全力以赴。"这就是一位援疆干部的心声和写照。

在众多的挂职干部中，张晓鸣或许是很平凡的一位，但他又是那样的不平凡，因为他用实际行动践行了作为一名挂职干部的使命与荣光。800 名食品学院的师生不会忘记，2 万名石大人不会忘记……

原载于 2012 年 6 月 30 日《石河子大学报》240 期第 2 版

科技助基层　大地写人生
——记兵团科技进步突出贡献奖获得者、我校小麦栽培专家王荣栋

一位满头华发，消瘦的老者，衣衫朴素，乍一看和别的老人没有什么区别。可他精神矍铄，谈吐不俗，微驼的背也分明透着一股韧性。

貌不惊人，却有惊人之举，他就是农学院小麦栽培专家、研究生导师王荣栋教授。他1934年出生于苏北的一户普通农家，小学入团、中学入党。1960年，他从苏北农学院农学专业一毕业，就响应国家号召告别鱼米之乡，不远万里，奔赴兵团，投身于边疆建设的事业中。

半个世纪过去了，这位耄耋之年的老人仍然坚守在兵团这片热土上。2012年，年近80岁高龄，王荣栋荣获"兵团科技进步突出贡献奖"。

王荣栋说，他的一生只专心做两件事情：一是栽培人才；二是栽培作物，主攻小麦高产。他在小麦栽培理论和实践方面有很高的造诣。他重视教育和国民经济建设结合，在搞好教学的同时，致力于科技支农服务。

北疆准噶尔盆地南缘地区是小麦主产地，由于冬季寒冷，雪层不稳定，小麦在越冬期麦苗经常受冻减产。当地农民流传着一句顺口溜"冻害年年有，三年一小冻，五年一大冻"。早在20世纪八十年代初期，王荣栋在农八师

150团蹲点,通过领导、科技人员和职工"三结合"的方式,经过几年不懈努力,将种冬小麦改为种春小麦,并推广春麦丰产经验。"冬改春"取得成功,在北方冻害常发地区普遍推广,为新疆粮食增产稳产闯出了一条新路。

1986年,农学院与农五师挂钩开展科技服务,王荣栋负责指导贫困团场88团的春小麦生产。按计划1年服务结束,但他与农场相互建立了浓厚的感情。单位领导和职工尽力挽留他,希望能得到他继续帮助。他对当地气候、水源和土壤等自然条件进行调查分析后,决定淘汰部分老品种,改进原有的一些落后措施,推广"春小麦叶龄模式栽培"等多项新技术,举办干部和职工学习班,传授科学技术。1994年,88团小麦亩产由原来的230~240公斤提高到438公斤,并建成"兵团良种产业化生产基地"。王荣栋深入基层,关心生产,被群众称赞为"我们的农场教授"。原国家教委、农业部、原林业部对他"支农扶贫突出成绩"予以联合表彰。王荣栋在88团义务支农10年不断线,还选育了春小麦新品种"博春1号",后被自治区命名为"新春7号",促进了新疆小麦生产的发展。

1990年,自治区指示我校派专家挂职帮助少数民族地区发展生产,院党委推荐王荣栋担任额敏县科技副县长,并签下农业增产的"军令状"。王荣栋是位实干家,有一年春天,他带领农业干部和科技人员进驻偏僻的哈拉也门乡,在破羊圈里安营扎寨,用化学药剂防治麦田野燕麦,用现场示范方式推广化学除草,被当地群众传为佳话。他用心哺育着哈拉也门的土地、作物,也用科学技术给他们带来进步和发展。1991年和1992年秋,额敏县连续两年大丰收,甜菜亩产达2190公斤,粮食总产突破7000万公斤。和王荣栋任职前相比,小麦单产提高两成多,甜菜单产提高了近3倍。

两年任期,王荣栋超额完成任务,带回了"活财神"的美誉。光明日报、新疆日报等媒体刊登了《要钱要物不如要个科技带头人》《让科技之花开遍田野》等文章,新疆电视台播放了《科技大使——王荣栋》的专题片,介绍了他的感人事迹。

王荣栋刚结束额敏任职返校，哈密红山农场领导慕名而来，该团亩产不到 250 公斤，多年徘徊不前，邀请他前去指导。王荣栋应邀为该地区担任技术指导，通过 2 年努力，1994 年，经兵团科委组织专家组测产鉴定，2.8 万亩小麦普遍增产，其中有 6 千余亩单产超过 500 公斤，远远超过历史水平。

近年来，他和兵团第八师科技人员在干旱地区倡导和推广小麦大面积滴灌栽培，并与机械化和现代化多项措施结合，省水、省肥、省劳、省机力，丰富了节水农业的内涵，是小麦栽培方式的创新、是大面积密集作物灌溉方式的突破，既高产又高效。

多年来，王荣栋作为兵团小麦专家组成员，经常深入兵团，尤其是边境农场指导生产，培训职工。他制作的《春小麦优质高产技术工程》电视片曾被兵团和自治区科委、科协、农业局、技术推广总站等 8 个部门推荐给下属有关单位应用。他编写的《小麦栽培》等科普应用书籍，团场技术人员几乎人手一本。

在科技服务中，他处处为农民着想，农忙时团场用车接送有时不方便，为了农时急需，他经常自费坐长途班车到扶贫点。在团场内工作用车不便，他骑自行车、坐拖拉机也是常事。有人不理解地问他，年纪大了，这么辛苦图啥？他却说："我什么也不图，只想帮团场多做点事。"

"国务院特贴专家""新疆优秀科技工作者""兵团粮食生产突出贡献科技个人"……荣誉很多，科研和教学奖也获得不少，他都很感激。而群众称他"科技大使""农场教授"，他却更珍惜。

2004 年，王荣栋以 70 岁高龄退休，但他退休不离岗。为了抓紧时间发挥余热，用多年来知识的积累著书立说。他已主编出版《作物栽培学》等 4 部高等学校教材，作为主编或者副主编与全国著名专家合作出版了《中国北方春小麦》《中国专用小麦育种与栽培》等 14 部著作。

他退休后依然给大学生做专题报告，给兵团多种干部班讲课，也经常到田间地头指导生产。只要团场邀请，他从不推辞。到底下了多少次团场，他也记不清楚。但有一件事情，他记忆犹新。有一次，他在农九师的一个连队，看见那里的甜菜苗期管理很差，晚上给职工讲甜菜的苗期管理技术课。没想到，连队刚通知，自发来的职工越来越多，屋子几乎都挤不下，大家听得聚精会神时，突然停电了，但没有一个人愿意走，还有人拿来了一支蜡烛。于是点着蜡烛继续讲。蜡烛燃尽了，就在黑暗中继续讲解，大家在黑暗中听。却没有一个人喧哗，也没有一个人中途退场。

"上了几十年的课，那节课，使我很感动。团场职工渴求知识啊，有了科学技术，他们的田里就能多长出东西！我们搞农的，不就盼着大地上一派丰收景象吗？"王荣栋突然有些激动地对我说。

事有凑巧，就在我采访快结束时，他的电话突然响起，对方的声音洪亮而局促，原来是八师农业局打来电话，说148团在春麦出苗后出现些情况，想请他去现场指导。148团的职工们不知道，王教授正在忍受着颈椎病的疼痛，而且他已经连续几天因为要完成新著作而没有好好休息。我真为他担心，特别希望他能拒绝，毕竟是年近八旬的人了。但他却当即答应对方，语气坚定又响亮。

"我从小在农村长大，是农民的儿子，对土地有种特殊的感情。"王荣栋说，"祖祖辈辈的农民就是希望能增产增收，有个好收成。现在国家提倡'中国梦'，我想趁目前身体还好，尽力去帮助他们，把论文写在田间。这就是我的'梦'，也是我的责任和使命。"

记者感言：采访中，翻看着老教授保存的档案袋，一叠报纸、奖状、各种荣誉证书、感谢信，它们年代各异，质地有别，但却共同弥漫着汗水的气息，散发着热烈的情绪。我的心里几乎是哽咽的，与此同时，一种温暖的力量传遍全身。

原载于2013年4月15日《石河子大学报》253期第2版

宝钢教育奖背后的团队
——记新疆特色果蔬贮藏加工创新团队

近日,喜讯传来,我校三位教师荣获宝钢教育奖,其中的陈国刚老师来自新疆特色果蔬贮藏加工创新团队。无独有偶,其实早在2009年,该团队的童军茂教授就曾荣获过该奖项。时隔四年,再次摘得此殊荣,我们带着惊喜与好奇走近这个神秘的团队。

该团队是八师、石河子市科技创新团队,该团队共有10名成员,其中教授4人,副教授6人,他们中有3人是兵团学术带头人。近三年来,该团队始终坚持"立足生产实际,突出区域特色,着眼技术创新,实行多学科合作"的理念,紧紧围绕新疆特色果蔬资源这个重点,走产、学、研之路,取得了丰硕成果。团队立项国家自然基金4项,国家农业成果转化资金2项,国家中小企业创新基金4项,国际合作项目1项,兵团各类项目10余项,经费达800万元;在已有的成果中,获兵团科技进步二等奖2项、三等奖3项。与此同时,该团队以服务八师果蔬(番茄、辣椒、葡萄、蟠桃)产业为己任,服务八师企业10余家,解决了若干垦区果蔬产业发展存在的共性问题、技术问题,促进了本团队与企业之间知识流动和技术转移,为企业的技术创新提供了有力的支撑。该团队在八师、石河子市科技局组织的考核中,连续两年获得优秀。

团队根据八师石河子市科技局关于创新团队项目建设和实施的要求,综合考虑团队学科专业特色、人才队伍结构情况以及所依托单位——石河子大学食品学院的现状,制定了一系列切实可行,并能够确保团队良好运行和发展的合理规章制度,如《团队经费管理办法》《团队考核和奖励办法》以及团队内部科研联合体制等。上述规章制度的制定和贯彻执行，确保了团队各方面建设项目的开展和实施。

团队根据新疆果蔬资源确定了2个研究方向，方向一：新疆特色果蔬贮藏保鲜关键技术及产业化示范；方向二：新疆特色果蔬精深加工关键技术及产业化示范。团队根据各个方向的研究目标与计划合理配置研究成员、经费和设施。团队定期召开方向带头人和全体成员等不同层次的学术管理和交流会议，及时布置和交流各方向的研究目标和计划，使之与团队的整体研究目标紧密相连。为了鼓励团队的团结协作和整体创新，建立了以方向带头人为责任人的团队考核和激励机制，每年定期考核2个研究方向的总体任务完成情况，并根据完成情况对方向带头人进行奖惩。同时，对发表SCI论文、获得省部级以上奖励、授权专利等研究成果进行奖励。通过这种团队考核和激励机制，团队的团结合作精神不断加强，整体创新能力不断提高，团队各方面建设整体推进。

新疆特色果蔬贮藏加工创新团队也是自治区的果蔬贮藏加工教学团队。团队建有《食品工艺学》《食品分析》2门自治区精品课程；团队获自治区教学成果三等奖1项；1人是大学教学名师；2人获"宝钢优秀教师奖"。

成绩的取得并非偶然，凝聚着团队成员的汗水与付出。今后该团队不仅要培养更多的人才，还将继续走产学研之路，努力为区域经济建设服务。

原载于2013年11月30日《石河子大学报》264期第2版

嗨，你"微"了吗？
——广电系新媒体教学与实践新尝试

很多大学生都是微信的忠实用户，热衷于微信聊天、朋友圈、分享第三方链接等等，更是有越来越多的人在借此平台进行各种尝试和体验。

我校广播电视新闻系于近期向全校推出了一款名为《微石大》的微刊，新鲜的平台媒体，热点的新闻话题，在校园里迅速掀起一股讨论的热潮，学生们纷纷转发、分享。截止到日前，记者了解到，开通一个月，该平台的用户就增加至400多人，深受学生喜爱。

目前，该微刊已发布了10期。《影展被"盗"风波》《咱校车一分钟挤上80人》《视点：请你抬头看我》《我可以拍你吗》等系列新闻报道，已在校园里引发了众多学生的关注和讨论，还有定期发布的一些讲座、音乐会通知等资讯。为增加学生互动，他们还设置了照片竞猜的部分。

最初，《微石大》微刊总编辑、广电系主任王怀春老师为了实践这个想法，自己先行注册了一个名为"图观天下"的微信平台，尝试用图片解读事情。后来，他发现这样的免费公众平台更加适合一些期刊，就开始了"微石大"的创建。"以前我们也有尝试印制各种刊物，但传播效果不是很好。"王怀春老师说，微信的应用传播广，很适合引起其他学生们的共鸣。

他们的《微石大》微刊有学习版、生活版、评论版、文化版等不同的内容，现在是每星期3期。他们充分利用了专业的报道人才优势，现在团队有24人，以12级学生为主。王怀春老师说，后期他们还将做一些"学霸""人气公选课""校园风云人物"等生动有趣的校园新闻。若有比较优秀的新闻报道，他们也会跟其他媒体合作，推出专版刊登。为让版面更生动，视频制作室也将慢慢发展起来。

据王怀春老师介绍，他们创建这个平台是为了给石河子大学师生提供有态度、有尺度、有温度、有深度的校园资讯，服务校园文化建设，关注一些校园里的新鲜话题，学生们的日常生活，并发布有用的信息。同时，这样正规化的媒体平台，也给本专业学生们一个实践自己专业知识的机会。

对于学生记者的管理，王怀春老师完全是按照正规媒体模式运作。他与学生签署工作协议，有聘用期。从学生记者、编辑、助理总编等，每一环节都有评分制度，同时，每个人还有工作任务。每次的编前会讨论本期的话题内容，总结往期问题，这些制度要求，给学生们一个专业的工作状态，这就是他们的第一份工作。

"当新闻要求署名并对外发布时，学生们的心态会很不一样。"王怀春老师表示，以往学生完成的作业中一些优秀报道不能够传播出去，现在有了这个平台，就可以转变学生的观念，将新闻报道的理论真正实践起来。

12级广电专业的学生刘哲是"微石大"编辑室主任，他说，微石大充分考验了他们的采写和交际能力。因为微石大是由他们系专业老师带领的，他们在媒体方面有着丰富的工作经验，在这里，他学到了在书本上没有的专业知识，掌握了媒体的运行模式，为以后踏入工作岗位打下了基础。

原载于2013年12月15日《石河子大学报》265期第2版

"他就是我的亲爷爷"

——记我校学生、第二届八师道德模范候选人马玉龙

我校机械电气工程学院电气工程及其自动化专业的回族小伙马玉龙，有着一双棕色的大眼睛。他浓密的头发、腼腆的笑容和其他同学看起来没有什么不同。可问起他的老师和同学，人人都会伸出大拇指，告诉你一个90后大学生助人为乐、帮扶孤寡老人的感人故事。

2011年10月的一天，马玉龙路过石河子23小区东明新村时发现了一位行动不便呼吸急促的老人。他飞快地走到了老人身边，扶着老人，并将他送回了附近的家里。通过攀谈得知老人叫戴进，是石河子乡的退休教师。年过七旬的他自己一人独居，生活艰难得几乎不能自理。告别时，看着老人孤单的身影，马玉龙心里有些难受。他决心帮助老人，让他不那么孤单。就这样，老人需要有人扶的时候，他积极主动伸出善良的双手，不但将老人扶了起来，还坚持将老人"一扶到底"。谁知道，这一扶就是1000多个日日夜夜。

刚开始，马玉龙一有空就到老人家里，陪老人聊天干家务。接触久了，他得知老人患有严重的肺心病，并且还患有高血压和糖尿病。每当秋冬来临，他哮喘发作连呼吸都困难。起初，他几乎每个周末都会主动去帮老人买生活

必需品和药品。看到老人生活很是艰难，本来只是来陪陪老人，后来他义无反顾地挑起照顾老人的担子。他设身处地为老人着想，希望多帮他减轻负担和痛苦。原本不会做饭的他，主动请求老人教他做饭，看着老人吃得香喷喷，他心里说不出的满足。关爱是相互的，为了尊重他的习俗，老人将家里的厨具都换成了新的，非清真的食品也一概拒之门外。慢慢的，两颗不同民族的心紧紧团结在一起。随着老人对他越来越依赖，他几乎每天中午都会过去给老人做饭吃，老人亲切地称他：我的好孙子。就这样他照顾老人3年，两人感情非常深厚。

他还将照顾老人的事告诉了父母，他父母非常支持和鼓励他去照顾老人，还时常打电话问候老人。渐渐的，他们就像一家人一样了。2012年暑假，他带着老人去了他伊犁的家，他们一家人还带着老人游览了伊犁的美丽风光。有了这一家人的陪伴，老人不再感到孤独，过得很幸福。

天冷时，老人病情容易加重。2012年年底，马玉龙的父母得知老人病情加重后，匆忙从伊犁赶来，带了很多家乡和民族美味来看望老人，和他一起悉心照顾老人，直到病情好转才离去。那个寒假他没有回家，留在老人身边照顾他，和老人一起过年。在马玉龙的精心照顾下，老人的身体渐渐康复起来。马玉龙的老师和同学们得知后，也纷纷探望老人。老人的脸上时常挂满笑容，小屋里也传出久违的笑声。

辅导员李竞刚在接受记者采访时说，马玉龙是个特别淳朴的回族小伙子，待人很诚恳热情，知道他的事迹，我们都特别关心支持。

时间过得很快，转眼到2013年底。每到换季时候，老人哮喘就会加剧。寒假里，过年的前几天，老人突然病重，被马玉龙紧急送往医院，在急诊的过程中，老人渐渐地有些神志不清了，他当时很紧张，很担心，赶紧给父亲打了个电话。他父亲听到消息后，第二天就冒着风雪从伊犁赶了过来，和他一起看护爷爷。在那段日子里，父亲和他昼夜轮流守在老人身边精心护理，给老人喂饭，擦洗身体，聊天等。在这阶段，老人不但身体病重，精神好像也垮了，每天晚上必须得抓着马玉龙的衣服才能入睡，所以他基本上寸步不离老人身边。后来老人的病逐渐好转出院，身体也稳定了，他父亲才放心回家了。

最初照顾老人时还是大一的新生，转眼马玉龙现在已经是大四的老生了。记者联系他时，他正在单位实习。他表示要尽力留在石河子工作，方便照顾老人。如果留不下来去外地工作，就将老人接走照顾。老人就是自己的亲爷爷，一定要在自己身边安享晚年。

在记者采访时，发现老人的哮喘病发作，不仅行动不便，说话也很吃力。但得知是孙子学校的老师来访时，他还是坚持坐起来。他对记者说："玉龙照顾我已经进入第4个年头了，不容易啊。现在我根本就离不开他。如果要说点什么，就一句话：他就是我的亲孙子！"

不是祖孙，却胜似祖孙；不同民族，却更像家人。1000多个日夜的关心照顾，温暖了独居老人的晚年。马玉龙的事迹让人动容。他被评为首届感动石大杰出学子、第二届八师道德模范候选人、兵团优秀共青团员。

马玉龙不仅是一个助人为乐的典范，也是民族团结最动人的乐章。他用实际行动诠释了什么是善良，什么是中华民族的传统美德。他是石大的骄傲，更是当代大学生的楷模。

原载于2014年10月31日《石河子大学报》280期第2版

"我是一棵树,只能在兵团生长"
——记医学院第一附属医院肝胆外科教授、外科学博士吴向未

"我是石河子大学培养的博士,应该回来。我是一棵树,只能在兵团的土地上扎根生长。"留美外科学博士、我校医学院第一附属医院肝胆外科教授、吴向未坚定地说。

一、心系兵团的学者

吴向未出生在安徽,1991年起开始在石河子大学就读医学院本科、研究生。毕业后他以优异的成绩留校,之后申请去美国阿拉巴马伯明翰医学院做访问学者,攻读博士。赴美期间,他被聘为美国约翰霍布金斯大学副研究员,面对丰厚的报酬、优越的平台,吴向未没有任何的喜悦和归属感,可一些世界顶级医疗机构的管理、行医理念以及先进的医疗技术,让他对医生和优秀的医疗团队有了更新的认识。当时他就暗下决心,一定要回国打造属于中国的顶级医疗团队。

怀揣着对祖国和兵团的热爱,2011年,吴向未申报中组部首批"千人计划"新疆项目回国,回到石河子大学医学院第一附属医院工作,投入到干细胞与再生医学的研究。学成归来的吴向未深为医院所器重,顺利晋升副主任医师,破格晋升为教授,并被任命为医院转化医学中心主任。他以"新疆地方与民

族高发病教育部重点实验室"为依托，带动一批优秀学科、交叉学科的发展，形成优秀人才的团队效应，提升了医院在国内外的学术地位和竞争能力。同时，他还先后参与十多个国际国内科研项目，先后获得新疆生产建设兵团科学技术进步一等奖、新疆医学科学技术奖一等奖，并作为主要骨干成功申报"十二五"国家科技支撑计划课题1项。

他在国际上首次提出"干细胞行为紊乱"学说，首次证实间充质干细胞无法正常地定向迁移 Camurati-Engelmann 病的重要发病机制，率先运用 TGF-β1 抑制剂有效阻止骨质疏松的发生发展，为临床治疗提供了具有一定价值的理论基础和治疗借鉴，解释了临床上对骨质疏松治疗遇到的问题。这些研究成果已引起国内外同行专家的高度关注与认可。

近五年，他在国际顶级学术杂志上发表论文10余篇，多次受邀参加国际会议做大会发言，先后获美国骨矿学会年度青年学者奖、国际华人硬组织学会青年学者奖，入选"国家百千万人才工程"和"国家有突出贡献中青年专家"，担任中国医学会外科学分会委员、中国青年科技工作者协会第五届理事等职务。在众多的荣誉面前，他更加努力。

二、肝胆相照的医者

2013年夏天的清晨，一个年轻的姑娘被急诊科送到科里。她全身抽搐，腹部剧烈疼痛，浑身是汗。吴向未诊断后怀疑是肾上腺瘤破裂，病情非常危险，需要尽快手术。因为只有一层薄薄的膜包在腺瘤的外面，患者一个翻身、甚至一声咳嗽都会导致破裂，她的腹腔就会大量充血，威胁生命。但手术必须直系亲属签字。姑娘的父母在内地，因为各种原因3天后才能赶到。这70多个小时里，吴向未带着住院医生寸步不离地守在姑娘的身边，以防突发情况。后续的手术进行得很成功，看见姑娘一天天好起来，他的心里有说不出的高兴。

这样的故事很多、很平凡，却体现了吴向未心系患者、肝胆相照的崇高医德。住院医师雷振说，吴医生不仅医术高超，对待患者温和，对待年轻的医生也十分谦虚。尽管晚上不该他值班，只要需要帮助，即使是半夜都可以随时来科里。

吴向未对记者说："作为一名外科医生，我爱我的专业，病人永远是第一位的。"他是这样说的，也是这样做的。一年365天，科室就是家，巡视危重病人、观察手术病人、处理急诊，常常一忙就到深夜两三点。2008年汶川地震后，身在美国的他心急如焚，虽然不能亲自去现场救治伤员，但是他积极组织华人医务工作者为汶川募捐了20多万美元的医疗抢救器械，通过红十字会第一时间运到了灾区。

作为兵团青年联合会医药卫生委员会的主任委员，吴向未每年都带领医院各科室的骨干去伊犁、北屯、奎屯等地义诊。最让他记忆深刻的是在一个牧区，牧民们都在外放牧，非常分散。他们就开着车去找牧民，现场诊断、免费发药。牧民们十分欣喜，要了他们的电话，平时有点头痛脑热都会打电话来咨询。牧民的淳朴感染着吴向未，也激励着他。2012年5月4日，吴向未教授荣获兵团"首届五四青年奖"荣誉。

三、答疑解惑的师者

作为附属医院的医生，给学生上课是少不了的，本科生、硕士、博士研究生教室，都能看见吴向未的身影。他常说，"临床医生是医学生们进入临床工作的第一把钥匙，我们要开启学生爱病人的那扇门。"

在本科生课堂上，他引导性地授课，使学生的思维更加开阔。因为上课生动、幽默，他上课的教室总是座无虚席，还有别的班的同学来蹭课。说起他，总是伸出大拇指说，"吴老师，太棒了！"

吴向未每周二定期开展研究生组会，一起学习干细胞等科研领域的科研成果，结合他的研究经历，大家受益匪浅。每次科研中遇到问题探讨时，总会有新的发现，问题也会迎刃而解。

博士张宏伟告诉记者，他最喜欢与吴教授讨论科研结果，他发散的思维、看问题的角度、渊博的知识，总会令人耳目一新。他说："吴老师为人谦和、治学严谨、大胆创新、孜孜不倦的人格魅力，深深地感染着我。今后我也要以他为榜样，当一个好医生。"

医学院院长彭心宇对记者说，自己是看着吴向未成长的。在本科 5 年里，他的成绩是全年级第一名。在硕士期间，也是学生中的佼佼者。他不仅聪明，还异常勤奋，是所有青年教师和学子的榜样。

"上善若水，厚德载物"一直是吴向未做人、做事、做学问奉行的准则。无论是科研、行医、育人还是出国五载又毅然回国，在他心里，始终有一种信念，就是常怀感恩之心。他说自己是一棵树，曾在母校的浇灌下茁壮成长，如今枝繁叶茂，就应该回到这里，只能在兵团这片土地上扎根生长。

原载于 2017 年 4 月 30 日《石河子大学报》288 期第 1 版

"只要有梦想，就会有希望"
——记我校优秀校友、传奇网商崔万志

"只要有梦想，就会有希望"，2015年4月25日晚，在"超级演说家"的舞台上，蝶恋公司CEO、我校优秀校友崔万志掷地有声地说。4位评委起身为他鼓掌，观众们感动地流下了泪水，电视机前的石大师生为他自豪。

一、梦想，做梦都想的事

崔万志1976年出生于安徽肥东县包公故里包公镇。由于难产、缺氧导致他下肢残疾，同龄的孩子都学会走路说话了，他却站不起来。父亲甚至给他做了拐杖，让他学着走。经历过反复的失败，他终于能丢掉双拐，用双腿走路了。一步、一步，虽然很慢，但他终于能走了！那一年，他5岁。

5岁那年，他的梦想就是像同龄人一样，能用双腿站着走路。

这对于大家来说，非常简单，可对他来说，简直就是奇迹。因为行动不便，崔万志上了学以后，各种歧视接踵而至，可这些却不妨碍他的学习成绩。他以优异的成绩考上了石河子大学经济管理专业。遥远的新疆，天山脚下的高校，用温暖的怀抱接纳了他。那一年，他20岁。

20岁那年，他的梦想是上大学。

一些人认为不可能的事情，他做到了。大学生活过得非常充实，课余他还做起了小生意，卖磁带、随身听来赚生活费。新疆的冬天非常冷，零下三十几摄氏度，冻得伸不出手指，但他收获了老师和同学的温暖。他还和同学承包了阶梯教室，用来放电影，场场都爆满。他喜欢读诗、写诗，笔名亦心，是校园诗人。他还参加自考，拿到了汉语言专业的本科文凭。大学四年，是他青春最快乐的时光，是浓墨重彩的一笔。

1999年毕业回到合肥，崔万志在上百场招聘会上投出的简历都石沉大海。印象最深的一次，某家企业招聘一名雇员，他赶早排在第一位，但当招聘人员看到他肢体残疾时，便当着招聘大厅里所有人的面，把他从人群里拉了出来。"走，一边去，别挡着别人！"红着脸走出人群的那一瞬间，崔万志在心里默默许下誓言："总有一天我会来这个展位招人！"那一年，他23岁。

23岁那年，他的梦想是能有一份工作，自食其力。

接下来的日子里，崔万志在合肥的天桥上和城隍庙摆地摊兜售一些小商品，来往的行人一定不知道，他曾经是象牙塔里的高才生。经过两个寒暑，他存了一些钱，在一所学校旁开了书店之后，他又开起了网吧。到了2005年，他积累了第一桶金，同时也接触到电子商务，他在淘宝注册了网店——"亦心家园"。那一年，他29岁。

29岁那年，他的梦想是能够成就自己的事业。

2007年，他注册了"蝶恋""尔朴树""亦心家园"3个服装品牌。2008年，他注册了自己的公司，成功入驻刚开通不久的"淘宝商城"。2010年，他被评为阿里巴巴全球网商三十强。2011年，他被评为安徽年度十大新闻人物之一，成为合肥家喻户晓的人。2012年，他做客凤凰卫视《鲁豫有约》，诉说百味人生。同年，他的"雀之恋"品牌上线，专做中国旗袍，打造中国旗袍文化，他也被评为阿里巴巴全球十大网商。2013年，他在北京中华世纪坛参加CCTV大型公益活动，被评为2013年中国新生代创业榜样，得到王建林、柳传志、董明珠等人的赞许。同年，他受邀央视对话马云。2014年，"雀之恋"

香港实体店正式开业，"雀之恋"远销香港、台湾、新加坡、美国、澳大利亚等地。2015 年，拥有中国最大的旗袍生产基地、全国最好的设计师、工艺师的"雀之恋"合肥旗舰店正式开业。

转眼间，他在逐梦之路上坚持了 10 年。而今，刚过完 39 岁生日的崔万志参加"超级演说家"，他大声说出他的感悟：梦想就是做梦都想的事情。他想告诉台下和电视机前的逐梦人，只要你有梦想，就有希望，坚持下去，就一定会成功。

二、抱怨没有用，一切靠自己

5 月 16 日晚，"超级演说家"第九期在安徽卫视倾情上演。最终，崔万志凭借精彩的演讲，站到了最后，获得全国四强！他不屈的性格、强大的内心征服了亿万观众。

当崔万志迈着蹒跚的步伐缓缓走上舞台，全场都为他响起了掌声。舞台上，崔万志回顾了之前自己的人生。他就像一个被上帝咬过一口的苹果，似乎生活也在有意地给他更多的磨炼，而他却说这一切都是最好的安排。

由于难产，出生后的他几乎没有呼吸，在被赤脚医生提着脚抖了十个小时之后，才发出一声微弱的啼哭。9 岁上学，横亘在家与学校之间的一条常人可以轻松迈过的沟渠，却成了他的天堑。为了不让父母每天辛苦接送自己，他尝试着自己爬过这条沟渠。最后，他成功了，体会到靠自己的努力战胜困难的成就和喜悦，而这段童年的经历也让他从小就明白了人生没有过不去的坎。

尽管已经在尽自己最大努力，但总有一些事情，是无能为力的。中考结束，崔万志以优异的成绩被一所重点高中录取。当他交完学费，整理好床铺时，巡视的校长过来了，校长惊讶地盯着这位肢体残疾的男生。在接下来的几分钟时间里，这位校长让人把崔万志的行李连人一起扔到校门外，并指着他说："就算你能考上大学，也没有学校要，还耽误我一个名额。"崔万志的父亲立即跪下求情，而这一跪就是两个小时。看着号啕大哭的父亲，一旁的崔万志默默地流泪,那时候,他才知道什么叫绝望。他以全县第三的成绩被当地最好的高中录取,却因为残疾在开学第一天就被校长赶出校门,这是他无法忘记的痛。但此时父亲的鼓励"抱怨没有用,一切靠自己"成为他坚持下去的动力。

从此,"抱怨没有用,一切靠自己"就成了他的人生信条。无论是读书时的艰辛,还是找工作时受到的歧视,内心的坚强始终是他坚实的后盾。"我要养活我自己",于是他开始摆地摊,开始自己做生意。现在,一切付出都有了回报。

"世界是一面镜子,照射着我们的内心。我们的内心是什么样子,这个世界就是什么样子。选择抱怨,我们的内心就充满痛苦、黑暗和折磨;选择感恩,我们的世界就会充满阳光、希望和爱!"崔万志在结束自己的演讲时说。

三、母校,永远的牵挂

石河子大学团委第一时间在"青石大"发布了崔万志参加"超级演说家"的信息,大学主页也发布了公告,师生们都观看了节目,给他加油。崔万志的恩师刘洪说:"看似简单的背后,凝聚着非凡的努力。崔万志不仅仅是有商业意识,他在大学期间就自学经济学课程,非常的努力。我现在上课,都用他的事迹激励学生们。崔万志是学生的榜样,是经贸学院毕业生中最闪亮的一颗明星。"知音文学社的社长任龙说:"崔师哥也曾经是知音文学社的骨干成员,作为知音的一分子,我感到非常骄傲。他是我们所有石大学子的榜样。"

崔万志有着一颗感恩的心,他于 2012 年在石河子大学设立了助学金,签订了校企合作协议。崔万志说:"我上大学时经济状况很差,甚至交不起学费,幸亏很多人向我伸出援助之手。在大学里,我感受到了无尽的关爱和温暖。现在是我回馈母校的时候了。我希望能尽自己的绵薄之力,为母校的贫困学子带去一份温暖,让他们穷且益坚,努力学习,能够顺利完成学业。

他感谢校领导,感谢他们不远万里前去看望他,给他带去母校的牵挂。

他感谢母校厚德栽培，没有母校的谆谆教诲，就没有他今天的成就。他更感谢这片曾经哺育他青春的热土，惟愿她更加肥沃，哺育出参天大树，蔚然成林。

未来是什么？崔万志说，未来就是一步一步脚踏实地走下去，你走的路就是你的未来，未来没有终点。的确，对于身体残疾，5岁才会走路，9岁才上小学，高中报到第一天就被校长赶出校门，大学毕业后求职屡受歧视，创业路上筚路蓝缕、饱尝艰辛，而今已是全球知名网商、蝶恋公司CEO的崔万志而言，未来就是自己一步步艰难地走出来的。这一路上，崔万志始终怀揣着梦想，不去抱怨身边的人和事，坚信"一切靠自己"的人生格言，满怀着对曾经哺育他的母校的感恩之情．我们有理由相信，他的未来会更加美好。

原载于2015年5月31日《石河子大学报》290期第2版

让梦想飞翔

——我校学生闫箫与无人机的故事

前不久举行的石河子大学运动会上，一架无人机航拍引起了师生的注意。原来这架无人机是我校医学院闫箫同学制作的。这让很多得知内情的同学不由惊讶，一个临床的学生，怎么会对这样的高科技感兴趣？带着疑惑，我们走进了闫箫，去了解他的多旋翼飞行器。

清瘦，戴着眼镜，非常斯文的模样，甚至还有点腼腆，这是闫箫给我的第一印象。但说起多旋翼飞行器，他却侃侃而谈。

他告诉我，自己从小就喜欢机械，动手做一些小发明，家中很多小家电都被他拆卸组装过。他的梦想是制作各种飞行器，能够自由飞翔。高考那年，机械、无线电专业成了他的第一志愿，但家人坚持让他从医，他选择了临床医学，以为从此之后自己要与飞机无缘了。没有想到，大学这个广阔的平台却使他结识了更多有相同爱好的朋友，他立即行动了起来。从模拟器到教练机，他进步很快。随着经验积累，他决定开始去做真正的无人机。

这次在运动会上出现的飞行器就是他制作的小型多旋翼航拍机。他告诉我，航拍只是一个方面，其实应用的方面是很广阔的。比如，应用于搜救、抢险等方面。

从汶川地震到鲁甸灾区，灾区影像获取，受损情况评估，救援物资投送，应急通讯架设等各种救灾工作耗费大量人力物力，加之灾区道路通行状况限制，很多救灾任务仅靠人力无法完成。随着无人机技术的不断发展，利用无人机的优秀的跨越地理障碍的能力，可以第一时间进入灾区获取灾区影像，为灾情评估与决策提供第一手资料，建立应急通讯中继和应急物资的投送。同时也可应用于山地、峡谷、草原、荒漠等危险或面积较大的搜救遇险人员的行动中，可以有效减少搜救人员人数，减少危险环境工作时间。在不能直接营救的情况下可以投送物资支援被困人员。

他告诉我一个真实的事情，在2014年8月，一名徒步爱好者在独山子峡谷坠崖失踪，当地出动大批人员搜山，但因地势险峻搜寻进展十分缓慢，救援队员也多次遇险，搜救陷入僵局。参与救援的蓝天救援队提出空中搜寻的建议，但是出动陆航部队有着严格的规定和手续，时不我待。于是搜救队员想到了可以用多旋翼无人机搜寻，于是他们联系石河子无人机爱好者前去救援。接到求救之后，他随石河子志愿者作为无人机飞行观察手参与救援，用无人机参与救援极大地提高救援效率，一天完成搜救面积超过了500余名搜救队员的工作量，3天时间完成峡谷80%搜救面积。最后失踪人员在剩余的工作面中找到，空中搜救节约了大量的资源，也保证了救援队员自身安全。通过这次救援也暴露了很多问题，认识到搜救对飞行器提出的要求很高，许多方面都需要改进，石河子无人机爱好者在此后一直在进行研究改进，并义务接受蓝天救援队的救援任务委派。

那次救援对他的触动很大，在救援中复杂的环境使他们损失了一架无人机，回来后他们一起总结经验教训。在2014年兵团教委举办的"挑战杯"活动中，他申报的项目就是无人机在搜救中的应用，作品的设计方案针对性很强，所采用的技术，经过蓝天救援队的搜救实践，系统中的自动飞行驾驶控制仪、数据链、任务规划等技术均比较成熟。作品适合野外搜救、突发情况及危险复杂区域的探察。相对于昂贵的商用无人机系统，该作品具有很好的推广价值。

　　石河子市第五中学的航模老师张赟告诉记者，闫箫有着非常扎实的航模基础，有很强的动手能力，对航模活动充满热情，在课余时间积极参加航模运动的推广，经常帮助他一起训练学生，面对问题，认真分析原因，陪学生一起修理飞机，锻炼学生的动手能力，也减少了学生的飞行压力。给孩子们上课，难度是非常大的，只有充分调动他们的积极性，他们才会听。闫箫在这方面做得非常好，学生们都很喜欢他。

　　问及闫箫今后还有什么新的计划时，他说最近国外的多旋翼无人机已经应用到医疗急救中，飞机搭载各种医疗急救模块迅速到达病人所在地，用时非常短。这在交通拥堵的大城市为病人赢得时间等到救护车是很重要的。闫箫告诉我，他是一名医学生，深知抢救时间的宝贵性，对于心脏病人来说每一秒钟都是弥足珍贵的，如果在第一时间把器材、药物送到现场，通过机载视频通信系统在专业医生的指导下可以及时挽救病人生命。他希望先进的技术手段应用到医疗体系，毕竟无人机技术越来越成熟，有条件尝试应用到医疗方面。

　　闫箫希望和志同道合的朋友一起努力，相互学习，完成这个目标。我们期待他能在梦想的天空上尽情飞翔。

原载于 2015 年 6 月 15 日《石河子大学报》291 期第 2 版

致力科研　服务兵团
——记"全国优秀科技工作者"、机械电气工程学院教授坎杂

坎杂，作为石河子大学屈指可数的蒙古族教授，从 1985 年原石河子农学院农机系毕业留校任教至今，已经在教育战线辛勤耕耘 30 载，默默地为兵团，为边疆的农机教育、农机服务和农机发展奉献了 30 个春秋。

30 年心系教育，致力科研，坎杂如今已经成为享受国务院政府特殊津贴专家，自治区有突出贡献优秀专家，自治区教学名师，兵团科研创新团队负责人，自治区教学团队和自治区精品课程负责人，兵团英才培养对象，"全国农业机械化与设施农业工程技术专家库"专家，农业部农机化科技创新"林果业机械化专业"专家组成员，兵团农机装备产业技术创新战略联盟专家组组长。2012 年荣获"全国宝钢优秀教师"，2013 年荣获"全国十佳农机教师"，2014 年荣获"全国优秀科技工作者""最美兵团人"等荣誉。

在这 30 年中，他勤勤恳恳、脚踏实地、心系讲坛；在这 30 年中，他桃李满天下，育英才无数；在这 30 年中，他用扎根边疆的坚定信念和投身教育事业的满腔热情，致力于兵团农机的科研事业，奉献了无悔青春。

作为一名教师，坎杂牢固确立了献身教育事业的人生观，始终秉持"以德修身，为人师表"的职业信条，对教学工作精益求精。他深知科学的发展

是日新月异的，因此十分注重更新教学内容，完善教学手段。为跟上农业机械化的发展前沿，他每天都抽出时间学习相关学科的新知识，确保把握学科的发展趋势。为丰富实践经验，他还经常到各团场去调研，认真倾听农场、农户的需求，他说，科研要为教学服务，要为农业发展服务，只有实地走访，才能了解现今兵团农机的需求，实现教学与科研相长。

以这种认真严谨的态度为引领，近年来，坎杂获自治区教学成果一等奖1项、二等奖1项，国家多媒体课件大赛一等奖1项、二等奖1项，国家多媒体教育软件大赛高教组三等奖1项，出版教材与专著6部，发表教研论文9篇，指导的学生中获"中国青少年科技创新奖"3人，"自治区优秀硕士论文"2篇，在全国大学生"挑战杯"课外科技作品竞赛中获奖4项。

坎杂始终以兵团农机事业发展为己任，紧密结合生产实际开展科学研究，研究领域涉及新疆特色作物生产机械装备、畜牧工程装备等。

新疆是我国最大的加工番茄生产基地，虽然加工番茄的种植、田间管理已基本实现了机械化，但番茄收获的机械化水平较低，主要依靠人工采摘，劳动强度大、生产效率低。虽然国外番茄收获机的技术较为成熟，新疆也从国外进口了一批番茄收获机，一定程度上缓解了番茄采摘用工压力，但核心技术垄断，设备价格昂贵，服务收费高且周期长，严重阻碍了新疆加工番茄机械化采收技术的推广。实现收获机国产化是推进加工番茄机械化采收的必由之路。

在主持研究"自走式番茄收获机的中试与示范"项目时，他没日没夜地加班，参加不计其数的技术讨论。他带领团队攻克了一个个难关，却顾不上抽空去治疗自己的胃病，他曾说："科学研究确实是需要投入和坚持的事业，周六、周日不去实验室，心里就会空落落的。"如今，此项目已获国家农业科技成果转化资金特别重大项目支持（全国仅3项）。

前不久，由他主持的国家农业科技成果转化资金特别重大项目"自走式加工番茄收获机的中试"顺利通过了国家科技部和兵团科技局组织的验收，且收获机也已批量生产，正逐步走向番茄采收的前沿阵地，这是对他辛勤付出的最好回报。

他还先后协助石河子天业番茄制品有限公司、石河子开发区天佐种子机械有限公司、石河子开发区石大锐拓机械装备有限公司等开展核心技术攻关、创新平台建设、技术人才培养等工作。坎杂认为，把科技转化为生产力，服务群众，回报社会是科研工作者应该遵循的原则，应尽的义务。

凭借卓越的科研能力，坎杂近年来主持国家科技支撑计划、国家自然科学基金、国家农业科技成果转化、兵团重大产学研专项等省部级以上项目13项，获省部级以上科研成果奖7项，国家专利30余项，发表论文90余篇，带领的新疆特色经济作物生产机械化研究团队于2011年被评为兵团首批科研创新团队。

坎杂关心青年教师的成长进步，对每个青年教师都制定有培养计划，在教学、科研工作中都毫无保留地培养年轻人。他积极推动"送出去，引进来""传帮带"等培养措施，积极开展对青年教师的培养。团队青年教师入选石河子大学"3152"青年骨干教师4人；2人晋升为教授，4人晋升为副教授；团队青年教师主持省部级以上科研项目18项，其中国家自然基金7项；先后派送6名教师攻读博士，目前已有5人获得博士研究生学位，为新型农业机械装备开发注入活力；为拓展成员的国际化视野，派送张若宇到国外知名高校访学；派送江英兰、王丽红等6人次出国进行学术交流，为团队推出新的科研成果积累经验。

"学高为师，身正为范"，坎杂正在用自己的一言一行来诠释。30年的风雨兼程，坎杂教授始终把教书育人和农机科研放到自己工作与生活的首要位置，坚守在热爱的教育工作岗位上，时刻准备为边疆的教育与兵团的农机事业贡献自己更多的力量。

原载于2015年9月15日《石河子大学报》294期第2版

把鬼子赶出中国去
——我校离休教师白海峰的军旅生涯

1921年,白海峰出生在河北大城县。1940年,在东北学习泥瓦匠的白海峰回去探家时才知道,华北沦陷了,他们村成了鬼子的占领地。当时太行山的游击队招人,白海峰想,只有把鬼子赶出中国去,才能当自己的小瓦匠,于是他拿起了枪杆。

白海峰刚开始他的军旅生涯,就发生了一件让他一辈子都忘不了的事情。一天他所在的连队接到命令,鬼子在扫荡太行山脚下的一个小村庄,让他们去骚扰一下。可当他们赶到时,那个小山村已经成了一片废墟,到处可见烧着的房子、满地的死人。最让他们震惊的是村里的那口大井填满了死人,一旁的河水都成了红的,让人不敢正视!他们愤怒了……带着满腔的仇恨,他们追着把鬼子打得落花流水,后来又回到那个小村庄,把所有遇难的人一一掩埋。白海峰说:"一辈子都没有见过那么残忍的一幕,日本鬼子还能算人吗?"

为了保存实力,白海峰所在的团有时一天要转移四、五次。有一次,他们驻扎的地方离日伪军的据点只有两公里,在特务的带领下,鬼子包围了他们,白海峰和其他战友奉命掩护大部队转移。他们选择了一个山包作掩体,由于地势太高,鬼子动用了炮弹。白海峰看到一连串的炮弹从山头飞过,周围的战友都倒下了。当时他也感到脑袋一阵钻心的疼,就晕过去了。3天后他醒过来,才知道自己被一个没有拉环的手榴弹砸晕了。"打了那么多仗,我奇怪得很,除了那一次外竟然再也没有受过一次伤,子弹似乎长了眼睛一样,躲着我走。"回忆起这些,白海峰爽朗地笑了。

1941年至1942年间,日军对华北各抗日根据地实行了惨无人道的"大扫荡",白海峰他们转移得更频繁了。在一次转移中,白海峰所在的连负责牵制敌人。"我们利用山上的石头、土堆做隐蔽。敌人的枪打不到我们,就派出飞机朝下面扔炸弹,一天来四五次,每次七八架。白天打得不是很激烈,看到日军露头了就打冷枪,只有当日军冲上来想占领阵地时,我们才集中火力把他们打下去。晚上更激烈,晚上打的主要是消耗战。"60多年后的今天,白海峰回忆起这段往事,犹如昨日。

狼牙山五壮士就是白海峰他们所在的邱蔚团7连的战友。当时,班长马宝玉等5名战士为了拖住并吸引日伪军,边打边向棋盘陀方向撤退,把日伪军引向悬崖绝路,最后5名战士跳崖,3人壮烈牺牲,2人被树枝挂住,幸免于难。棋盘陀一战惨烈至极,95岁高龄的白海峰仍清晰记得这个地点。

白海峰还记得在一个叫汩汩砣的小丘时,面对几十倍的敌人,他们没有害怕,一次又一次打退了敌人的猛烈进攻。开始他们吃的是装在背包里的干粮,后来就吃山里的野果。等到救援部队到来时,20多个人是被战友抬下山的,他也饿得只能说不能动了。连长和指导员亲自给他们喂饭,怕他们吃多了撑坏胃,每顿只能吃稀饭,3天后才能吃干饭。

1949年,白海峰随王震将军进疆接收国民党起义军,后来又辗转北京、青海等地。1962年,响应国家号召,部队的干部纷纷转往北大荒、内蒙古及新疆等地支援地方建设,白海峰来到石河子,从此在这里扎根。

原载于2015年9月15日《石河子大学报》294期第3版

提升石大化工学科　助力兵团工业发展
——"氯碱化工清洁生产与产品高值化"教育部创新团队科研成果介绍

"氯碱化工清洁生产与产品高值化"教育部创新团队由石河子大学化学化工学院及新疆天业集团高级科技研发人员携手共建，目的是希望推动兵团化工行业实现跨越式发展。

自 2012 年"氯碱化工清洁生产与产品高值化"教育部创新团队获批建设以来，该团队在"热等离子体裂解煤直接制乙炔""氯乙烯的绿色合成""氯碱产品高值化"和"氯碱化工清洁生产系统集成"4 个方向产学结合进行科学研究和攻关。在人才培养与汇聚、承担高水平项目、产业升级、科学基础研究和创新技术成果产业化等方面取得了突出成果，发表研究论文 157 篇，其中 SCI 收录论文 134 篇，获国家科技进步二等奖 1 项，中国石油和化学工业联合会科技进步奖 1 项，兵团科技进步奖 7 项。申请专利 54 项，授权专利 26 项，其中发明专利申请 42 项，授权 14 项。出版教材 2 部。

一、团队主要研究领域与突破

（一）热等离子体裂解煤直接制乙炔 传统电石法生产乙炔能耗大，还会产生电石渣、废水、废气等，采用等离子体裂解煤制乙炔技术，用煤直接生产乙炔，可以降低能耗 30%～35%，不产生废渣、废水和废气，可实现清洁生产，并通过膜吸收的方法和工艺，高效分离提纯了等离子体裂解煤混合气中的乙炔。在极端条件下的超高温煤裂解过程、毫秒级气固超短接触流体力学—传递—反应和反应器的结构设计等方面，逐步建立了等离子体裂解煤制乙炔的转化规律和定向控制科学原理。自主研发并建立了10千瓦级实验室等离子体裂解煤装置以及相应的产物分离、分析检测方法，形成了独特的过程基础研究平台，并搭建了工业化示范装置，拥有自主知识产权已形成40余项核心技术专利，处于国际领先水平。该成果获得2014年兵团科技进步二等奖。

团队还积极开展乙炔下游产品的开发，实现高值化转化；开展了乙炔选择加氢制乙烯的催化剂研究，确定了催化剂制备以及加氢反应的工艺条件，该成果经鉴定达到"国际先进"水平，获兵团科技进步二等奖一项。同时开展的乙炔二聚制乙烯基乙炔的水相和非水相催化体系研究，建立了双金属协同催化体系，获得较高的乙炔单程转化率及乙烯基乙炔选择性。

（二）氯乙烯的绿色合成

乙炔法聚氯乙烯生产过程采用氯化汞催化剂，年消耗汞超过800吨，约占我国汞污染的60%，已成为产业生存发展的瓶颈。针对"无汞"催化剂研发应用价格高、寿命短的问题，通过添加助催化剂、碳载体孔结构调变、载体表面掺杂等手段，开发出高效、长寿命的金基催化剂，其中0.2%金含量催化剂的单程寿命大于8000小时，为已知文献报道寿命最长的无汞催化剂。为降低催化剂成本，创新性地将碳氮材料应用于乙炔氢氯化反应，其催化活性可达到金基催化剂的70%以上，开拓了乙炔氢氯化"无汞"催化剂新的发展方向。为进一步降低催化剂成本，开发了钌基催化剂，研究发现添加助剂后乙炔转化率可达99.2%，催化剂积碳量大幅度降低，该催化剂的实验室寿命已经大于2000小时，有望应用于工业试验。上述工作在包括Journal of Catalysis等顶级刊物发表论文20余篇，被Nature Communications等多次正面引用和肯定。

（三）氯碱产品高值化

针对氯碱产业主要的下游产品聚氯乙烯，存在品种少、品质一般、高端树脂缺乏等问题，开展了一系列工作。通过研究乙炔气干燥、氯乙烯单体深度脱水、含汞废酸深度解析等关键技术，全面优化氯乙烯生产工艺，提升了氯乙烯单体的质量。研究了聚氯乙烯树脂多层次构效关系，获得了调控树脂链段结构、聚集态结构的方法，为树脂品质提升和功能性树脂开发提供理论基础。通过原位聚合技术，添加无机纳米填料、功能助剂等，改善了PVC加工、机械、热性能。通过共聚合方法，设计制备氯乙烯基共聚物，改善、拓展PVC树脂应用领域。开发出9种聚氯乙烯树脂产品获得产业推广，其中4个品种填补了国内空白，打破了国外产品的垄断，累计生产专用树脂35.22万吨，创造产值32亿元，经济效益十分明显。获得国家科技进步二等奖1项。

（四）氯碱化工清洁生产系统集成

针对电石炉气处理的世界难题，开展了"电石炉气制高纯一氧化碳和氢气工业化技术开发与集成""聚氯乙烯生产过程中的水热集成"等研究工作。电石炉气净化装置利用电石生产过程中产生的副产电石炉气深度净化制取高纯一氧化碳和氢气，规模达到30000标准米^3／年，可为5万吨／年乙二醇和3万吨／年1,4-丁二醇工程项目提供合格的原料气，提高废气资源化综合利用水平。该项目于2012年11月顺利建成投产，是国内首套电石炉气制高纯一氧化碳和氢气的工业化装置，符合国家清洁生产和节能减排产业政策，为电石炉气生产高附加值化工产品提供了技术保障，填补了电石炉气高效、清洁利用的空白。该部分工作获得兵团科技进步一等奖1项。

二、科教结合与人才培养

（一）科教结合

团队成员坚持在第一线为本科生、研究生讲授课程，将科研经验融入课堂教学中，并积极参与课程改革建设。在团队成员的共同努力下，郭瑞丽教授主讲的化工原理及教学团队成功入选石河子大学精品课程，魏忠教授主讲的高分子化学及教学团队入选石河子大学一类课程。代斌、但建明教授主编了《化学化工前沿概论》，作为硕士研究生"化学化工前沿"课程的教材，结合团队科研方向拓展研究生科研视野。

专业建设方面，由团队成员贾鑫、郭瑞丽教授主导，石河子大学和新疆天业集团联合实施的化学工程与工艺本科专业国家卓越工程师计划获得教育部批准。结合石河子大学人才培养为新疆地区经济社会发展提供智力保障的定位，聚焦为新疆本地大型化工企业服务，该计划主要为企业培养优秀的化工工程师，每年招收一个班的定向"屯垦戍边"班，由学校和企业共同制定培养计划以适应企业的需求，目前已为新疆天业集团定向培养本科生69人，获得了企业的认可和好评。

石河子大学代斌教授与天津大学张金利教授等为了培养学生创新思维和工程意识，建立了"全方位、开放式、立体化"的实践教学体系。完善了自主式、研究性、合作式的实践教学方法，将多种创新思维方式的培养，分散在实践教学的各个环节，潜移默化地提高学生的创新意识。自主开发了一批具有"实习、实训、考核、研究"四位一体多功能教学设备；建立了零排放、低能耗、安全的热态生产流程或冷热结合的生产流程校内教学型实习培训装置，建设了教学基地"零排放热态"流程校内实习基地；开发了校内科研与教学结合的教学基地的实习教学装备，实现了教学与科研的有效融合，科研促进了教学。深入了解过程工业的各种工艺、设备、控制系统特点，开发出工业过程各种过程动态模型，结合虚拟实现，仿真模拟和网络技术，协助开发了系列仿真教学软件，解决了现有实习"走马观花"的问题。获得了2014年国家教学成果一等奖1项、2013年天津市教学成果二等奖1项。

（二）人才培养

近3年团队着力激发科研氛围，在学生培养方面取得了良好的成果，共计培养博士研究生12人、硕士研究生75人，其中5人获评石河子大学优秀硕士论文，3人获评自治区优秀硕士论文，4人获得硕士研究生国家奖学金，1人获得"全国首届高分子创新创业大赛"三等奖。特别指出的是2014届硕士毕业生马致远同学发表了6篇文章，SCI收录5篇，其中1区文章3篇、2区1篇、3区1篇。本团队培养的硕士生和博士生得到了用人单位和同行专家的好评，对石河子大学研究生培养起到了示范与带动作用。

原载于2015年10月31日《石河子大学报》296期第2版

农学院"玉芬爱农奖学金"颁发侧记

11月24日,在农学院二楼会议室内,一场特殊的捐赠仪式——第四届"玉芬爱农奖学金"颁奖仪式举行。受助学生到场了,学工部和农学院领导到场了,但奖学金的创立者尹玉芬女士却缺席了,而且永远也不可能参加了。

尹玉芬出生于沙湾县一个农民家庭,中学期间学习成绩优异,但因家庭经济条件困扰,总分第一成绩的她只能就读塔城农校,后来又读了成人大专。未能进入大学本科,是她终生的遗憾。参加工作后,她带领塔城丰源种业有限责任公司努力拼搏,敢于竞争,成为塔城种业的龙头。尹玉芬的经济状况好了,总想着去资助立志献身农业的贫困大学生。2012年,她和农学院曹连莆教授偶然的一次交谈,促使她萌生了设立奖学金的想法。当年,她就与农学院签订协议设立了"玉芬爱农奖学金",第一轮从2012年至2016年,每年资助8名学生,每人每年2500元,共10万元。

但谁也没有想到,由于常年劳累,2012年,尹玉芬检查出癌症,但她仍乐观地与病魔斗争,仍奔波在田野里。2012年,她抱病参加了首届"玉芬爱农奖学金"的颁发仪式,给农学院师生以极大的鼓舞。2014年,她病情恶化,在上海住院治疗期间，她和农学院领导通电话说，虽然身体状况不佳，但无论如何要把奖学金的 5 年协议完满执行到底，并把后续 3 年捐赠资金一次性汇到学校学工部账户上。

时间定格在 2014 年 10 月 27 日，尹玉芬因病辞世。曹连莆教授带领艾尼瓦尔、李卫华两位中年教授及受资助学生三代师生代表农学院去沙湾为她送行，心中无比悲痛。她的家人表示，今后打算将她生前设立的"玉芬爱农奖学金"延续下去，这是她的遗愿。

农学 13 级张永强同学哽咽着说："在获得资助时得知玉芬阿姨已经去世，心中有说不出的痛，辗转反侧，我将更加努力地学习，不辜负玉芬阿姨的在天之灵。她虽已离开，但她的爱心将不断激励着我们，温暖着我们整个大学生涯和青春。"

曹连莆教授等受尹玉芬家人的委托为获奖学生颁奖，他动情地说："因为我的学生曾教过尹玉芬，所以我从感情上把她看做自己的孩子。农学院的师生都应以她为榜样，特别是获得奖学金的同学们，你们获得的不仅是物质财富，更重要的是获得了宝贵的精神财富，更要胸怀感恩之心，奋发成才报国，为我国农业现代化奉献终身。"

尹玉芬已经永远离开，但这份沉甸甸的爱穿越了生死，留在了这里。

原载于 2015 年 11 月 30 日《石河子大学报》298 期第 1 版

红烛闪光　夕阳长存
——农学院《作物栽培学》老教授长期致力于教材建设

教材建设是办好高等学校和提高教学质量的重要环节，石河子大学农学院作物栽培与耕作学学科的王荣栋、赖先齐等多位教授为了提高教材质量，多年来一直不断努力，直到退休仍不止步，继续发挥余热，带领青年教师一起投身教材建设。

《作物栽培学》是农学专业的主干课程。作物栽培有严格的地区性和系统性，与当地生产关系密切。新疆属于大陆性气候，荒漠绿洲灌溉农业，作物种类、结构及其生长发育特点和栽培措施与我国内陆有很大不同。过去，新疆几所农业高校使用的《作物栽培学》均为全国20世纪70年代的统编教材，由于教材覆盖面大，涉及内容广，很少有结合新疆的内容，而新疆高校的生源地大多来自新疆，毕业以后基本上都在疆工作，所学不能结合所用。80年代，我校王荣栋教授牵头，李蒙春、董志新、赖先齐等教授共同发起，与新疆农业大学、塔里木大学密切合作，并邀请新疆农业科学院、新疆农垦科学院等著名专家鼎力协助，在新疆维吾尔自治区教委（厅）指导和各单位

领导的支持下，汇聚力量，根据国内外学科的发展，侧重新疆灌溉农业的特点，以及学生生源和工作流向多在疆内等情况，经过两年多努力，于90年代出版了"新疆高等学校统编教材"《作物栽培学》。教材的科学性、先进性和实用性强，体现了教学改革精神和学科的特点，也有利于少数民族与汉族师生"双语"教学，提高了教学质量，并成为新疆科研单位和生产部门重要的参考用书。1999年获新疆维吾尔自治区科技进步三等奖。随后又经过编写出版《作物学实验指导》等与其主体教材配套，2000年又获自治区教学成果二等奖。

随着科学技术发展和教学改革深入，以及各校在全国招生范围扩大，人才流动性增强，编写组对原有教材作了充实提高，瞄准科技前沿，增加了新理论、新知识和新内容，拓宽了覆盖区域范围，突出西北地区绿洲灌溉农业特点，经新疆维吾尔自治区教委（厅）推荐，《作物栽培学》获得高等教育出版社立项，为"全国高等学校农林规划教材"，2004年7月在全国出版发行。

教材出版发行受到国内多个院校专家、教授的好评。山东农业大学于振文院士认为，"教材内容全面，重点突出，结构合理严谨，科学性强，理论性强，有很高的实用价值和很强的地方特色。是一部优秀的本科教材。"

东北农业大学魏湜教授评价："编写力量很强、章节编排合理、结构恰当，是目前各版本《作物栽培学》教材中、最具有特色的好教材。"

河南农业大学郭天财教授评价："本书根据本学科国内外研究的最新进展，增加了一些新理论、新知识、新技术和新内容，重视学科的交叉与融合。"

甘肃农业大学、西北农林科技大学、中国农业大学、沈阳农业大学、南京农业大学、扬州大学的张恩和、张保军、王志敏、董钻、曹卫星、吴云康等教授的评价也都很好。

教材除在疆内，也在甘肃、青海、河南以及西藏等多个高等院校农学专业等教学和研究生入学考试使用。2009年该教材再次获得新疆维吾尔自治区奖学成果奖。

教材出版合同有效时间是到2015年5月止，但高等教育出版社与主编主动联系希望修改再版。随着我国农业转型升级和科学技术发展、教学改革深入，作者又吸收国内多个院校教材的优点，结合各院校应用情况，与时俱进，调整作者，充实内容，并邀请甘肃农业大学、青海大学、青海省农业科学院的有关专家、教授共同合作，力争进一步提高质量。教材面向全国，重点西北，突出新疆。教材作为全国高等学校"十二五"农林规划教材，2015年6月《作物栽培学》（第2版）出版发行。这是作者辛勤劳动的结果，是集体智慧的结晶。教材出版后，当年多所高校新学期均开始使用。这本教材质量比以前更有提高，对培养学生，对发展现代化农业会有更好的帮助。

全书内容翔实，包括总论和各论共22章76万字，含35个作物。该教材为数字课程（基础版），是一个开放的网络教学平台，本书资源是对教材内容的引申和补充。书中精选150多幅彩图，作为纸质教材的配套，展示作物形态、结构和机械化、现代化生产措施以及绿洲灌溉农业节水特点。今后视教学需要将对彩图及时调整和补充，以利于学生自学提高和教师备课参考。

随着农学专业不断发展，教学水平提高和研究生规模的扩大，2007年，王荣栋、曹连莆、张旺锋教授又主编出版了《研究生参考教材》《作物高产理论与实践》。

至此，我校绿洲《作物栽培学》教材体系和框架初步形成，突出了我校农学专业的办学特色。

以上5部教材编写出版持续二三十年，董志新等老教授虽已退休，但仍不遗余力帮助青年教师编写。王荣栋教授倾心担好主编最后这本"十二五"规划教材的责任，他不顾年迈亲自牵头，组织各单位、各章节编写人员对内容进行修改、审定，与李世和研究员一起进行统稿。该教材76万字，每一处字里行间，这位80岁的老人都亲自审阅。小到一个外文字符注释，大到一个章节内容，他都要认真考证。两年时间，他与出版社以及各单位20多位作者通联的电话有几百个，他修改的稿纸一摞又一摞。大家为了编写出好的教材团结尽力。老教授们严谨和认真的态度，感染着一批青年教师。在他们的带领下,马富裕教授、勾玲副教授后期都成各章节的主要作者。张旺锋教授开始仅是前几本教材的一般作者,其后变为"棉花"重要一章的主编,最后两本教材又承担了主编和副主编的重任。

记者感言: 王荣栋等老教授已经从花甲步入耄耋之年。老骥伏枥,志在千里。多年来,他们退而不休,笔耕不辍,与晚辈合作致力于教材建设,使我们感受到了一份大爱。这是对农学的爱,对土地的爱,对教育的爱。

原载于2015年11月30日《石河子大学报》298期第2版

儿科就医难 手册来帮你
——一附院发放《儿科健康宣传手册》助患儿快速就医

"有了这个小手册，真是太好了。儿科门诊的就诊流程一目了然，不用再去导医台询问了。作为家长，我们也明白了如何在短时间内向医生讲清楚孩子的病情，得到最好的诊治。"4月13日，一位在医学院第一附属医院儿科门诊候诊区的家长对记者说。原来，她拿到的是医院刚发放的《儿科健康宣传手册》。除了等候区的患儿家长，不时还有路过的患者向医护人员索取。

这本手册说明了儿科门诊就诊流程、小儿常见疾病健康知识、儿科门诊可优先就诊的急诊患儿，以及免费预约的途径。手册包括针对新生儿黄疸、发热、急性上呼吸道感染、小儿肺炎、小儿腹泻等疾病的预防、判断和护理常识。

儿科主任医师谷强说，手册发放以后，患儿家长在阐述病情时简明扼要，接诊的时间明显缩短，同样的时间内接待的病人数量明显增多。

门诊主任兰华告诉记者，春季是小儿呼吸系统等疾病的高发期，接诊率高。手册可以指导患儿家长和接诊医生的有效沟通，缩短就诊时间，提高效率，降低交叉感染概率。同时，医学小常识有助于指导患儿家长对疾病的正确预防和护理。

"我们抽调了儿科专家和有丰富护理经验的护士,参与手册的编写。他们反复斟酌,花费了大量时间和精力。"一附院宣教科科长李伊萍说。

随着全面二孩时代的来临,儿科医生紧缺的状况受到社会各界越来越多的关注。在今年全国两会上,多位代表、委员的提案和建议,更是让这一话题成为社会热点问题。针对儿科医生普遍紧缺、医患关系紧张的现实性问题,我校医学院第一附属医院积极采取各项措施。手册的发放,不仅提高了就诊的效率,增进了医患间的相互理解,也拉近了患者和医生的距离。

原载于2016年4月15日《石河子大学报》303期第2版

上善若水　盈虚如月
——我校"水月汉韵汉服社"侧记

"有章服之美,谓之华""有礼仪之大,故称夏",中国自古就被称为"衣冠上国、礼仪之邦"。汉服是汉民族传承了四千多年的传统民族服装,是最能体现汉族特色及信仰的服装,是华夏礼仪文化的必要组成部分。汉服,凝聚汉民族智慧的传统服饰,在文化中绵延传承的中华衣冠。

汉服最早出现在殷商时期。殷商以后,冠服制度初步建立,西周时,服饰制度逐渐形成。冠服制被纳入了"礼治"的范围,成了礼仪的表现形式。上善若水,盈虚如月。2013年我校水月汉韵汉服社诞生,这是一个以汉服为载体,复兴汉文化为主旨的汉服社。

社团创始人尚钰娅是师范学院汉文13级学生,来自古都西安。西安作为古都,汉文化积淀厚重,因此关于汉服的展示活动较多。

来到石河子大学之后,发现没有与汉服相关的同袍组织,尚钰娅便萌生了发展汉服社团、寻找汉服同袍的念头。一个偶然机会,她结识了有同样爱好的地理科学13级康雪岩。整个过程中,她们克服了重重困难,凭着对汉服的挚爱与执着,让水月汉韵这个初生的星火不断发光发热。在社团缺少舞衣、礼服等衣物情况下,她们自掏腰包,用自己节俭下的生活费来填补空缺;在社团毫无经费、无法发展运营和举办活动的情况下,她们以出租衣物来获取周转经费,并全部用于社团。

随着得力的策划、推广和宣传,更多石大学子了解了汉服,也有不少学子加入水月汉韵汉服社的行列。2015年12月19日,水月汉韵汉服社第一届换届大会,尚钰娅将水月汉韵这个她抚育、呵护了两年的"孩子"放心交给了下一任社长，教育技术14级的周雨。

水月汉韵汉服社第二届社长周雨表示："水月成长速度非常快，目前我们需要将所有形制的汉服配齐，让大家了解汉服的形制，穿什么形制的衣服行什么礼。现在社团的困难就是资金问题，但我愿意接受这个挑战，将水月壮大下去，希望能够得到学校的帮助和支持。"

汉服具有华美、大气的风格，蕴含着深厚的历史文化底蕴，以特殊的魅力吸引着青年学子，将他们凝聚在此。心理15级的王雨萱便是其中一位。2015年秋的百团纳新，喜欢传统文化的她被百团纳新现场的一道独特的风景所吸引。一群身着汉服、装束颇具古典中国风的师哥师姐们，在油纸伞下轻声细语，几分优雅，几分唯美。于是，大一的王雨萱加入了这个社团，成为汉风舞蹈队的一名队员。

王雨萱作为汉风舞蹈队成员，多次随汉舞队参加学校大型晚会的演出，在社团也越来越重要。社团对她来说不仅仅是爱好，更多的是责任和认同。她说："支撑我留在社团更多是在于责任感和归属感，不仅仅是爱好。"

汉服社，不只是女生的天下，温文尔雅、高大俊朗的男生也撑起了半边天。作为后勤部部长，机电学院的王朝便是汉服社男生的典型代表。起初，王朝是抱着好奇的心理应招成为了成人礼的成员，参加了石河子市首届汉家成人礼。在成人礼的排练过程中，接触到了华美的汉服，慢慢了解了很多传统礼仪和文化，便渐渐爱上了汉服和水月汉韵。旅游管理14级的师方雷也是为数不多的男生之一，他是社团宣传部的"一支笔"，为社团做了大量的文字工作，为汉文化的普及推广作努力。前不久，他还为社团建立了百度百科词条。

社团的宣传部长、材料科学与工程15级的刘启风说："相同的兴趣和爱好，让我们走在一起，水月就是一个温暖的大家庭。我们通过开展各种汉文化活动，凝心聚力，传承经典。"

2015年5月31日，农历四月十四，石河子大学水月汉韵社于石河子大学中区世纪广场举办石河子第一届汉式成人礼。冠（笄）之礼是我国汉民族传统的成人仪礼，是汉民族重要的人文遗产，华夏先祖对于冠礼非常重视，所谓"冠者礼之始也"，《仪礼》将其列为开篇第一礼，其重要性可见一斑。礼拜父母，感谢父母养育之恩。礼拜师长，感谢师长教化之德。礼拜先贤，传承文明、报效国家。在历史上，成人礼对于个体成员成长的激励和鼓舞作用非常之大。此次成人礼串联了自然，人文，古代，今朝，把握住了传统文化的精髓以及时代跳动的脉搏，在学生群体中反响良好。

2015年6月6日，在石河子鱼米水乡生态园内举办的《石城文明之光》公益短片素材征集颁奖活动，聚集了石河子相关部局负责人、石河子文化界人士。在公益晚会上，水月汉韵受邀表演舞蹈《礼仪之邦》并进行了汉服展示。社团舞队的姑娘们在优美的古筝声中翩翩起舞，将传统服饰之美展示给社会各界人士。

如今水月已到碧玉年华，正是光彩耀人之时。2016年4月9日，在石河子大学会泽食府门前，生机勃勃的春日里，石河子大学水月汉韵汉服社与一些社团联合举办了花朝节活动，唤醒民族记忆。花朝节俗称"花神节""百花节"，在农历二月初二举行，是中华民族的传统节日。花朝节寄予了人们对美好事物的向往，对春日、生命、绿色的亲近和渴望。五彩斑斓的华服，竞相开放的鲜花，跳跃灵动的青春身影是节日中最美的风景。

自2013年成立以来，水月汉韵汉服社广泛吸纳汉服爱好者，现已有140多名校内外社员。行列中有大一至硕士的在校生，也有石河子市及全疆的校外同袍。社团积极响应"中华文化复兴"运动，不断完善自身建设，以汉风舞蹈、汉服走秀及汉风音乐剧形式为石河子大学学生提供了锻炼表演能力的平台，为石河子地区弘扬民族文化、复兴汉服文化贡献了重要力量。水月汉韵汉服社致力于汉服运动，积极响应中华文化复兴运动的号召，在学生中广泛传播、发扬汉服文化，普及汉家礼仪知识，可以说是汉服运动在新疆地区积极响应的中坚力量。

"我们会谨记走在一起的目标，不忘初心，穿起汉服的同时，能够传承我们的文礼，民族的精神和智慧。除了塑造外表，更要丰富自己的内涵。"当谈到对社团的期望时，尚钰娅坚定地说："华夏文明是水月人的信仰，传承传统文化是水月人的任务，重振礼仪之邦是水月人的目标。"

原载于2016年4月30日《石河子大学报》304期第2版

传承六师亮剑精神　续写石大学子和校友风采

兵团第六师五家渠市，孕育了独一无二的"亮剑精神"，电视剧《亮剑》中李云龙部队的原型正是第六师的前身部队，因而溯源产生并谱写了"忠于使命、敢于担当、不畏艰难、创新争先"的新时期"亮剑"精神。"亮剑"精神，是兵团精神在六师的继承和发展，是兵团、六师的一笔宝贵精神财富，是每一个六师人心中坚守的精神家园。

韩宁，1984年出生，我校师范学院毕业生，《石河子大学报》第三、四届学生编辑，现在第六师五家渠市教育局工作。从2004年韩宁进入校报编辑部以来，得到了编辑部教师的众多指导，理论水平和写作功底都有了较大提高。近年来，韩宁在新疆新闻网、兵团政务网、援疆网和《兵团日报》《新疆教育报》等媒体和报刊发表新闻、通讯数十篇，及时宣传报道了六师教育系统的先进事迹，有力地推动了六师教育宣传工作的开展，在工作岗位上延续了曾经学生编辑的职责使命，践行了"亮剑"精神！

初识韩宁，是在2004年10月，他因为对文学和写作有着浓厚的兴趣而被辅导员推荐到校报编辑部做学生助理，后来通过全校招聘考试，正式成为我校的学生编辑，在此后的4年里一直在校报编辑部做助理工作。当年的校报编辑部是一个青年的集体，5个工作人员中有3个年龄都在25岁以下，10名学生编辑也是"各有千秋"，汇集了全校各文学社的骨干。年轻人的汇集，为校报编辑部注入了新的活力，也为各位学员的交流和学习提供了良好的平台。当时部里很重视这批学生编辑的发展，专门组织教师为他们授课，讲授新闻通讯写作方法和摄影的相关知识，提供采访平台为他们创造锻炼机会，后期更是由编辑部的教师提供"一对一"帮带式辅导，韩宁正是在这样的环境中成长起来的。

韩宁做事比较踏实，记得大二时，部里带他去采访毕业生招聘会。韩宁接连写了几篇通讯发到校报上，以一个在校生的视野向大家介绍了大学招聘会的需求和毕业生应当具备的条件，为广大在校生了解招聘用人导向提供了帮助，也为他在后来的毕业招聘中顺利签约积累了经验。在校期间，韩宁共发表散文、诗歌30余篇，采写新闻、通讯20余篇，他参与改稿、画版等基础性工作，提高了文字写作水平，开阔了视野，也为他在后来的工作中培养写作兴趣奠定了基础。

走上工作岗位，韩宁一直延续着在校报编辑部的习惯，将自己的兴趣爱好融入工作中。他善于总结和发现工作中的亮点，及时报道工作中好的方法，宣传教育系统的先进事迹，为六师教育事业做了大量宣传工作。韩宁负责的六师征文活动推出的选手在2011年和2012年连续两届获得全国征文比赛特等奖。尤其是2011年，韩宁选拔和指导的学生周嘉琪参加教育部关工委纪念建党九十周年"光辉的旗帜"征文演讲比赛，获得全国征文特等奖、演讲比赛二等奖和青少年"五好小公民"主题教育实践活动假期社会实践特别奖。那一年全疆只有两名学生获得征文特等奖，全部来自六师。青少年假期社会实践特别奖是由教育部征文演讲比赛组委会根据比赛情况临时设立并首次评选颁发，全国只有两名学生获得。由于成绩突出，六师教育局被教育部评为全国征文比赛先进单位。韩宁被评为全国征文比赛先进工作者，并于2012年

7月应邀赴北京人民大会堂参加教育部关工委"五好小公民"主题教育实践征文活动表彰，受到了教育部副部长李卫红的亲切接见。

  在新的工作岗位上，韩宁也一直与培养他的大学宣传部保持着联系，大家经常分享他的工作心得与体会。记得他曾说过工作中的一件事，使他更加坚定了为教育事业奉献的决心。那是2010年的1月，韩宁刚刚考进六师教育局，六师红旗农场一名老职工找到教育局周喜局长，向周局长说明了来意。他的女儿在六师107社区学校担任代课教师已经7年了，马上就要参加师市组织的代课教师进编考试，但是刚刚做完剖腹产手术仅3天，身体十分虚弱，不能按时参加这次考试。如果放弃考试，就意味着放弃这次难得的转正机会，话语间透露着这位老职工深深的忧虑。周局长听完后，很关心地说："你放心，让孩子安心养病，到时候我们派工作人员去为她监考。"周局长一句暖心的承诺，打消了这位老职工的忧虑，瞬间使他悬着的心放了下来。考试那天，局里派韩宁与另一位教师一起携带试卷，早上6:30分出发，冒着风雪驱车赶赴200公里以外的吉木萨尔县人民医院，在一间手术室里为这位教师组织了一场特殊的考试。当时在场的医务人员和家属都很吃惊，他们为六师教育局关心教师成长的做法和对工作高度负责的态度所感动，考生本人也流下了感激的泪水。后来，韩宁以此为内容撰写了一篇通讯《考试在这里进行》发表在《新疆教育报》上，引起了社会的一致好评。周局长经常说的一句话深深影响着韩宁：职工群众来找我们办事，是对我们的信任。我们多一些付出，他们就少一些麻烦；我们多担当一点，他们心里就踏实一些。不能辜负了职工群众对我们的期望！

  局长的话语，使韩宁深刻理解了"有一种态度叫务实，有一种责任叫担当"的真谛！在局里，韩宁分管的少数民族双语教育推进工作，因为点多线长，基础不同，推进难度较大。为了干好工作，韩宁多次奔赴少数民族团场，深入教学一线调研、指导推进工作，并于2011年编制了《师市双语教育发展规划（2011—2015年）》。六师北塔山牧场位于中蒙边境，距离师部五家渠市450公里，是一个哈萨克族占97%的民族团场，双语教育推进任务繁重。为将任务落到实处，仅2012年一年，韩宁就3次赶赴北塔山牧场调研指导，召开教职工座谈会，研究部署双语推进工作，总结其他学校的推进经验，解决学校的实际困难。在局里的支持下，从2012年开始由师市其他团场派遣汉族教师赴北塔山牧场、红旗农场三场槽子社区开展支教帮扶活动，迄今为止已连续开展五年。截至2014年末，师市所有少数民族团场双语推进工作全部完成，少数民族学生接受双语教育率达100%，提前完成了规划目标。

在北塔山牧场，韩宁了解到牧场学校教师卡斯普贝克常年坚持资助牧场贫困学生的事迹后，撰写了通讯《北塔山上花正开》，发表到六师《准噶尔时报》上，及时报道了卡斯普贝克及他所带领的牧场哈萨克族青年志愿者小分队捐资助学、帮助牧民脱贫致富及维护民族团结的先进事迹，受到了社会的广泛关注．乌市的个别企业家也加入进来，为志愿者小分队筹集善款，卡斯普贝克也被北塔山牧场评为优秀共产党员。北塔山牧场学校教师赛力克2003年从新疆大学本科毕业后，立志要努力改变牧场面貌，放弃了乌市的工作，选择在牧场学校当了一名中学教师并扎根10余年，为牧场学校输送了几十名内高班学生。韩宁得知他的情况后，及时对赛力克心怀家乡、扎根教学一线的事迹进行了广泛的宣传报道，积极鼓励赛力克申报全国优秀教师荣誉并指导其撰写了申报材料。最终，赛力克凭借扎根边境牧场10余年的经历以及承担牧场"两基"攻坚任务顺利通过国检的成绩，被教育部授予2014年"全国优秀教师"称号，受到了习近平总书记和李克强总理的亲切接见。

2013年，是六师五家渠市教育、医疗系统对口援疆取得丰硕成果的一年。5月，韩宁陪同师市领导赴山西省开展教育、医疗系统援疆对接工作。在对接考察的14天里，考察组一行奔赴3个地区，考察了11所学校和15所医疗机构，为六师的"三化"建设招揽人才。韩宁白天随行考察，晚上加班整理考察资料、图片和数据。水土不服加上工作负荷重，使他的痔疮病复发。但他努力克服身体的不适，依然保持着高度的工作热情，在考察结束后，第一时间完成了援疆对接考察报告，为山西省和师市开展好"一对一"援疆对接提供了依据。谈起这段经历，韩宁说，在山西考察期间，是师市领导对工作的高度热情和极其负责的态度深深感染了他，使他更加深刻认识到了工作的使命感和责任感，从而克服困难，保质保量地完成了任务。

六师教育局党组书记李武斌同志对韩宁有这样的评价：韩宁的身上体现着兵团人的敬业务实的特点。在工作中，他善于学习、博闻强识，具有较强的敏锐性和表达能力，发现和宣传了师市教育系统的一批优秀典型，营造了教育系统创先争优的氛围。他对工作的认真态度以及朴实的性格，得到了大家的认可。尤其是在其分管的南疆少数民族双语教师提高培训工作中，得到了民族教师的广泛赞誉，为师市的培训工作赢得了好评。

提到成绩，韩宁总是谦虚地说："这是在领导的培养下取得的，我也只是做好了本职工作而已。"谈到敬业精神，给韩宁留下深刻印象的还是那次跟随刘新跃副师长去山西对接人才援疆工作。他说为给师市招揽人才，刘副师长自己准备了介绍师市的课件，在14天的时间里，亲自为26所大学、医院的师生和医务工作者做了24场讲座，给山西省相关单位留下了深刻的记忆，他们对兵团人的敬业精神与务实的态度给予了高度的评价。看着刘副师长忙碌的身影，韩宁更加深刻地理解了兵团人、兵团精神的内涵！

在跟韩宁的交谈中，他一直强调自己是一名土生土长的军垦第三代，出生于一个兵团连队，成长于一个兵团家庭，就读了一所兵团的大学，如今又在兵团工作。小时候，目睹了父辈的艰辛，深刻理解了兵团人生活的不易。今天，走上了工作岗位，更加深刻地感受到的是兵团人无私奉献的精神与不畏艰难的勇气和毅力。正是通过两代兵团人的艰苦创业，才有了今天兵团"三化"建设的伟大成果，才有了今天兵团和谐发展的良好环境。作为一名军垦第三代，他表示将继续发扬"热爱祖国、无私奉献、艰苦创业、开拓进取"的兵团精神，发扬"忠于使命、敢于担当、不畏艰难、创新争先"的"亮剑"精神，立足岗位，在新时期兵团的建设中做出自己更大的贡献！

原载于2016年4月30日《石河子大学报》304期第3版

青春的速度
——记我校第 15 届田径运动会优秀运动健儿、护理 14 级刘洋

每个人都属于一个舞台，也许舞台有大有小，有的富丽堂皇，有的朴素简单。护理专业 2014 级刘洋的舞台，则是在田径赛场上，用速度与激情奏响青春的旋律。

在前不久的学校第 15 届田径运动会上，刘洋在个人赛中取得女子 1500 米第一和女子 5000 米第一的好成绩。团体赛中，任接力赛第四棒，获得第二，为学院夺得多项荣誉。

在一个温暖的下午，我们见到了刘洋同学。她带着爽朗的笑容和运动员特有的活力，向我们讲述了成长背后的故事。

宝剑锋从磨砺出，梅花香自苦寒来。刘洋早在 12 岁时便在黑龙江省大庆市体育运动学校学习过一年竞走，现在已经坚持六七年了。跑步是她的爱好，大一下半学期在大学的体育馆相识了体育学院的李宝国老师，他非常耐心地教导刘洋。开始时刘洋跑得也不好，但是一点点坚持下来了。后来听老师说，大学有运动会，就想去参加比赛，为学院拿荣誉。

李宝国老师告诉记者，刘洋先天的身体条件在田径项目中不占优势。她的体重偏重，力量又相对弱。但是她热爱运动，中长跑项目，从某种角度来讲，是运动员自己和自己的较量，你要战胜的是自己。在教练的指导下，刘洋一直用课余时间坚持锻炼，这需要超出常人的毅力。成绩的取得，并不是偶然，

是长期积累的成果。刘洋在田径项目上的竞技水平不断提高，现在已经是国家二级运动员了。

抱着为学院争荣誉的一腔热血，刘洋提前2个月开始了备战运动会的训练。训练的强度要比平时的强度高很多，每天会有4个多小时的训练，教练会先安排热身，做身体牵拉运动，进行六到十公里不等的长跑训练，然后进行包括小步跑、后蹬跑、加速跑等一些针对身体协调性的"小素质训练"，以及一些力量性运动。就跑5000米来说，阶段性速度的规划，都要明确。其实除了高强度的训练，受伤也在所难免，刘洋的两只脚的指甲已经各脱去两个，最近才把掉的指甲全部剪掉，脚上也磨了很多水泡血泡……我们感叹她斐然的成就，然而荣誉背后，是辛苦和付出。

虽然训练的过程特别辛苦，但比赛的过程中不仅充满了激情，还包含着爱和感动。她说："比赛期间，当我跑到5000米第四圈的时候身体出现了不适，赛场边的老师同学不断地加油鼓励，给了我动力，最后拿下第一的宝座。我认为这个第一不仅仅是属于我自己，也属于我们大家。在学校并校20周年，5月12日护士节的那天，第一名的成绩作为我送给医学院的礼物，也是给我自己的礼物。"

在采访的最后，刘洋告诉我们："现在很多同学都习惯于三点一线的生活，而运动丰富了我们的业余生活。我佩服能坚持到底的人，我佩服用真实力证明自己的人。特别感谢医学院的杨坤老师、刘红勤老师、王海云老师和体育学院的李宝国老师，感谢他们的关心和帮助。也感谢那么长时间以来为我们运动员服务和呐喊的医学院学生会的同学们，还感谢在训练这段日子一起奋斗的小伙伴们，大家都非常棒。"

刘洋希望学校能多开展有意义的体育活动，同时希望师弟师妹们能积极踊跃报名，给自己一个展现风采、为学院争光的机会。不为比赛而训练，不为训练而跑步，坚持锻炼，有益于身体健康，可以每天都有好精神。

运动会已经结束了，彩旗招展的田径场趋于平静。但通过赛事，展示给我们的不仅仅是一张张奖状，更是一种动力，一种态度，一种永不退缩的体育精神。

人的青春似海水奔流，不去超越不去挑战，难以激起美丽的浪花。热爱生命，超越自我，在那有限的时间里发出无限的光芒，为我们，照亮未来的青春之途。

生命不息，奋斗不止！当抵达终点掌声雷动时，你就会懂得，原来青春的每一滴汗水都有了回应，每一刻挥洒都有了意义。

原载于2016年5月31日《石河子大学报》306期第2版

让民族团结之花撒满青春
——记我校医学院临床 2011 级学生艾科热木

2016 年 5 月 24 日，石河子大学医学院基础医学系党总支在南区学术报告厅组织"民族团结进步典型人物系列宣讲"。这一天，登台开讲的不是名师大家，也不是明星大腕，而是该院 2011 级临床专业学生艾科热木。台下挤满了前来听讲的学生。大家对这位 90 后在校大学生充满好奇，迫切想知道他缘何获评"感动石大杰出学子"，以及他成长背后那些鲜为人知的故事……

从家庭教育中萌发自觉

艾科热木出生在新疆阿图什市一个普通的知识分子家庭，父亲是阿图什市第三中学教师，母亲从中央民族大学哲学专业硕士毕业后长期在党政机关民政部门工作，姐姐也是中央民族大学民族学硕士。艾科热木的童年是在聆听父母讲述哲学历史和自然地理故事中度过的。他初中还没毕业，已随父母遍访南北疆主要历史文化景点、博物馆和科技馆，切身感知新疆各族人民共同团结奋斗、共同繁荣发展的光辉历程，也坚定了"新疆自古以来就是祖国领土不可分割的一部分"的历史认识。每当听到那些错误言论，他总会据理力争："新疆自古以来就是一个多民族交往交流交融的地区，新疆的历史是新疆各族人民共同书写的，新疆是全国各族人民的新疆，不是哪一个民族或群体的新疆。这是我从教科书中学到的，更是我从新疆的历史地理中看到的。"

入学的时候，学校实行民汉学生混合住宿，艾科热木第一个站出来响应，还主动协助做好其他少数民族学生的思想工作。2014 年 5 月，他以队长身份，带领包含维吾尔、汉、哈萨克、回等多个民族以及巴基斯坦留学生 18 人组成医学院足球队，参加学校"学苑杯"足球联赛。张洋、叶经富 2 名队友比赛时不慎受伤，艾科热木自掏腰包买来大量药品和营养品，并悉心照顾他们起居，这极大地鼓舞了全队士气，最终一举夺冠。高校校园里严禁穿戴宗教服饰，严禁蒙面纱、包头巾，对此个别同学理解认识有偏差。艾科热木熟悉新疆历史又见多识广，他结合自己了解到的新疆历史和知识主动和他们谈心，很快帮助同学们澄清了模糊认识。

从创业实践中积蓄力量

新疆阿图什维吾尔族具有悠久的经商传统，但艾科热木说，他的创业与传统无关，与金钱也无关，当初只是为了更好地帮助同学。原来在与同学们交往过程中，他发现很多家庭困难的学生都买不起个人电脑，但学习上又特别需要。于是他产生了以"分期付款的营销方式帮助同学圆个人电脑梦"的创业想法。经过一段时间准备后，艾科热木在大二下学期自主创办了石河子市伊蒂哈德商贸有限公司，主要经营个人电脑、手机、优盘等电子产品的"分期付款"服务项目。四年他累计帮助身边 150 余名在校学生实现了个人电脑梦。

与艾科热木同宿舍的陈峥、马龙两名同学，也是"分期付款"项目的受益者。对此，他们很感激，也不避讳，现在提及此事还在说："艾董（同学们私底下都这样称呼艾科热木）这事儿做得漂亮，使我们这些'穷屌丝'也早早用上了个人计算机。"2013 年 10 月，艾科热木受邀参加新疆乌鲁木齐市电视台"创业舞台"节目，被评选为"新疆最年轻的创业大学生"和"最年轻的公司创始人兼董事长"。2014 年初，他利用寒假到迪拜参加"迪拜海湾食品博览会"深受启发，开始尝试进入新疆进口商品市场领域。又经过一段时间准备，他与朋友合伙，注册资金 500 万元，在乌鲁木齐成功创办"新疆派尔汗国际贸易有限公司"。

在感恩奉献中放飞梦想

公司渐渐发展起来后，艾科热木把一部分精力放在了公益事业上，并多次捐款资助石河子大学的贫困生，还积极参加玉兔慈善基金会举办的"不扶贫，扶教育"等慈善活动。今年他即将毕业，为回馈母校的培养之恩，他以公司名义每年拿出10000元，定向捐赠医学院，建立"民族团结进步"奖学金，专门用于奖励民族团结进步工作中表现突出的优秀学生。接下来，他还有一个更加宏大的设想，那就是最终覆盖全疆各大中专院校，通过竞争学校办公和文化用品招投标，每年拿出利润的10%至20%，设立专项奖励基金，鼓励更多学生，辐射带动全社会，共同促进民族团结进步。

"作为医学生，将来我很有可能并不从医，但我心中一样有大爱。因为我深切感到：在新疆，民族团结进步才是真正的大爱，是对祖国、对人民、对家乡最真挚深沉的爱！不管将来怎样，我都会坚持走下去。"艾科热木对记者说。

原载于2016年6月15日《石河子大学报》307期第1版

"长大后我就成了你"
——记自治区教学能手、信息科学与技术学院教师高攀

2004年，22岁的高攀成为石河子大学一名教师。他说："当老师是我儿时的梦想，我热爱这个职业并且引以为荣。'长大后我就成了你，才知道那个讲台，举起的是别人，奉献的是自己……'每当听到这首歌时，我就不禁心潮澎湃、感慨万千。"现在，他的梦想在石河子大学绽开了花朵。

高攀认为，师范即示范，只有用自己热情饱满的工作态度去感染每一个学生，他们才会以十倍的专注与激情去回报老师的辛劳，这就是一种很好的示范。作为一名教师，高攀十分注重知识的积累与工作的总结。平时，他会花大量心血反复研读同类教材，了解不同教材体系的优点与特色，还经常在国内外网站寻找对教学有参考价值的资料，不断充实和更新教学内容。他还会在课后认真总结，以便下次做必要调整或改进。高攀带过的2013级学生王学文说："高攀老师上课特有激情，课堂信息量大但不枯燥，总能把抽象的算法讲解得生动有趣，我们都喜欢上高老师的课。"

工作12年来，高攀承担了学院7门本科课程，年平均授课500多学时，

教学效果受到教学督导组、同行教师和学生的一致好评。计算机系主任汪传建说："高攀老师讲课逻辑性强，和学生互动好，讲解抽象问题能够深入浅出，年轻老师能够做到这点难能可贵。"

由于在教学工作上的突出表现，2013年高攀入选石河子大学"青年骨干教师培养计划"，2014年被评为"石河子大学十佳优秀青年教师"，2015年荣获"石河子大学教学能手"称号，近年来相继荣获校级课堂教学质量奖、教学成果奖等十多项教学奖励。

高攀说："教学脱离了科学研究就会变得苍白，特别是计算机这类前沿学科，技术和理论更新特别快，必须结合研究工作，将最新的研究成果融入课堂教学，才能使教学内容更为生动，吸引学生更好地理解和接受知识。"他将当前重要研究成果转化并体现在教学中，并在数据结构的教学与研究方面作了有益的探索。比如以搜索引擎Google为例，剖析其中使用的数据结构及算法，使学生更好地理解线性表、树和图等基本数据结构。通过排序、查找和压缩等算法在网络上的成功应用，加强了学生对理论的理解，以及将理论知识综合应用于实际问题的认识。

近几年，高攀在数据结构与算法的教学研究和智能信息处理方向的科学研究方面做了大量工作，主持教学研究类课题3项，主持和参加国家级、省部级和校级课题7项；主编国家级示范性高等院校精品规划教材1部，副主编普通高等教育"十二五"规划教材1部；取得软件著作权登记证书4项；在核心期刊上发表学术论文6篇。

"自己有一缸水才能分给别人一杯水，如果我只有一杯水，怎么分给别人一杯水呢？"从教12年来，高攀始终都有这种危机感，所以他不断扩充自己知识的深度和广度，更新教学内容，保持与时俱进。

在工作之余，高攀还以高度的热情和责任心积极参与学生课外科技活动的指导工作，指导学生参加"中国计算机设计大赛""ACM/ICPC国际大学生程序设计竞赛"等各类竞赛，近年来指导学生获各类省部级以上奖项达

28 项，特别是从 2013 年至今作为主教练义务指导学院 "ACM 队" 训练和参赛，已经为学校取得了十几项荣誉，成绩遥遥领先于新疆其他高校。

　　高攀说："天天与同学们相处，我特别享受这个过程，是他们带给了我无限正能量，也留下了许多美好的回忆。很多学生毕业离校后还总会在节日里给我发来祝福和感谢的邮件或短信，看到他们在各方面取得的成就，我会感到无比的欣慰，觉得做老师真好。"

　　对于母校石河子大学，高攀也心怀感激。他说，如果再给他一次重新选择的机会，他仍然会选择回到石河子大学当一名教师。一个人只有懂得感恩才会走得更远，衔环结草，以恩报德，高攀深谙这个道理，他将母校对他栽培的恩情化作了前进的动力，最初的梦想照进了现实。如今他站在了教师的岗位上，培养一代又一代有理想有抱负的有志青年，用实际行动回报母校。

　　　　　　　　原载于 2016 年 9 月 15 日《石河子大学报》309 期第 3 版

图纸上绽放的马兰花
——记自治区教学能手、机械电气工程学院教师温宝琴

利落的短发、朴素的穿着、腼腆的笑容，是温宝琴给人的第一印象。2006年温宝琴来到石河子大学机械电气工程学院担任教师。十年来，她从一名普通的助教成长为副教授，并被评为第六届自治区教学能手。这一切，都源于对《工程图学》这门课程的热爱。

温宝琴说，《工程图学》是她上大学时最喜欢的一门课，但当自己站在讲台上却发现，这是一门非常难讲的课。每节课前，教师要提前30分钟到教室备图，还要带三角板、圆规、模型、作业和挂图等，而且每节课都有作业，课程任务十分繁重。课后如果有学生的作业有困难，还要再讲解半小时左右。不过温宝琴凭借认真负责的态度在教学成果上收获颇丰，先后获得学院优秀青年教师、3152青年骨干教师、校级教学能手等称号。

初登讲台的温宝琴带的是民族班，学生的汉语水平参差不齐，这无疑增加了工作难度，但她坚信，只要肯下功夫就没有教不好的课程。教研室主任罗昕教授是自治区教学名师，温宝琴就像学生一样去听罗昕老师的课，课上录音，课后反复听，并认真做笔记总结，每晚基本上都是凌晨3点之后休息。罗昕说，温老师是发自内心地热爱教学，是青年教师中的佼佼者。

《工程图学》需要将二维图和三维图在大脑中转换。为了让大家都能把二维图和三维图结合起来，老师上课要带教学模型，但是模型随着长时间使用有的已经损坏，温宝琴就用自己上研究生时用过的CAXA实体设计软件，将教材上和习题集中的所有图形建立模型库，上课时给学生观看，一目了然。在温宝琴眼中，没有一位差生。她的花名册上，学生姓名是按宿舍登记的，从做作业过程中查看宿舍的舍风，对个别学生因为打游戏或是有其他思想问题导致作业不能及时上交的，温宝琴先找舍长打听，有时候还要通知班主任，及时做好学生的思想工作，不放弃任何一位学生。2015年，班上有一名同学因为打篮球时腿部受伤，耽误了半个学期的课程。"工程图学"本来就有难度，自学是不可行的，温宝琴就用午休和晚自习的时间给学生单独补课，手把手带着他画图。

　　温宝琴积极开展教学改革，她精简画法几何内容，加强机械制图的训练，本着"必须、够用"的原则，对机械制图中的零件图、装配图部分根据专业不同增加了典型部件现场测绘环节，加强工程意识及徒手绘图的培养和训练，提高学生的形体构思和表达速度，从而达到培养学生独立的零部件设计能力，并能使学生根据草图迅速在计算机上完成工作图。此外，她建立了以学生自主学习为主的教学方式，采用启发式、探究式、讨论式和项目驱动式的教学方法，提高了课堂教学效果。2014级农业机械化及其自动化专业的学生李宁说："温老师讲课内容充实新颖，富有激情，表达清晰易懂，能让同学们始终保持对课程的学习兴趣。"

　　温宝琴十分注重培养学生的创新能力。她以学生为核心，开展实体模型测绘、构型设计等手工及徒手绘图训练，依托大学生课外科技活动，利用计算机设计辅助软件进行三维实体造型和虚拟设计等实践活动，培养学生空间想象力和创新思维能力。她还注重机械测绘实习与计算机绘图训练的有机结合，满足了不同层次学生的学习兴趣，改变了工程制图与其他专业基础课相分离的现象，使机械基础系列课程的教学链有机结合。

温宝琴说，做教学就是做良心。的确，老师是一项需要付出特别多精力和心血的职业，教好教坏都是教，全凭教师的责任心。在她的指导下，学生也取得了不少荣誉。2013年和2014年，她指导的学生在全国信息技术大赛中分别获得二等奖和三等奖，她自己也获得优秀指导教师奖和最佳指导教师奖。2015年她指导的大学生课外科技作品"自走式肉羊饲喂机"获第九届兵团大学生"挑战杯"科技作品竞赛优秀奖、第8届全国3D大赛新疆赛区二等奖，"撒料车"在第8届全国3D大赛中获得新疆赛区一等奖1项。这些都提高了学生的工程实践创新能力，推动了第二课堂的积极开展。

温宝琴热爱所教的绘图专业、热爱教师这个行业，更热爱她的学生。她就像是来自塞上江南的一株马兰花，美丽却又悄无声息地绽放在石大的土壤上。

原载于2016年9月15日《石河子大学报》309期第3版

校友返校季　重温旧时光

"那时候真年轻啊！""是啊，一晃二十五年过去了，学校变化这么大了，我都快认不出来了。""这些照片是从哪里找来的，连我们都没有。""快，给我拍个照，让我跟二十五年前的自己合个影……"这是发生在石河子大学博物馆里校友展示平台前的一幕，87级农机专业的校友阔别母校二十五年后，再次相聚在石大校园内，站在展示平台前，看着二十五年前还是青涩模样的自己，感慨万分……"回到母校啊，我做的第一件事就是再去走走当年的那条路，看看母校周围的样子，看看那条路是否还在。"87级农机专业校友冯金龙是二十五年来第一次回到母校，目前在内蒙古第一机械集团（包头）任职。

在青海格尔木矿业公司任职的87级校友董海平激动万分地说："哎呀，学校是越办越大了，人也是越来越多了，我感觉啊，我们石河子大学是越来越好了！我为母校感到自豪！"

02级汉文专业的校友李慧敏现在是一名高中语文教师，她对石河子大学又有了不一样的感受，"再次回来，我感受最深的就是图书馆，变化太大了，俗话说十年树木百年树人，这十年里，图书馆也变得更舒适、更有情调，或者说,更具现代化气息了。我们几个老同学都说,如果当年图书馆建得跟现在这样,我们一定会天天泡在图书馆里不出来。"

近日,87级农机专业校友与02级汉文专业校友返校参观博物馆,一同观看了石河子大学并校20周年成就展和校友展示平台,他们回顾了母校的发展历史,也看到了石河子大学充满希望的明天。

同样为了这次相约,经济与管理学院27位校友义无反顾地返校,其中既不乏远从西安、四川、上海等地赶来的,又有年过八旬的原农学院教务处处长、农经系主任李光照夫妇特地从武汉赶回母校。忆峥嵘岁月,恰同学少年。李光照教授满怀深情地回忆了学院办学初始的曲折与艰辛,对于此次返校后看到学校以及学院的快速发展感到震撼,为作为石大的一员而感到无比骄傲和自豪。

99届会计专业校友黄汉杰,现为昌吉特变电工股份有限公司董事、执行总裁。他说,带着"善良比天赋更重要"的初心,他完成了自己职业路上的华丽转身,如今回到母校,最想说的还是"感谢",感谢培育之恩,在表达感激之余,他亦衷心祝福母校越办越好!

98届贸易经济专业校友唐锐,现为乌鲁木齐电信实业总公司副总经理,他坦言,虽然毕业多年,但对于母校的眷恋与情怀却从未因时间而褪色。他依旧记得为学院挣得四连冠篮球冠军时的欢欣雀跃,依旧记得伤病时老师们无微不至的关心照顾,依旧记得成长历程中老师们给予的谆谆教诲。

校友与教师之间难得重逢,情到深处,校友们将心底里埋藏了多年的感恩、感慨和感动娓娓道来,教师们被校友们的真挚言语一次又一次地深深打动,整个学校都沉浸在温馨、温情与温暖的氛围中。

原载于2016年10月15日《石河子大学报》311期第3版

狭路相逢勇者胜
——记2016年自治区大学生CUBA篮球联赛冠军：我校男子篮球队

在前不久结束的自治区大学生CUBA篮球联赛中，石河子大学篮球队获得男女乙组双冠。这也是自组队以来，校男子篮球队第一次赢得新疆赛区的冠军，实现了历史性的突破。在结束了与新疆大学的冠军争夺赛后，在观众的欢呼中，男篮队员们没有雀跃，而是抱在一起痛哭。男儿有泪不轻弹。这泪水中，有着不为人知的故事。

在冠军的争夺赛中，这是近年来石河子大学代表队与新疆大学代表队第四次狭路相逢。在前三次，我校男篮都以微弱的分差屈居亚军。一些老队员从大一就加入了校队，已经从大一打到了大四，这是毕业前的最后一场较量。

面对那么多老师和同学殷切的目光，他们几乎没有任何输的理由，必须为荣誉而战。

这是一场尤其艰难的比赛。起初，两队的分数一直不相上下，我校篮球队没有明显的优势。到了比赛赛点的最后时刻，我校才以冷静、完美的配合拉大分数，以 81∶75 的优势摘得桂冠。

教练对于一个队伍来说是至关重要的。如果把一个个运动员比作一节节车厢的话，那么教练就是引领队伍前进的火车头。我校体育学院教师、男篮教练胡江就是这辆列车的火车头。与个人单项的竞技体育项目不同，团体的比赛需要队员之间更好的配合。想取得集体项目的竞技比赛冠军，比单项的难度要大很多。教练要在训练和比赛中统筹全局，摸索出适合运动员自身的训练方式，研究分析对方的战术和部署。

石河子大学男子篮球队于 2001 年正式成立，2003 年开始参加正规比赛。在这次比赛之前，教练胡江加大了队员们的训练强度，带他们去昆明参加了 CUBA 夏令营，受益匪浅。在历年 CUBA 的比赛中，新疆大学一直是石河子大学的劲敌，而这次比赛石河子大学是主场。在自家的地盘打比赛，既兴奋又激动，学校和队员们都很重视，但也感到了巨大的压力。教练胡江告诉记者："我们从七月十五号开始集训准备，期间没有放过一次假。在参加昆明夏令营的时候，我们与全国的各大高校打了九天的交流比赛。每天早上六点半就要出早操，没有多少时间休息，我每天最多睡六个小时，每天想着如何给球队的个人战术、团队协作等进行调整安排。"每个队员们也会加大对自己的训练强度，做投篮专项训练，针对性的身体素质训练，为比赛做充分的准备。在比赛之前，教练胡江爱下围棋，他往往能从围棋中获得战术灵感，形成自己独特的攻防风格。在这次比赛之前，他预料到比赛中可能出现的局面，并与队员们讨论如何攻破对方防守。

很多人都觉得学体育的人是"头脑简单，四肢发达"的"傻大个"，这是对运动员的误解。其实在球场上打球不光靠体力，更重要的是靠智力。场上的每一次运球、传球、投篮，都需要运动员们动作规范，并做出精准的判断。前锋穆俊超告诉记者，攻守能力是必不可少的，要做到"投突结合"，速度要快，同时前锋需要有着很好的应变能力和大局意识。后卫杨浩强告诉记者，作为后卫，防守能力和组织能力是至关重要的，同时后卫一定要稳住全队，对心理素质要求很高。

　　高强度的训练对于篮球运动员来说是必不可少的。每天早上 7：30，他们都会在天蒙蒙亮的微光下开始早操。教练胡江告诉记者，每个人每天的训练时间要有 8~10 小时，但是高强度的训练不但不会压倒运动员，反而能够进一步地挖掘他们的潜能。校篮球队里的运动员大多数是从中学开始接触篮球，作为一名运动员，受伤是无法避免的。在训练期间，队长张斌的肱二头肌延长肌撕裂，治疗过程十分痛苦。有时候他甚至会去考虑自己要不要继续打球，要不要放弃，可是对篮球的热爱和心中的信念让他坚持了下来。身为队长，他肩负着别人没有的重任。有时候比赛压力会很大，因为自己是队长。他最喜欢的篮球明星就是科比，科比对于胜利的渴望，对训练的态度和那股不服输的精神深深震撼到了他，让他有了一个优秀的榜样。

　　"团结、拼搏、突破"是石大男子篮球队的座右铭。在比赛和训练中，每个队员都践行着这六个字。打球最重要的是信任和团结，而信任尤为重要。篮球是一项集体运动，所以队员之间良好的配合是成功的基础。能够在场上打好配合，只有信任你的队友，才会放心的传球给他们。前锋穆俊超说，自己经常会给队友创造机会，那样才可以真正地打好比赛，打赢比赛。当问到球队里谁的个人成绩比较突出时，队长张斌说，在篮球队里没有谁打得好不好，打赢了是大家的，打输了也不是谁不好。团队利益总是大于个人的利益，没有个人成绩的好坏，有的是球队这个集体水平的高低。在每个队员眼里，球队是一个集体，球队代表着他们，他们每个人都代表着篮球队，代表着石河子大学。

　　石河子大学汇集着不同的民族，当然篮球队里也有很多少数民族队员。

教练胡江对少数民族队员更是倍加关心。他把队员都当作他的孩子一样，陪着他们一起训练，朝夕相处。队内队员中少数民族占了半数，去内地打比赛时有时候没有清餐，他会提前与当地负责人提前协商，也会从家带方便面、馕之类的食品补充体力。汉族和少数民族队员之间相处十分融洽，真正做到了尊重少数民族的饮食文化、风俗习惯。他们在学校住在一个宿舍，一起去清餐吃饭。因为经常出疆打比赛，他们要克服许多困难，内地很少有清餐。前锋王春是一名回族队员，他与队友有着深厚的情感，他说："篮球队员或多或少都会受一些伤。有一次，我的左膝盖软组织拉伤，我们宿舍是民汉合宿，我的舍友们对我也特别好，那段时间他们经常帮我打水带饭，我们早就像亲兄弟一样了。"

体育学院院长朱梅新表示，男篮队员们吃苦耐劳和锐意进取，正是石大"团结、务实、求真、创新"的表现，也是新时期当代青年兵团精神的体现。本次夺冠是我校体育事业蓬勃发展的见证，也是体院学子向学校并校20周年的一次献礼。院长希望，队员们继续发扬团结拼搏、努力进取的精神，力争在以后的赛事中有更加出色的表现，共创石大体育事业发展的新辉煌。

"我失败过，沮丧过。但从没放弃过，因为我坚信我是最好的"艾弗森的这句话仿佛是石大男篮队员的真实写照。队员们一次次地拼搏前行，一次次地激烈角逐，一次次地失败又爬起，最终抵达胜利的高峰。他们不怕输，因为他们是最好的，王者的舞台从来没有放弃二字。夺冠后，队员们相拥而泣，这是从内心深处油然而生的激动，是守得云开见月明的喜悦。

原载于2016年10月31日《石河子大学报》312期第2版

崇尚学术　追逐梦想　发力创新
——我校首届青年学术论坛发展侧记

2015 年 3 月，结合兵团特色种植与养殖、农产品加工、机械制造与水力资源利用、医药资源开发与技术装备、绿色化工等领域亟待创新集成的迫切需求，在时任援疆干部、校长助理杨新泉研究员的倡议下，石河子大学农学院和食品学院发起主题为"崇尚学术、追逐梦想、发力创新"的首届青年学术论坛活动。转眼，已过去了近两个年头，在这两年中，越来越多的学院和青年教师加入其中，共举办学术论坛二十一期，疆外特邀专家讲座 7 场。论坛交流内容涉及农学、食品科学、动物科技、药学、水利建筑、化学化工、机电等多个领域，共有 46 名兵团青年学者进行了主题报告与交流。

论坛策划与筹办者、原校长助理杨新泉研究员谈道："青年教师是学校事业发展的重要力量，青年教师的未来，就是学校的未来。青年教师的创新能力、综合素质决定着学校未来的核心竞争力和整体办学水平，做好青年教师群体工作，事关学校事业发展全局。本次论坛力求通过不同学术背景的知识观点与学术思想的相互碰撞与融合，拓宽学术思路与领域，活跃学术氛围，激发创新激情，提高我校青年科研团队的创新能力。"

论坛具体组织者田洪磊老师告诉记者："我们起初的想法很简单，就是想搭建一个多学科的交叉研究平台，把努力做科研的青年老师都汇聚在一起，通过思维的碰撞去探究一些学科研究的亮点、难点及关联性，通过学科交叉团队的构建服务兵团特色农业发展。论坛像接力，一期接一期，就这样坚持下来，越做越大了，覆盖面也越来越广。"张亚黎老师作为主要组织者对记者说："对于青年学术论坛的举办，我个人有着极大的热情。能参加论坛的青年教师，都因为有这样一份热情，才能走在一起，通过讲座等形式来介绍自己的最新研究成果。其实在筹备的过程中，我们也遇到了一些困难，但学院和学校的相关部门都给予了帮助，最后都一一克服了，并取得了一定的成绩。"

　　学术论坛的开展与延续，取得了丰硕的交流成果。通过论坛讨论形成了新型功能脂质体制备关键技术、肉味基料制备关键技术、生物信息学技术、农产品无损检测与分选自动化装备、功能性肥料研制技术等八项基于兵团各特色产业领域瓶颈问题的技术研究共识；紧密结合兵团现代农业产业链延伸需求，促进形成了作物栽培－农产品深加工、绿色化工－缓释化土壤肥料开发等五支交叉学科团队。化学化工学院贾鑫教授功能高分子合成及控制释放技术研究团队与农学院张亚黎博士、冶军副教授功能性肥料的研制及应用研究团队，在新型肥料高效缓释利用研究方面达成了合作共识；生命科学学院黄先忠教授生物遗传学研究团队与农学院张旺峰教授作物栽培研究团队，在棉花响应逆境生理生态适应分子机制及新品种选育研究方面达成了合作共识；食品学院田洪磊副教授食品营养与风味研究团队与中国农业科学院油料作物研究所邓乾春研究员油料绿色高效加工研究团队，在新型功能脂质体制备关键技术研究方面达成了合作共识；食品学院姬华博士食源性微生物耐药性研究团队与江南大学王周平教授食品安全检测技术研究团队，在食品安全检测技术研究及研究生联合培养方面达成了合作共识。

　　论坛分不同专题陆续邀请国内外相关学科领域著名专家进行专题研究讲座。目前在食品科学专题领域已邀请到江南大学食品学院教授、长江学者、杰青、院长陈卫教授，中国农业大学食品科学与营养工程学院教授、长江学者、杰青、副院长江正强教授，美国克莱姆森大学食品营养与包装系陈峰教授等15位国内外著名专家进行了前沿研究领域的深度交流。青年学者与研究生约1600余人次在学术论坛上进行了互动与交流。本次论坛我校各学科研究团队与国内外多家科研院所在研究生联合培养、科研项目联合攻关、研究中心兵团分支机构建设等方面达成了3项合作共识。

论坛的参与者、生命科学学院黄先忠教授表示,首届石大青年学术论坛不仅增强了大学青年学者的科研合作意识,而且还带动了不同导师的硕士、博士研究生之间的交流,为研究生搭建了很好的学习、交流平台。化学化工学院贾鑫教授说,现在的科研趋势是多领域、跨学科的合作,单一学科的科研已经跟不上时代发展。论坛提供了非常好的交叉学科科研平台,容易出新亮点和成果。农学院副院长朱龙付教授告诉记者,论坛为学校的青年教师打造了一个公开的交流平台,提高了青年教师和研究生的科研能力和创新意识,也提升了学校的整体科研实力。作为一所综合性高校,石河子大学学科门类丰富。论坛今后的发展,应充分发挥这一优势,拓宽交流的领域。不仅是理工科之间的合作,还要实现文理的交叉,在未来做出更多原创的、特色性的研究成果。

2年,21期,46位学者,15位著名专家,3份产学研合作协议,5个跨越研究团队……这并不是一串简单的数字。在这串数字背后,我们看见了石大青年学者求真求实、创新改革、锐意进取、团结协作的科学精神,看见了石大科研新的生力军。

原载于2016年11月15日《石河子大学报》313期第2版

"地震了,医生你不害怕吗?"

2016年12月8日13时15分,新疆昌吉州呼图壁县发生6.4级地震,震源深度6千米,石河子市距震中57千米。石河子大学是人口较密集的区域,地震发生时,上课的老师第一时间疏散了学生,同学们都撤离到了安全地带。作为综合性高校,我校医学院有附属医院,那里有一些不方便撤离的患者。地震来袭时,医务人员又是怎样的反应呢?通过记者的采访,让我们去还原当时的情形。

儿科——"孩子都在这儿,我们往哪儿跑!"

地震发生时,石大医一附院新生儿重症监护室有10名出生不满一个月的小患儿。他们病情危重,时刻处在医护人员密切监护和救治中。中午13时15分左右,值班护士李艳君发现监护屏幕在颤动,在她意识到发生地震的瞬间,她和同伴耿楚楚、杨薇、冶艳毫不犹豫地冲向了患儿的保暖箱和呼吸机。因为一旦因地震停电,保暖箱和呼吸机停止工作,孩子们的生命就会受到威胁。她们要采取最快的措施,保证这些急救设备的应急使用。潘金勇医生也第一时间爬楼梯赶到监护室,查看患儿身体状况,以防地震对他们造成伤害。

监护室的门外,值班医生王美艳正在为一位病情危重的患儿家长介绍病情和治疗方案。她听到有人喊"地震"时,并没有停止与患儿家长的谈话。但当她转身时,却发现一旁的家长已经没有了踪影。等震感停息了,她起身到走廊里找家长却没找着,只好打电话问家长在哪里?家长答,已从13楼跑到了楼下。

家长返回儿科后,问王美艳医生:"医生,地震了,你怎么不跑,你不害怕吗？"

"孩子们都在这儿，我们往哪儿跑！"王美艳医生说。

手术室——"不用怕，我们都在呢。"

手术室护士长鲍广丽回忆说，当时有17台手术正在进行中。地震时，护士罗慎发现手术拖盘怎么就自己溜着走了呢？而手术台上的神经外科医生许辉催促她穿针。旁边的麻醉师一如既往，没有任何异常。

骨二科的李江华医生和蒋雯医生正在为一位腰椎管狭窄的老年患者实施腰椎手术。当时病人呈俯卧位，背后插有一根很长的锥子。地震时的瞬间，蒋雯医生下意识地迅速将锥子拔了出来，并马上在伤口处塞上纱布止血。因为手术台狭窄，震动让手术台上的医生护士不约而同地把手扶向病人，防止病人出现大的滑动。而这一切，躺在手术台上的老人完全不知晓。

耳鼻喉科的唐伟主任医师和杨国军医生正在为一位病人实施耳部手术，手术正进行到关键处，却发现手术显微镜在异常晃动，就像有人在推搡病人。手术不得不中止，他们一面等待地震停息，一面密切观察病人的病情变化。等震波过后，手术继续进行，并顺利完成。

正在巡查工作的总护士长李光荣正巧走进手术室，她发现手术室原本平整的走廊似乎在波状起伏，让人头晕心悸。那一瞬，她明白地震了。但手术室平静如常，没有一位医生护士擅离岗位。

那一刻，共有120余名医护人员在手术中。医护人员给病人说得最多的一句话是："不用怕，我们都在呢。"

产科——"不要怕，我们不会丢下你的。"

12月8日上午，一附院妇科共住有36名孕产妇。地震来临时，产房里有三名产妇正待临产，一名胎膜早破；一名正在滴催产素；还有一名在阵痛中。护士长张萍华和护士李懿将产妇迅速转移到狭小的安全地带。因为胎膜早破的产妇无法动弹，而且任何震荡都可能使脐带滑出，使腹中的胎儿处于危险。

产妇焦急地问:"你们不会丢下我不管吧?""放心吧,我们不会丢下你的。"护士长张萍华和护士李懿安抚着产妇。

产科病房里,孕产妇和他们的家属慌乱地走出病房,护士们一面引导一面劝诫大家不要惊慌。就在同时,23病床的产妇从手术室被推到了病房,产科护士张志伟和麻醉师、手术护士一起把病人抬到了病床上。交接顺利,产妇一切状况良好。而此刻,产妇的手术医生阿曼古丽在手术室已经开始了第二台手术。在忙碌中,有些医护人员甚至没有感觉到地震的发生。

23病床的产妇爱人赵明激动地说:"当时真是太危险了,晃得很厉害,我们都很惊恐,但是医护人员很镇定。他们安抚着大家,让大家有序地疏散下楼,可她们自己却没有一个人下楼。我的爱人和孩子都很好,我们全家人都很感激他们。"

门诊部——"余震中,医务工作者们一直坚守着岗位。"

每周四的耳鼻喉科专家门诊是曹莉医生。地震发生时的一瞬间,身边的就诊者跑个精光。她看了看后继续坐了下来,家人来电话,催她赶紧下楼。她回答:"还有病人呢!"

地震发生时,正在值班的兰华主任不慌不忙地组织病人家属撤离,避免发生踩踏事件。

一位刚刚做完胃镜的女病人身边无家属陪伴,地震时,吓得心慌,大汗淋漓,瘫坐在椅子上动弹不得。护士长蒋晓玲见状,快速走到病人身旁安慰她,并叫来了心内二科门诊的李黎医生,为其测血压,确认无异常后才松了一口气。直到家属出现,他们才离开。

门诊大厅安检门被人群挤倒,碰倒了两位老人,门诊导医护士陆雪见状快步跑去将老人扶起。

门诊各层挂号台护士在地震来临时也有序地疏散病人。她们大声劝阻,不要坐电梯,从就近的楼梯口靠右逃生,避免拥堵、踩踏事件的发生。

门诊主任兰华告诉记者:"因为还有个别未离开的患者,在震感停息后,余震中，医务工作者们仍一直坚守着岗位。"

"不要怕，我们不会丢下你的。"这是一句再朴素不过的话语，却是一份庄严的承诺。在突如其来的灾难面前，医务工作者们临危不惧，陪伴着自己的患者，无一人擅离岗位。那一刻，他们已成亲人。

原载于2016年12月15日《石河子大学报》315期第2版

走入田间地头的科研工作者

——记新疆农业科学院农业机械化研究所研究员、98届农业机械化专业校友史慧锋

神仙湾,一个位于昆仑之巅的新疆军区高原哨所,因5380米海拔之高,摘得了世界驻兵点的高度之冠。然而,在这个哨所守防却并不像她神话般的名字那样美妙,这里年平均气温低于零度,昼夜最大温差30多度,冬季长达6个多月,空气中的氧含量不到平地的45%,而紫外线强度却高出50%,是"高原上的高原"。曾经,生活在这里的官兵的副食主要是罐头,吃菜要从山下拉上来,由于路途遥远,加之山下和山上温差大,新鲜蔬菜送到哨卡后就成了一团"烂泥",损耗近半。几十年来,一代代守防官兵先后试种蔬菜50余次均告失败。为解决高原边防部队"吃新鲜蔬菜难"的问题,总后勤部军需物资油料部和新疆军区组织众多科研院所的专家,多次上高原、到边防调研论证。经过反复试验,最终采取温室基础架空系统、阳光板采光系统、滴灌系统等八大科技含量高的先进技术,建成节能保温大棚,并试种出了蔬菜,让官兵第一次吃上"永冻层"区域自产的新鲜蔬菜,结束了该哨所建卡55年种不出新鲜蔬菜的历史,开创了我军在海拔5380米高原高寒地区种植新鲜蔬菜的先河。而这个世界海拔最高的温室大棚的设计者、在这个"生命禁区"创造绿色奇迹的人就是1998年毕业于石河子大学机械电气工程

系、现任职于新疆农科院农机化研究所设施农业技术与装备研究中心的主任史慧锋。

天山下的前行者

作为一名新疆农业科学院农业机械化研究所的研究员，史慧锋长期从事设施农业工程技术及农牧机械化技术科研与推广工作，主要从事设施农业工程技术研究，主持设计、建造过各类大型连栋温室、日光温室、气调库、冷库、大型花卉综合市场；从事设施农业园区规划，设施农业配套装备与园艺机械、农产品加工机械、节水灌溉设备、沼气综合利用技术等项目的科研和工程建设工作。设施农业温室建设环境非常艰苦，户外烈日炎炎，风吹雨淋，可是史慧锋却没有丝毫怨言。十几年来，他的足迹遍布天山南北，从北纬37度的塔什库尔干到北纬47、48度的阿勒泰，从海拔0度以下的吐鲁番到海拔5300多米的神仙湾，他每年平均奔赴在农业一线的时间超过180天，不仅如此，他还亲自到每一个边防哨所勘察，亲力亲为，为那里的农业设施建设提供技术支持和指导。神仙湾温室大棚就是他针对神仙湾当地土壤、地理、气候不适合种植作物的特点，采用无土栽培技术，充分利用太阳光、热资源，依靠自然采光和温度本身的建造材料修建的日光节能温室。

他常年在南北疆农业一线开展基层工作，不仅积累了丰富的实践经验，还与当地种植户尤其是少数民族同志和设施农业业主建立了融洽的感情。2005年的夏天，南北疆12条生产线同时开工，非常忙碌，史慧锋和其余四个同事奔波在各个建设基地，其中莎车县工地离县城有18公里，周边有一个小村庄，他常常顺路帮着给维吾尔大爷家买米和油，并让维吾尔族大爷坐坐皮卡车，感受一下与毛驴车不同的生活方式；工地上有一次为庆祝工友的生日而聚会，为他们做饭的维吾尔族小姑娘特地从家里带来了鸡肉和葡萄干，和妈妈一起给他们做起了抓饭，做好后，小姑娘亲自端给史慧锋，并亲切地称他为"史哥哥"……他热情积极地指导少数民族温室建设及设施栽培，并与他们打成一片，这也在一定程度上促进了科技援助和民族团结工作。

工地上的实践者

作为一名有着丰富经验的高级工程师，史慧锋本可以在计算机上把结构设计出来，然后西装革履、双手白嫩地视察一下现场，在确认没有任何结构失误的情况下离开，可是他并没有这样做。他总是亲历一线，亲自实践。在工地施工时，为确保工程质量，他和他的团队坚持与工人住在一起。每天他总是第一个起床，拉上工人去工地，边干边指导，下班后，先让工人走，工人走后，他还要对工程巡检一遍，晚上回宿舍后还要和自己的团队一起开个会。在这些工人眼中，作为研究员的史慧锋总是穿着结实的蓝色牛仔工装，徒步鞋，戴着手套，或者是检查施工节点质量，或者是指导特殊的施工工艺，看到他们工作辛苦了，也会亲自递上一瓶水，这让他们在佩服的同时感到很温暖，因此，史慧锋所在的施工现场每天的工作总是井然有序。

在特殊结构焊接时，他会戴上防护镜爬上5米多高的架子亲自焊接，电路架设的时候他也在最危险的地方值守，而这些危险的操作也给他的身体带来了一些伤害。2011年在乌恰县智能连栋温室建设现场，由于当地建设条件简陋，电路破损连接不上，而维修人员被耽搁在从阿图什去乌恰的路上，已经延误了3天的工期。见此情况，史慧锋凭借多年经验，在极其简陋的条件下接通了380V施工电线，然而他的右手却被电火点燃，右手手心及手背80%面积被烧伤。在去最近的县医院烧伤科的20多公里的路上，他忍住剧痛，左手开车，直到躺倒在急救室的病床上；在温宿智能连栋温室建设现场，由于在前期对材料和安装工作的组织实施中，史慧锋接连许多天没有休息好，加之眼部感染，他的整个左眼球红肿得像个桃子，经过医生的消炎和包扎之后，只休息了两天的他不顾医生的劝阻，又来到现场查看施工情况。直到其他同事接替他的工作，史慧锋才返回乌市接受治疗。在工作中的受伤对于他来说已是习以为常，这些工作在给他带来了危险的同时也给他带来了设计灵感，在不断发现和设计更正的过程中，智能连栋温室结构越发趋于人性化，合理化。"只有在踏踏实实的实践中，才能发现问题，找到思路。"史慧锋这样说。

工作中的领航人

虽然他已是新疆农科院农机化研究所设施农业技术与装备研究中心主任,但同事们总是亲切地称他为"史工",在同事眼中,他平易近人、执着认真,画图纸以毫米为单位,待人交往总是和蔼可亲,对待工作时却又显得严厉苛刻。他的同事曹新伟说道:"2006年7月,我刚刚入职,第一天上班史工就带着我和整个团队来到塔城小麦育种基地,在那里将为试验基地建造两座高标准日光温室。史工把亲自设计的各个零部件仔仔细细地讲解给我和其他团队成员,然后在接下来的每个安装环节中,亲自动手指导安装,也让我们亲手拧螺丝,安拱架,通过这样手把手地教授,我们逐渐感觉到设计的图纸和真实的结构,为以后的设计工作开通了思路。"团队成员肖林刚也回忆说:"在建设塔城两座高标准日光温室的日子里,风有时刮得很大,直接把狗都刮得在天上飞,我们在搭架子时人踩人,以"人梯"的方式进行,尽管如此,史工依然坚持下工地,把自己定位成农民,服务地方社会,并积极帮助别人。在史工的影响下,大家每天非常快乐地工作,受益匪浅。这是史工的人格魅力所致,让我们在艰苦的环境中体会到劳动和进步的乐趣。"

在工作的这些年里,史慧锋先后主持、参加科研推广及开发项目14项,主持自治区农科院青年基金项目《节能日光温室沼气能源技术的应用研究》,自治区科技攻关重点项目《新疆节能型日光温室优化设计》及设施工程项目《新疆广汇美居物流园8400平方米花卉市场温室工程的设计、施工》、自治区农业厅《棉种纯度鉴定聚碳酸酯板连栋温室》等。他在国家及省级专业核心期刊上共发表论文13篇,获得实用新型专利5项,制定自治区地方标准15项,企业标准2项;获得2010年自治区科技进步一等奖,2010年度农业渔业部丰收合作奖,2011年度阿克苏地区科技进步一等奖,2011年度《牧草揉丝打包机项目》自治区科技进步三等奖;获2009年中组部西部之光访问学者等光荣称号。

情系象牙塔，让梦想开花

尽管这一系列成就都是史慧锋参加工作之后取得的，但史慧锋却认为，这和自己读本科时所打下的良好基础是分不开的。他告诉我们说，上学时所学到的知识极为重要，特别是绘图基础，这让自己在工作中终身受益。因为本科时期打下了良好的专业基础，如今的画图才能精细到以毫米为单位，这样，在进行具体的机具设计时，才能确保更高的成功率。他说，教《画法几何》的朱瑾老师和蔼可亲，在制图方面教得特别好，在学习上对学生要求极为严格，这种严谨的态度也深深地影响着自己，还有教《农机及实验课》的坎杂老师，寒冷的冬天，依然带着他们去实验室拆拖拉机、做拉力测验、进行冬修实习等，那时的学习条件虽然不是太好，但学风非常好，自己每天坚持去上早晚自习，画图时很早就去图书馆的制图室占位置。也正是因为在象牙塔中的积累让史慧锋的人生有了最初的沉淀，加上后面的一路努力，才使得他在毕业15年就被评上正高职称。

四年的大学生活让他充满了感激，对于未来，在设施农业方面已有不少研究成果的史慧锋依然有自己更高的期待。在他看来，搞设施农业应该因地制宜，通过和甲方在技术理念上的沟通，根据对方的需求和优势进行研究设计，因为农业过程属于应用型研究，主要面向农民，研发完了就要推广。而在当下，设施农业已有91万亩，具备一定的规模，但却没有效益，根本原因是机械化程度太低，例如，日光温室的通风是温室环境控制（温度、湿度、光照和通风换气）的关键手段，目前的控制方式较为简陋，大多情况下农民将棚膜扒开一道缝，无法实现自动化控制，而这也是目前他和他的团队所遇到的棘手的问题。设施农业的发展由早期的简陋高能耗、低产出向目前的高节能、高产出转变，即由早期的能种出菜、吃上菜要向目前的自动化高品质转变。在目前转型过程中，很多农民发现种温室不如外出打工，一年辛辛苦苦却只够糊口，即便是产量高了，无非是"多收了三五斗"。史慧锋说："作为设施农业研究人员，我们要让农民从目前的一家两口种一两座温室向种植三到四座温室转变；在环境控制方面，温度、湿度、光照和通风能实现物联网控制，即通过手机就可操作控制；在温室种植灌溉方面，能实现水肥一体化半自动或自动化控制，同时又兼顾开发费用低、农民能够接受的原则。"于是，在他的带领下，团队成员蹲守温室，牺牲节假日连续长期出差，进行大量反复的实验。在他们的努力下，目前物联网环境控制已取得成功，在全疆多个县市的温室园区已推广示范，水肥自动化控制已进入调试试运行阶段。

十几年的时间，寒来暑往，风吹日晒，田间地头，甘苦自知，与其说他是一个科研人员，不如说他是一个农民。从工作至今，史慧锋始终秉承着一颗坚定的心，怀着服务地方社会的信念，一直不断地行走在探索的路上。他像一棵树，扎根在农业科技这片沃土，艰苦不觉苦，持续吐芳华，就像艾青在诗中说的那样，"为什么我的眼里常含着泪水，因为我对这土地爱得深沉。"

治理白色污染　还一片绿色世界
——记新疆农业科学院农业机械化研究所研究员、98届农业机械化专业校友蒋永新

走过田间地头，最后在白色残膜上停留；尊重科技，大胆创新，默默劳作，只因责任在心，数年的坚持，执着于治理白色污染，他被风吹得很黑，而世界却因此多了一份绿。在环境问题日益严重的当下，98年毕业于石大的蒋永新用自己的实际行动给我们指明了方向，也让我们对于拥有一个绿色的世界，看到了更多的希望。

扎根基层，服务"三农"

蒋永新现在是新疆农业科学院农业机械化研究所的一名科研人员。他不仅是单位最年轻的具有正高职称的科技人员，也是单位残膜综合治理技术与装备专业带头人。在工作中，他总是身先士卒，积极主动地投入到农业生产第一线，每年深入田间地头的时间有150天以上。他在一次南疆棉田调研时发现，由于新疆干旱缺水，棉花种植全部采用覆膜栽培，这种栽培模式有增温保墒、抑制杂草生长、促进作物早熟和增产等显著特点，深受广大农民的欢迎；但与此同时，细心的他也发现，当棉花收获结束时，地膜依然残留在农田，年复一年随着春耕秋翻，地膜沉积在

土壤耕层，造成严重的"白色污染"。地膜主要成分为聚乙烯，可在土壤里存在200～400年，遗留在土壤中的残膜会对生态环境、土壤结构、作物生产发育造成严重的影响。调研结束，刚参加工作没多久的他便向单位领导汇报了自己的想法，覆膜栽培的种植模式可以带来短期的经济效益，但从长远角度来看，地膜不回收，越积越多，播种之后种子落在土壤中的碎膜片上，无法发芽，导致减产，最终无法种植。领导肯定了他的想法，经过研究，组建了残膜回收机研发团队，然而残膜回收机械是一种高难度的设备，国内外还没有一种可借鉴的机械。蒋永新主动挑起大梁，作为团队骨干，担起了研制残膜回收机的重任。

新产品的研发并不是一帆风顺的，蒋永新及团队在残膜回收机研发阶段，经历了多次失败。第一轮样机采用气吸式的原理，样机制作出来，下地试验，发现无法将地膜吸起来，反而将大量的棉叶、砂土收起来，失败的打击在每位项目组的成员身上。大家坐在地头，耷拉着脑袋，想着一年的辛苦白费了，他主动站了出来，鼓励大家：失败是成功之母，我们不应该灰心丧气，要打起精神来进行新一轮地设计！经过一段时间的实地考察、反复论证，蒋永新大胆地提出人工捡地膜是利用手指的灵活和力量，那么模仿人工捡膜的方式，采用手指粗细的杆齿将膜挑起来一定可以成功。大家按照他给的启发，积极开动脑筋，画机构图，三维建模，绘制工程图……终于，新的一轮样机制作完成。它采用旋转滚筒上组装六组伸缩杆齿的结构，伸缩齿依靠凸轮实现捡膜与卸膜，下地试验验证原理非常成功，但仍然有大部分的地膜挂在棉杆上，收膜率非常低。这时候蒋永新又提出，应该采用联合作业的方式，他将秸秆打碎还田的同时采用挑膜滚筒收膜。信心大增的项目组积极开展联合作业机的设计，经过多年的设计、试制试验，最终研发出来4JSM-1800/2200型秸秆粉碎还田及残膜回收联合作业机和4JLM-1800秸秆还田搂膜机。

深入调研，投身公益

因为残膜回收属于环保公益行业，不是农业生产的必要环节，且大部分种植户都比较看重眼前利益，因此，研制的残膜回收机在推广过程中遇到了重重困难。面对这一情况，蒋永新通过发放宣传册、召开现场会等方式，向农民讲解残膜回收的重要意义。十几年来，他的足迹遍布农一师、二师、四师、六师、八师以及喀什、阿克苏、沙湾、玛纳斯等地，从兵团到县、乡、村，基本做到了全疆覆盖。为了更好地了解农具的使用情况，他和他的队友们在农民播种时就跟随农民一起下地干活，收获时也全程参与。在从种到收的这一段时间里，他选择了深入农田展开调研。在阿瓦提调研时，他曾用九天的时间走了六千公里，他说："农民的创造性很强，通过去田间地头调研，与农民交流，可以及时了解农具的使用情况以及农户对农具的反馈需求，与农民交流，也能给我许多启发。"因此，这位所里最年轻的科研人员，也被同事们笑称为"高级农民"。

  与真正的农民相比，这位身兼多职的"农民"也有着更为丰富的工作体验。有时遇到农民在忙碌，他也会亲自开拖拉机，长期的实践使他成了"所里水平最高的拖拉机手"；在调试农具时，他曾经喝过油管子里突然喷出的机油；他也曾踩进过液压油的油桶里……2015年，在一次机具巴州尉犁县推广过程中，因为拖拉机手误操作，机具牵引架突然落地，砸在正在安装机具的蒋永新脚上，致使他的脚指甲盖被砸掉，因为第二天有重要的现场会，他对脚趾做了简单包扎，买了双大了好几号的布鞋，坚持将机具调整到最佳状态，以便顺利地召开现场会。会议现场，蒋永新忍着疼痛一瘸一拐的向县领导、农机推广部门、农民朋友介绍残膜回收技术与装备。机具演示效果非常好，当年在该县销售机具20余台。功夫不负有心人，经过他的不懈努力，2015年残膜回收机销售额达350余万元。机具的研发、推广不仅填补了我国残膜回收型机械的应用基础理论和产品的空白，并进一步提高了我国棉田耕前残膜机技术水平和实用性，对于有效控制新疆棉田的残膜白色污染，缓解和减少我国农业面上污染源起到积极作用，对推动建设"资源节约型、环境友好型"的社会主义新农村的步伐，也提供了一批成本低廉、使用简便可靠、作业效果好的新型机具。

良师益友、恩情难忘

工作18年以来,蒋永新主持及参加完成科研项目22项,发表论文25余篇,获得20余项专利,其中在农田"白色污染"治理工作中,参加"新疆棉田净土工程耕前地表残膜回收机械化关键技术及装备研究与示范"获得新疆维吾尔自治区科技进步一等奖,完成成果转化两项。在他看来,这些成绩的取得在很大程度上得益于本科学习时的积累。他回忆道,自己在校期间,除了努力学习文化知识与专业技能以外,还担任班长、学生会监察部部长等职务,连续多年拿到奖学金,并在大一时就光荣地加入中国共产党,大学生活不仅给自己提供了放飞梦想的舞台,老师们也给了他无微不至的关爱,班主任李玲老师就是其中之一。他告诉我们说,李老师比自己大不了几岁,正常上课时是老师,平常同学们都把她当成了朋友。在97、98年亚洲杯足球赛举行的时候,李老师把三个宿舍的同学叫到自己家来看比赛,并把新婚的席梦思床的床垫搬到地下让学生坐;学生感冒时,她会给他们带感冒药;有一次宿舍停水,他们喝不上热水,李老师把学生的暖瓶拿到自己家,亲自烧上水灌满再放到学生宿舍门口……虽已离校近20年,但每每说到这些,蒋永新依然为之动容。

本科时期的老师给他工作后的人生带来了一抹温暖的色彩,直到现在,他也依然将这种精神一代代地传递。虽然蒋永新现在已经是单位科研工作的中坚力量,但他依然把帮助年轻人当做自己重要的工作内容,他对年轻人和蔼可亲,从不保守,以身作则,言传身教,并主动将刚入职的同事牛长河、刘旋峰收为徒弟,在担任师傅的多年时间里,注意全方位培养年轻人。一是修身为本,教徒弟学会做人。刚从学校走入工作岗位的学生,没有生活的历练,没有社会经验,蒋永新注重从育人入手,以身作则,教做人的道理和品行,教育徒弟干一行爱一行;二是严格要求,教会徒弟做事。要求徒弟认真学习业务,学习基础理论,学习规程规范,学习实践经验,根据地质工作的特点,要求他们在实际工作中做到勤看、勤跑、勤记、勤问、勤思考,并深入实际,注重细节,对技术问题不弄懂不放过，不解决不罢休；三是关心细节，教徒弟学会生活。徒弟刚来单位，举目无亲、生活单调，他把徒弟当做自己的兄弟，逢年过节把他们请到自己家里来，并帮助他们解决日常生活中遇到的困难如结婚买房等大小事情他都尽力帮忙。在他的心里，真诚至上，合作最真，只有将自己的经验及积累传递给更多的年轻人，整个团队才会有更长远的未来。

  至今为止，蒋永新和他的团队不仅成功地研发了"回收型"两大系列棉秸秆粉碎及残膜回收联合作业机产品，还在我国首次较为系统地完成了新疆棉田"净土工程"耕前地表残膜机械化回收机理与关键技术以及装备的研究工作，初步形成了"应用基础理论、论文、产品、专利群、专著、产品标准、技术规程、技术人才等"一系列成果群。"田间地头残膜尽，春风吹得绿归来"。蒋永新，这位从兵团高校走出的学子，正在用自己的不懈努力践行着生态、环保的理念，并将石大满园的绿意播洒到外界的每一个角落。路漫漫其修远兮，这位绿色理念的传递者，始终走在路上。

杏林翘楚　病理赤子
——我校病理学学科发展纪实

"十二五"期间，我校"病理学与病理生理学"曾荣获自治区重点学科验收优秀学科。通过不懈努力，病理学以科研、教学、临床工作共同发展，三位一体促进学科建设，先后入选"国家双语示范建设课程"，荣获"国家临床重点专科"等荣誉，成为石河子大学当之无愧的学科领头羊之一。

"十三五"期间，病理学将积极创建国家一流学科，力争实现医学博士学位授权点的突破，以自主培养和高端人才引进为重点，构建多层次、高素质的教学与科研人才队伍。

厚重而光荣的历史病理学有着一段光荣的历史，可以追溯到1950年的解放军一兵团卫校病理教研组。先后经过新疆军区卫校、兵团医专、石河子医学院、石河子大学医学院等发展阶段，学科从最初单一的病理教学发展成为集病理、法医学教学、科研和临床病理诊断于一体的桥梁学科，拥有一支结构合理，有较强教学、科研能力和较高病理诊断水平的学术骨干队伍，教学、科研和临床工作相得益彰。该学科1998年获得硕士学位授予权，是新疆兵团首批重点学科和石河子大学"211工程"重点建设学科。2005年以来，该学科承担的两门课程被评为自治区和兵团精品课程，"病理学"入选2009年国家级双语教学示范课程。目前，该学科已在新疆病理学界树立了良好形象，具有较高的学术地位。

以一流的教学团队促进教学发展，病理学系在1959年组建时，从最初仅有2名教师、只开设一门病理（解剖）学课程，发展到现有28名教师，共

开设五门本科课程，4门研究生课程。经过一代代病理人的不懈努力，目前已拥有一支基础扎实、视野开阔、结构合理的高水平教学团队。2011年被评为"自治区教学团队"。该团队由绿洲学者、国务院特贴专家李锋教授，兵团特聘专家张文杰教授，省级教学名师潘晓琳教授，中组部"千人计划学者"庞丽娟教授在内的20名教师组成。其中高级职称教师所占比例为75%，博士学位及在读教师13名，占教师总数的65%。8名教师有在国外知名高校如约翰·霍普金斯大学、耶鲁大学、昆士兰大学、悉尼大学等工作、学习的经历。病理系主管教学的副主任邹泓教授告诉记者，出国交流及访学有利于开拓教师的视野，把握最前沿的学术动态，同时提升教师团队的综合素质。教师们在海外知名医学院所从事的科学研究工作，可以更好地与书本知识结合，运用在教学中，使学生更喜欢课堂。

目前病理学系承担包括本科、留学生、研究生三个层面的教学工作，在"病理学与病理生理学""临床病理学""肿瘤学""法医学"四个方向招收学术及专业型硕士研究生，与华中科技大学合作招收联合培养博士研究生，开设《病理学》《法医学》《肿瘤学进展》《诊断病理学》等九门课程。本团队承担的主干课程"病理学"先后被评为石河子大学一类课程、石河子大学精品课程、自治区精品课程、国家双语教学示范课程,获石河子大学教学成果一等奖1项、二等奖2项、三等奖1项,教学成果丰硕。

近年来,该教学团队在病理学教学中,注重教学法研究,将传统病理与分子病理进展、基础病理与临床病理诊断、病理教学与肿瘤病理方向的科研有机结合,积极主动地开展病理学课程与团队建设、病理学理论与实验教学改革,结合数字化医学飞速发展的现状,未来力图建设数字化形态学教学中心,现已承担了国家级、省级和校级课程建设和教学改革项目16项,教学研究经费共计59万,发表教学论文17篇。

以地域优势走特色科研新路子,病理学系主管科研的副主任刘春霞教授告诉记者,除承担教学任务外,近年来,学科科研还突出地域与民族特色,充分发挥人群流行病学与实验室研究相结合的优势,凝练了肿瘤病理与分子诊断学研究、新疆民族高发性肿瘤病因与发病机制研究两个方向。

2010年以来,病理科先后主持承担各级科研项目71项,累计经费3674.47万元,是全校获得项目资助最多的学科之一。其中,新增的28项国家自然基金项目中,青年骨干主持22项。病理科发表论文260余篇,SCI收录科研论文100余篇(SCI1区14篇,2区16篇,3区40篇),累计影响因子220.99,单篇最高影响因子39.08。尤其是关于贫困地区宫颈癌预防新策略的论文2013年刊登在国际著名期刊NatBiotechnol(影响因子39.08分),取得了我区高校发表最高影响因子学术论文的突破。由李锋教授和张文杰教授课题组研究的课题"新疆民族高发性HPV相关肿瘤的防治基础与临床应用研究"项目获得了2015年度兵团科技进步一等奖。这一连串的数字,凝结了病理人挥洒的汗水与辛劳。

该学科非常重视研究生科研创新能力的培养,加强培养过程的质量控制。在培养形式上,每周定期举办JournalClub等形式的学术交流活动,对研究生进行文献掌握能力和思维方法的培训,极大地促进了研究生科研思路和科研创新能力的培养。同时，学科还积极与国内高校、科研院所联合培养研究生，鼓励研究生积极参加国内学术会议，拓展学术视野，发表高水平论文。一系列的举措极大地推动了研究生的科研能力，先后获得自治区优秀硕士学位论文6篇。在发展区域化病理诊断中心，服务患者临床工作方面，石河子大学医学院第一附属医院病理科首批入选新疆维吾尔自治区临床病理质量控制中心与兵团病理质控中心，2012年入选全国临床重点专科。学科中有1人任中华病理学会委员、中国病理工作委员会副主任委员和新疆病理质控中心主任，3人任《中华病理学杂志》与《临床与实验病理学杂志》编委，在新疆病理学界树立有良好形象，具有较高的学术地位，在全国具有一定的影响力。病理科在传统专科的基础上有计划、成建制地进一步细分出5个病理亚专科，通过人才引进和自我培养，经过多年的努力和沉淀，造就了一支"技术专、业务精、技能强"的临床病理专科诊疗队伍，为广大患者提供优质的诊疗服务。

  一附院病理科先后建立了先进的病理技术平台，包括：常规与快速一体化常规组织处理系统、全自动免疫组化染色仪，数字病理切片扫描仪等。病理科在原有技术平台基础上进一步建立了兵团远程病理会诊网络信息与服务平台，实现了区域病理资源共享，完善和开展了各项分子诊断与治疗靶标检测技术等，提升了本重点专科的临床病理工作质量。科室重视质量控制，乳腺癌ER、PR及Her-2，肺癌EGFR及K-ras诊断辅助技术通过了全国PQCC认证，同时肺癌EGFR诊断辅助技术获得国际欧盟认证，成为兵团的分子病理检测中心，全面提供各种分子诊断与治疗靶标检测技术服务。

  病理科作为新疆兵团病理质控中心、新疆临床药师培训基地、全国及兵团"两癌"筛查培训基地，先后培训多名南北疆基层医院医生，同时组织优秀诊断人员分别到第八师121团、玛纳斯县医院等地开展专业理论和技能培训，充分发挥了国家临床重点专科的示范和辐射带动作用。病理系主管临床的副主任陈云昭教授表示，系里高度重视临床工作，立足兵团，发展远程及区域化病理诊断中心。今后会通过创新平台不断提升专业技术和病理诊疗水平，更好地为患者服务。

教学、科研、临床三位一体不仅促进了学科的发展，而且培养了一支基础扎实、结构合理、视野开阔、充满朝气、特色鲜明的优秀病理学团队。病理学科紧抓学科建设的核心目标，定点支持人才培养，使学科队伍整体水平得到了很大的提升，学历、职称结构及高层次人才的培养取得了显著成效。

胡文浩教授是病理学系的元老，从1970年来到石河子医学院工作，一直从未离开过，她见证了病理的发展，并由衷地为病理学科取得的成绩感到欣慰。她对记者说，我只是一个平凡的病理工作者，病理这个集体中的一颗螺丝钉，但我热爱我的专业，热爱石大，也热爱兵团。

丁鹤羽、俞鹤皋、于明信、赵天德、陆天才……这些老一代的病理人，正是由于他们这种甘为螺丝钉的精神影响着年轻的病理人，滋养熏陶了石大医学院病理人的一片赤子之情，铸造了病理系的敬业、奉献、创新之"魂"。

"接过重任，深感肩上的担子沉甸甸的。老一代病理人身上严谨、执着、奉献的精神信仰，弥足珍贵。他们敢为人先，勇于创新，是石大的骄傲，也是我们这一代年轻人的榜样。我们会将这些优良的工作作风与学风延续下去。"病理学系主任庞丽娟教授表示，"今后会不断完善现代化信息教学平台，力争取得更多的科研成果，并更好地运用临床诊疗平台为患者服务，为兵团的医疗事业服务。"

原载于2017年3月15日《石河子大学报》317期第2版

在志愿服务中收获快乐
——记石河子大学医学院一附院离退休志愿服务队

初春的一天清晨,石河子大学第一附属医院门诊部如往常一样,病人络绎不绝。一对母女走进门诊部,刚进大门,女孩便直挺挺地晕倒在了地上。母亲抱着昏倒的女儿哭着寻求帮助,周围的人有点懵。这时,导医台一位头发花白的老者站了出来,迅速喊来了急诊科的护士长,有条不紊地指挥医护人员将女孩送进急诊。女孩得到了及时的诊治,有惊无险。这位老人就是蒲大诗——前任门诊部总支部书记,现退休后被第一附属医院社工办聘为门诊部导医志愿者。

"我在医院里待了一辈子,对医院的各个部门也比较了解,以前工作时受国家和领导的恩惠。退休后得了两场大病,受到了老领导与老同事的关心和帮助。所以我现在就想做点好事回报一下社会,帮助别人就是帮助自己。"当问到为什么要当志愿者时,蒲大诗操着一口浓浓四川口音告诉记者。蒲大诗是一名曾多次获得优秀共产党员荣誉的老党员,于1971年当兵退伍后转业到第一附属医院人事科任职,之后到工会,最后到门诊部当总支部书记,这一干就是大半辈子。2000年,蒲大诗被查出得了肾癌,2003年又被查出得了肺癌。多重打击下的蒲大诗却并没有被病魔击垮,反而在病情得到控制后主动申请当一名门诊导医志愿者,去帮助更多的人,去帮助有需要的人。志愿者的工作,让他心情舒畅,身体竟然也慢慢康复,一天天好起来。

其实,在石河子大学第一附属医院里,像蒲大诗这样的人不少,他们自发自愿地去为人民服务。他们就是第一附属医院退休志愿者服务队。队员的平均年龄在65岁以上，每天早上穿梭于门诊大厅及各科室，为前来就诊的患者"指点迷津"。

今年67岁的王文夫，就是离退休志愿者服务队的一员。2009年，他退休不退志，报名参加志愿者队伍，成为一名普通的门诊导医志愿者。

一大早，王文夫便早早地来到了门诊大厅，此时的门诊大厅往来的患者还寥寥无几。王文夫佩戴上志愿者绶带，整了整白大褂，便站在导医台等候患者前来咨询。有一位带着团场口音的老年人上前询问："这位同志，我老伴儿心脏不太好，请问在哪儿看？"王文夫先询问老人是否有就诊卡，得知还未办理就诊卡后，他拿过患者的身份证，熟练地在自助充值机上为老人完成了办卡、充值、挂号等一整套操作，并告诉老人就诊科室的具体位置。整个过程用了不足两分钟时间。但就是这样一个简单的操作，这里的每一位门诊导医志愿者每天都要做上几十次，一遍一遍地给患者讲解。

在这个群体里，也有巾帼不让须眉的女队员。她们长年不辞劳苦地为前来就诊的患者服务。伍萍和王凤英就是其中的代表，退休后，伍萍和王凤英闲不住，一颗热情饱满的心在看到那么多病急投医却不知道该去哪个部门的病患，变得柔软又坚定，她们坚定地守在志愿者岗位，耐心为老百姓们做好事。王凤英于2015年被评为兵团优秀巾帼志愿者。

有了志愿服务队的帮助，众多患者在第一时间准确找到就诊部门，并及时得到治疗。这不仅减轻了医院的压力，还提高了医生的问诊效率。团队连续多年被医院评为"优秀志愿者团队"。队员们也在志愿服务中收获着快乐，门诊大厅变得温暖，春天变得更加的鲜活。

"一个人做一件好事不难，长期做好事，就很困难了。这几位退休老同志拥有一颗善良热情的心，长年累月地坚持很不容易。"第一附属医院社工办副主任魏斌说："希望更多的年轻人向他们学习，在志愿服务中收获快乐。"

原载于2017年3月31日《石河子大学报》318期第2版

"我想做个拉犁人"
——记兵团特聘专家、我校病理系教授张文杰

初见兵团特聘专家、美籍华人张文杰教授，是在医学院杏1楼病理系会议室。他穿着朴素，但目光睿智、谈吐不俗，满是学者的风度。

2015年年末，张文杰受聘于新疆地方与民族高发病教育部重点实验室"新疆重大疾病诊断与防治技术应用"岗位，这只是另一个新的开始。在此之前，时任华中科技大学同济医学院免疫学系教授的张文杰作为"科技援疆"成员，被聘为"绿洲学者"，已经在石河子大学默默耕耘了7年。由于"科技援疆"工作业绩突出，他被授予兵团首届"绿洲友谊奖"。这7年中，他在高层次研究生培养、高水平科研团队和学科建设、服务南疆基层医疗卫生等方面为我校做出了突出的贡献。

"Dream works only when you have a dream and work for it."

张文杰常对学生们说，按照博士生的要求去努力，大家就相当于医学博士生的同等学力。看似玩笑的话语，背后却是多年的学术底气。因为一般的"211"医学院校博士生毕业要求发表一篇SCI论文，而他带的学生们大多

在硕士阶段就能达到这个目标。

"Dream works only when you have a dream and work for it." 这是张文杰给学生们的箴言。他说，医学专业相对特殊，本科生阶段要系统学习医学理论和基本实践，研究生阶段的学习，主要是科研能力的培养，从看似平常的现象和大数据中去发现值得研究的亮点。

病理学与病理生理学专业的研究生刘斌正说："在张老师的鼓励和帮助下，我成功获得一项《自治区研究生创新计划》项目，发表了一篇SCI论文，还申请了一项医学发明专利。"

肿瘤学专业的研究生王燕告诉记者，自己是个幸运儿，在本科时就加入了张老师的科研团队，同去南疆参加筛查工作。我从张老师身上感受到的，不仅仅是高水准专业知识，还有坚毅的品格与过人的能量。

荣誉背后是数不清的汗水与艰辛，是一个个秉烛劳作的日子成就的。为了拓宽学生的视野和英文写作水平，他还为医学院的研究生举办专业文献读书会，并创办了英文SCI论文写作辅导班，每学年辅导近千人次。迄今，张文杰已在石河子大学招收硕士研究生21名，其中14人已顺利毕业，2人读博深造，其余均在各地三甲医院工作，成为医疗和科研人才。

"潜心学习，走特色研究之路"

张文杰于20世纪80年代后期赴澳大利亚国立西澳大学医学院皇家佩斯医院攻读临床免疫学博士，又于90年代初先后在美国St.Jude儿童肿瘤医院和FredHutchinson癌症研究中心做博士后，主要从事肿瘤基础与临床研究。国际化的教育背景和研究经历，使他具备了国际化的学术视野。他的到来，为病理系的师生打开了一扇窗户，也带来了新理念。他时常告诫大家："要潜心学习，走特色研究之路。"他根据新疆少数民族常见、高发疾病的病理特点，制定了全新的研究策略，将团队带上了一条特色研究之路。

"十二五"期间，张文杰带领团队在肿瘤筛查、早期诊断和预防等研究中取得了一批重要成果，尤其是关于贫困地区宫颈癌预防新策略的论文于

2013年发表在国际著名学术期刊 Nature Biotechnology《自然－生物科技》，影响因子高达43分，实现了新疆高校发表高影响因子论文的突破，引起了业内人士的高度关注。

病理学系主任庞丽娟告诉记者，张老师积极参与病理学科及团队建设，帮助青年教师成长进步。在他的参与下，该学科已成为在全国具有一定知名度和影响力的学科。

"在南疆乡村开展医疗筛查工作，必须先和少数民族交朋友"

宫颈癌是新疆喀什地区的高发病，早期发现困难，晚期治疗效果不佳，威胁着妇女的健康和生命。2009年，张文杰和他的团队获国家科技部"十一五"科技支撑计划资助，他曾两次带领医学院宫颈癌筛查早诊早治小组去喀什地区伽师县江巴孜乡和夏阿瓦提乡对当地维吾尔族妇女进行筛查。

由于语言不通，加上当地贫困落后，没有疾病预防观念，筛查工作遇到难以想象的困难。面对困境，张文杰主动联系县政府和医疗卫生部门，并和喀什地区第一人民医院党委书记阿布都克尤木·赛买提成了朋友。

阿布都克尤木·赛买提给予宫颈癌筛查项目极大的支持，还派来了当地医护人员协助筛查。当张文杰表示感谢时，他总是说："不客气，我们是朋友嘛。"爽朗的回答，让张文杰感受到基层少数民族的淳朴。张文杰意识到，在南疆基层开展医疗筛查工作，必须先和少数民族交朋友。在张文杰的协调下，乡镇政府组织了村干部和村医参加动员大会。当地的卫生学校派来了志愿者，各个村子的高音喇叭里宣

传着健康教育知识，卫生院的走廊里排起了长队。

筛查工作紧张，每个人都在超负荷地工作。病理学系杨兰老师告诉记者："有一次和张老师讨论事情，说着说着没有声音了。一抬头，发现他竟然坐在板凳上睡着了。他实在是太累了，大家都不忍心叫醒他。"

张文杰教授、王英红教授以及李锋教授共同带领的宫颈癌筛查小组在喀什地区共为5000多名维吾尔族妇女进行了检查，查出宫颈癌16例，癌前病变59例。返程时，一些维吾尔族群众自发为医疗小组送行。一位维吾尔族大妈送来了一大包干果。一位维吾尔族大爷，竖着大拇指，用生疏的汉语对张文杰说："你是个好人！"

自2006年以来，石河子大学医学院宫颈癌早诊早治研究小组在伽师县进行了4次大规模筛查，从10042名维吾尔族妇女中，共查出早期宫颈癌患者40人，癌前病变患者94人，使患者得到了及时的治疗。

医学院的院领导告诉记者，对于张文杰老师，区区一个"谢谢"已不足以表达学院的感激之情。7年的绿洲学者加上5年的特聘专家，张老师要远离亲人，为学院服务12年。人的一生，又能有几个12年？

被问及为什么会选择兵团，选择石河子大学？张文杰说："自己想做个拉犁人，就像军垦博物馆那尊人拉犁雕像上的前辈，圆多年前的'兵团梦'。石河子就是我的第二故乡，我就是半个'兵团人'。"言语之间，流露出真情。是的，他爱兵团这片广袤的土地，也爱生活在这里的人们。

从知天命到花甲，两鬓染霜换得杏林的果实累累。我们感受到一位海归学者对祖国的无限眷恋和对边疆医学教育事业的情怀。这份情怀，激励了一届届的杏林学子，也温暖了无数的石大人，值得我们每一个人去尊敬。

原载于2017年4月15日《石河子大学报》319期第1版

紧跟大时代发展步伐　推进信息化教学进程
——记我校混合式教学改革

近日，清华大学教育研究院韩锡斌副院长参与撰写的《以混合学习提升高等教育质量——亚太地区案例分析》由联合国教科文组织（UNESCO）正式出版。石河子大学等五所高校混合式教学实践案例入选联合国教科文组织"混合学习助力优质高等教育案例集"。石河子大学，像一匹黑马冲入了人们的视线。所谓混合式教学（Blended Learning）就是把传统学习的优势和互联网在线学习的优势结合起来。教学过程中，既发挥教师引导、启发、监控教学过程的主导作用，又充分体现学生的主动性、积极性与创造性。教师在课程的教学过程中，根据教学目标、教学内容或教学情景，灵活采用多种教学模式混合，让学生充分参与教学过程进行学习，改变传统的教学模式和结构，充分利用在线教学和课堂教学的优势互补来提高学生的认知效果。

学校通过10年的网络辅助教学模式的探索实践，拥有视频教学资源993门，共9262集；国家级精品课程4门、国家精品视频公开课3项、国家级资源共享课程2项，自治区级精品课程19门、兵团级精品课程29门，校级精品课程 29 门，校级一类课程 83 门。教学视频资源平台年访问量达 400 余万次。网络教学综合平台 34563590 次，共有注册课程 16828 门，曾被访问的课程占课程总数的 82.6%。这些都为我校迈向混合式教学模式的进程积累了宝贵财富。当混合式教学在全国高校范围内只是浪花一朵的时候，学校就敏锐地预知到了之后的大浪潮。学校领导高度重视教育信息化工作，组建了教育信息化建设领导小组，由学校主管教学副校长任组长，教务处及相关职能部门任成员，统筹信息化教学的顶层设计和任务分解，为学校各类教学活动的开展、实施提供了决策导向和顶层支撑。

近几年，学校不惜投入重金，加大对在线教育软硬件的支持力度，不断扩大学校混合式教学改革的影响面。每年用于网络教学平台构建，教学资源采编设备更新，信息化教学环境维持等投入经费达 100 余万元。学校多重举措以提升教师在线课程和微课设计制作能力及应用水平，每年开展教学设计比赛、教学名师评选等，提高教师的信息化素养和实践技能。同时，转变管理职能，加强在线教育建设应用的师资和技术人员培训。学校还持续邀请国内知名专家学者到校培训和讲座，鼓励学校老师参加国内外信息化教学交流研讨会等，让广大的教师能拥有开放的视野。破茧成蝶这并不是一个一蹴而就的过程，而是像破茧成蝶一样，历经过艰难的孕育。早在 2013 年，学校就以张居农教授专业基础课《家畜繁殖学》为试点大胆尝试，率先改革课堂教学和课程考核，推进在线学习＋课堂教学相结合模式的应用。

没想到这种教学模式得到了学生的一致好评。一位同学这样给张居农教授发短信，"老师，回顾一学期的翻转课堂，让我觉得前所未有的充实和愉快。我用课余时间看您给我们发的课外知识，外出参观，做 PPT 汇报。虽然我们几乎没有在固定时间去固定教室上课，但我们却无时无刻不在学习。这一切都是那么新鲜。"

张居农感慨道："不是学生不爱学习，而是学生不愿意被动地接受知识灌输，教师需要重新审视自己的教学方法，改变黑板＋粉笔＋ppt 的方式。"

通过张居农的混合教学实践得出，教师应加强实践的教学环节，激发学生对本学科学习的热情和积极性。教师应走出教室、走向学生和企业，开发拓展实践平台，提供给学生更多的实践空间。

《家畜繁殖学》翻转课程教学改革案例在"第 28 届清华教育信息化论坛"做了报告分享，并被清华大学教育研究院韩锡斌副院长收录为典型案例，并多次在大会展示。张居农教学改革模式也被引入联合国教科文组织《以混合学习提升高等教育质量——亚太地区案例分析》的"混合学习助力优质高等教育案例集"章节。

从 2013 年开始，学校逐步出台了系列在线课程建设管理文件，全面加强混合式教学改革力度，通过"制度保障、激励机制、软硬件条件改善、资源建设与应用推广"等保障措施促使教学改革之路畅通无阻。融冰之旅 2014 年，我校面对优质教学资源不足、公共课程师资紧缺的困境，学校率先在《思想品德修养与法律基础》《军事理论》《大学英语》《文献信息检索》等课程开展混合式教学改革。2014 年 4 月，学校加入了由北京大学牵头的东西部高校课程共享联盟。2014 年 9 月，首次从联盟 80 门优质课程中选择了 10 门课程向学生开放，选课学生达 11290 人次，其中，《军事理论》和《思想品德修养与法律基础》两门基础必修课程在大学一年级入学新生中开设，选修合格率达 98.2%。我校选课人数规模创联盟选课学生之最，这种新颖的学习方式也颇受学生的欢迎。

学校采取"自建为主"+"引入为辅"的模式，同时在校内对《大学英语》《计算机基础》《文献信息检索》等公共课基础课程进行了混合式教学改革探索。2014 年 9 月，《文献信息检索》课程首先完成了教学内容重构，重点、难点知识点拆分，学生成绩考核和评价办法修订等混合教学设计和线上资源建设，并面向全校学生开放学习。2015 年，17 个学院开设《信息检索与利用》课程，有 162 个教学班共 5175 名学生，不及格学生为 30 名，及格率为 99.4%。据课程组上课问卷调查，学生普遍认为线上学习模式很好，85% 学生更乐意接受混合式教学模式。迎春之机 2015 年，根据《教育部关于加强高等学校在线开放课程建设应用与管理的意见》，学校进一步实施混合教学改革，开展了 20 余门网络课程混合教学建设工作。学校更加注重课程在线学习的内涵建设，加大了"软"环境的建设力度，在引导教师转变教学理念的同时，大力推进信息化与高等教育的深度融合，鼓励教师充分利用在线学习平台辅助教学，借鉴混合式教学和反转课堂教学理念，实施教师指导下的在线学习，为学生营造了更便捷、更优质的在线学习环境，混合式教学改革在学校逐步展开。

本年度学校先后举办了学校范围、全疆范围的信息化教学研讨会，还和清华大学研究院联合举办了"第 28 届清华教育信息化论坛"。在大型会议上，学校层面做了信息化教学改革经验分享，同时也推选出一批混合式课程改革示范先锋，实现了"以教师教授为主"向"以学生学习为主"的全面教学模式转型。近两年，该课程改革案例在全校、全疆乃至全国会议上都多次进行了混合式教学改革成果分享。

学校为加快推进混合式课程改革试点，更大范围地利用网络教学平台开展混合式教学，2015 年下半学期，学校采用自主预约，个性定制培训内容，连续举办了 10 余期"在线开放课程建设与应用培训班"，培训人数达 700 余人次。教学内容包括"混合课程设计建设方法""在线开放课程建设与应用""微课程设计与制作实操技能"等。各学院老师踊跃报名参加培训，使我校信息化教育理念深入人心。一线教师对信息化教学越来越重视，在线课程建设应用能力逐步提高。

《动物生物化学》的申红老师告诉记者，混合式教学使她的课堂充满了活力。在她的课堂中，主要运用在线测试、小组讨论和教学研究平台三种方式，通过师生互换角色、共享资源等方式增强课堂的活力，提高学生学习的效率。暖阳之时连续数年的努力，终于迎来了暖阳。2016 年，学校开展"混合式教学改革专项"立项工作，立项支持了 61 门重点课程，并促成学校精品课程和一类课程向"混合式教学示范课程"转型。通过不断更新在线教学管理应用平台，建立相应的在线教育评价体系，并对教师的信息化教学工作给予奖励。在多项有利举措下，我校一跃成为新疆地区混合教学改革示范校。

2016年底，捷报频传。学校开展"推进信息技术与教学深度融合优秀案例"征集活动，涌现出一大批课程设计及教学模式创新的优秀案例。案例涉及利用网络教学平台线上线下教学模式的探索，混合式教学、翻转课堂、微课等。我校教师运用信息技术促进课堂教学的改革，促进以"教"为中心向以"学"为中心的转变，实现了对学生个性化的指导。

混合式教学，像一张巨大的网，在校园的各个角落传播着知识。学校三百多间多媒体教室都实现宽带网络处处通。在教室里，不仅可以访问网络，并且可以运用一些智慧教学工具，如"雨课堂"插件等。此外，所有多媒体教室由中央控制系统管理和控制。多媒体教室使用率达80%以上，极大地方便了教师的信息化技术应用。未来展望教务处副处长刘政江表示，我校教学改革已初见成效，教师信息化素养明显提高，数字化教学资源整合能力不断提升，但我们应该有更长远的目标。课堂教学和在线学习如何进行深度融合、防止混合式教学流于形式等是今后需要努力的方向。

目前，学校开设课程3000余门，全面开展在线教学和混合式教学的课程100余门，学校应加强这些课程的过程管理，建立线上教学多维评价体系结构，重视教学过程中师生全面评价，加强学生参与学习活动的广度、厚度、深度和效度。

常态化可持续的信息化教学技能培训对我校信息化教学改革起到了极大的推动作用。随着信息化技术的飞速发展，新的教学模式和方法不断涌现，以"教师和教学需求"为导向，适时调整培训内容和方式，设立"信息化教学交流工作坊"，以人为本，服务教师，变教学管理机构为教学服务型机构，为教师提供一个教学经验交流和技能培养的平台。

我校以《文献信息检索》《动物生物化学》《大学计算机基础》等为代

表的课程建设团队在混合式教学改革的道路中筚路蓝缕，砥砺前行。他们坚定的步伐鼓励了越来越多的青年教师加入探索的队伍中。他们用极大的热情和责任心致力于与课堂教学的深度融合。他们全新的教学模式深受广大学生的欢迎，并在教学改革实践中起到很好的引领示范作用。

教学质量是衡量高校办学水平高低的硬性指标。混合式教学极大地推进了教学改革，全面提升了教学质量。

石河子大学的混合式教学实践案例此次入选联合国教科文组织"混合学习助力优质高等教育案例集"，标志着我校的教育改革已经初具国际化的视野。这并不是一个终点，而是一个新的开启。面向未来，扩大混合式教学课程的广度和深度，携手打造一批精品课程和一片新的天地，是每个石大教师共同的责任与担当。

原载于2017年4月15日《石河子大学报》319期第2版

扎根边疆育桃李　服务生产促发展
　　——记我校植物保护学科

　　新疆地域辽阔，地理环境复杂多样、气候多变，形成了多元的文化、多种农业生产方式和复杂的生物多样性。新疆是我国重要的优质棉、商品粮和特色林果业基地，然而每年农林植物有害生物发生1.2亿亩次以上，造成巨大经济损失。新疆与8个国家接壤，有5600公里的国境线，人员和物资往来频繁，近年来传入危险性农林有害生物近百种，对新疆及我国内陆省区农林生产和生态安全造成严重威胁。有效阻止危险性农林有害生物继续传入、避免农林有害生物爆发成灾及其向内陆省区的进一步扩散，对保护新疆及全国农业可持续发展至关重要，同时也是植物保护学科发挥人才培养和服务社会功能的重要体现。

　　历史积淀厚重，建设成效显著的石河子大学植物保护学科自原石河子农学院建校之初，就引进了尹玉琦、金潜、戴自谦、崔秀兰等一批曾在国外留学或在国内知名大学获得硕士学位的人才担任教师。大学1960年开始招收植物保护专业本科生；1982年本学科所属植物病理学科开始挂靠在原北京农业大学招收第一批硕士研究生，1991年植物病理学学科正式取得二级硕士学位授权，2006年植物保护学科获得一级学科硕士学位授权，涵盖植物病理学、农业昆虫与害虫防治和农药学三个二级学科；2011年与园艺学科一起获批园艺学一级学科博士点，本学科在园艺植物有害生物防治二级学科招收博士生，已形成了本科－硕士－博士研究生的完整的人才培养体系。2005年植物保护学科获批新疆维吾尔自治区重点学科，2011年自治区按二级学科申报时，学科所属植物病理学科再次入选新疆维吾尔自治区重点学科，2016年植物保护学科入选新疆维吾尔自治区高原学科。目前学科拥有新疆维吾尔自治区高校重点实验室和石河子大学重点实验室各1个，兵团科技创新团队1个，享受政府特殊津贴专家3人，学科总体实力在西北地区处于领先水平。

扎根西北边陲，潜心培育桃李。植保人始终坚持"立足兵团、服务新疆、面向全国、辐射中亚"的办学定位，一代一代将屯垦戍边的兵团精神进行传承。"本学科面向全国各省招生，为了加强对新生兵团精神的培养，学科老师采用各种途径强化将兵团精神植入学生的思想。"植保系书记王俊刚教授对记者说，"每一个植保人都是绿色的守望者，我们培养的学生大都奔赴一线，从事农林植物保护、环境保护等方面的工作，所以培育他们吃苦耐劳和服务基层的意识尤为重要。"

在教学材料选取和教学方法选择方面，学科教师结合新疆农业生产实际，制作各种标本，选编适合西北干旱区使用的教材。植物病理学尹玉琦、李国英、全俊仁等教授出版《新疆农作物病害》一书作为学生教材并获得新疆维吾尔自治区优秀教学成果三等奖。学科王俊刚、张建萍等教授也分别编写了多部教材。经学科成员共同努力，"普通植物病理学"课程被评为新疆维吾尔自治区精品课程，"农业昆虫与害虫防治"课程被评为兵团精品课程，植物保护教学团队被评为石河子大学教学团队。

在人才培养特色方面，植保系主管教学的副主任张莉教授说："植物保护学科始终把素质教育和解决实际问题能力的培养放在核心地位，强化实践能力的培养。我们的课程安排很有特色，注重理论与实践的结合，实行一段制的生产实习，增强学生的实践能力，以便于将来能够更好地为农业生产服务。"

正是由于植保学科对人才培养质量的重视，植保系培养的学生中涌现出了全国模范教师李国英教授、石河子大学校长向本春教授、国家杰出青年科学基金获得者马润林、李春教授等人；新疆维吾尔自治区植保站站长李晶研究员、新疆生产建设兵团植保站站长赵冰梅研究员等在各自岗位上领导着自治区和兵团植保工作，同时还有大量优秀校友也活跃在全疆植保战线上，为新疆及兵团植保事业做出了突出贡献。近年来植保学科加大了对创新性高层人才的培养力度，培养的硕士研究生中有7人获得了新疆维吾尔自治区优秀硕士论文，有多人已经成为国内各高校和科研院所的学科带头人或学术骨干。

贴合生产实际，注重技术创新科研项目来源于生产、科研成果服务于生产、科技创新提高农业生产效率，这是植保学科全体成员的一致共识。植保学科几代成员主要针对棉花、小麦、甜菜、加工番茄、制干辣椒、香梨、苹果、葡萄等新疆及兵团主要农林植物有害生物开展有害生物种类鉴定、发生分布规律及各种防治技术的研究和推广，近年来学科承担了国家科技支撑计划、国家973前期预研专项、国家国际交流与合作专项、国家自然科学基金、国家星火计划以及兵团以上科研项目近百项，通过这些项目的研究，丰富了干旱绿洲区农林有害生物种群变异、危害猖獗规律及防控技术理论，出版学术专著20余部，发表研究论文800余篇，研究获得的技术和产品贴合新疆农林生产实际，应用推广成效显著，研究成果获得省部级科技进步一等奖3项，二等奖12项和三等奖5项。

昆虫学科带头人张建萍教授说："作为植物保护的二级学科，昆虫学科的主要任务是解决病虫害的问题。但随着一带一路经济带的发展，大量农产品、植物等的入境，都可能携带一定数目的有害生物。学科积极参与和协助相关部门对有害生物的监测和检查，致力于有害生物的防御，守好生态国门，做生态安全的守卫者。"

诊断农业问题，服务农场一线植物病虫草害的安全防治问题，既关系到新疆及兵团农业的丰收，又关系到农产品的食用安全性。李国英教授曾经说过，成也在植保、败也在植保，植保工作做好了，一年就丰收有望，植保工作没做好，就会出现大面积的减产减收。多年来，石河子大学植保学科的教师们一直工作在农业生产一线，为团场、农民答疑解惑，为基层举办各类培训班，提高基层技术人员水平，提高基层植保防治能力。20世纪八九十年代，涌现出了李国英、贺福德、全俊仁、鲁素玲等一批生产实践能力强，受基层欢迎的专家教授，他们经常受到国家和兵团表彰。李国英教授还因此获得了亚洲农业研究发展基金会颁发的"亚农杯"农业贡献奖称号。进入21世纪以来，向本春、张建萍、王佩玲、王少山、赵思峰、杨德松等人开始活跃于农业生产一线，为基层农业生产部门诊断病虫草害，提出有害生物防治技术和方法，培训基层技术人员和农户，有5人被自治区植保站聘为咨询专家，4人被兵团植保站聘为顾问，向本春教授获得农业部突出贡献优秀中青年专家称号，张建萍和赵思峰教授获得兵团青年科技奖。

王少山副教授因长期服务于兵团农业生产，足迹遍布天山南北，和一线技术员同吃同住。他曾获得兵团科技攻关扶贫先进工作者称号。在接受记者采访时他说："从事植保事业，必须下基层锻炼，了解实践知识，并在实践中不断完备自己的理论体系。这样，你讲的课才能解决生产实践问题，学生才愿意听。我们往往是春天播种时就到一线，一直到测产完成才回到学校。中间出现任何问题，都可以第一时间帮助农民解决，助力增收丰产。"

扩大合作交流，增强学科影响，植物保护学科一贯重视与国内外高校、科研院所开展合作交流，在20世纪80年代，就选派了向本春教授等人赴国外留学，进入新世纪有多人到美国、日本、奥地利、新西兰等国家进行访学，同时也有日本、美国及国内知名院所和高校的专家、学者来本学科交流。本学科成员也积极承担国内学会、社会职务，尹玉琦、李国英、向本春、赵思峰教授先后担任了中国植物病理学会理事、常务理事等职务，李国英、向本春、赵思峰教授先后担任了新疆植物保护学会副理事长，向本春教授还担任了中国植物保护学会理事、新疆农业工程学会理事长等社会职务，张建萍教授担任中国植物保护学会青年委员会委员。2004年7月承办了西北植物病理学会学术研讨会，130余人参会，做了30多场学术报告。2014年10月本学科承办了新疆植物保护学会学术年会，有210人参会，本学科有3位研究人员做了大会报告。2016年8月承办了中国植物病理学会病毒委员会分会，参会人员220人，有30多位知名学者做了会议报告。自2011年以来先后邀请了中国农业大学、南京农业大学、西北农林科技大学、浙江大学、中国农科院植保所等国内知名高校和科研院所的专家学者近50位来本学科进行交流与合作。同时本学科每年有20余位老师和研究生参加中国植物保护学术年会、中国植物病理学会学术年会、全国昆虫学会学术年会等全国性的学术盛会，每年都有学科成员做大会或分会报告，宣扬了本学科的科研水平，扩大了本学科在国内的学术影响力。

植物病理学科负责人黄家风说："出国访学和开学术研讨会有利于扩宽教师的视野，促进交流，了解本学科研究的最新动态，促进本学科学术水平的进一步提升和社会影响力。"

注重青年教师培养，增强学科发展后劲。植物保护学科一贯发扬传帮带的优良传统，帮助青年教师快速成长，敢于压担子，给青年教师快速成长提供机会和平台。目前学科王晓东、高峰、杨德松、韩小强、陈静、李亦松等一批青年教师已经快速成长起来，成为学科发展的新的力量。

韩小强副教授在当讲师时就被遴选为硕士研究生导师，在接受记者采访时，他说："系里非常注重我们青年教师的培养与发展，对我们在教学、科研中遇到的问题，都会给予帮助，使我们能够很好地融入团队中。能在如此良好的生态环境中干事情，我们每个人都能将自己的才能发挥到最优。"

进入新的世纪，科学发展日新月异，新理论、新技术和新发现不断涌现，植物保护学科作为自治区高原学科，如何紧跟学科前沿，在双一流建设中取得新的成绩，学科负责人、植保系主任赵思峰教授说"我们要进一步凝练研究方向，理顺关系，优化师资队伍，建立高效、灵活的高层次人才引进和培养机制，造就一支学术水平高、创新能力强、在省内外有较大影响的学科队伍；建立与健全学科交叉融合与资源共享机制，将本学科建成西北地区有影响力且特色鲜明的干旱绿洲区农业有害生物科技创新平台、人才培养基地、学术交流中心和科技成果转移转化平台。"

原载于2017年5月31日《石河子大学报》322期第2版

用青春铸就铁血警魂
——记我校优秀校友，新疆公安厅特警总队副主任科员、排爆手周彬

他从石大走出，带着青春的朝气，危险面前，毫无惧色；他从警数年，千锤百炼，与压力为伴，与危险为友，守得一方平安；他是公安厅机关先进个人、优秀共产党员，三等功获得者。他就是09年毕业于石河子大学成教高职学院，现任职于新疆公安厅特警总队训练基地的排爆手周彬。

青春岁月，修身做人学知识，周彬毕业至今已有8年，但回忆起难忘的大学生活，仍旧充满了感恩与怀念。担任班长兼院学生会副主席的他被培养出了良好的综合素质，这成了他日后干好工作的重要保证。排爆工作需要超强的责任心，一个疏忽导致该查的没查，就很有可能酿成事故，威胁警卫对象的安全。因为在校期间培养了良好的工作习惯，直到现在周彬始终保持对工作认真负责。他亲手检查过的区域，一定确保百分之百的安全。作为特警搜排爆教官，他要负责全区特警搜排爆人员相关科目授课任务，沟通能力至关重要。有了在学生会工作的经历，在课堂上他能更好地与学员沟通，更出色地完成培训任务。

作为一名公安特警，周彬现在从事的是搜排爆实战及教学方面的工作。他说，这项工作需要有过硬的知识技能，和其他人比起来，自己大学时所学

的专业"精细化学品生产技术"帮了大忙。要做好排爆工作，就要明确炸药性质和起爆方式，其中涉及许多化学及物理方面的知识，全部得益于大学时的知识储备。他在工作期间游刃有余，在爆炸物识别、性能测试、储存等方面比其他人员更有优势。同时，大学时期大量的实验课程也使他养成了规范严谨的工作态度。因为排爆作业有严格的作业程序，不按程序作业面临的有可能就是自己和战友的伤亡。他告诉记者，处置爆炸现场，即使是最新型的排爆服也不能保证排爆手的生命安全。在手工剪线的过程中，有时各种各样的线绕成一团，这就需要极强的专业技能和心理素质。虽然有各种装备辅助，但排爆工作还是主要靠人，如果排爆手判断或操作稍有差错，就要付出生命的代价。

在周彬的记忆中，最惊险的就是2014年的一次排爆任务。某地区发生爆炸案后，现场还遗留有未爆装置，他接受处置任务。在对装置进行切割时出现了问题，装置被引爆，当时爆炸中心距离自己仅仅几步远，幸好躲避及时，若是稍慢一点，后果将不堪设想。危险重重，生死攸关，但排爆工作必须有人干，因为这是国家和人民的需要，也是职责与使命。

不畏艰险，勇担重任，排隐患排爆是一项特殊而又高危的工作。周彬告诉我们，每一次排爆任务，都无异于和死神来一次握手。那一刻，没有围观者的呐喊助威，也无法获得队友的提醒帮助，只有自己在安静的世界里瞬间判断，解除危险。生与死就在一瞬间，你永远不知道下一秒会发生什么。从成为排爆手至今，一路走来，周彬凭借精湛的技术和强大的心理调节能力完成了许多危险任务，用一名战士的无私奉献守护着一方土地的安康。周彬在重大节日期间两次赴南疆执行巡逻、安检、排爆任务；在2014年，两次奔赴一线执行搜排爆处置任务，并在处置任务中担任主排手，拆除爆炸装置2枚……一次次任务的成功执行让他淬火成金，真正成为一名优秀的排爆手。

此外，他还曾参与广州亚残运会及第二届新疆民族舞蹈节等多项安保勤务，圆满认真地完成了"首届中国—亚欧博览会"的安保工作，以及今年5

月份在北京举办的"一带一路国际合作高峰论坛"安保任务。在重大活动中,他大都属于现场排爆备勤组。通常他都是白天备勤,负责协助各安检门安检,晚上还要对所有的装备进行清点和装备保养,常常忙到凌晨3点多钟。

排爆高手,苦练本领传知识,周彬明白"一人强不算强,再强也只是绵羊,团结起来才算强。"除了奔赴现场、执行排爆任务外,周彬所在的训练基地不仅负责全疆的特警培训,还要在特定时期对其他单位提供必要的技术支持与人力支援。

作为一名优秀的排爆队员,周彬当仁不让地承担了教员的工作,在"首届全区公安特警安检排爆骨干培训"中担任装备培训教官。他在装备教学中采取互动教学,改进教学方法,发挥了学员的积极性和主观能动性,使学员能够较快掌握所学装备,并熟练操作。他连续参加了由公安部物证鉴定中心举办的"全国安检排爆骨干培训班",取得排爆合格证书。今年3月至8月,他还参加自治区科技英才计划,赴公安部进行系统的学习。通过学习,他对安检排爆基础知识有了更加深刻的理解,也进一步掌握了爆炸现场勘察方面的专业知识。

培训之余,他还自行学习装备管理及装备训练方面的知识;建立健全排爆实验室装备档案;协助地州特警队搜排爆队伍完成大型活动安检排爆方案制定;参与完成2项科研项目立项和研发工作,以及参与完成2本特警专业教材编写;协助开展与中科院新疆理化研究所的交流与合作。

从石大毕业,加入光荣的特警队伍,8年来,周彬出生入死,完成排爆任务20余次,为人民的安全保驾护航。他是一位铁血战士,更是一把国之利刃,用一片丹心写出了对祖国的无限忠诚。他无愧于自己的这身警服和头顶的警徽,更无愧于母校的辛勤培养。特战一线,千锤百炼,直面挑战,勇往直前,他是从石大飞出的搏击长空的雄鹰!

原载于2017年11月15日《石河子大学报》329期第3版

殷殷援疆情　不解基金缘
——记援疆干部、石河子大学副校长王国彪

2014年9月16日，作为国家自然科学基金委员会（以下简称"基金委"）首次派出的援疆干部，工程与材料科学部副主任王国彪教授随同中组部（中央国家机关及中央企业）第八批（兵团第五批）援疆干部一同来到新疆，来到了戈壁明珠，与石河子大学结缘并开启了3年的援疆之路。

时光荏苒，光阴似箭。3年来，王国彪先后任校长助理、党委常委、副校长。他主管科学研究、社会服务、成果转化、信息化建设工作，分管科研处、科技产业处、新农村发展研究院、石大科技投资公司，协管学科建设工作，联系机械电气工程学院、信息科学与技术学院和计算机网络中心，助力学校的发展。

加强理论学习　了解新疆、兵团

结合分管的部门工作任务，王国彪深入学习中央一系列会议精神，了解把握党和国家方针政策、全面推进依法治国重大问题。他积极参加兵团组织部组织的"兵团第五批援疆干部"集中培训和学校党委中心组的学习，为深入贯彻落实兵团、校、院重点工作奠定基础。他结合石河子大学"全面深化

改革，创建有特色高水平大学"活动，规范分管部门的工作规程，坚持述职述廉，时刻对照"三严三实"这面镜子，认真履行党员义务、增强党性、加强自身作风建设和党风廉政建设。他加强理论学习，不断提高思想政治和道德素质。他还结合分管的部门工作任务，深入学习党的十八届四中、五中、六中全会精神、学习贯彻以习近平同志为核心的党中央治疆方略，特别是习近平总书记视察新疆及兵团时的重要讲话精神、自治区第九次党代会和兵团第七次党代会精神，及时了解把握党和国家方针政策，始终把加强学习作为增强党性修养、提高自身素质的有效途径，牢固树立"研究型"学习的理念，不断提高政治理论素养和业务技能。王国彪强化"一岗双责"意识，严格落实党风廉政建设各项规定，认真执行中央"八项规定"和兵团"二十六条规定"，严格遵守党员领导干部廉洁自律的有关规定，牢固树立淡化权利、强化服务、强化责任理念，正确处理人与人之间的关系，不做违反廉政纪律的事。他还认真落实自治区、兵团党委的决策布置和兵团组织部开展的"六个一活动"，结对帮扶少数民族大学生成长。

在结对认亲活动现场，王国彪握着维吾尔族大学生祖力卡尔·玉素甫卡地尔（林学2014级2班，来自喀什）和哈萨克族研究生布尔兰·卡力木别克（机电2016级学硕，来自乌鲁木齐）的手说："我只有一个女儿，但是从今天开始，我又有了两个儿子。"他将自己的求学和成长经历告诉他们，并勉励他俩好好学习，考研、考博，在奋斗中实现人生的价值。能有这样一位汉族爸爸，布尔兰·卡力木别克显得异常激动，他表示，一定会以优异的成绩来交卷，圆满完成硕士学习以后，还要考博士，要做对社会有用的人才，为新疆的发展贡献出自己的一分力量。

深入开展调研　　决策有理有据

初到石大，王国彪就深入相关学院和部门，调研在校运行的省部共建、自治区/兵团以及校级，共计32个重点实验室和工程中心。通过充分的调研，他全面摸清了石河子大学科研特色、优势、人才与团队实力，以及科研平台和基地分布情况，发现了存在的问题，并提出了今后改进的措施，为全面了解学校的科研情况、做好石河子大学科学研究"十三五"规划奠定了基础。

他利用基金委广泛联系国内外高校资源的优势，积极联系相关高校，开展校／院之间的互访、交流与合作。多次带队赴内地高校和疆内高校参观与学习、调研与交流，并就校园信息化、人才培养、师资队伍建设、科研平台建设和联合申报项目等议题进行了深入的讨论。

他的足迹遍布天山南北，多次赴南疆、北疆团场、企业等单位和内地高校调研林果机械、特色作物收获机械、农用地膜回收情况，实地了解新疆、兵团经济社会发展的需求。

为提高兵团和石河子大学各类重点实验室的建设质量，在兵团科技局领导的大力支持下，他组织兵团所属"两校一院"重点实验室负责人赴内地六所高校考察、调研了8个国家重点实验室的运行与管理经验，为石河子大学乃至兵团所属"两校一院"重点实验室的规范化运行与管理奠定基础。

为更好地开展石河子大学数字化校园建设，石河子大学与中国银行共同组成校园"一卡通"项目考察交流组，王国彪于2017年3月26日至31日带队赴广东省，先后到广州、深圳两地五所高校进行了实地考察、调研、学习与交流，重点了解广东省重点高校在校园信息化建设以及校园"一卡通"项目的实际应用情况，相关工作经验以及项目实施后需要关注的重点问题，对"银校"双方在校园信息化建设及"一卡通"项目合作有了更进一步的认识和掌握，为学校全面启动数字化校园建设工程奠定了坚实基础。

推行"依法行政"　　主动建章立制

按照中央"四个全面"，特别是"全面推进依法治国"的总体要求，王国彪在分管部门积极开展"依法行政"工作，牢固树立"依法行政"的意识，切实做到"法无授权不可为，法定职责必须为"。通过制定"规章、制度"，明确部门责权范围，进一步提高为广大师生服务的主动性。

王国彪结合负责的石河子大学信息化建设"十三五"规划战略研究，带领学校信息化建设委员会主要成员赴疆内外、校内外调研，全面完成了学校主页和校内二级机构网页的更新、增效工作。在确保信息安全的前提下，通过认真调研，起草了"石河子大学机构与人员编码规范"等相关标准，努力打通学校各部门信息"孤岛"，实现校内信息资源的规范化，以及硬软件资源共享，为学校教学、科研、服务社会大众提供可靠的数据保障。在学校相关部门的大力支持与配合下，2016年7月11日，石河子大学信息化建设委员会组织来自兵团信息化委员会、中国地质大学、新疆大学、新疆师范大学、新疆农业大学等7名专家就石河子大学校园网建设数字化校园应用平台建设一期工程项目召开了项目验收会。专家组认为项目承建方已经按照合同约定，完成了该项目建设内容，并对校内信息化数据标准的制定、数据交换平台的应用、一站式综合信息服务门户平台的开通都给予了充分肯定，逐步打破了"信息孤岛"，为新建应用系统提供了建设标准，为今后智慧校园建设奠定了基础。

石河子大学计算机网络中心主任邵闻珠说："王国彪副校长参与了数字化校园建设的每一个环节，亲力亲为。在制定学校人员代码标准和单位代码标准时，他多次召集校办、教务处、人事处、学工部等部门参加协议会，制定数据标准。目前，石河子大学已将财务系统和人事系统管理都纳入数字校园中，在新疆首屈一指，已达到西北一流。尤其是计算机网络中心需要老师值班，王国彪副校长经常会在晚上'突击'检查值班人员的在岗情况，督促大家的岗位责任心。看见校领导如此认真，大家也不曾掉以轻心，没有发生过一起值班离岗事件。"

发挥自身优势　　支持兵团科教

基金委领导高度重视援疆工作，党组书记、主任、杨卫院士亲自到兵团机关和石河子大学，与相关领导商议如何进一步发挥好派出单位的优势，支持兵团科教事业，并看望派出的援疆人员。2015年7月2日至3日，在王国彪的积极协调下，石河子大学承办了基金委第139期"双清论坛"。论坛主题为《旱区农业高效用水及生态环境效应》。与会专家分别围绕"旱区农业高效用水机理与调控""农业高效用水的生态环境效应""旱区农业高效用水管理"等进行多场报告和学术交流。杨卫院士、何慧星书记等领导出席了论坛。这也是新疆高校首次承办基金委"双清论坛",旨在立足于科学基金资助工作,集中研讨科学前沿或国家发展战略需求的深层次科学问题、学科交叉与综合的重大基础科学问题、发展与完善科学基金制的重大政策与管理问题。

南疆地区在新疆社会稳定和长治久安中处于特殊重要地位,加强兵团在南疆发展,是党中央从战略全局作出的重大部署。为有效落实《中共中央国务院关于新疆生产建设兵团深化改革的若干意见》,面对新形势、新挑战和新要求,如何瞄准南疆主战场,举全国之力、集全国之智,通过科技支撑等手段,促进南疆人口结构优化、经济社会稳定、资源环境可持续、产业壮大、兵地协同发展,为实现新疆社会稳定和长治久安总目标奠定坚实基础,已成为兵团向南发展所面临的重大科学问题。为此,在王国彪的筹划下,基金委于2017年6月10日至12日在新疆乌鲁木齐召开了第182期"双清论坛",并组织部分专家赴南疆实地调研。论坛由兵团科技局、石河子大学、塔里木大学共同承办,主题为"科技支撑兵团向南发展:愿景与行动"。来自内地14所大学和科研院所的31名专家学者,以及新疆大学、石河子大学、塔里木大学、新疆农垦科学院、新疆林业科学院等疆内5所大学和科研院所的19名专家学者,以及兵团各局等8个单位的24名领导干部,总计74位专家学者和管理人员参加了论坛。与会专家围绕兵团南疆生态资源环境、产业发展、人口聚集与社会管理、兵地融合和"一带一路"建设等方面的重大经济社会发展问题进行深层次研讨交流,针对兵团向南发展战略相关领域重大科技问题提出了19条具体对策建议,形成了《第182期双清论坛纪要——科技支撑兵团向南发展:愿景与行动》。

为系统了解基金项目评审全过程与各类项目管理规范,开拓自身的学术

设立援疆基金　　情暖贫困学子

除了在援疆干部的指定餐厅就餐，王国彪也喜欢去学生就餐的食堂，看看学生们吃的饭菜，和素不相识的学生拉拉家常。通过交谈，他发现有些南疆来的孩子家庭较贫困，饮食很简单。这使他萌生了发动设立首个援疆干部助学基金的想法。每个援疆干部都有一笔并不多的岗位津贴，他希望大家都能拿出一些来帮助这些贫困学子。他的倡议得到了其他援疆干部的大力支持，很快募捐到了第一笔款项。为了让新来的援疆干部和支教老师也参与其中，他还请学校团委专门印制了小卡片，放在援疆餐厅里"化缘"。

在他的努力下，2016年4月16日，一场特殊的"助学基金"发放仪式在石河子大学行政楼第五会议室举行。这是石河子大学援疆干部助学基金设立以来的第一次发放，意义十分特别。在发放仪式上，何慧星书记代表学校党委向关注学校发展和关心学子成长的上级部门表示感谢，对援疆干部们为学校发展献计献策、以不同形式参与学生事务，并以个人或集体形式多次无私资助石河子大学贫困学生表示敬意。希望受助同学能把这份关爱转化为学习动力，存善心，行善举，做善人。动物科技学院阿米娜代表受助学生发言，她说，这份关怀让她懂得什么是给予，什么是爱与被爱，同时承诺会将这份爱铭记在心，用心对人、用心做事，将助人的精神传承下去。"献的是爱心，暖的是人心。感谢有您，带给我们的温暖"，"向前走，我们大手牵小手"。

助学基金自2015年3月发起成立以来，首批启动资金来源于在石河子大学挂职的第五批援疆干部在校的各种补贴，属自愿捐助，主要用于资助家庭贫困的石河子大学在校大学生。2015年10月，学校下发《关于成立石河子大学援疆干部助学基金领导小组和评审工作小组的通知》（石大校发[2015]148号），并制定《石河子大学援疆干部助学基金管理办法》，评审小组办公室设在校团委。目前已筹集10余万元经费，王国彪个人捐助3万元。2015年10月10日，在石河子大学援疆干部助学基金启动会上，向本春校长代表学校向第五批援疆干部的捐助表示感谢。他指出，从2001年内地高校对口支援石大以来，援疆干部曾以个人形式多次无私援助石河子大学贫困学生。这次捐助不同于以往，第五批援疆干部以团队的形式集体参与，其意义和影响更加重大。援疆干部远离亲人朋友，他们克服困难，以最大热情投入到本职工作的同时，还关注石河子大学学生身心健康，尽自己的绵薄之力回馈石大，虽然资金有限，但爱心无价。兵团第五批援疆干部领队、兵团党委组织部秦富平副部长充分肯定了石河子大学援疆干部集体发起的助学基金。他指出，这是整合援疆工作资源、拓宽援疆干部援助渠道、促进慈善事业发展的一个平台。他希望大家齐心协力，壮大基金规模，将该基金扩展到兵团整个援疆群体中。

发挥桥梁作用　　助力大学发展

在王国彪的多方努力下，2016年6月30日，石河子大学机械电气工程学院与新疆大学机械工程学院"十三五"战略合作框架协议签订仪式在石河子大学举行。会上，双方就学科建设与评估、科研平台建设与申报、重大重点项目申报、人才培养等方面展开了深入的讨论与交流，并在人才培养、资源共享等方面达成了初步的共识。

为促进"丝绸之路大学联盟"成员高校的机械工程学科学术交流与快速发展，2016年10月15日，石河子大学作为首批5个发起单位之一，与西安交通大学、新疆大学、青海大学和兰州理工大学共同签订了《丝绸之路大学联盟－先进制造子联盟战略协作框架协议》。随着国家"一带一路"倡议和"中国制造2025"的深入推行，新疆作为"一带一路"倡议的核心区，将迎来空前的发展机遇。

2016年12月3日至4日，机械工程一级学科硕士学位授权点、工程硕士机械工程领域专业学位授权点完成校外专家合格评估工作，成为首个完成三次自我评估工作的学位授权点。这次评估，王国彪邀请了机械工程学科国务院学科评议组成员、重庆大学王家序教授，燕山大学副校长赵丁选教授，专业学位研究生教育指导委员会机械工程领域协作组组长、华中科技大学机械学院党委书记史铁林教授，北京理工大学机械与车辆学院院长姜澜教授，天津大学机械学院院长王树新教授担任评估专家，充分发挥他助力大学发展的"桥梁"作用，为后续石河子大学成功获批机械工程一级学科博士学位授权点奠定了基础。

"由于工作的关系，我和王国彪副校长的接触比较多。援疆3年，在他的多方努力下，大学的科研工作上了一个新的台阶。"科研处处长吴大勇说，"与此同时，他身上的个人魅力和工作态度也感染着每一个和他有接触的老师。他作为'基金人'的严谨态度和对工作的精益求精，非常让我们钦佩并值得我们学习。"

宣讲方针政策　　感召石大学子

援疆期间，王国彪应邀先后为新疆大学、新疆农业大学、新疆师范大学、塔里木大学宣讲国家自然科学基金方针、政策，以及申报基金项目注意事宜，促成兵团科技局领导访问基金委，并与基金委相关部门就"基金委－兵团联合基金"事宜进行商谈。王国彪先后多次为全校老师做自然基金申报动员报告，宣讲如何撰写好自然基金申请书，义务为相关学院近50名青年学者审阅和修改基金申请书，以期达到"授人以渔"的目的。

2016年6月16日，王国彪以《做人、做事、做学问》为题，在机械电气工程学院研究生2014级学硕党支部"两学一做"专题党课上发言。他通过名人"做人、做事、做学问"的相关事例，对"两学一做"的重要性及意义进行阐述；通过自己的奋斗历程，向党员同志们描述了，只有付出汗水才会让人成长起来。他指出，研究生党员要勇于行动和实践，加强党性修养，不断提高自身素质，要时刻牢记自我角色，强化党员意识。他强调了团队合作的重要性，告诫研究生党员要时刻保持党员的模范带头作用，踏踏实实做研究，向伟人学习，培养创新精神，要"诚实做人、俯身做事、清慎勤忍"。

"大学是一座城市文明的象征，也是社会进步的象征，在祖国的西部办一所大学不容易。我从基金委来到石河子大学，这既是一种缘分，更是一种责任与使命。这是我人生履历中浓墨重彩的一笔,更是一种财富。"离别之际,王国彪说,"每一个时代,对兵团精神都应有不同的理解和责任。站在新的时代,作为兵团高校,石河子大学应肩负起新的历史责任。希望石河子大学越办越好,发扬大学精神,崇尚学术自由和创新精神,培养出更多有独立人格、创新活力的人才,做好文化传承和创新。"

在他殷切的祝福中饱含着情谊和担当。如果说援疆工作是一首壮丽的交响乐,王国彪的3年援疆工作就是最动人的音符。这串音符,值得每一个石大人在心间唱响和铭记。

树的乐土

牛文娟新闻作品集

第三章

访 谈

完善管理机制　确保教学质量
——访教务处处长王维新

记　者　王处长，您好！为了确保我校第三次教学工作会议顺利召开，我校教务处在前期做了大量的准备工作，想请您谈谈本次会议的筹备情况。

王维新　自从党委第二次教学工作会议后，经过四年的时间，教学工作取得了较大的成就，但也存在一些急需解决的问题，为开好本次会议，我们从去年开始做了大量的调研工作，包括全校范围内的教学水平综合调研、实践教学调研、基础课程调研、外语教学改革调研等有针对性的工作。怎样认真贯彻教育部的"巩固、深化、提高、发展"的方针，怎样进一步进行教学改革是本次会议的主要问题，也是我们重点讨论的。在此基础上，为了确保会议圆满成功，我们在会前已对关于人才培养模式之方案的修订工作、关于教师工作制度的建立工作、围绕实践教学等需加强的文件都已广泛地听取了意见。

记　者　本次会议讨论了八个文件，对教学工作将会起到什么作用？

王维新　本次会议上讨论的《石河子大学教学工作水平评估方案》《石河子大学关于修订本科专业人才综合培养方案的原则意见》等八个文件主要从建立三大管理机制的角度，来确保教学质量的提高，是结合当前高等教育改革和发展的趋势和要求。按照学校发展规划及奋斗目标提出的任务和要求，为更好地完成学校建设目标所确定的任务，需要进一步加强制度创新和机制创新,为此,本次会议制定了新的教学规章制度和改革措施。这些制度和措施的核心思想,就是构建和完善三大管理机制。

原载于2006年4月15日《石河子大学报》132期第2版

"上帝爱我，就咬了我一口！"
——访优秀校友崔万志

夏日的午后，在大学绿苑区，我们见到了淘宝传奇网商、校友崔万志。他眉清目秀，面带微笑，没有一点架子，让我们很难将他和传奇的经历联系在一起。

记　者　欢迎您回到母校，目睹学校的变化，请问您此时的心情是怎样的？

崔万志　阔别13年重返校园，不仅仅是激动。我当初离开母校时，那是世纪之交，母校的发展还没这么辉煌，仍然记得当时的北区，也似乎就是在这一片，还有好多空地，没像现在有这么多的建筑，更没有这么多高大挺拔的白杨。现在的母校真是太美了，在绿树掩映的校园里，我努力地寻找着当年学习和生活的地方，故地重游，内心自然感慨万千。

记　者　此次返校，我们知道您在学校设立了助学金，签订了校企合作协议，请问您是怎么想到会做这些的？

崔万志　我上大学时经济状况很差，甚至交不起学费，幸亏很多人向我伸出援助之手，在大学里，我感受到了无尽的关爱和温暖。现在我的条件好起来了，也该是时候回馈母校了。我希望能尽自己的绵薄之力，为母校的贫困学子带去一份温暖，让他们穷且益坚，努力学习，能够顺利完成学业。至于校企合作，其实这是一个双赢的模式，能够为母校的毕业生提供实习和工作的机会，我很荣幸；母校优秀的毕业生能够为我的事业带来新动力，我很期待。

记　　者　　大学是人生命中最重要的一个环节，每个人的大学生活都具有不同的意义，请问大学给予您最重要的东西是什么？对您以后的创业有何影响？

崔万志　　现在回想起来，我的大学生涯还是挺丰富的。对专业知识的学习当然不用说，课余时间，出于对诗歌的热爱，我参加过诗会，还和同学一起出版过诗刊，并在其中结识了许多良师益友。是诗歌让我时刻保持着良好的心态和对美好生活的向往。那时家庭条件不好，为了赚取学费和生活费，我在课余时间做起了小生意，在很大程度上，这些初期的创业磨炼了我的意志，为我日后的创业路途奠定了一定的基础。

记　　者　　大学生毕业后选择创业的人很少，请问您当初创业的动机是什么？你所认为的创业的本质或者根本目的是什么？

崔万志　　当然，毕业之后，我最初想到的不是创业而是想找份与自己专业相关的工作，然后稳定下来，在内地安家。但是，由于我身体的原因，在毕业求职的那两个月里，我赶遍无数的招聘会，总共投出去近两百份简历，但是，没有收到一个回音，全都石沉大海了。那时的我，唯一的出路就是自己去摆地摊，放弃求职的梦想，从小商小贩做起，只是为了生计，当初其实也没觉得自己是在创业。在历经多年风雨之后，我从书摊小贩，到网吧老板，逐渐成为现在的网商，一种责任感已经在我心里根深蒂固了，我得为我的家人负责，为我的员工负责，当然，不能忘记要回馈社会。

记　　者　　作为一位成功的企业家，在走过充满艰辛的创业路途后，您认为是自己的什么特质带来了今天的成就？

崔万志　　其实也说不上什么特质，我就是一个普通人，只是在出生时曾经被上帝咬了一口而已。也许是由于身体原因，我是一个善于思考的人。很多时候，我都是将别人运动的时间用在了冥思苦想上面。我这个人嘛，胆子挺大，并敢于尝试，我经常挂在嘴边的一句话就是：这次如果失败了，大不了再回去摆地摊。我也是一个特别执着的人，有着一股坚持到底的韧劲儿。在我看来，创业路途上最重要的就是坚持到底。

记　者　作为蝶恋服饰的CEO，您对于即将走向工作岗位的毕业生有什么忠告？

崔万志　大学生就业，首先心态很重要。当我们做一份工作时，你一定要将这份工作当成是唯一的，要有责任感，并全力以赴，不能稍不如意就跳槽；其次，要摆正自己的位置，认清自己的能力，不要好高骛远，更不要高不成低不就，要知道锻炼自己才是最重要的；最后，要对社会存在一份感恩之心，要相信自己今天的奋斗，必定会带来好的回报，在自己将来成功后还不能忘记要回馈社会。

记　者　请问您今后的规划和未来的目标是什么？

崔万志　我计划围绕女装外延来拓展市场，包括内衣、鞋包、家居、化妆品等女性朋友的需求领域，打造女性一站式购物殿堂。未来是什么？我不知道。我只是坚定地走下去。我相信，我走的每一步都是我的未来，未来没有终点。

　　记者感言：历时两小时的访谈，严重的腰椎间盘突出，使久坐的他有些疲惫。他倚在门框上挥手和我道别，单薄的身体却让我分明感觉到一种力量。我期待，他下一次的母校之行……

原载于2012年6月30日《石河子大学报》240期第3版

扬起心理健康之帆　驶向快乐成长彼岸
——访心理健康教育中心副主任毕爱红

记　者　毕老师，您好，请您给我们简单介绍一下我校心理健康教育中心的情况。

毕爱红　我校心理健康教育中心主要负责两方面。一个是针对个体的心理咨询，为前来做咨询的同学提供帮助；另一个方面是针对全校学生的心理健康教育工作。我们搭建了一个很好的平台，建立了心理健康教育三级网络机构。学校层面有心理素质指导委员会，办公室设在心理健康教育中心，主要是把握好大方向。学院有二级心理辅导站，学生层面有心理社团和心理委员。中心有专职教师以及兼职咨询师20多人，能与进行心理咨询的学生做到一对一面谈。我们学校还对所有大一新生开设了心理健康教育课程，每个班级都有心理委员。每位心理委员需要接受定期的培训，并持证上岗。通过心理委员，我们基本做到了全覆盖。他们每星期将班级动态汇报到心理健康教育中心，一方面，老师可以及时发现班级的问题，并有针对性地解决和干预，另一方面，心理委员通过与老师的交流，提高了发现问题的能力，及进行同辈辅导和处理问题的能力。我们在这方面做得特别踏实，学生和我们心理辅导的老师做到了很好的沟通交流。

记　者　大部分大学生对于心理健康这个话题存在抵触心理，即使意识到有问题也会刻意回避。您认为应如何让大家正确认识心理健康问题呢？

毕爱红　　我觉得这是大家普遍存在的一个误区。其实心理咨询的工作范畴是针对正常人，你是正常的我才能给你咨询；如果你不正常了，我们就该送你去医院了。一般人群分为正常和不正常。正常人群又分为健康和不健康。可能存在心理问题的同学处于一种亚健康的状态，但他是正常人群。心理问题并不等于精神疾病。我们所做的工作是帮助大学生成长。大学生的心理健康水平是处在一种中等偏上的状态。所以大部分来中心咨询的学生是认为自己在某些方面不够好，想通过咨询变得更好。我们学校设置了心理咨询室并免费向学生开放，而且不受次数限制，这对学生是一个很好的资源，希望同学们能在毕业之前来体验一次。我们一般遇到问题的时候会找朋友寻求帮助，或者是宣泄一下。但你如果来我们中心，老师都是经过专业培训的，他会让你学会怎样去处理这样的问题。我们中心最主要的目的是做到"助人自助"，就是帮助你学会自己帮助自己。如果你学会了一种方法，你在自己的生活中可以进行扩展，受益匪浅。咨询可以教会你从不同的角度看问题。当你的思维开阔的时候，有些问题就不再是问题。

记　者　　在您看来，我校大学生中常见的心理问题有哪些呢？

毕爱红　　就我们大学来说，到我们中心咨询的比较常见的问题有六种：第一个是人际关系问题。比如说和宿舍、周围的人无法建立一个很好的关系。当人际关系出现一种矛盾或者是矛盾升级，造成心理困扰的时候。第二个是情绪问题。比如说会出现焦虑、情绪低落，还会莫名的焦虑等。我们的心理健康教育月定在四月，是因为情绪和天气也有很大的联系。春季是抑郁发生的高发期，将心理健康教育放在四月就是想让大家学会自我调节情绪的方法。第三个是学业方面的问题。比如大一新生第二学期，发现自己有挂科现象，自己会无法接受，还有大四毕业的时候，挂科很多的学生，就会意识到学业方面的压力。第四个是恋爱问题。起初，很多人对于爱别人和爱自己这一方面还不是很清楚。容易出现谈了一段时间后分手。分手以后，又很难调节自己，出现情绪困扰，甚至影响学习生活。第五个是职业的选择问题。我校开展了大学生就业指导课程，但面对就业压力，有很多同学会做就业压力方面的问题咨询。除了这些还有精神疾病问题，这方面的人相对比较少。当我们初步判断他们的症状超出咨询的范围时，就会建议他们去医院进行心理治疗。不过，相对于咨询的学生来说，这方面的问题还是比较少的。

记　者　您觉得我们应该如何判断自己的情绪状况，并做出相应的自我调节？

毕爱红　情绪是对外界事物的主观体验。正常人的情绪都在一定范围之内波动，超过了这个范围就需要调节。比如说抑郁。我们一般的抑郁状态都比较轻，如果你超过一个值，我们就很难去解决它了。首先要正确认识到，抑郁状态是每个人都会有的，我们要做到及时地自我觉察。如何判断呢？一般情况下，如果在两周之内都没有开心的时候，会常觉得生活没有希望、觉得活着没有动力，那些以前感兴趣的人与事物都无法再引起你的关注。这段时间内始终没有高兴的时候，已经严重影响到你的生活学习这些正常的社会功能，那你就需要专业的老师进行帮助。当你处于抑郁状态，刚好又碰到应激事件，这时你就可能不能很好地调节，就会产生心理问题，并形成一种恶性循环。意识到这种状态的时候就要学会自我调节缓解压力。你觉得自己的状态不好的时候，就要避开压力源，不要做那些让自己感到压力的事情。再一个就是做原来会让你感到快乐的事情，比如足球、羽毛球等体育活动，因人而异。还有就是我们处在抑郁状态的时候，特别不提倡不动。抑郁的时候就尽量让自己动起来，做一些简单的事情，在做得过程中认可自己，感到自己有价值，觉得活着是很有意义的。而抑郁症的症状主要是：持续两周以上的情绪低落、对一切事物失去兴趣、感觉空虚、没有价值感，甚至有轻生的念头。此时，就需要去专门的医疗机构进行诊断与治疗。

记　者　您怎样看待网络对大学生的影响？请您给我们一些好的建议。

毕爱红　对于这类问题，主要要看对于这种问题的"度"的把握。比如说网购和网游等，当在我们可以承受的范围之内时，是可以理解的。如果说超过了一个度，难以把握的时候，这就是有问题的，需要处理。如果成瘾并且影响到正常的生活和社会功能的时候，就需要心理辅导。学生需要对自己的状态进行一种正确的判断。很多大学生其实是有自控能力的，所以他们去玩网游有内在的原因。如果我们大学生经常去网购、网游，我们就应该去寻找其中的原因，看是不是想通过这样的方式去缓解压力等。如果是这样，就应该去寻找其他渠道，看是不是能达到同样的目的。当有更多的选择的时候，上网次数也许就会相应减少。

采访后记：我们对心理健康有了一个全新的认识。我们应该以一种积极的态度去面对自身存在的心理或者情绪问题。当意识到自己的情绪出现波动的时候，就该及时地自我调节或寻求帮助，让自己以一种健康的心态更好地成长。

原载于2013年5月31日《石河子大学报》256期第3版

立足专业　做真正优秀的毕业生
——访研究生工作部（处）部（处）长高剑峰

记　者　近年来，我校研究生论文的质量如何？对于提高论文的质量方面，研究生处做了哪方面的工作？有哪些亮点？

高剑峰　在未来十年，国家研究生教育将围绕着"服务社会需求，提高培育质量"这一条主线。其实，研究生在学校的3年都是与毕业论文息息相关的。第一年是研究生专业知识系统化并初步形成相应专业学术思想的过程，第二、三年是围绕科学问题进行实验研究，并修正和完善专业学术思想的过程，在最后一个学期完成相应的毕业论文。论文的质量体现了研究生培养设计的水平和培养过程的质量。我校在研究生培养中始终坚持"质量第一"原则。注重研究生学位论文开题，强抓学位论文设计，强化理论与实践的紧密结合；力争学位论文有新意、有创意，严把中期考核关，确保研究生毕业论文质量。同时，采取了学位论文学术不端检测和匿名评阅制度，严格规范了毕业论文答辩过程，使学位论文质量逐年提升。

工作中的一些亮点：对于毕业生学位论文我们研究生处采取了专家盲审的制度。从2009年开始，我们有10%的毕业生学位论文开始进行本校和外校专家匿名盲审。从2010年开始实行100%专家盲审，专家的评审结果作为确定学生是否有毕业答辩资格的关键因素之一。

自2010年开始，我校在博士研究生中实施了优秀博士论文培育项目，共立项 13 个项目进行资助，项目的实施对研究生潜心开展高水平、创新性科学研究，提高博士研究生培养质量起到了很好地引导和引领作用。如我校第一批资助项目中，动物遗传育种与繁殖专业 2008 级博士研究生胡圣伟以第一作者发表 SCI 收录论文 5 篇，第二作者发表 SCI 收录论文 3 篇，申请专利 1 项。2012 年我校张旺锋教授指导的 2007 级作物学专业博士研究生张亚黎的学位论文《棉花碳同化与光抑制特性及对水分亏损的适应性》获评 2012 年全国优秀博士学位论文提名论文。实现了我校在全国优秀博士论文评选中的重大突破。

与此同时，我校专业型和学术型的研究生招生数量基本达到 1:1。这是我校"从只注重学术型研究生培养向专业型与学术型研究生培养并重转变"的重要标志之一。其中，临床医学和农业经济管理等专业领域已经初步形成我校专业学位研究生培养特色。

记　者　我校硕导、博导在指导毕业生论文时发现的问题主要有哪些？应如何避免？请您给在校研究生一些建议。

高剑峰　在导师指导毕业论文时我们发现的一些问题，概括地讲主要包括以下几个方面：

1. 部分导师投入的精力较少，导师和学生之间的沟通太少，特别是开题后指导较少，在整个实践研究阶段部分学生很难得到及时有效的指导。

2. 相对而言，大多数导师没有省部级以上的科研项目，缺乏经费，缺乏研究思路，限制了研究的深度和水平。

3. 有些研究生缺乏深入探究的积极性和自觉性，因此，研究生培养的投入机制和激励机制还有待改进。

4. 对于研究生而言，部分研究生缺乏自觉和系统地学习毕业论文相关的实验设计、研究过程以及毕业论文写作等方面知识的意识，实验做得很多，但目标不明确、写得很散、不完整甚至不符合科学逻辑。另外，有些毕业论文不符合我们的写作规范，在外审的时候很难通过。

建议：希望我们广大的研究生们应该积极主动地联系自己的导师和相关学科的老师，认真学习和请教。三人行必有我师，要不断请教，才能不断进步。对于学术型研究生就是学习做学问的，不学不问，怎么行呢？

记　者 请问与我校研究生毕业有关的数据有哪些？没有通过毕业答辩的同学是因为什么样的问题？

高剑峰 与研究生毕业相关的主要数据是答辩通过率、毕业率、学位授予率。而我校研究生的学位授予率每年在93%左右，其他两项还要高一些。答辩没有通过的同学一般存在以下问题：

1. 在毕业学位论文盲审结果中，有两个专家以上给的结果是不合格。2. 未通过答辩前资格审查。3. 有学位论文学术不端行为，检测重复度过高。4. 学位论文未完成或没有达到规定的发表论文篇数等。仅就毕业答辩通过率而言，我们连续多年几乎是100%，对于这种现象我们也予以了高度重视，为了更好地发挥毕业答辩在研究生培养中的重要作用，我们正在集思广益，努力进行探索改革。

记　者 我校研究生毕业后的就业方向主要有哪些？他们在社会上的认可度如何？

高剑峰 以2012年为例，我校毕业研究生共计770人，就业率约为85.1%。在就业地区分布上，疆内就业约占51%，疆外就业约占34%。其中从内地考来的70%到80%回到了原省籍。就业主要方向我们有这么几组数据：机关占3%，医疗单位占22%。企业占11%，升学约5%。留在兵团的，一般主要在生产的第一线。他们工作后在社会上得到的认可度还是比较高的。

记　者　临近毕业，关于毕业研究生的就业、心理各方面，我们研究生处做了哪些工作？

高剑峰　在5、6月份，由于就业压力、学习进度、天气等诸多因素的影响，我们研究生毕业生们存在找不见人、难管理等现象。针对研究生毕业生们或多或少存在一定的心理压力和抵触情绪等现状，我们积极开展了以毕业指导和心理疏导相结合的系列活动，通过这些活动，加强导师和学生之间、学生与学生之间的沟通，降低学生的心理压力。对于学生我们主要是强调管理和疏导，让他们积极和导师沟通，促使其好好准备毕业论文，顺利度过最后一段美好的研究生生涯。

记　者　对于今年即将毕业的研究生们，您有哪些希冀呢？

高剑峰　众所周知，今年是就业最艰难的一年，对于应届毕业生而言也无法选择。我希望即将毕业的研究生们认清形势，勇于拼搏，努力尝试，尽可能先就业再择业。立足于自己的专业，寻找适合自己的单位。切记不要好高骛远，不要指望一步登天，要一步一步地去实现自己的梦想。愿2013届研究生的明天更好！

原载于2013年6月15日《石河子大学报》257期第3版

提升自我　圆满完成学业
——访教务处副处长潘晓亮

记　者　您好，请问为了提升本科生毕业论文的质量，学校出台了哪些方案，有哪些亮点工程？

潘晓亮　从毕业论文方面来讲，它是对最终毕业学生综合能力的一种考察。也是我校三十多年来的一贯做法。我们根据不同的学科、专业，给出了不同的形式。比如说：农科、理科专业主要是以毕业论文和毕业答辩的形式来评判；工科的几个院系则是以毕业设计的形式，结合自己的专业知识，给出设计作品；而文学艺术学院则是以画展或者音乐会的形式展示毕业成果。总体来说，毕业论文就是结合专业特点，展示自己四年的综合成果，反映自己的素质和能力。为了提升我校学生毕业论文的质量，大学对于教学质量工程方面做出了改善。在"十一五"规划期间，国家提出要加强教学质量工程建设。比如说设置精品课程、评选教学名师等。到了"十二五"规划时期，我们的工作重点就转移到了提升学生的实践能力和综合素质上。因为近年来，用人单位对高校人才的要求发生了转变。大学生理论知识固然很好，但是没有好的动手能力也是不可以的。所以，我们就实行企业与高校共同培养的方式。学校加大了对学生实践能力的培养，比如：大学生创新基地、创新平台的建设；大学生研究训练计划(SRP)三百项左右。这些都能让学生及早地参与到科研中去，参加教学实践，让学生能在毕业以前有一个实践基础。这些对毕业论文质量的提升都会产生很好的推动作用。另外我们对毕业论文答辩还做了督导，督导队伍包括退休的老教授和学生信息员，加大了对毕业论文的监督力度，让学生对毕业论文的重视程度有了很大的提高。

记　者　请问，我校今年的毕业论文完成过程相较于过去来说，有了哪些方面的进步，又有哪些需要改进的地方？

潘晓亮　我校毕业论文进步方面，首先，学校加大了对于学生实践能力培养方面的投入：课时、经费等各方面都比原来增加了20%左右。近年来，我们设置了质量工程、省部共建、中央修购专项等项目，每年都有上千万元的经费用于实验室的建设和实验仪器的更新。第二个方面，加强学生自主动手能力和学习能力的培养。相比过去的学生来讲，现行大学生的动手能力有一定程度的削弱，自主学习能力也有所下降。所以，我们现在在一些重点学科加强培养。比如说医学院的"卓越医师培养计划"。同时我们增加了国家级的学科性比赛、操作技能大赛，力争全校参与选拔，提高学生的动手能力。第三个就是，加强毕业论文的过程管理。现在我们从大二末到大三初就开始做毕业论文的选题工作。老师根据学科研究及生产中出现的实际问题列出论文题目，学生自行选择题目和导师。提前开始毕业论文的准备。还有一方面就是答辩环节，学生毕业论文的好坏，是由学科的专家去评价的。现在要求一个毕业论文至少有两个专家评审，可以加强学生对论文的重视。而且毕业论文具有一票否决的权利，毕业论文不合格的，就延迟一年再做毕业论文。这种方式和环节上的严格要求，都让毕业论文在各个方面有了进步和提高。对于需要改进的方面，一个就是老师对于毕业论文的指导方面。我们现在的毕业论文指导课时是理科10学时，文科5学时。在论文指导方面，各个学科存在一定的差距，有些学科5学时完全可以，但有的学科十个学时可能会不够，那么论文指导方面就会存在欠缺。另一个问题就是，虽然毕业论文有了一定的进步，但是整体把握还是存在欠缺。首先毕业论文不合格的非常少，只有少数极不认真和思路错误的才会因为毕业论文而不能毕业。导致学生重视考试，不惧论文。最后一个就是毕业论文答辩时间比较集中，各个学院都集中在一定的时期内。我们要加强毕业论文答辩的过程管理。

记　者　请问在专业规格培养方面，我们做出了哪些努力？

潘晓亮　专业规格培养应该在各学科的专业培养方案里面充分体现出来。2013级专业培养方案综合改革，重点做了四件事：第一件就是从理论课的课时设计开始，要求专业理论课精选核心课程。通过核心课程的学习让学生基本掌握这个专业最基础的东西，达到培养规格。第二件事就是专业选修课，各专业开设专业的选修课，凭借发达的网络技术、学生的爱好兴趣，让学生自主去选择、去学习。这也一定程度地提升了学生的自主学习能力。第三件事就是根据各专业特点开设设计性课程，加强学生实践能力培养。尤其是理工科的学生，加大了设计课程的学时，要求能够按照小学期的形式，对学生专门进行实践能力的培养。第四件事就是重点抓实习工作，包括生产实习和教学实习两方面，让学生通过实习获得更多的专业知识，同时提升自我的实践能力。

记　者　请问我们在大学期间的生产实习和教学实习对毕业论文有哪些方面的帮助呢？

潘晓亮　一方面，有些学科的毕业论文题目就是从实习过程中得到的。比如说农科的生产实习，他们的实习过程中遇到的很多问题，就可以直接用来做他们毕业论文的题目，也在实习工作中寻找解决办法。第二个就是老师会在实习过程中提供具体问题的解决办法。在实习中遇到问题，老师可以看得出问题存在的最主要原因是什么，并且给出问题解决的技术路线。在实施过程中实习基地技术人员也可以进行技术方面的指导。最后，学生在导师指导下到现场去解决遇到的问题。在这整个的过程中，学生学习到的是一种解决问题的方法，在解决问题的能力方面得到很大程度地提升。在实习过程中，学生同时获得的是综合素质的培养，学习到一种创新的能力。在考虑问题的周到性和全面性方面能得到进一步的提升和完善。

原载于2013年6月15日《石河子大学报》257期第3版

树的乐土
牛文娟新闻作品集
第四章
言论杂文

那一瞬，我为之感动

校运会开幕式，跆拳道表演的草坪上，身着白色道服的队员们整齐地表演，各种腿法使观众看得眼花缭乱。随着音乐节奏的加快，队员们开始精彩的击破表演，不时赢得观众的阵阵欢呼，田径场沸腾了。

在分组表演时，一个女生的连续旋踢吸引了大家的目光。只见她连续漂亮地转身，在观众还未来得及反应的瞬间，一个踢腿，对面同伴手中高举的木板就被击破了。一下、两下、三下……动作流畅，简直"帅"极了。可就在大家惊叹的同时，她却被最后一块木板"卡"住了。一下没有踢破，接着又来一下，还是没破。她顿了顿，又连续踢了几下，还是不行。我感觉到她的体力有些透支了，深深地为她捏了把汗，要知道，看台上有多少双观众的期待眼睛啊。本以为她的队友会放下手中的木板，直接到下个环节。可我却听见一声大喊，只见她的队友重新站定，同时将木板举得更高了，这是队友之间才能明白的鼓励吧。些许沉默的观众席也爆出了掌声，比先前的更热烈。只见她重新调整好姿势，随着一声大喊的同时出腿，木板被干脆地击破，在空中划了道弧线，可谓完美。

在田径场，学生男子甲组10000米预决赛正在进行。运动员健美的身姿和矫健的步伐让我们感受到石大学子的朝气蓬勃。一圈又一圈，运动员们身上的汗水在阳光下熠熠发光，他们用青春的脚步和速度，诠释着青春的活力与激情。

到了最后几圈，大多数运动员开始加速。最后一圈，在大家的欢呼中，一位身着黄色运动服的选手就像一支离弦的箭，冲过了终点。在他被簇拥着，在中间草坪上摆出胜利姿势拍照时，比赛还在继续。一个小个头的男生在体格强健的选手中格外显眼，他跑得较缓，也明显比别人瘦弱很多。我甚至有些怀疑，他是否能够跑完全程。最后，很多选手明显体力透支，可他的步伐依旧稳健。一个又一个选手到达终点，可人们看到他跑过终点还在继续。看台上发出了唏嘘声，原来，他被拉下了好几圈啊。一个女生在我身边说："看他，一开始就是这个速度，现在还是这个速度。"只剩他一个人了，工作人员甚至开始准备闭幕式了。全场的目光都汇聚在他一个人身上，我甚至有些担心他随时可能放弃。但他始终保持着步伐的节奏，直到冲向终点。啦啦队的女生们欢呼着，观众席也欢呼着，他得到了和冠军几乎同样多的掌声，他是无冕之王。

我没有看清那个跆拳道女生的脸，也没有记清那个10000米跑的男生的编号，可却清晰地记得那些瞬间。他们的百折不屈与坚持不懈，深深地撼动着我。他们用最青春的身姿，彰显着体育精神、实践着奥运理念，也谱写着石大健儿们新的荣光。

原载于2009年5月31日《石河子大学报》186期第3版

将危险挡在"门"外

"李刚事件"备受大家关注时,我突然发现原本开放的中区校园门口安置了电子大门,很为此举欣慰。大门的设置,可以控制或减少外来车辆的进入,降低车辆肇事的概率。与此同时,学校还在放学的高峰期设置了隔离带,由保安负责,防止同学们横穿马路。

从电子大门到隔离带,学校在为师生们最大限度地营造安全的出行环境。而同学们呢?我们能为自身的安全做些什么呢?

回顾"李刚事件",一个河北籍的大学男生接受采访时的话引起了我的注意。他说,后面一阵风过来,侧脸去看,是急速行驶的轿车,我很快跳到路基上,车就从身旁边擦了过去。我为这个男生揪了一下心,更为他的机敏庆幸。危险突如其来,他用最简单最迅速最有效的方式保证了自己的人身安全。这一跳,可谓生死攸关。在突发情况时能够迅速做出反应,就能避免灾难的发生。日常行路时,遵守交通安全法规也是必须的。

交通事故,仅仅是校园安全隐患的一方面。校园安全包括人身、财物等各方面。对于可能发生的偷盗、抢劫时,我们应该怎样防范呢?

犯罪分子常常利用大学生单纯、热情等特点,冒充老乡,骗得信任,骗取财物。校园抢劫往往发生在晚自习后的行人稀少处。对方人多势众,同学孤立无援,易于得手。还有在开学时,尤其是新生往往携带大量现金,也为犯罪分子所垂涎。对于上述情况,同学们可以做到以下几点来预防:对于进入宿舍的陌生人,要及时向宿管人员反映。要遵守校纪校规,按时回寝室就寝。晚归或夜不归宿,都会为犯罪分子提供机会。夜晚尽量不要外出,若要出行,一定要结伴而行。身上不要携带过多现金，生活费等要存进银行，按需支取。校外网吧、娱乐场所要少进，里面鱼龙混杂，很容易被犯罪分子盯上。

此外，发生在校园内的性侵犯也不容忽视。犯罪分子往往通过暴力、胁迫、网恋、社交等方式达到目的。女大学生因其自身社会经验的缺乏，容易成为犯罪分子侵害的对象。在现实生活中女大学生可能被侵害的主要手段有家教、求职、交友等。女生们应如何预防性侵害的发生呢？首先，是要有性侵害的意识，提高警觉性。其次，着装要朴素大方，避免过多暴露。再次，外出要注意环境，不要选择走偏僻的小路。此外，交友要慎重，要有辨别，要有选择地参加社交活动。

对于校园内的安全隐患，只要我们采取正确的防范措施，就能防患于未然。

原载于2010年11月15日《石河子大学报》210期第3版

农村的孩子更要上大学

"在城市的尽头,有他们这样一群人。让我怎样称呼他们?外来务工人员子女?农民子弟?抑或是农民工二代?不,我不想用这些冰冷的名字称呼他们,我多想叫着他们带着泥土气的乳名,拉着他们的小手,走近他们的生活……"这是我在《青年文摘》上看见的一段话,让人心疼。农民工子女的教育问题,一直都受到从党中央到各级政府的重视,也受到了全社会的广泛关注。在各个高校,出身农民家庭的贫困生占有相当的比重。在石河子大学,我们的贫困学子有多数也是来自农村。

每当新学年,行政楼大厅内总能看见醒目的"绿色通道"标志。我常看见一些身材单薄,面容黝黑,似乎还带着生涩的、田野气息的同学。在热心学长的引导下,他们操着各自的家乡话询问助学贷款的办理方法。大学,以最温暖的方式迎接他们。除了国家助学贷款,还有各种类别的奖学金,勤工助学岗位等,都是为了帮助贫困学子顺利完成学业。

时值"两会"召开,教育问题是历年来的热点之一。当下,大学生就业聚焦了人们的视线。对于出身农村的贫困大学生来说,似乎更难。但是否应该像某位委员所说的,不要鼓励农村的孩子上大学呢?对于这个看法,我实在不敢苟同。我想起认识的一个生命科学专业的学生,他的家乡在重庆的偏远山区。父母常年在外打工供他读书,夏天在南方闷热的车间打零工,冬天到黑龙江一带帮人收割芦苇。父母的期望是他最大的动力,他以优异的成绩保研,又一路考上了中科院的博士。去年夏天,接到他的电话,说是在一个很权威的自然科学杂志上发表了论文,研究成果受到国内外几所高校导师的重视,都邀请他去实验室做助手,而且还有较丰厚的薪水。听到这个好消息,我想到的是他不但可以回报自己年迈的父母,还可以给培养他的这个国家以回报,事实证明,贫困家庭的孩子并不比家庭条件优越的孩子对社会所做的贡献少。

  一个家庭需要希望,一个民族更需要希望。民族的进步,离不开科技的发展,经济的飞跃,文化的繁荣。教育在其中发挥的作用,更是不可忽视的。教育,是国家未来的希望。我们怎么可以去阻挠一个贫困学子的求知心,抹煞一个家庭的希望?农村的孩子更要上大学。

  当然有人可能会说,作为从农村走出来的学生,可能极少人能像那个男生一样"幸运"。但我认为,这并不妨碍我们的努力、进步和成长。机遇总会垂青有准备的人。只要用积极的心态来努力学习,打牢基础,转变就业观念,就一定能成就自己的人生。

原载于 2011 年 3 月 15 日《石河子大学报》214 期第 3 版

青葱岁月　好书伴我成长

关于童年的记忆，最清晰的便是书。因为据说我在百天时抓周抓到了书，大人们说我是读书的材料。于是，打记事儿起，字还认得不全时，父亲便为我订阅各种读物：《上下五千年》《十万个为什么》《连环画报》《富春江画报》等等。

鲁迅有三味书屋；史铁生有地坛；我有我的菜园。小学时，家里还没有搬迁到城市，农场的老宅有一个小菜园。新疆的四季中，属夏季最长，从五月一直到十月，约莫有半年的光景。母亲把菜园打理得郁郁葱葱，生机勃勃。这不仅是她的领地，更是我的乐园。园子的角落有处鸡舍，上小下大分两层，顶部砌了墙与走道隔开，恰好是一个沙发的形状。我时常抱着书本看，趁着树荫，一坐就是半天。看得疲倦，就溜达到菜园里摘个黄瓜或番茄，用手抹抹灰，脆生生地啃开。那种乐趣，是难以用言语来形容的。

众多读物中，我最喜欢的是《连环画报》。连环画是绘画的一种，是根据文学作品故事、或取材于现实生活，由简明的文字搭配连续生动的画幅而成。80年代的连环画报，除了刊登《红楼梦》《苏武牧羊》这样的传统故事题材，也有反映现实生活的《人到中年》《佟妹》，还有编译的大量国外优秀作品，例如《伊利亚特的故事》，以及名人轶事，等等。图文并茂的连环画，让童年时代的我爱不释手。看得不过瘾，后来竟发展到临摹。只要喜欢的，就会照着样子画下来。我的"画作"，不能用张数来计量，绘画的水平也是突飞猛进。上三年级时，就成了有名的"小画家"。别的"官儿"我没当过，美术课代表却年年不落空。我画的速写，被老师贴在"学习园地"当范本，直到升至五年级纸张泛黄。给同学传看的"画作"时常会被"订购",尽管是免费的。我的剪纸"老鼠娶亲"被爸爸装裱好挂在客厅,每个客人来看到都都会盛赞一番。

不知不觉中,美丽的连环画装点了我整个童年,也影响了以后的成长。尽管高中时代有过一阵"文学青年"的范儿,大学时还是选择了美术专业。

后来我才慢慢知道,20世纪80年代的《连环画报》是我国连环画发展的巅峰时期,销量达到128万份,所刊发的故事都是在文坛上非常有影响的作品,配图也几乎都是出自大师之手。年复一年的观察和临摹,在无意中训练了我扎实的基本功和良好的造型能力。所以仅靠考前突击,我就以优异的成绩通过了专业加试。

一次机缘巧合,我在清华园拜访了刘巨德老师。他是原清华美院副院长、博士生导师,也是我小时候最喜欢的作品《夹子救鹿》的作者。在刘老师的画室里,他的和蔼与平易超乎我的想象。喝着他亲手冲的咖啡,和这位我童年时的偶像面对面地聊天,幸福到不真实。临别时他又签名赠书给我,以资勉励。

回想我出生的那年,父亲亲手栽下了一棵白杨,让它和我一起长大。很庆幸,我的童年有书本相陪、大师相伴,没有胡乱地生长。

原载于2012年4月15日《石河子大学报》235期第3版

高校是传承和弘扬中华优秀传统文化的阵地

2014年5月4日,习近平总书记在北京大学师生座谈会上发表重要讲话,明确指出社会主义核心价值观充分体现了对中华优秀传统文化的传承和升华,弘扬中华优秀传统文化对培育和践行社会主义核心价值观具有重要作用。

中华优秀传统文化博大精深,涉及儒学、戏曲、书画、礼仪、服饰等诸多方面。高校作为中国教育的重要阵营,肩负着向广大学子传播优秀传统文化的重要使命。我校始终坚持将中华民族传统文化融入对学生的教育中去,坚持"明德正行,博学多能"的校训,坚持以中华民族传统文化为基础,结合现代教育手段,将优秀的传统文化融入大学教育的实践中,以优秀的文化感染和鼓舞青年学子,塑造其高尚的人格,积极打造一所有着深厚文化底蕴的高等学府。

明德,明中华民族传统文化之美德,正行,以传统文化礼仪来约束自己的言行举止,做一个有道德修养、有传统文化底蕴的大学生,这是学校对所有学子的深切期盼。我们也在切实践行这一承诺。

在我校大学生文化素质教育学校,开设着传统文化中的书法、国画、篆刻、剪纸等课程,学员作品多次在全国大学生艺术展演活动中获奖。我校有众多学生社团组织,其中一些宣扬中国传统文化的社团正如璀璨的明珠一般,吸引着热爱传统文化的学子。其中的戏迷票友协会是疆内首个高校戏曲类社团,它旨在推广戏曲文化,挖掘培养爱好戏曲的人才,为大学生提供一个学习、交流戏曲的平台。该社团在校园内积极举办戏剧文化讲堂,进行汇报演出,丰富了社团成员的课余生活，在培养了他们对传统京剧艺术的鉴赏能力之余，也让更多的学生接触京剧、了解了国粹。"衣冠上国""礼仪之邦"，这是中华民族引以为豪的称谓。在我校众多社团中，同样有着一群意气风发的年轻人，他们秉着弘扬汉服文化的精神，成立了水月汉韵汉服社。在前不久首届汉式成人礼仪式上，汉服社成员呈现了既神圣庄重又温馨感人的成人礼，让师生对我国汉服文化有了更深的认识，也为我校的传统文化教育与弘扬添上了浓墨重彩的一笔。

石河子大学虽然地处祖国西北边陲，但多年来仍然坚持传承和弘扬中华民族优秀的传统文化。在我校，有着一群莘莘学子，他们接受着现代化的高等教育，同时也饱受着优秀传统文化的熏陶，用中华民族优秀的传统文化约束着自己的言行，立志成为中华传统文化的发扬者和践行者。这所绿树成荫的高等学府，正在努力成长为戈壁绿洲中传承和弘扬中华优秀传统文化的前沿阵地。

原载于2017年7月15日《石河子大学报》293期第2版

不能遗忘的女人

12月12日，南京大屠杀国家公祭日前一天，《人民日报》的官方微信发出了"南京大屠杀和你我有什么关系？"的疑问，并介绍了为铭记那场人类历史上的浩劫而奔走地女人——张纯如。让我们一起去探寻张纯如的故事，并且给出自己的答案吧。

张纯如是出生在新泽西州的美国华裔，作家、历史学家。她短暂的一生仅有三本著作《蚕丝——中国飞弹之父钱学森》《南京大屠杀：被遗忘的二战浩劫》《华人在美国》，视角都是对华人历史的关注。尤其是在1997年出版的英文历史著作《南京大屠杀：被遗忘的二战浩劫》，揭露了日军在南京犯下的滔天罪行，是第一本充分研究南京大屠杀的英文著作。首次印刷的2500本很快被抢购一空，在一个月之内打入《纽约时报》畅销图书榜，并被评为年度最佳书籍。次年，张纯如获得华裔美国妇女联合会的年度国家女性奖。随后的数年，这部作品再版十余次，被翻译成多种文字，在全世界流传。

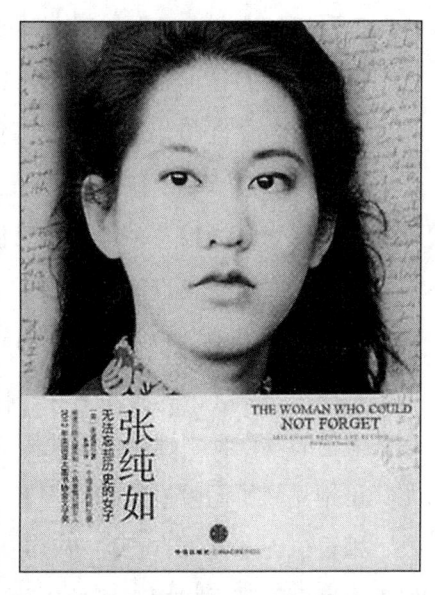

从父辈那里，张纯如从小就听说了关于南京大屠杀日军的暴行。可她真正目睹，是在旧金山的一次南京大屠杀的图片展上。其中有一张照片，是一个中国男人被砍掉头颅，刀锋已落，但是头还没有掉下来的一瞬间。她在那张照片前震惊不已，并且困惑。因为自己所接触的英文书籍中，没有任何的内容记录这一真相。南京大屠杀受害者中的幸存者，得不到正式的道歉和赔偿，甚至得不到世界上一些国家公正的承认。她当即决定将南京大屠杀作为下一本书的题材，即使需要自费出版。

在写作前期的准备中，她查阅了各种历史资料，却发现寥寥无几。她只好一头扎进了图书馆。在那里，她有了惊人的发现——《拉贝日记》和《维特琳日记》。她常常写作到深夜，读着在1937年的南京担任金陵女子大学校长魏特琳女士的日记时，她时常气得浑身发抖。魏特琳以人道主义的精神，庇护了上万名女性和儿童，使他们免受日军的凌辱强奸。但她本人却屡次遭受威胁，在1940年回国后，因为无法摆脱南京所经历的惨痛记忆和折磨，自杀身亡。因为同为校友，都毕业于伊利诺伊大学，又同为女性，魏特琳的悲剧引起了张纯如强烈的共鸣。

前期的写作中，她以《拉贝日记》《维特琳日记》中记录的真实事件为依据。1995年夏天，她辗转来到了南京。在南京的大街小巷，她采访到了南京大屠杀的幸存者。她凝视着他们的眼睛，听着他们的讲述，内心难以平静。尤其是她见到了图片展上的受害者，活生生地在她的面前展示着身体上的伤痕。她再也无法掩饰自己的情感，倍感痛心与恐惧。走在雨花台前，她自己似乎也回到了那个血雨腥风的年代。作为一名记者，她要求自己以客观的视角去看待这个历史事件，竭力传达最真实的声音。

除了采访被害者，查阅第三方证言，张纯如还要去面对当年的施暴者。面对日本老兵亲口承认的罪行，她感到人性的悲哀。1937年冬天的南京，已经没有丝毫的人性。一群日本军国主义的刽子手，一群禽兽，用极其残忍的手段残害着如蝼蚁般的生命，枪挑婴儿，火烧活埋，轮奸孕妇，虐杀……这不仅是同胞们的不幸，国家的浩劫，也是人类文明的耻辱。

1997年，著作公开出版之后，在国际上掀起了轩然大波，震惊了世界。同时，也受到了无端质疑和粗暴指责。美国一些史学家批评她的著作"是不完全的历史"，缺乏对这一主题描述的经验。资深的媒体记者批评她"缺少对细节的注意力"。事实上，日本在美国的"东亚研究领域"做了很多工作，一些学者是受到日本资助的。甚至有一个日本右翼学者联合起来的"南京事件研究委员会"对张纯如书中的内容进行事实核查，坚持南京大屠杀从未发生过。对于不愿意正视历史的日本人来说，这无疑是一次"公然挑衅"。1998年，日本驻美大使齐藤邦彦公开声明，污蔑张纯如的书"是非常错误的描写"。接下来的几年里，张纯如受到了日本右翼极端民族主义者的威胁，她甚至收到了一封装有两枚子弹的信件。为避免受到报复，她搬了家，出门会戴着假发和墨镜，小心翼翼地隐瞒着家人的信息。

以前那个开朗乐观的张纯如不见了，她变得多疑而焦虑。她无数次做着一个相同的梦，童年里的她穿着白色连衣裙，被一个日本兵追赶。她开始大把地脱发，整夜的失眠。她想用超负荷的工作走出梦魇，但是结果更糟糕。她的体重骤减，健康急转，最终患上了严重的抑郁症。

2004年11月9日，魏特琳的悲剧在张纯如身上重演。无法承受心理巨大压力的张纯如，用一把象牙柄的手枪在自己的车内饮弹自杀，结束了年仅36岁的生命。

美国《侨报》在悼念她的文中说，她想撑起整个的天空，但她的战场无涯，敌人难数，而她个人的体力和精力有限，当到达心理负荷极限时，她牺牲了自己。

2010年12月13日，南京大屠杀73周年纪念之际，张纯如的母亲完成了纪念女儿生平的新书《一个不能遗忘的女人》，用回忆录的方式来追思女儿，同时提醒人们，不要忘记这段令人痛心的历史。

"纯如"，出自《论语》"乐其可知也；始作，翕如也；从之，纯如也，如也，绎如也，以成。"意为纯正和谐。她的名字和人一样清秀。张纯如，让我们记住这个美丽的名字吧。她是浸染书香的女子，也是最坚强的战士。她用笔墨做武器，不惜以牺牲生命为代价，为南京30万冤魂奔走呼号，在遥远的国度捍卫着祖国的尊严。

"真相是不可毁灭的，是没有国界的。"张纯如曾说。作为炎黄子孙，她以超乎常人的勇气和正义感揭露侵华日军的暴行，为全世界还原了惨痛的真相。那一段中国人民的记忆，变成世界人民的记忆，唤醒了所有有正义感的人们的良知。2005年，在日本递交了加入联合国安理会常任理事国的申请后，全球范围内有四千万人参与到反对其入常的请愿活动中。请愿者要求日本为第二次世界大战中所犯下的罪行公开道歉，并做出赔偿，否则就反对其入常。然而，日本是没有道歉的。张纯如用一己之力阻挠了日本成为政治大国的阴谋。

战争的硝烟早已散去，但战争的伤痕和遇难者的白骨却历历在目。战后日本政府从未正式道歉，靖国神社仍旧供奉着侵华战争中的甲级战犯。尤其是近年来日本右翼势力抬头，公然选择"集体失忆"，从教科书中抹去当年侵华的史实，妄想篡改历史。2012年2月20日，日本名古屋市市长河村隆之对到访的南京市政府官员放言，在南京，中日双方的确存在过常规的战斗行为，但南京大屠杀事件并未发生。面对中国人的强烈愤慨，河村隆之三次明确表示，不会收回自己的言论，并一再拒绝向中国道歉。这让国人感到无比愤怒和屈辱。

2017年，恰巧是张纯如《南京大屠杀：被遗忘的二战浩劫》英文版出版20周年纪念。2017年4月8日，在江苏淮安的张纯如纪念馆正式对外开放。江苏淮安是张纯如的祖籍，纪念馆的落成，使故乡迎来了赤子之魂。在异国漂泊了那么久，她终于魂归故里。

南京大屠杀和你我有什么关系？到今天，那场战争过去了整整80年。但我们仍然面临着另一场新的战争——一场没有硝烟的战争，甚至于比80年前更加严峻。我们不仅不能忘却张纯如，更要做她的战友，在无涯的战场上并肩战斗，哪怕牺牲生命。我想，这是每个青年应当给出的答案。

原载于2017年12月15日《石河子大学报》331期第4版